ROBERT
WEINTRAUB

〔美〕罗伯特·温特劳布 —————— 著

王一凡 ————————— 译

二战忠犬录

No
Better Friend

外语教学与研究出版社
北京

温特劳布将充满勇气的战争故事和关于狗的温暖故事合而为一——喜欢这两者的读者会觉得仿佛进入了天堂……他真正擅长的是在朱迪的故事中发现人的故事，有些令人悲伤，有些鼓舞人心。

——凯特·塔特尔，《波士顿环球报》

这是我看过的人与动物之间最鼓舞人心的真实故事……我知道这样的总结会让《二战忠犬录》听起来就像犬类版的《坚不可摧》。作为一位爱犬人士，我得说，还有什么比这更好呢？

——莫琳·科里根，美国国家公共广播电台谈话节目《新鲜空气》

这是自畅销作品《马利与我》之后最好的关于狗的书。它并非那种"毛茸茸"的关于狗的故事。历史爱好者们一定会喜欢它——哪怕是不喜欢狗的人。

——琳达·威尔逊·福科，《匹兹堡邮报》

《二战忠犬录》集中表现了我们都想和我们的狗建立起的那种情感，并带领我们通过一段令人痛心的旅行，回到了历史书本中的那段时间、那个地点。这是每位爱犬人士、爱动物人士的必读之书。

——罗宾·赫顿，《鲁莽中士：美国战马》作者

我们手上的这本畅销书细心地讲述了一个带有传奇性的故事……主人公

们的生存故事赢得了那些平时不喜欢看动物故事，也不喜欢看战争故事的读者们的心。

——《EllE》杂志读者来信

技艺高超的故事讲述者罗伯特·温特劳布在他的新书中以引人入胜的手法再现了两位让人意想不到的英雄的经历：其中一位是一条名叫朱迪的狗，另一位则是它的伙伴，士兵弗兰克。《二战忠犬录》不仅证明了动物的智慧，也记录了狗为人类做出的牺牲与贡献，让人读之难以忘怀。和希伦布兰德的《坚不可摧》《奔腾年代》一样，温特劳布最新的这部著作立意深远、优雅大气，完全可以改编为好莱坞大片。

——米姆·艾希勒·里瓦斯，《漂亮的吉姆·凯：
一匹马的佚史和改变世界的一个人》作者

从上海和长江，到苏门答腊岛上的战俘营，百折不挠的英国指示犬朱迪以实际行动证明了它不仅能在战火中幸存下来，还能鼓舞那些在太平洋战场上认识它的人。罗伯特·温特劳布细致描述了人与狗为生存表现出来的勇气和意志。

——莉萨·罗加克，《愤怒的乐观主义者》及《战犬》作者

罗伯特·温特劳布在这本迷人的著作中，捕捉到了人与动物之间友谊的力量与忠诚的美。如果我们在最阴暗的时刻，也能有一个像朱迪那样的伙伴陪在身边，该是多么幸运。

——凯特·莱恩伯里，《秘密救援》作者

既令人肝肠寸断，又暖人心扉。

——威廉·哈格曼，《芝加哥论坛报》

这个与众不同又令人感动的故事描写了第二次世界大战期间被日军关押的战俘中的一位特殊英雄——一条名叫朱迪的忠诚的英国指示犬。《Slate》专栏作家温特劳布以点点滴滴的事实记录了朱迪不可思议的一生……温特劳布以对战俘营的历史研究为重要依据，讲述了朱迪和弗兰克的英雄故事。

——《科克斯书评》

研究深入透彻，情节引人入胜……《二战忠犬录》是一个鼓舞人心的故事，爱犬人士和历史爱好者都会喜欢的。

——德博拉·霍普金森，《书页》

献给我的家人，尤其是我的母亲，她是我生命中的第一位（也是最重要的一位）"朱迪"。

勇气并不是有坚持的力量，而是在没有
力量的时候还能坚持。

　　　　　　　　　　　　——西奥多·罗斯福

目录

写给读者的话 ❶

书中很多地名都采用了第二次世界大战时的叫法，一些大的地方是这种情况，例如暹罗（现在的泰国）；很多小的地点也是这种情况，例如书中提到的苏门答腊岛上的一些城市、乡镇和村庄的名字，与现在的叫法有所不同。

❶ 本书观点仅为作者观点，不代表出版社观点。

‖ 序 ‖

两个好朋友挤作一团，在这个炼狱般的世界中，他们是彼此的救赎。

这是 1944 年的 6 月 26 日。他们是战争中的俘虏，从 1942 年初开始就一直被日本人囚禁在遥远得几乎被人遗忘的苏门答腊岛。此时，他们又被关进了"韦麻郎"号上的囚室。这是一艘日本人用来在营地间转运战俘的船。船航行在海上，囚室位于海面以下几米。大家挤坐在地板上，在高达三十七八度的恶臭空气中，绝望地努力保持呼吸。两个好朋友想办法在舷窗边的台阶上找到了立足之地，相比下面的密不透风，这里还能让人感到些许的解脱。船在苏门答腊岛沿海缓慢航行，他们在高温中所承受的煎熬也显得格外漫长。

这些人个个瘦骨嶙峋，这是两年牢狱生活营养不良的结果。有时候，他们甚至只能以老鼠和蛇果腹。每一天，疟疾、脚气等各种疾病如影随形。他们频繁地受到毒打和死亡的威胁。他们被派去做艰苦万分但往往是毫无意义的工作。他们忍受着各种可怕的处境。在这样的环境中，哪怕是意志最坚定的俘虏，也难免会沮丧、麻木，感到自己被抛弃了。

落入日本人手中的战俘都是差不多的情况。在整个太平洋战场，盟军战俘都有着相似的遭遇。但这一对战俘，有点与众不同。

他们其中的一位是一条狗。

它叫朱迪，在被关进这艘"地狱之船"前，它已经有过无数次奇遇和历险。它是一条纯种的英国指示犬，白色皮毛上带着棕色斑点。英国指示犬是热爱运动、血统高贵的犬种。但朱迪和绝大多数指示犬不同，它从很小的时候开始，就喜欢置身于热闹的活动中，而非仅仅满足于为别人做出指示性的动作。

1936年，朱迪出生于上海英租界犬舍。接下来的五年，它是英国皇家海军炮艇上备受大家呵护的吉祥物。这艘炮艇一直在长江上巡游。1939年，英国海军部开始为太平洋战争做准备，便将朱迪所在的炮艇转移至新加坡。没过多久，1941年夏天，弗兰克·威廉斯也来到狮城新加坡，当时的他刚满二十二岁，是皇家空军二等兵。数次劫难后，他与朱迪最终在战俘营相遇，从那以后，他们再也没有分开过。弗兰克甚至冒着生命危险，为朱迪争取到了正式的战俘身份。

弗兰克认真照顾着这只勇敢机灵的指示犬，但在被日军囚禁的现实条件下，他的保护显得那么脆弱——他们被赶上"韦麻郎"号也充分证明了这一点。

晌午刚过，囚室里的潮湿闷热几乎让人窒息。小小的囚室里挤进了一千多人，每个人都是汗流浃背。船身在海浪中颠簸，地板吱嘎作响。要不是一丝微风从舷窗的缝隙吹到朱迪的脸上，只怕全身是毛的它早就比人类朋友们先一步热死了。

突然，一道闪光亮起，紧跟着，船身中央发生了巨大爆炸。囚室中火焰腾起，麻木中的战俘们像被电击中一般一跃而起。大家还没弄清楚发生了什么，第二次更猛烈的爆炸又来了。

船被鱼雷击中了。很不幸，发射鱼雷的还是一艘英国潜水艇，他们完全不知道这艘船上运送的是盟军战俘。这意外的友军炮轰，让几十人当场死亡，剩下的数百人如果不尽快找到出路，从燃烧的囚室废墟中逃出去的话，很快也会随他们而去。

弗兰克在舷窗边的台阶上看清了混乱的局势，不免觉得如坠冰窟。甲板上的货物直接砸向战俘，很多人被砸死或砸伤，而掉下的货物形成了一道让他们无法迅速逃脱的巨大障碍。如果还要带上一条二十几千克的狗，那几乎没有逃脱的可能。

弗兰克转过身看着朱迪，这位忠诚的伙伴并没有在混乱中逃跑。在巨大的压力下，它竟然还保持着冷静。弗兰克抱起它，给了它一个短暂的最后拥抱，接着，把它从舷窗中推了出去。朱迪回头看他，脸上满是困惑与悲伤。考虑到它无数次侥幸脱险的经历，那表情中也许还有一丝丝"怎么又是这样"的意味。

"游啊！"弗兰克对着朱迪大喊，同时最后猛推了一把。它从舷窗中飞了出去。下面是翻涌的海水，到处漂浮着从这艘即将沉没的船上漏出的油污和四散的碎片。伤者的尖叫声不绝于耳。再过一秒，也许是两秒，这条狗就将在这片残骸中为活命而奋力划水了。

可它最好的朋友，还被困在不断下沉的"韦麻郎"号上。

朱迪在半空中翻腾，海水离它越来越近了。

吉祥物

1936 年 9 月，两名英国海军军官在寻找一条狗。他们是英国皇家海军炮艇"小虫"号上的军人。当时，在中国的长江上，有一小队悬挂着英国国旗的炮艇，它们来回巡游，竭尽一切所能，为英国皇室利益服务，"小虫"号便是其中之一。它来上海是为了年度的改装和维修工作，不过现在工作已经基本完成了。这两名军官在重新开始巡逻之前，还可以挤出一点时间，来进行在岸上的最后一项重要活动。

"小虫"号目前正处于窘境。其他不少炮艇上养了小动物作为吉祥物——"蜜蜂"号上有两只猫，"瓢虫"号上有一只鹦鹉，"蝉"号上甚至有一只猴。不久前，"小虫"号在江面上与另一艘炮艇"蟋蟀"号不期而遇，对方的吉祥物是一条名叫邦佐的拳狮犬与梗犬的混血大狗。邦佐愤怒地又吼又叫，上演了一出好戏。"小虫"号却没有自己的吉祥物可以回击，这不免让大家怅然若失。

经过多次讨论，"小虫"号的军官们决定弄一条属于自己的狗来。于是，艇长 J.M.G. 沃德格雷夫少校和水手长查尔斯·杰弗里上士来到位于英租界的上海犬舍，想找一个能代表他们炮艇的合适对象。

他们对朱迪一见钟情。尤其是当杰弗里朝它吹了声口哨，它就立马跳进杰弗里怀抱的时候。它不是小狗了，但也没有完全长大。很快，它就正式成为皇家海军的一员，它的合法收养者是部队而非个人。它的新家将不会是英租界的某处大宅或公寓，它将没有可以让它奔跑玩闹的院子，没有可以让它锻炼狩猎天性和完成"指示"任务的树丛，更没有可以和它一起嬉戏的孩童。不，朱迪将要成为一艘钢铁战舰的吉祥物，一群坚毅的水兵的挚友。

在两名海军军官离开之前，犬舍的负责人，一个名叫琼斯的英国女人，向他们讲述了这位与众不同的新朋友的一些故事。

在它出生的头几个月，它甚至都没有名字。

一条皇家纯种英国指示犬生下了七只扭来扭去、哼哼唧唧的小狗，这只小狗便是其中之一。它全身绒毛，暖乎乎的；鼻子则是凉凉的。它生活在上海犬舍，不过这只是暂时的。在这个熙熙攘攘的中国城市中，这里是英国籍居民寄养宠物的地方，也收养无人认领的小狗。1936年2月，上海的天气潮湿阴冷，让人瑟瑟发抖，刺骨的寒风吹过大街小巷，街道两侧是泾渭分明的现代化西式建筑和摇摇欲坠的贫民窟。

当时，居住在上海的英国人似乎每个人都有一条自己的狗。繁衍能力强大的犬种更受欢迎，这也是城市中会有如此多指示犬的原因。犬舍里那些漂亮的英国指示犬生下幼崽时，琼斯小姐都会在场。刚生出的幼崽会留在犬舍，直至可以被人带走，这在英租界往往只需要一个非常简单的手续。

有一只小狗，又白又亮的皮毛上点缀着深红色的斑点，头、耳朵和鼻子则是棕色的。所有新生的幼崽都在被围栏围起来的区域玩耍，它却总要在围栏边刨个不停。当其他的小狗都偎依在妈妈身边，开心地在泥地里打滚时，这个充满活力的小家伙已经在试图逃跑了。

刚出生三周，它还真的跑掉了。

李桑女士是犬舍的工作人员，也住在犬舍，她的女儿李铭经常会在放学后来帮忙。李铭是第一个发现小狗不见了的人，这一事实得到了她

妈妈的确认。她妈妈小心地把围栏里的狗都转移出去，想要找到逃跑者，结果却只在围栏下面找到一个洞，这正是那不安分的小狗刨出来的。小狗跳过了矮墙，大概正自由地奔跑在上海的街道上。那时的上海是全世界最大、最繁忙、最嘈杂的城市之一。

汽车的喇叭声，苍蝇的嗡嗡声，上海市民们尖厉刺耳的方言声，城市中各种腔调的说话声——太多的景致，太多的声音，任何一个来到这座城市的游客都会应接不暇。自行车来来往往，用竹架搭起来的戏台高得令人头晕目眩，人群川流不息，这一切都令人难以招架，各种气味更是叫人难以忍受。狗用鼻子来嗅这个世界，正如人用眼睛来看世界。狗在旧上海的大街小巷中旅行，就像进入了一个嗅觉的神奇世界。烟雾从各种各样的店铺、烟囱，以及人的嘴巴里冒出来。煤烟从遍布全市的无数工厂里排出来。石油馏出物，做饭和取暖产生的油烟，燃烧的橡胶，木炭的余烬——就连空气也被各种气味划分成了不同的区域。

很快，小狗便对气味的刺激失去了兴趣，它的精力集中在另一个更重要的任务上，那就是寻找食物。上海历来是世界著名的美食之都，但在1936年，伟大的城市切身感受到了食物的匮乏。20世纪30年代，上海的树林与草地比今天多得多，但这只小狗凭直觉，跑向了人群聚集的地方——也是没有其他大型动物的地方。

像它这么年幼的小狗，本该极度渴望待在妈妈身边。妈妈能给它指导，能带给它温暖，最重要的是，妈妈能给它喂奶。一般说来，狗崽天生喜欢游荡，从一出生就迫不及待地想要探索周围的世界，但与生俱来的本能会让小狗们回到妈妈身边。这只满怀好奇心的小狗为什么要费尽力气，从家庭的温暖和庇护中逃走，个中缘由没人知道。但是，后来它真的成了一条最不同寻常的狗。所以，它最初这种挑战极限的行为也就不足为奇了。它是幸运的，这次冒险并没有让它送命。它那么弱小，没有任何生存的经验，无法捕杀猎物，只能靠从垃圾堆里翻出来的东西和路人喂它的各种奇怪食物为生。它瘦骨嶙峋，点缀着深红色斑点的白色皮毛开始变得暗淡。

食物难以饱腹，可凭借从天而降的好运，幼小的指示犬又获得了一线生机。它无意中来到一家杂货店的后门，大家只知道店老板叫苏先生。在上海西边英国人、美国人和德国人聚居的地区，有很多这样的商店。它们向西方人和当地人出售各种各样的物件，如中草药、鸟笼子、不同口味的煲汤、宗教用品、家居小玩意儿、护身符等。苏先生也一样，只要他发现能赚钱的东西，无论利润多么低他都卖。他赚钱不多，但总比搬运木头或是满城给白人拉黄包车强。

时值早春，天气仍然寒冷。一个阴冷的下午，苏先生走到店铺后面，准备把垃圾扔到小巷里。一声尖厉的哭叫引起了他的注意，他发现破纸板堆里有轻微的动静。原来那儿有一只小狗，最多几周大，显然是饥寒交迫了。小狗正呜咽着，用水汪汪的棕色大眼睛看着他。苏先生回到店铺，给它带来一些剩饭剩菜，它立马狼吞虎咽地吃了起来。

接下来的几周，甚至也许是三个月的时间里（准确的时间无从知晓），苏先生一直养着这只小狗，给它喂食，并在店铺里找了个让它晚上可以安睡的地方。只有在这里，小狗才能躲开夜间在外绝望地寻找食物的捕猎者——其中甚至包括上海的市民。

这是一只命运多舛的小狗，可它遇到的第一次灾难并非来自有意捕杀，而纯粹来自人性的残忍。后来，它和盟军才深入地了解了这个对手。

当时的日本，正处于高强度军事扩张期和大规模造船期的尾声，整

个国家都已做好准备，要展示其在周边地区的实力。此时，日本已侵占中国东北，并把目光转向中国内陆。日本海军早在1932年就曾炮轰上海。从军事的角度来看，上海位于长江沿岸战略控制之地，是中国最重要的城市。日军炮轰上海后，日本的战舰开始在中国的水域频繁出没。日本水兵经常进出上海的酒吧，他们喝青岛啤酒和当地的米酒。西方国家的船也在长江巡航，英美的水兵也是酒吧的常客。东西势力达成了微妙的平衡，但这种局面往往被醉酒后的斗殴打破。高大魁梧的西方人以赤手空拳搏斗，身手灵活的日本人则以日本军人都会的空手道功夫予以反击。

5月的一个雨天，一艘日本炮艇在长江边停泊，艇上的一群水兵在上海的外滩晃来晃去，他们来到了一个酒馆。他们走进酒馆附近苏先生的杂货店，也许是为了买点零食带走，也许是为了晚上即将纵欲买点避孕用品，又或许是为了应对第二天可能出现的宿醉搞点止疼药。

全身军装的水兵们因为一点小事和苏先生发生了口角。很快，日本人的声音越来越大，脾气越来越暴躁，他们开始殴打苏先生。在一群擅长打斗的年轻人面前，苏先生显然不是对手，他被打得遍体鳞伤、鲜血淋漓。日本水兵对他失去了兴趣，转而破坏他的店铺。就在他们快要结束时，小狗出现了。嘈杂的声音让它害怕，也让它好奇。当听到恩人的呼救声时，它再也忍不住了，从后门溜了进来。

如果这是好莱坞的电影，那么此刻这只小狗将露出尖利的牙齿，发出令人胆寒的咆哮声，将坏人通通吓走，再为老人找来医生帮忙。可在现实中，这只虚弱的小狗甚至都躲不开日本水兵的飞起一脚。紧接着，又一个日本水兵拿东西砸向它。第三个日本水兵一把揪住它的脖子，拎着它从前门走出去，来到了大街上。

小狗疯狂地哭喊着，满心恐惧，满身伤痛，但日本水兵无视它的呼救。他伸长拎着小狗的手臂，一脚"悬空球"把它踢到了马路对面的垃圾堆里。接着，这群日本水兵便继续去纵酒狂欢，消失得无影无踪。

他们并不知道，这只惨遭他们野蛮虐待的小狗以后将历尽艰辛，成为日本这个庞大的战争机器上的一根小刺。此时，日本水兵的这一脚任意球把可怜的小狗踢到了一处荒废的门廊边。它爬起来，又倒下去。它受的伤太重了，它太害怕了，不敢再动了。它只是坐在那儿，抽泣着。

它是幸运的，过了一段时间，它轻轻的哭泣声被一个路过门廊的小姑娘听见了。这个小姑娘不是别人，正是上海犬舍工作人员李桑的女儿，李铭。数周的街头生活，让小狗变得病恹恹的，但李铭还是立刻认出了这只任性妄为的小指示犬。

"哎呀，你这小家伙，你这段时间都去哪儿了呀？"她问小狗。小狗显然还记得这位小姑娘，只是它连摇一下尾巴的力气都没有了。

李铭小心地把狗抱起来裹进自己的雨衣，带它回到了仅在几个街区外的犬舍。

琼斯小姐正在院子里照料小动物。

"你看我找到谁啦！"李铭骄傲地捧出流浪的小狗。

"天哪！是我们走丢的那只指示犬吗？"琼斯小姐发出感叹。仔细查看后，她确认这就是她们的小狗，它对外面花花世界的兴趣差点让它付出失去生命的惨重代价。"真的就是那只跑掉的小狗。我觉得，我们应该给它好好洗个澡，吃顿饭，你说呢？"她问李铭。

她们给小狗做了检查，把它清洗干净，给它喂了渴求已久的食物。小狗安静地躺着，任由她们抚摸。她们完全是出于好心，轻轻地责备它

不该如此自顾自地好奇和大胆。

李铭悄悄地对小狗说:"没事了。好了,好了,小舒迪。"

"你为什么要叫它舒迪,李铭?"琼斯小姐问。

小姑娘抱起小狗,把它裹在毯子里。小狗闭上双眼,在李铭的怀抱里睡着了。

"我一直都是这么叫它的呀。舒迪这个名字让人感觉很安静。你看它。"筋疲力尽的小狗意识到她们是在讨论自己,便睁开一只眼睛,确保安然无事后,又睡了。

"它看起来不是很安静吗?"

"确实,"琼斯小姐说,"那就叫它——朱迪❶吧。"

在这只小指示犬第一次溜出笼子的几个月后,它终于又有了安身之所,还有了新的名字。它的生活完整了。在日本水兵残暴地对待它之后,它还能这么快再次接受人类的怀抱——即便是善意的——多少让人有些惊讶。但正如著名驯犬师詹妮弗·阿诺德所说:"依我看,唯一一个能说明狗智商不够高的表现便是他们总是愿意对我们如此宽容。"

此时,小狗的母亲和兄弟姐妹都已不在犬舍,但它再也不用担心下一顿饭的着落了。按正常的情况,将会有一个充满爱心的家庭来收养它,为它提供舒适的生活。可事实是,它的一生将充满冒险、危难与奇迹,将有无数朋友把它当作自己的家人,这一切是它在某座上海大宅的后院里绝对不可能遇到的。

在 1936 年朱迪登上"小虫"号前,中国最大的威胁来自日本。旭

---

❶ 即英文 Judy,上文中李铭因咬字不准,叫成"舒迪"。——编注

日之国不断扩张其在长江上的海军实力，还将大批士兵和大部分空军力量部署到他们侵占的中国东北地区。日本人显然蠢蠢欲动。不在酒吧打架时，长江上东西方国家的水兵之间基本保持着和平关系，但局势越来越紧张。中国人被挤在夹缝中，既痛恨西方人，又害怕日本人。

大家都感觉到战争步步逼近，但对英国皇家海军和美国海军来说，中国的军事行动并非他们的重点。所以，虽然英美的主战舰、驱逐舰早已在其他地区称霸海洋，但在中国，那样的情况并未出现。和其他战区相比，英美炮艇在中国的纪律也不是那样严明，水兵之间，以及他们和当地中国人、其他炮艇的水兵之间的关系也更轻松，更有人情味。

正是这种相对轻松的氛围，使得朱迪在"小虫"号上成为大家最喜爱的成员，而它也将以自己的贡献作为回报。

有十三艘在长江上的舰队服役的炮艇属于海军少将刘易斯·G.E.克莱伯麾下。"小虫"号属于炮艇中的昆虫类，身形小，便于操控，能顺利通过不同宽度和深度的河道，同时也拥有强大的战斗力，配备了包括高射炮在内的数门大炮。"小虫"号最初的设计目的是要让它在多瑙河上展示英国国威，并对奥匈帝国的海军形成威慑，可后来的事实证明，它更适合在长江湍急的水流中开展行动。

从19世纪50年代末期起，西方列强的炮艇开始在中国河流上航行。一系列不平等条约的签订结束了第二次鸦片战争，外国商人深入中国内地活动，西方国家的兵船在长江巡游。奔流千里的长江一直深入中国的腹地。就这样，英国人一马当先，美国和法国的船紧随其后。

19、20 世纪之交，在中国的西方舰队的数量呈爆炸式增长。英国派来两艘全新的舰艇，"云雀"号和"鹬鸟"号，专门用于河流巡逻与作战。除了美国和法国的舰艇，还有德国、意大利和日本的舰艇，它们维护着各自的利益。它们又带来了更多在长江航行的商船，将这条重要的河道变成一幅五颜六色的"风景画"：各种颜色的船帆和旗帜纷纷杂杂，只是，从更加现代化的大船上冒出的黑色煤烟掩盖了它们的光彩。美丽优雅的帆船、摇摇晃晃的舢板、嘎吱作响的蒸汽明轮船和咄咄逼人的钢铁炮艇在江面上穿梭不息。

朱迪加入皇家海军的第一天下午，"小虫"号上的很多人还在甲板下面的食堂里消磨时间。突然，舵手把头从舱口倒着伸进来，笑得像个淘气的孩子。

"十分钟后全体在甲板上集合！"他大声命令。

大家集合好以后，他们将认识炮艇上最新的成员。

水手长查尔斯·杰弗里说完话，沃德格雷夫少校往前迈出一步。"大家都知道，"他开口了，"艇上的食堂委员会最近投票，要求我们养一只宠物。你们的建议非常有趣，我认真研究过了，有些建议由于不切实际或是过于麻烦，我只能无视。我认为，我们艇上的宠物应该满足三个条件。

"第一，我们都需要女性的陪伴，所以，宠物应该是雌性的；第二，它应该很漂亮；第三，它应该能自食其力。

"从现在开始，以后上岸打猎的人再也不准只带一只鸭子回到艇上，还敢宣称'本来能打下二十三只的，只是在追的过程中都让它们跑掉了'！"

说完，军需官把朱迪带了出来。它走在前面，当时在场的很多人都记得，它看起来有点忧心忡忡，可当大家为它发出热烈的欢呼声时，它笑了——伸出舌头，抬起下巴，尾巴拼命摇着——此后很多年，它的这一姿势成了"小虫"号上大家最熟悉的一幕。

"先生们，它来了，"沃德格雷夫说，"来认识一下我们炮艇上的第一夫人吧——皇家海军朱迪。"

朱迪的母亲凯莉来自英格兰萨塞克斯的一个家庭，所以，在犬舍的正式记录中，它被称为"萨塞克斯的凯莉"。它的幼崽也被这样命名。在皇家海军的档案中，朱迪被正式称为"萨塞克斯的朱迪"。

杰弗里是水手长，在艇上，他是军官和士兵之间的"缓冲器"。从朱迪登上"小虫"号的第一天起，他就在自己的日记中这样称呼朱迪："萨塞克斯的朱迪是一条棕色与白色相间的纯种指示犬。它非常可爱。因为是艇长和我把它买来陪伴大家的，所以艇长决定由我来养它，免得它和其他人混得太熟，影响了我们对它的训练。"

可惜，这一目标很快落空。查尔斯在后来的一篇日记中写道：

"艇上的人都把朱迪当作宠物，大家都喜欢它，都接纳了它。我当然很高兴，可这样一来，我们把它训练成猎犬的希望就非常渺茫了。"

指示犬属于狩猎型犬种，也就是大家所熟悉的"猎枪犬"。英国指示犬这一变种起源于西班牙指示犬，西班牙指示犬是猎犬与西班牙小猎犬混血的结果。具体来说，人们训练指示犬，就是要让它们在发现隐蔽的猎物（主要是禽鸟）时紧绷身体，目光直视猎物的方位。以前的猎犬总是喜欢跳进树林，把猎物赶出来，但指示犬的动作能让猎人有时间摸清方位，检查武器，做好准备。然后它们才会冲进树林，把可怜的鹌鹑或鸭子赶飞到空中。有了指示犬的协助，猎人们成功的概率自然大大提高，

指示犬也得以饱餐一顿。另外，指示犬友善的个性和清醒的头脑也使它们格外适合做猎人的好伙伴。

西班牙指示犬是在 17 世纪由伊达尔戈贵族培育出来的。根据欧内斯特·哈特的犬种培育史记载，这个家族都是充满自信且经验丰富的运动爱好者和大地主，他们所创造的犬种也跟他们一样："西班牙指示犬是灵活的、强壮的、高贵的，在野外相当敏捷。它们就像雕塑大师手下的大理石雕刻作品，轮廓分明，线条优美，是优雅与平衡的完美结合。"

英国指示犬是西班牙指示犬与猎狐犬混血的结果。如果说西班牙指示犬是强壮有力的短跑健将，那么英国指示犬则更加轻盈，更有耐力。根据 18 世纪诸多狩猎指南的记录，人们花了不少力气，用了很长时间，才使培育出来的英国指示犬丢掉友善的个性，变得非常"凶猛"。最终，人们又通过培育，将这种尖锐的性格从英国指示犬身上去掉，使它们重新恢复了对人类的和善。不过，早期指示犬凶猛的个性中有一个特征以新的形式保留下来，那就是极度的热情和好胜心。在狩猎场上，在指示猎物方位时，它们对细节的关注将这一特征体现得淋漓尽致。它们在"执行任务"时的注意力和决心往往让主人也感到不可思议。

对朱迪来说，指示猎物的天性是不可能得到发展了。但那种热情和决心将成为它一生中最重要的特征。这一点在它的眼神中体现得尤为明显，那深邃的水汪汪的棕色眼睛总是闪烁着专注的光芒。狗和其他很多动物不同，它们在和人类交流时会看着人的眼睛。当朱迪盯着它两条腿的朋友们时，它的眼神总是散发着智慧与热情的光芒。

作为狩猎伙伴，朱迪是失败的。指示犬都成熟得很早，朱迪在最关键的初期阶段，并没有待在猎人身边学习指示猎物的技能，而是在上海的街头孤身游荡，不停地寻找食物以维持生存。朱迪登上"小虫"号之后没多久，食堂领头打杂的小伙儿就注意到了它的这一本能。他告诉军官，朱迪只有在闻到饭菜香的时候，才会变得紧张并做出正确的"指示"动作。它会一动不动，把全部的注意力转向厨房。

第二章

小狗落水记

在朱迪能拯救"小虫"号上的任何人之前，它得先拯救自己。

转眼间，这条指示犬登上"小虫"号已有六个星期，它在不断长大，开心地探索着每一个角落。艇上有些地方，比如军官起居室和驾驶舱，是不允许随便进入的，除非得到特别邀请。朱迪很快就知道了要避开这些地方。它还很快了解到，厨房里的厨师和打杂的小伙儿是不欢迎它的。他们认为它很脏，并把它视作潜在的晚餐。

杰弗里在 10 月 14 日的日记中这样写道："可爱的小朱迪就快要忍受不了艇上在厨房中工作的工人了。"也许他在写这句话时带着偏见，但这样的表述是有事实依据的。最终，厨房的工人和狗决定相互保持距离。

在其他地方，朱迪可以自由奔跑，没有人给它套绳子。它有正式的编号，有与水兵完全相同的地位，它随时与工作中的炮手在一起，与瞭望员待在高高的前甲板上，或是与休息中的水兵待在甲板下面。只要是它能找到伙伴的地方，你都能发现它的身影。指示犬本来就是喜爱社交的动物，在上海街头度过了孤独艰难的日子后，朱迪似乎格外喜欢有人相伴。

它的"船舱"是一个没有盖的盒子和一条船上专用的毛毯。一开始，盒子就摆在杰弗里的船舱外，但很快，它就被四处挪动了。不仅是水兵，朱迪自己也会挪动它，这完全由它的心情决定。每当它觉得有必要时，它就会用牙齿咬住盒子穿过升降口，在舷梯上上上下下，甚至把盒子推下梯子。这时，大家都会停下来笑它。

炮艇上的生活非同寻常，派驻的地点总是偏僻闭塞，没有任何光鲜亮丽之处。艇上的设施即便是以海军的标准来看，也是十分简陋。炮艇通常是单独或结对巡航，由于水流的情况，它们绝不会大规模航行或结成联合舰队。这就意味着它们经常都看不到旗舰上打出的信号和旗语。在炮艇上服役的海军们都很喜欢这种小小的自由，他们热爱自己的炮艇和工作。他们把粗重活儿都外包给了当地人，如做饭、打扫、擦洗甲板等。按照当地标准，这些人拿着不菲的报酬，保持着炮艇的整洁闪亮。尽管他们经常闲得无聊，但不会像普通水兵那般容易动怒。要知道，若是有人对水兵说"去，马上把厕所打扫干净"，那水兵一定会怒发冲冠的。

任何时候，艇上的正式成员总数一般都在三十六左右，其中有两三名军官，六七名小军官，二十名普通士兵。六名全职的中国工人也是正式成员，还有不少在艇上帮忙的临时工。

和绝大多数海军军舰相比，炮艇上的生活区相当落后。军官们住在艇头附近的前舱，其他人住在后面。根据地位高低的不同，船舱的设施也从舒适降到了简陋。一名美国军官这样描述"埃尔卡诺"号炮艇上的差异："在这么小的一艘艇上，艇长的房间可谓相当宽敞……由于艇的构造，房间的形状就像浴缸的尾部。艇长能享受到泡澡和抽水马桶的奢侈待遇；但下级军官们就只能使用甲板上的小厕所了，那是一个四面铁板的小隔间，勉强能挤进一个人，只具备淋浴和最基本的清洁设备。"

无论是哪个国家的炮艇，这种将厕所和淋浴合二为一的格子间都是艇上的标准配置。它们位于艇尾或艇舱后部，这样排泄物就更容易排到

河中。曾经有一位女士登上英国炮艇，问到这种格子间的用途，一名军官回答："女士，那是我们处理秘密文件的地方。"

不同的船各有自己的怪状。河船的排气烟囱是并列而非贯穿头尾的，完全没有绝大多数海军军舰那种鹰状流线造型。典型的炮艇长度约七十六米，船梁高约十米，排水量约六百五十吨，是名副其实的"炮艇"——基本上就是在船体顶部焊接了一层铁板，再加上驾驶舱、桅杆和伸出来的大炮。类似"小虫"号这样的昆虫级炮艇会配备两门口径约为十五厘米的火炮、一门十二磅高射炮和六挺马克沁 0.303in 机枪。这种炮艇的战斗力很强，各种不同的武器组合足以炮轰岸上的目标，抵挡空中的袭击，或根据所面临威胁的不同，猛烈扫射乘船或登船的人员。

他们所航行的河流以前是、现在也是世界上最大的河流之一。长江又名扬子江，"扬子"这个名字在当地方言中没有任何含义，有可能是由扬州的名字演化而来。这座城市的外国人可能是在听到这个名字后，以为它指的就是城市旁边的大江。还有一种可能性是，在中国普通话中，"扬"与海洋的"洋"同音，人们以"扬"来命名这条大河也许是为了更恰当地表达出它的广阔，但这也有可能只是西方人（中国人叫西方人"鬼佬"）的一种误读。绝大多数中国人简单地把这条大河称为"江"❶。

对那些日常生活受到长江影响的人们来说，它确实就像是大地和天空一样的存在。长江起源于青藏高原的崇山峻岭，源头之水冰冷且如水晶般清澈。与岷江汇合后，它的干流在内陆延伸成可通航河流，而它的颜色也由于沉淀、污染和排泄物的原因，变成棕黄色。它流经一系列的深邃峡谷（主要集中在著名的三峡大坝地段），有的地方只有最小的船才

❶ 根据《汉语大词典》，长江在今仪征、扬州一带，古称"扬子江"，因扬子津而得名。近代外国人常通称长江为扬子江。故此处的解读是作者本人的理解。——编注

能通过。然后，江水奔涌成宽广翻腾的江面，流向上海和东部海岸。长江全长六千三百多千米，精确测量它的长度并非易事，因为河流入海口处沉积的淤泥每年都会往中国东海推进十多米。不管怎么说，长江是亚洲最长的河流，是世界第三长河，仅次于尼罗河和亚马孙河。长江三角洲一直是中国的重要区域，创造了全国相当一部分的国内生产总值。

炮艇巡航的范围有一千多千米，东起上海，西至武汉。它们也偶尔超出这一范围。随着 20 世纪 30 年代来自日本的威胁与日俱增，长江上的舰队就只在更靠近上海的河段航行了。研究炮艇舰队的历史学家安格斯·康斯塔姆这样写道："古代中国人认为长江中住着一条巨龙，江上的一切灾难，从洪水到船舶遇险，从搁浅到江上强盗，都是由于巨龙情绪的变化引起的。长江炮艇的职责就是盯着这条巨龙，并保护西方人不受其伤害。"

从沃德格雷夫到普通水兵，朱迪很快就和艇上的大部分人熟络起来。没过多久，它选出了自己最喜欢的一位，也是它最早交到的好朋友之一。这个人叫简·库珀，是一等水兵。一等水兵的级别并不高，一般只负责在航行掌舵的过程中帮帮忙。但在"小虫"号上，库珀主要的任务是负责淡水和食物储藏，同时也是艇上的屠夫。所以，总是处于饥饿状态的朱迪最喜欢他也就不足为奇了。在很多皇家海军的军舰上，掌管水箱的水兵外号就叫"水箱"，大家都认为这是个仅次于艇长的第二重要的职位。"水箱"这个外号很适合库珀，肌肉发达、胸膛宽阔的他长得就像个又矮又粗的水箱。

"水箱"库珀每天给朱迪喂一顿饭，还要看着其他船员，不让他们把剩饭剩菜偷偷喂给它吃。沃德格雷夫下了命令，朱迪必须保持随时可以战斗的健康状态。所以，每当有人想给它喂东西吃时，库珀必须及时阻

止，哪怕这些人的级别比他还高。巧克力是绝对禁食的，因为可可制品容易让狗生病。然而，朱迪是个真正的杂食动物，从不挑食。在中国航行的炮艇都有在艇上储存啤酒的特别习惯，每个人每天都可以领到一点。大家很快又发现，朱迪对陈贮啤酒也颇有兴趣，于是，保持它的清醒也成了库珀的职责。

刚上艇时，朱迪很喜欢在艇前端的铁板上玩，它会一直跑到最前面。铁板两边有护栏，以免有人在航行过程中被抛出去，但人和狗都可以很容易绕开护栏，走到最边上。

钢板很滑，水兵们很少会冒险走到上面，除非是系着安全绳。朱迪本是个步伐稳重的小动物，但在一个 11 月的清晨，它还是以一次艰难的经历了解到了这些钢板的危险。

水手长杰弗里在朝船头走去时，正好看到朱迪从护栏下面溜出去，跑到了钢板上。就在此时，"小虫"号为躲避礁石，突然往左前方一冲。朱迪立马失去平衡，它绝望地蹬着腿，从钢板上滑下去，掉进了浑浊的长江水中。

"有人落水啦！"杰弗里大喊。在危急关头，他来不及细想这句话中关于人称指代的细节问题了。

"停下来！全速后退！"沃德格雷夫下达了命令。

这不是普通的落水。长江水湍急、浑浊，又没有浮力，很多西方船只上的人掉进去就消失了。长江沿岸的村民中，也经常有人因此丧命。在这样的江水中游泳，哪怕是对强壮的游泳运动员来说，也是了不起的挑战。

指示犬和寻回犬、猎狐犬不同，它们不是天生的游泳健将。

"小虫"号很快停下来，逆流稳住，并放下了一艘小汽艇。"艇长很清楚该怎么做，而且他做得很好。"杰弗里后来这样记录。有三个人跳上小汽艇，他们是一等水兵维克·奥利弗、一位不知姓名的开船者，还有一个名叫武哥的中国小伙，他在艇上本来就是负责准备小汽艇的。大家行动非常迅速，但朱迪已经成了远方的一个小点，在浑浊的江水中，它棕色的脑袋就要消失了。

江水的流速大约是每小时十海里，岸边吹来的大风掀起阵阵波浪。小汽艇花了五分钟，才来到疯狂挣扎的小狗身边，他们从它身边经过，再掉转头来，慢慢逆流而上接近它。小汽艇和朱迪并排时，武哥伸出手，抓住它的脖子。可不知是他力气不够大，没能把它拉上去，还是他突如其来一抓，让朱迪本能地挣扎了一下，反正，武哥也突然掉进了水里。

此刻，奥利弗需要完成一次双重救援——他得决定先把谁拉上小汽艇。他选择了先救狗，这既因为是狗先落水，也因为他本来就很讨厌武哥。后来，他在官方情况汇报中，称武哥为"那个蠢孩子"（私底下，他和他的同伴们还给武哥起过更过分、更带有偏见的绰号）。武哥吐出一大口浑浊的江水，但看起来并没有溺水的危险。于是，奥利弗先去救狗，小狗哼哼唧唧的，似乎马上就要沉了。

奥利弗用双腿夹紧舵柄，他和开艇人小心地避免再犯武哥的错误，两个人的四只手抓住了绝望中的小狗，把它拖上小汽艇。朱迪浑身颤抖，但毕竟安全了。奥利弗再不紧不慢地去救武哥，武哥也得救了。小汽艇掉转方向，朝大艇开去，远远看着这一切的"小虫"号上的水兵们大声欢呼起来。

奥利弗仍然双腿夹紧舵柄，隔着江水向"小虫"号打了个旗语——"朱迪已完成受洗"。

上艇后，武哥洗了很久的澡。满身污泥的朱迪则被命令先去接受消

毒处理，由杰弗里负责。杰弗里发现，"朱迪一开始怕得浑身哆嗦，我跟它聊天，带它在艇上到处走。那天晚上，它睡在我的床铺旁边，第二天，它就完全没事了"。

这次落水在官方的航行日志中被记录为一次"有人落水，派出救生艇"的事故，可实际上先落水的是一条狗。经此一难，朱迪得到了教训。从那以后，它再也不到钢板上去了，甚至只要艇一离开岸边，它连护栏都不愿靠近。踩着舷梯上岸时，它也处于"警戒状态"。奥利弗觉得这很有趣，他说朱迪"耳朵都竖了起来，全副武装地做好了准备"。落入危险的江水一次就足以让朱迪明白，这样的经历再也不要来第二次了。

落水后没多久，年轻的指示犬向大家证明，它确实是时刻"准备着"的。它也许不是一条优秀的狩猎犬，但它从另一个方面帮助了大家。在长江上，运粪船是不断出现的威胁。这些敞篷的船，从沿岸的村庄中收来一桶桶的粪便尿液，运到偏远的河段倒掉。其他船哪怕只接触到一点点它那熏天的恶臭，也会臭上好几天，就像是被臭鼬喷过（对炮艇上的水兵们来说，在这种船上的人是怎么生存的，简直就是个谜）。朱迪刚登上"小虫"号不久，就以实际行动证明了自己敏锐的嗅觉。每当有运粪船靠近时，别人都还没有看见，它就已经感觉到了。它会开始大叫，跑圈子，越来越焦躁不安。根据它的表现，大家就知道该关上舱门和舷窗了。这样一来，那强烈的恶臭便不会飘进艇中。

朱迪的本意也许并不是要警告大家，但它的人类朋友们都把它的叫声当作是警告。对一条狗的生存而言，气味具有令人难以置信的重要性。狗的嗅觉比人类的嗅觉灵敏得多，甚至也许灵敏了百万倍。在狗面前，人类可以说是没有鼻子。

德国生物学家雅各布·冯·于克斯屈尔创立了"周围世界"的概念，

用以描述动物眼中的世界以及它们是如何看待各种事物的，以此与我们人类所认为的动物的思考和感知方式相区别。在朱迪的世界，或者说在它的观点中，运粪船的强烈气味并不是坏事，甚至都无须躲避。实际上，狗能通过尿液的信号去了解留下这些尿的动物的情况。毫无疑问，朱迪是被运粪船上强烈的信号弄得不知所措了，它的躁动只是为了表达这种不知所措，又或者是为了表达兴奋之情。然而，对"小虫"号上的人来说，朱迪的叫声能让他们提前避开那恶心的气味。这显然会让朱迪失望，但也会让它成为大家眼中的无价之宝。

朱迪落水后不久，它强大的嗅觉又在另一个方面再次发挥了重要作用。当时的"小虫"号和其他炮艇一样，很少在夜间航行。从黄昏到黎明，它会停泊在岸边，只留一两个人守夜。那一夜，"小虫"号停在了港口城市芜湖的旁边，停泊处的河面相当狭窄。

凌晨三点左右，大家都在呼呼大睡时，朱迪突然从船前面它睡觉的盒子里跳出来，开始对着黑夜狂吠。守夜人没有丝毫犹豫，赶紧打开"小虫"号上的奥尔迪斯强光探照灯，灯光照亮了江面上顺流而来的两艘小船。

来者是江盗，这是他们最喜欢的偷袭方式。这两艘小船将以粗绳相互连接，当它们一左一右地贴上袭击目标时，粗绳缠住大船船头，让小船紧紧跟随大船。接着，江盗会跳上大船，将船上的人通通杀光或控制住，再随心所欲地抢夺劫掠。

多亏了朱迪，这一次，他们的偷袭计划失败了。守夜人打响了一枪，穿着睡衣的水兵们纷纷从床上跳下，冲上甲板，并立刻准备好了小型武器，还有人拿起了甲板上的枪。两艘小船上领头的江盗此时已爬到"小虫"号上，左右各有一人。他们被猛烈的火力迅速控制，掉进了江中。

沃德格雷夫下令主机枪不停扫射，以示威慑，并派人割断了连接两条小船的绳索。在此期间，朱迪一直不停狂叫，并朝离它最近的小船露出尖利的牙齿。江盗最终放弃了袭击，撤回到夜幕中，大概在祈祷下次不要遇到准备如此周全的一群人吧。

水兵们欣喜地向他们的吉祥物高呼。嗅出江上开来的运粪船是一回事，这又完全是另一回事了。朱迪及时察觉到危险，拯救了整艘炮艇。它是怎么察觉到悄无声息地接近他们的江盗的，这是个谜。这种对危险的极度敏感也许可以追溯到它最早在上海街头流浪的经历。不管怎么说，在朱迪的一生中，这种比人类提前感知危险的能力成了它的一项重要技能。

大家给朱迪更多的食物和关爱作为奖励。不过，他们也觉得，比起朱迪露出的尖牙，另一个因素也许在吓退江盗方面发挥了更重要的作用——当时，有一名水兵只穿着深红色的睡衣上衣就出现在了甲板上，他疯狂地挥舞着一把消防斧，屁股全露在外面。

这当然比愤怒的小狗更吓人。

第三章

上岸记

　　"水箱"库珀决定要教朱迪如何做一条合格的指示犬，他尝试传授它狩猎的技巧，使它成为艇上狩猎队的好帮手。

　　补充野味是炮艇上的水兵们的重要任务，而"小虫"号正好最近运气不佳。他们所在的地区有大量飞禽走兽，他们却收获寥寥。

　　库珀很想教，朱迪却不怎么想学。库珀花大量时间和朱迪在一起，给它示范应该怎么做，甚至亲自手脚并用地趴在艇上的鸡笼边，一动不动地摆出"指示"的姿势，可课程还是进行得不顺利。朱迪喜欢在库珀身边蹦来蹦去，它不是在学习，而是在玩。库珀写道："我觉得它把整件事都当成是消遣了。"

　　一天下午，他把朱迪带上岸，进行第一次真正的狩猎。库珀以为，只要朱迪能回归田野，它身体中自然的本性也许就会被唤醒。狩猎刚开始没多久，它以教科书般标准的姿势做出了"指示"，这是唯一的一次。可不幸的是，它并没有将大家的枪口指向猎物，而是指向了"水箱"本人。库珀吓得大喊"千万别开枪"，才躲过了一场灭顶之灾。

　　他们又尝试了一次。这一次，朱迪消失在灌木丛中，它本应把鸭子或鹌鹑赶出来，但它消失了很长一段时间，还没有任何动静。库珀只好去找它，才走出一点远，他就听到撕心裂肺的嚎叫，他从来没听过狗发出这样的叫声。他赶紧顺着声音的方向，冲进了树林。

　　就在这时，他看到了朱迪。那真是悲惨的一幕。它陷进一个大大的泥坑，又或者是流沙坑，库珀也不确定。他匆匆忙忙地想要救它出来，结果自己也陷了进去。胸口以下全都深陷其中后，他才反应过来。

这不是泥沼——这是个露天的粪池。先是朱迪，现在又是库珀，他们俩都陷进了巨大的粪坑。这也再次证明，在朱迪的"周围世界"中，排泄物的气味是有趣的，而非恶心的。只是很不幸，这个粪池很深，朱迪被困住了。它的求救让它的朋友也被困住了。

他们俩的活动使粪池表面一层薄薄的硬壳裂开，露出了下面又黏又臭的东西。让人无法忍受的恶臭从裂缝中飘出，人和狗都快要被熏晕了，他们差点一头栽倒，就此结束生命。

库珀腹中如翻江倒海一般，他大气也不敢出，努力冷静下来，抓住朱迪的脖子，用力把它甩出粪坑，自己也奋力跳了出去。接着，他便瘫倒在坚硬的干地上。

他胸口以下全是令人作呕的粪便，鞋子发出恶心的吧唧吧唧的声音。他不敢用鼻子呼吸。露在外面的胳膊和双手都是黏糊糊的，怎么用力在草上擦也擦不掉。朱迪的情况更糟，它脖子以下都弄脏了，基本看不到白色的皮毛。

一路走回艇上，没人敢走在库珀和朱迪周围二十米的范围之内，只有一大团嗡嗡乱飞的苍蝇陪伴着他们来到江边。走到"小虫"号旁边时，他们发现旗杆上升起了黄色的检疫旗，警钟响个不停，水兵们都在大喊："脏死啦！脏死啦！"他们俩擦洗了好几天，其他人才敢接纳他们。此事过后，库珀对运粪船上的船员又有了新的敬意。

朱迪指示猎物的技能显然还需要锻炼。但到了这个时候，炮艇上的人都看明白了，他们的这只吉祥物是非同寻常的。"随着年龄的增长，它似乎有了人类的思维，"杰弗里在日记中这样写道，"它好像能听懂我们说的每个字。它身上弄脏了，就会跑到我这儿来，耷拉着脑袋。如果我骂它是条坏狗，它会把耳朵垂下来，偷偷一笑。如果我骂它是条脏狗，它会呜呜地哼着，趴在我脚边。我拍拍它的头，它就知道我原谅它了。它好可爱。"

在狩猎失败后没多久，朱迪的聪明与警觉再次出人意料地发挥了重要作用。有一天，"小虫"号停在离上海不远的江边，皇家海军上将查尔斯·利特尔爵士登上了"小虫"号。每个人都收拾整齐，准备接受全面的检阅。用库珀的话来说，上将来就是要"给他们好看的"——他会找出艇上每一处堆积的灰尘、每一个松散的线头和每一张没有铺好的床单。

大家立正站在甲板上或是各自的床边，气氛越来越紧张。利特尔刻意找出了一些不足之处，训斥了好几名水兵。接着，他来到朱迪面前，朱迪"立正"坐着，伸着舌头，看起来像在大笑。它的旁边是折得整整齐齐的毛毯，两捆紧紧卷好的狗绳，以及一个写有"朱迪"名字的项圈。

上将把朱迪上下打量了一番，检查了它的行装，又面无表情、一言不发地走到了下一名水兵面前。

这一天还没有结束，接下来还有各种航行技能和紧急演习的测试。"小虫"号的唯一一个 A+ 的成绩是在拯救落水人员的技能测试中得到的，毕竟，他们才刚刚实践过。时间慢慢过去，大家紧绷的神经渐渐放松，都开始觉得筋疲力尽了。

突然，站在舰桥上的朱迪开始狂叫。大家生怕上将会因为这聒噪而更加严厉地对待他们，于是他们命令朱迪闭嘴。可它还是叫个不停，而且越叫越急——它摆出指示的姿势，就像在灌木丛中发现了山鸡。有些人心想，也许是运粪船又要来了。

军官们顺着它高高昂起的鼻子望向天空，他们这才看到了飞机的轮廓。那飞机越飞越近，他们看到了机身上日本的标志。这是一架侦察机，它俯冲下来，从炮艇前端掠过，又重新拉起高度飞走了，消失在远方。

直到这时，朱迪才停止狂叫。

当时，英国正在高度机密的状态下研发雷达。而在这儿，一只不起眼的吉祥物就完成了雷达的工作，而且成本还不到科学家所需研究经费的一个零头。"真神奇，"利特尔上将说，"它可能是感觉到了声波的振动吧。也许有一天，我们都需要在舰桥上养一条朱迪。"

此后多年，朱迪一直发挥着预警的作用，它总能比大家先察觉到飞机的到来——通常是那些不怀好意的飞机。它为什么会狂叫并做出指示呢？也许是它对会飞的东西的天生反应吧。我们都知道，飞机和鸟是完全不同的，但朱迪并不知道。对它而言，那只是"水箱"库珀希望它指示出来的一样东西而已，它也照做了。事实证明，它的这一本领比抓鹌鹑有用多了。

无论让它产生这种反应的生理原因是什么，这个小小的意外让大家重新紧张起来，上将也无心检阅了。他揉了揉朱迪的耳朵，下令暂停演习。他离开后，"小虫"号继续逆流而上，开往下一个目的地——汉口。这是位于中国长江三角洲中心的一个内陆港口城市，具有重要的战略地位（也是现今武汉三镇的一部分）。

到了该上岸的时候了。

如果有的选，水兵们最喜欢去的是有"东方巴黎"之称的上海。从上海当时的人口总数来看，西方人所占比例很小，但这些"鬼佬"控制了整座城市几乎一半的区域。英美商人从贸易中赚得盆满钵满，德国人则把上海作为其在华投资的基地。那时中国一半的进出口业务都集中在上海。

上海也是一个有着无穷欢乐的热闹之都，是东亚的活力中心。与南边处于英国殖民统治下的香港相比，上海更世俗、更多样化，它既欢迎见多识广的富人，也容得下失业流浪的人。抗日战争爆发前，上海英租界的生活是奇特的，它融合了亚洲城市的勃勃生机与英国乡村生活的传统。这里有网球和板球俱乐部，每天都有下午茶（上海当地人也颇有兴致地学起了这一习惯）；当然了，还有酒吧。养宠物狗也是英租界与众不同的特点之一，这与当地人的观念形成了强烈对比。

正因如此，每当朱迪陪"小虫"号上的水兵在晚上四处闲逛时，它总是很受欢迎。有时候，他们会去江边的当地酒吧，把硬纸箱翻过来当椅子坐。有时候，他们会去国际饭店富丽堂皇的酒吧或是上海跑马总会。朱迪的皇家海军正式成员的特殊身份总能让它一路畅通无阻。在20世纪30年代，以上两种场景都是社交生活中最常见的。水兵们往往是粗俗的、没有受过教育的，他们精通航行的各种细节，对江上的人际交往颇为熟悉，但在其他方面却知之甚少。他们也许很难和国际饭店里彻夜跳舞的欢场老手打成一片，但毕竟他们身处上海最时髦最热闹的场所，和最重要的大人物们共处一堂。

古尔德·亨特·托马斯是一名美国石油工人，他在回忆录里这样谈到他记忆中的旧上海："大家在这座城市中来来往往，很多人把薪水的一半甚至更多都用来找乐。"炮艇上的水兵们尤其如此，因为他们要用一两个晚上的享乐来弥补几周的寂寞，然后便又要出发了。

英国人习惯在炮艇上喝酒（其他欧洲国家的水兵们也是如此，他们都在船上储备了酒），所以他们不会像美国水兵那般放纵。美国人只要一进城，就会迫不及待地开始狂欢作乐。对这帮自称"河鼠"的美国佬来说，"上岸"就意味着随心所欲、马不停蹄地放纵，直到最后分文不剩，起航前一刻摇摇晃晃地回到船上才算结束。

美国炮艇上的一名军官回忆说："经过漫长、阴暗又潮湿的冬季，岸上的一切都陷在齐膝深的淤泥中，每个人都存下了相当于半桶银元的积蓄，甚至更多，都迫不及待地想找个地方把它花掉。"外滩上藏污纳垢的廉价酒吧和所谓的"绅士俱乐部"总是乐意帮"河鼠"们把这笔现金换成某种形式的享乐。有人说过："大部分钱都用来买酒和找女人了。其他的也都胡乱花掉了。"

酒吧斗殴是很常见的，任何对船或国家的最微不足道的冒犯都会引发打斗。其实，在长江上巡航的水兵们无论身处哪艘军舰，归属哪国海军，相互之间是非常熟悉的，所以这些打斗与其说是出于真正的愤怒，倒不如说只是一种仪式。不同的国家之间，同一支舰队的不同军舰之间，有时候甚至是同一艘军舰上相互生厌的水兵之间，都会发生互殴事件。可以说，是酒精将人内心深处的兽性引了出来。

朱迪也不例外，它对啤酒的嗜好让它成为这群小伙子的一员。在汉口，他们的夜间生活从汉口的外滩开始，也在那里结束。那是汉口城区最主要的道路，而他们最喜欢去的地方是"香港和上海银行"大楼一楼一家重装后的小酒馆。酒馆里有一架钢琴、两张台球桌，还有会说英语的中国服务生，整夜为客人端来提神的酒水。换句话说，那儿就是天堂。

正是在那儿，朱迪加入了"最强者俱乐部"，这是英国炮艇上的水兵们在长江巡航早期创建的饮酒俱乐部。这名字来自大家都喜欢喝的一个叫EWO的陈贮啤酒品牌。喝酒的时候，他们还会在酒上加一层"马头"，里面混合着洋葱、当地草药和天知道别的什么东西。大家都喝它，因为他们是炮艇上的水兵，炮艇上的水兵就该喝这个。有的时候，还有人说，这个东西能让你成为真正的男人。总而言之，它和当地中国人为了强身健体和促进生育而吃进肚里的犀牛角粉、蛇皮之类的东西并无区别。

为了赢得加入俱乐部的资格，候选人必须左手端一杯啤酒，完成三位评委的挑战。他必须大声喊出"为噗噗大主教的健康干杯"（在军队里，大家玩这样的喝酒游戏时，都会提到这位并不存在的主教的名字）。接下来，他必须做完一系列复杂的手脚动作，然后将手中的啤酒一饮而尽。然后，他还得大喊"噗噗噗大主教"和"噗噗噗噗大主教"的名字，将以上过程重复两遍，而需要完成的动作将是之前的三倍，并且还要喝下更多的啤酒。假如他能毫无差错地喝完三大杯啤酒，他就能得到一张会员卡，还会有人教他唱《最强者挽歌》：

> 我们是最强者，
> 航行在浑浊的长江上。
> 无论来自炮艇还是巡洋舰，
> 我们来这儿就是要狂欢。

尽管朱迪很有天赋，但这样复杂的仪式它是肯定无法完成的。幸好，它只需要根据提示大叫三声就可以了，这个技巧"水箱"库珀教过它，于是它顺利获得了加入俱乐部的资格。在酒吧里，它可以把会员卡别在项圈上。在其他时候，这张会员卡就挂在"小虫"号上它的床头。

外出玩乐的晚上，朱迪喜欢在人群中穿梭，贪婪地嚼着大家喂给它的花生，吧嗒吧嗒地去舔洒出来的啤酒，再像一只可爱的宠物一样，跳上水兵的膝盖。芜湖有一家与众不同的餐厅，供应各种美味的冰淇淋，

朱迪又很快迷上了这甜甜的零食，总是央求着要吃一碗。有一次，没人理会它哀怨的呜咽声，它竟然自己悄悄跑到吧台后面，拖出了一大盒香草冰淇淋，一直把它拖到了房间中央。很快，它就如愿吃到了一大勺。

这些啤酒和奶制品不可避免地会让朱迪出现严重的肠胃不适。通常出去玩了一晚上后，朱迪就不睡觉了。它会摇摇晃晃地走到艇上的医务室。卫生员威廉·威尔逊会照顾它，很多年以后，他还回忆说："有时候，我会给它喂点黑刺李糖浆（儿童缓泻剂）。"

朱迪不仅在酒吧表现出了对人的亲和友善，它还喜欢陪伴人们在乡间奔跑，尤其是陪伴库珀、杰弗里和维克·奥利弗。当水兵们分成两队，来一场足球或是橄榄球比赛时，它总会跑到球场上，竭尽全力跟上大家的步伐。但这两种球，它都不擅长（"小虫"号的水兵们也大方承认，他们也都不擅长这两样），它天生更擅长的是曲棍球。一看到飞出去的球，它会像闪电般冲上去，用嘴咬住球，再飞奔到最近的球门前，泰然自若地进球得分，而不管这一分是为哪一方赢得。最后，大家会把朱迪进的球扣除，得出最终比分。

有一位名叫查尔斯·古德伊尔的上士，在另一艘炮艇"蜜蜂"号上服役。他是奥利弗的好朋友，又通过奥利弗在某个出去狂欢的晚上认识了朱迪，也成了朱迪的好朋友。从那以后，只要是"小虫"号和"蜜蜂"号停泊在同一个港口期间，他都会带朱迪出去玩，也经常来"小虫"号上看望朱迪。他们最喜欢去的地方是上海一家名叫"小猪与口哨"的英式酒吧。古德伊尔一而再、再而三地去那家酒吧是因为他看上了那里的一名服务员。那名服务员是个年轻的俄国寡妇，她来中国工作。一来二去，他们最后真的结婚了，还让朱迪参加了结婚典礼。

然而，这个世界基本上还是一个没有女人的世界。朱迪当然不算什么替代品，但它还是给在江上艰难生活的人们带来了一丝家的温暖和陪伴。它给这些人带来了一些友谊之外的东西：它用事实证明了自己了不起的能力，它能提醒它的朋友们小心即将发生的危险——无论这危险是来自天空还是海洋，又或是陆地。在长江边的美丽小城九江，就又发生了一次这样的事情。

当时，杰弗里带着朱迪在九江一条树林边的小路上散步。"我们大概走了两千米，正准备回旅馆。"上士在日记中写道，"突然，朱迪从我身边跑开，冲进了树林。我知道那周围有鹿，因为我看见鹿群的脚印了。我以为朱迪是跑去玩的，可我听到了它的呼叫。我大声喊它，它浑身颤抖地从树林里出来。我正准备摸摸它，它却跑到了我前面，再也不敢离开路面了。我停下来，回头一看，发现树丛中有一只大猎豹。我想，'原来让朱迪害怕的就是它啊'。

"后来，我才反应过来，应该是朱迪闻到了猎豹的气味，分散了它的注意力，所以它才没有攻击我。"

此后很多年，朱迪又通过这样或那样的方式救了很多人。它的能力让大家都困惑不解。

第四章

战争

1937 年 7 月，"卢沟桥事变"爆发。之后，日本人又炮轰了中国的数座城市，并举兵入侵。

对在上海彻夜狂欢的西方人来说，战争似乎还很遥远。只要贸易量尚未缩减，亚洲国家之间的纷争对商人和进出口公司的影响就不大。作家埃德加·斯诺批评在上海的美国人是生活在"一个舒舒服服但密不透风的玻璃盒里"。古尔德·亨特·托马斯认为："上海是一个自我封闭的世界，这里很多外国人似乎丢掉了他们与家乡的联系；而另一方面，他们对中国和中国人的了解程度还不如那些在本国从报纸上了解时政的人。"

英国作家查尔斯·伊舍伍德曾于这段时间在上海游历，他说，飞往北方的枪弹炮火没有给上海带来任何改变：

> 身心疲惫或贪得无厌的商人在这里找到了能满足自己欲望的一切。你可以买到电动剃须刀，可以吃到正宗的法式晚餐，可以买一身裁剪精致的西服。你可以在华懋饭店顶楼的华懋阁翩翩起舞，和能说会道的经理弗雷迪·考夫曼闲话家常，聊聊欧洲的贵族家庭或是希特勒上台前的柏林。你可以去看赛马会、棒球赛、足球赛。你可以看到最新上映的美国电影。如果你想找漂亮的姑娘或小伙儿，在澡堂或妓院就能找到，而且各种价码的都有。你想要鸦片，可以去最好的公司吸，服务员会把鸦片放在托盘上，像下午茶一样端到你面前……最后，如果你还想忏悔，这里有各种教派的教堂和礼拜堂。

然而，到了 1937 年 8 月，日本陆军突然兵临城下，威胁着要击破围绕着在上海的英美人的泡沫。由于日本在军国主义者治下，试图缓解卢沟桥事变后紧张局势的努力均告失败。7 月下旬，战争全面爆发。很快，日本陆军在海军和空军的支持下，来到了上海的大门前。

"大家站在公寓楼屋顶，眼睁睁地看着日本轰炸机将数不清的炸弹投向高楼大厦另一边的中国战壕，"斯诺这样写道，"国际饭店的宾客们躲在静安寺路的安全范围内，从顶楼餐厅宽大的玻璃窗望出去，一边心满意足地啜饮着小杯咖啡，一边检阅着日军的炮火射击技术。"很多西方人无视当地的中国人民，让他们气愤的只是丰富的夜生活由此受到了影响。《时代》杂志的一名记者说："百乐门的赌场、国际饭店的空中露台、维克多·沙逊爵士的俱乐部均不复昔日光彩。"

美国迅速派兵保护美租界，众多西方人开始撤离。最终，蒋介石也被迫将自己的政府沿长江西迁。日军留下的是一个千疮百孔、人口锐减的上海。

离上海不远的首都南京遭遇的重创更甚。臭名昭著的"南京大屠杀"是一场毫无人性的暴行。"烧杀劫掠、奸淫妇女、屠杀平民，将中国人从他们自己的家里赶出去，大规模处死战俘，奴役青壮劳力，日军的所作所为将南京变成了恐怖之都。"弗兰克·蒂尔曼·德丁在《纽约时报》上写下这段话后没多久，就被迫逃离了这座烈焰中的城市。另一名美联社的记者 C. 耶茨·麦克丹尼尔在南京待到了最后一刻，他这样写道："我对南京最后的记忆就是，到处都是死去的中国人、死去的中国人、死去的中国人。"

西方大国也愤怒了，向日本提出强烈抗议，可日本方面毫无回应。战争还在继续。尽管中国的城市惨遭蹂躏，中国的百姓被无辜屠杀，中

国的武器装备远远比不上日本，但中国的军队还是以顽强反击证明了他们比日本人想象的要更难打垮。在长江上，朱迪和英美炮艇上的水兵们陷入了尴尬的处境。他们的国家尚未正式参战，飘扬着星条旗和米字旗的船暂时安然无恙，可他们无法对日本人的大屠杀视而不见，毕竟他们和中国人已经很熟悉了。

美国炮艇"班乃岛"号是几年前才下水的，这艘新型的美国炮艇比起它的前任们来，体积更大，火力更足。出于安全考虑，"小虫"号和"班乃岛"号结对巡航。在有巨大的峡谷将河流阻隔的地方，"班乃岛"号由于体形过大而无法通过，绝大部分时间只能在上海和汉口之间的主航道航行。水兵们觉得这样挺好，因为这些港口城市更好玩。但在这些地方，"班乃岛"号经常会成为当地人的靶子。"班乃岛"号的艇长，海军少校 R.A. 戴尔报告说："炮艇和商船经常遭到枪击，所有在长江上航行的船都做好了被袭击的准备。幸好，当地人的射击技术并不精湛，到目前为止，我们并没有在交火中产生任何伤亡。"

下游的毁灭无法阻止炮艇上的水兵们饮酒作乐。无论在哪儿停靠，他们总能上岸找到乐子。"班乃岛"号和"小虫"号相处得非常好，刚开始结对时，有一次，他们去河边村庄的小酒吧联欢，大家喝得大醉酩酊后，东倒西歪地回到各自的艇上。"水箱"库珀走上舷梯快一半的时候，突然发现朱迪不见了。

他询问了每个上过岸的人，有没有在离开酒吧后见过朱迪。他又问了每个待在艇上的人。他用无线电向"班乃岛"号呼叫，问他们有没有见过朱迪。要知道那帮美国水兵也是一见到朱迪就喜欢得不得了。他们的回答是："不好意思，没见到。"

库珀只好违反规定，重新回到岸上四处搜寻，但仍一无所获。当天晚上，他彻夜未眠。第二天，他依然坐立不安。就在这时，一封"来自村民的电报"向库珀通风报信了：朱迪竟然被囚禁在"班乃岛"号上。

是日深夜，库珀和另一名水兵划着小舢板，悄悄爬上了"班乃岛"号的栏杆。他们身手矫健，就像最厉害的江盗，神不知鬼不觉地溜上了这艘美国炮艇。几分钟后，他们带着沉甸甸的战利品，回到了舢板上，又悄悄划回了"小虫"号。

第二天，"小虫"号收到"班乃岛"号发来的信号："夜间江盗登艇，偷走了艇上的钟。"

他们迅速给出答复："我们也遭遇了江盗偷窃，偷走了朱迪。我们愿意用一座属于美国海军'班乃岛'号的钟来交换英国皇家海军'小虫'号上一位名叫朱迪的女士。它属于本艇全体官兵，是我们的好伙伴。"

不到一个小时，交换就完成了。从那以后，大家都明白了——朱迪是"小虫"号上备受大家喜爱的一员，再也没人敢把它藏起来了。

几周后，这样的打打闹闹戛然而止，日本人开始了对炮艇的猛烈攻击。南京危在旦夕，骇人的暴行随之而来。"班乃岛"号担心尚在南京城内的美国人的命运，于是，它向"小虫"号发出再见的信号，然后他们便分道扬镳了。"小虫"号逆流而上，负责护送几艘运货的汽船。"班乃岛"号在混乱的局势和连天的炮火中，将十四名美国人从南京撤出，其中还包括大使馆的工作人员以及两名新闻摄影师——《环球新闻》的诺曼·阿利和《有声电影新闻》的埃里克·梅耶尔。在身处纽约的海军少校詹姆斯·J. 休斯的命令下，"班乃岛"号又逆流航行了数千米，去保护三艘为标准石油公司运送原油的美国轮船。

日本飞机接到命令，开始攻击所有在南京以西长江江面上航行的船。当时，控制长江上空的飞机均属于日本海军部队，就连他们都认为这命令实在太激进了，一再要求确认。但他们所得到的回复是"只管炸"。很快，美国水兵们听到了飞机靠近的声音。他们的船上没有朱迪，没有叫喊声提醒他们提防不怀好意的来犯者。可休斯少校以为，白色的船身和舰桥上涂刷的巨大的美国国旗能保护他们免受任何攻击。

可现实并非如此。日军三架轰炸机和九架战斗机以赶尽杀绝之势对四艘美国船发起了猛烈轰炸，四艘船悉数沉没。"班乃岛"号上有多人遇难或受伤，还有被撤离的几名平民也受了伤。在他们弃船逃亡，划小船逃到岸边后，"班乃岛"号沉没了，两名新闻记者将攻击和沉没的全过程拍了下来。接下来的几周，长江沿岸到处可见在攻击中被摧毁的船和燃烧中的残骸。

愤怒的谴责和谈判随之而来。日本人承认自己有责任，但仍辩称袭击是无意之举（同一天，两艘英国商船和两艘英国炮艇也遭到了攻击，所以日本人所谓的"谁，是我们干的吗？"这样的言辞实在难以令人信服）。日本向美国支付了二百多万美元的赔偿（相当于今天的三千三百五十万美元）。可金钱也无法抚平两国关系的裂痕，正是从这一天起，日美间的敌对真正开始了。

在妄图占领中国的侵略者和保护自身利益的西方势力之间，还将发生多次紧张的对峙，这是其中极为严重的一次。日本军官开始成为"小虫"号和其他炮艇上的常客，尤其是水兵们为中国人挺身而出的时候。朱迪往往以尖牙和怒吼来迎接这些日本人，它显然没有忘记小时候在上海受到过日本人的虐待，它的心中还有满腔的怒火。以至于到了后来，日本代表登艇时，大家只能把朱迪关在甲板的下面。

　　"班乃岛"号遇袭事件和随之而来的紧张气氛宣告了灾难深重的1937年就此结束，也预示不远的将来还会危机四伏。从某个角度来说，广岛和长崎被原子弹毁灭可以算是"班乃岛"号沉没的结果。将西方盟军拖入太平洋地区冲突的全面战争即将来临。与此同时，朱迪将利用这相对和平的短暂时期，发展自己的天性。

第五章

恋爱记

凡是认识朱迪的人，没有不喜欢它的，除了日本人。而它对除日本人以外的亚洲人也没有任何歧视。它和几个经常在"小虫"号上出现的中国人格外亲密，最喜欢的是一位宋先生。宋先生又叫乔·宾克斯，是英国皇家海军驻汉口的官方办事员，为英国军舰提供军需给养等物品。这个职位也叫"买办"，很有威望，也很重要。他不仅要保证船上有所需的食物、烈酒和火药，还充当各种问题的处理者。水兵们偶尔需要忏悔时，他还是神甫。

"小虫"号停泊在汉口时，乔经常会把他的四个小孩带到艇上来。也是在这里，朱迪第一次得以与小孩子们玩耍嬉戏。狗往往和小孩有着特殊的联系，大概是因为小孩的个子小，与狗的地位更平等吧。在与成年人长时间为伴后，朱迪终于有机会能跟着小孩子尽情奔跑了，它追逐着他们扔来的皮球，享受着他们纯真无邪的爱。

还有一个名叫阿嬷的女人和她的孩子们也颇受朱迪青睐。阿嬷在当地方言中是"用人"的意思（在亚洲其他地方，也有"女仆"或"奶妈"的意思），但这个女人更像是创业者，她以低廉的价格争取到了为"小虫"号提供全方位船运服务的权利。她将人员和货物从"小虫"号上运进运出，为"小虫"号捕鱼，提供新鲜的物资储备，运送多余的粮食，搭载在艇上做饭或是在永远泥泞的艇身上刷油漆的工人们。

阿嬷成为"小虫"号的常客后，朱迪也就经常有一群孩子陪伴。说真的，朱迪在阿嬷的大木船上待的时间和它在"小虫"号上待的时间几乎是差不多的。阿嬷船上的女裁缝在做白裙子或是给船员们缝补工装裤时，会哼起轻柔的歌谣，让朱迪仿佛陷入了催眠般的温柔魔咒中。在"缝呀缝呀"的歌声中，朱迪一路飞奔，往返于炮艇和阿嬷的木船之间。

可与朱迪最亲密的，还是"小虫"号上的四名水兵，他们分别是：把它从上海犬舍带出来的水手长杰弗里，当它暴饮暴食、醉酒或是掉进粪坑后细心照顾它的威廉·威尔逊，把它从长江中救出来的维克·奥利弗，以及给它喂饭的"水箱"库珀。

可惜的是，在1938年的年中，朱迪的这四位好友都从"小虫"号被调到舰队的其他炮艇上去了。每个人在离开"小虫"号和他们最喜爱的吉祥物时，都流下了伤心的泪水。他们揉着朱迪的耳朵，看着它永远微笑的脸庞，让它最后一次再温暖地舔一舔他们。这是一条多么可爱又多么令人难忘的狗。这是一次多么不同寻常的道别。实际上，多年以后，当这四个人都垂垂老矣时，他们对自己在长江上巡航的事情都已记不清了，却唯独没有忘记这条不同寻常的指示犬。

每一位朋友离开时，朱迪都表现得很悲伤。然而，它还没有和任何一个人建立起一种真正特别的与众不同的联系。它的情感有很多的对象，它似乎并不想冒险把自己完全交给某一个人。

"蟋蟀"号是"班乃岛"号沉没当天遭受日本炮轰的另一艘炮艇。在那之前，它给"小虫"号上的水兵们带来过深远的影响——毕竟，他们是在见过"蟋蟀"号上身形巨大的吉祥物邦佐之后，才决定在自己的艇上也养一条狗的。朱迪登上"小虫"号后，每当两艘艇相遇时，水兵们都得把它藏在甲板下面，因为邦佐一见到它就像发了疯一样。显然，邦佐很喜欢朱迪。这不足为奇，毕竟他几乎从来没有过任何雌性动物的陪伴。但朱迪不愿回报邦佐的热情，朱迪每次看到这条笨笨的拳狮犬与梗

犬的混血大狗时，都会发出愤怒的咆哮。"小虫"号上的水兵们觉得邦佐配不上他们最爱的朱迪，于是，他们把朱迪藏起来，免得邦佐粗鲁的追求吓到它。

老套的是，最终让朱迪放下防备并赢走它芳心的，是一条温文尔雅的法国小狗。

除了"班乃岛"号，还有一艘法国炮艇"弗朗西斯·加尼尔"号也不时与"小虫"号联合展开行动。1938年春的一天，"弗朗西斯·加尼尔"号与"小虫"号并肩停靠在港口，朱迪和它新结交的好朋友待在甲板下，这是一位稚气未脱但很有能力的水兵，名叫博尼费斯，艇上的人都叫他"博尼"。他从简·库珀手中接管了物资储备的工作，朱迪自然很快就喜欢上了这位负责食物和啤酒的新人。

博尼正绞尽脑汁地想要给他在上海认识的心上人写一封信，写了半天也没写出来。朱迪的表现很奇怪，它不停地扯着博尼的腿，往楼梯的方向拖。最后，博尼只好放下笔，带它上了甲板。

一走上甲板，朱迪马上恢复了冷静高傲。它高高地昂起头，伸长尾巴，在甲板前方来回踱步，完全不理会大声喊它、想和它一起玩的水兵。

当水兵们朝停靠在旁边的"弗朗西斯·加尼尔"号望去时，他们很快明白了朱迪为什么会举止反常。在那艘法国炮艇的甲板上，也有一条纯种指示犬，简直可以算是朱迪的复制版——只不过，它是公的。

它叫保罗，它把前腿搭在栏杆上，目不转睛地盯着朱迪的一举一动。过了几分钟，朱迪才蹦蹦跳跳地回到甲板下面，"小虫"号上的水兵们都乐了。"你就像个淑女，"博尼一边喂朱迪，一边说，"看都不看它一眼，露个面就消失了。"

保罗虽然在法国船上，但它还算不上是真正的情场高手。它的追求招数就是一看到朱迪，便马上趴在地上，四脚张开，下巴狠狠地往甲板上磕。它殷勤地跑来跑去，迫不及待地想在一见钟情的母狗面前展示男子汉的气概。朱迪则保持腼腆，时而无视这位热情的追求者，时而又用尖利的牙齿咬它一口。

一天，两艘艇上的军官们要召开战术会议，便用缆绳将两艘艇系在了一起。保罗利用这个机会，向朱迪展示着自己的运动天赋。它在艇上来回冲刺，跑得气喘吁吁，舌头都耷拉到了一侧嘴角。可惜的是，"弗朗西斯·加尼尔"号的护栏不够长，保罗又跑得太猛，没能及时刹住，一下从艇边冲了出去，掉进了浑浊的江水中。幸好它离岸边很近，一群村民蹚进水里把它救了起来。

朱迪不再故作清高，不再有所保留了。保罗掉进水的一刻，朱迪大声哀嚎着，恨不得也跟着保罗跳进水中。当保罗被人救起，再次来到"小虫"号上时，朱迪舔着它的脸，把头紧紧靠在它身上。

坚冰从此被打破。

那天剩下来的时间，朱迪都在法国炮艇上四处参观，这是保罗为它安排的特别"行程"。当朱迪再回到"小虫"号上时，包括博尼费斯在内的几名水兵围在它身边，命令它坐下。多年后，博尼费斯还清楚地记得他当时发表的一番训话。

"我们觉得，是时候和你认真谈一谈了，"博尼开口了，"我们可以说是你的法定监护人，当然也希望为你的幸福尽最大的努力。但是，一切必须妥妥当当，必须按照规矩和海军的传统来。"

朱迪抬起头，舔了舔他的手掌。

"保罗是条不错的狗，也是纯种的指示犬，'弗朗西斯·加尼尔'号上的那帮人也都挺不错的。所以，我们现在批准你，今天订婚，明天

结婚！"

大家欢呼起来，朱迪似乎明白有什么好事就要发生了，开始兴奋地跑圈。

"记住，"博尼继续训话，"你们生的第一只小狗必须叫博尼。"

艇上的电焊工拿出他专门设计的小脚环，套在朱迪的左前腿上。

"这个，"他说，"就是你的订婚戒指。"

第二天午饭刚吃完，两艘艇的人在"小虫"号的甲板上集合，举行仪式。大家穿着全套的正式制服，列队站得整整齐齐的。一小群好奇的中国人站在岸边张望。两艘艇上掌管食物储备的水兵——即"小虫"号上的博尼和"弗朗西斯·加尼尔"号上的拉普安特分别牵出了各自的狗。

博尼费斯用低沉的声音说："现在，我宣布你们……"他看了一眼大家微笑的脸庞，思考着合适的措辞。"结为夫妻？结为公狗与母狗？保罗与朱迪？该怎么说呢？"

法国炮艇上的中尉大喊："就宣布他们结为一体好啦！"

博尼照着说了。两条狗可以自由完婚了。

保罗在"小虫"号上待了三天，它和朱迪舒舒服服地窝在水兵们为它们特别布置在前舱的"小爱巢"里，大家几乎都看不见它们的踪影。在度过了形影不离的七十二个小时后，保罗被带回到自己的艇上，它一路都在大声地狂叫抗议。

没过多久，朱迪长胖了，它怀孕了。它的一举一动开始变得更加小心翼翼，生怕影响到了在它肚子里悄悄生长的小生命。

犬类的标准怀孕期是九周。九周后，博尼冲下楼梯，向正在吃饭的战友们宣布：朱迪生产了。它生下了十三只幼崽。其中三只由于太过瘦小，没有撑过当天，另外十只则快乐地长大了。大家纷纷来"小虫"号参观，迫不及待地想看看这些新成员，他们带来的牛奶和食物让这些小家伙很快就长得圆滚滚的。

保罗消失了一段时间，直到"弗朗西斯·加尼尔"号执行任务回来，追上"小虫"号，它才重新出现。保罗与朱迪重逢了，大家带着这对骄傲的父母散步锻炼，后面还紧紧跟着用皮绳套着的十只小狗。法国水兵们说，过去几周保罗一直表现得很奇怪，就好像它也知道自己错过了一件重要的人生大事。

在炮艇上养一条狗还行，但十一条就太多了。小狗们迈着胖嘟嘟的小腿，涌进艇上的每个角落，只要不是铁的东西，它们都要去啃，椅套、弹药带、船帆，什么都不放过；它们还到处撒尿。

最终，沃德格雷夫少校不得不做出艰难的决定——将小狗送走。"弗朗西斯·加尼尔"号上的水兵们抱走了最好的几只，他们可一点也不担心增加艇上的小狗数量。汉口赛马俱乐部的官员们用野战炮和弹药换走了一只，因为他们本来就担心这些武器会招来日本人不必要的注意。有两只狗去了英国领事馆，还有两只去了美国炮艇"关岛"号。最后一只则作为礼物，送给了一位在河船上工作的苏格兰工程师，因为有一天，他帮助"小虫"号完成了一个特别棘手的维修任务。

失去自己的孩子，朱迪难过了一段时间，但很快就恢复了。在当时的条件下，这也是无可奈何的。朱迪"结婚"和"度蜜月"都是战争中相对平静的时期中的事，当时，"班乃岛"号事件刚刚引发日本和西方国家之间的紧张关系。没过多久，日本又开始轰炸炮艇。说实话，"小虫"号非常需要朱迪的预警。在朱迪生下幼崽的当天，两架日本轰炸机就突然出现在"小虫"号头顶。幸好，一队中国战斗机扔了几个炸弹，把它们赶跑了。当时的朱迪忙于生崽，根本无暇顾及这些。

    1938 年的最后几个月，日本在长江流域的霸权越来越受到中国空军的挑战。这是一支由五花八门的飞机组成的队伍，飞行员的构成更是五花八门——有中国人，更多的是美国人、英国人和苏联人。实际上，中国空军顾问陈纳德就是个美国人。全面战争爆发后，他作为大名鼎鼎的飞虎队领袖，在历史上扮演了重要角色。

    有趣的是，抗日战争中，"小虫"号在帮助中国争夺领空力量方面还做出过重要贡献。当时，"小虫"号上的通信兵斯坦利·科特罗生病了，被送进芜湖的美国教会医院。这家医院正好位于日本轰炸机前往长江的必经之路上。科特罗做完手术才几个小时，就清楚地听到日本飞机从医院上空飞过的嗡鸣声。他说服医生让他爬到屋顶，向周围的船只发出预警信号。科特罗对将信将疑的医生们说："我就是个信号兵，要是不好好利用这个机会，那我的存在还有什么意义呢？"后来，他教会了医院的几名工作人员摩斯密码和最基本的发报操作。这样一来，西方国家的船就有了一整套有效的预警系统。这一系统，再加上朱迪的提示，"小虫"号再也没有毫无防备地被袭击过了。中国的飞机也总能恰逢其时地出现，这让日本人沮丧不已。

    与此同时，朱迪与日本人的私人恩怨也在继续。1938 年 10 月的一个早晨，博尼费斯和另一名水兵——一等水兵杰克·劳带着朱迪在河边跑步锻炼，正好遇上了一名在河边木板路上巡逻的日本士兵。通常情况下，大家都会把朱迪带走，免得它与它最痛恨的日本士兵发生正面冲突，但这一次，朱迪的反应不同往常。它低着头，夹着尾巴走到日本士兵面前，开始嗅他的靴子。

    日本士兵突然大发雷霆，尖叫着猛踢朱迪。朱迪没有逃走，而是站起来，对着日本士兵狂叫。日本士兵退后一步，拉开步枪上的保险栓，将枪口对准了朱迪。

毫无疑问，他想把朱迪置于死地。劳本能地做出反应，身材魁梧的他冲到日本士兵身边，把他举起来扔进了河里。

在确定日本士兵不会被淹死后，博尼、劳和朱迪迅速回到"小虫"号上。接下来好几天，日本的外交官和军官不断来到"小虫"号上的军官室，就此事进行高层谈判。在喝完无数杯朗姆酒和清酒后，双方终于达成协议。日本人对士兵被粗暴对待一事不再追究，但从此以后，凡"小虫"号在汉口停泊期间，朱迪再也不能下艇了。

第六章

战犬

1939 年夏天，战火在欧洲迅速蔓延。虽然发生在中国的战争已经进行了一段时间，但英国皇家海军才刚刚决定扩大他们在华的军事部署。这就意味着朱迪和"小虫"号上的大多数水兵将会有新的归宿。日渐陈旧的昆虫级炮艇将被更大、更快、更强的炮艇所取代，例如"蜻蜓"号、"蝎子"号，以及朱迪的新家"草蜢"号。"小虫"号即将前往非洲，并在第二次世界大战期间担任驻埃及港的保卫艇。

新一代的炮艇开到长江后不久，1939 年 9 月 1 日，德国就入侵波兰了。第二次世界大战正式爆发。英国海军部预见到日本与德国结盟的可能，决定采取更为保守的策略，将炮艇从中国撤到大英帝国在亚洲最重要的战略地点——大本营新加坡。

"草蜢"号开进中国东海，又转而向南。此后，朱迪再也没有回过它出生的城市。

最初一段旅程前往中国香港，还不算特别艰难，但对已习惯平缓江水的指示犬来说，海上的颠簸是一种折磨。不仅仅是人，所有的哺乳动物都出现了晕船的症状。大部分时间，朱迪都吐得昏天黑地。水兵们想要帮助它，减少了喂给它的食物，并要求它每天锻炼。但直到旅程的最后十八个小时，朱迪才能站起来，恢复了正常状态。舵手在航海日志中写道："它现在的胃口好得像头牛。"在香港稍作停留后，"草蜢"号继续开往它的新家。

新加坡处于英国殖民统治之下，其主岛新加坡岛是一个钻石形的小岛。新加坡既是战火中的慰藉，也提醒着人们"真正的海军生活"是什么样的。朱迪和水兵们离开战乱中的中国，来到了一个和平的甚至是带着享乐主义色彩的城市。在莱佛士酒店传说中的长廊酒吧里，来两杯双份烈酒和新加坡司令酒是比应对敌军更重要的任务。从这个意义上来说，新加坡很像抗日战争爆发前的上海——西方人享受着快乐无忧的日子，直到日本人将这快乐终结。有很多英国人居住在新加坡，用他们的话来说，这是一片"臭烘烘、醉醺醺的华人之地"——异域风情的亚洲文化、令人腻烦的潮湿天气、饮之不尽的美酒和陈旧落后的排水系统结合在一起，形成令人陶醉的氛围。

水兵们不能再像在长江上时那样，独立地自由活动了。他们所在的地方是英国皇家海军一处非常重要且活跃的军事基地。头几周接连不断的敬礼和突如其来的检查让大家都很意外。衬衫必须扎在裤腰里（当然，首先得把衬衫穿好），胡子茬儿必须每天剃干净，艇身必须时刻保持一尘不染。朱迪也感觉到了变化。虽然还没有高级军官对它担任吉祥物一事表示不满，但它的一举一动都被严格记录下来，它不能再自由自在地到处闲逛了，也不能再不顾后果地狂欢畅饮了。

战争带着死亡的阴影步步逼近，似乎要吞噬整个世界。很快，朱迪就将再次听到连天的炮火声。而在地球的另一边，很多其他的狗早已深陷激烈的战事之中。

在战争中使用狗的传统至少可以追溯到大约公元前7世纪，战犬帮助马格尼西亚人打退过入侵的以弗所人。在战争中，人们把狗（一段流传下来的墓志铭说，其中有一条战犬叫莱瑟高斯）放出来，发起进攻，打乱侵略者的行军布阵，再由骑兵跟上。两个世纪后，波斯人利用狗玩了一次心理战术，他们把成百上千条狗带到前线，就是为了扰乱埃及对

手的心绪，因为埃及人把狗视作神灵。狗还出现在马拉松和塞莫皮莱的
战场上，随罗马军团四处征战。

在近代，狗几乎出现在全世界每个角落的每场战争中，无论战争
的规模是大是小。在美国内战中，狗与唱着《共和国战歌》或《迪克
西》的士兵一同前进。在葛底斯堡国家军事公园的神圣土地上，有一块
纪念碑就是为一条名叫萨莉的波士顿小猎犬而立的。萨莉是宾夕法尼亚
志愿军十一团的吉祥物，从战争爆发到葛底斯堡战役，直至 1865 年在
弗吉尼亚中枪身亡，它一直没有离开过战士们。每一年，成千上万的游
客来到纪念碑前，碑上篆刻的文字描述了战犬在美国内战中发挥的重要
价值：

> 对远离爱人的士兵们来说，它们是来自家乡的友善脸庞。
> 对受伤的人来说，它们是希望。
> 对濒死的人来说，它们是临终前的慰藉。
> 对老兵们来说，有关它们的记忆永远不会消亡。

然而，很多战犬并没有得到这样的荣耀。1862 年 4 月，一位女士孤
身在田纳西州的夏洛小镇下了火车。她是路易斯·普法伊夫的太太，她
最后一次收到丈夫的消息，是他正要向夏洛进军之前。当时，尤利西
斯·S. 格兰特领导的田纳西军队正要进攻邦联军的西部前线。在这场血
腥的战斗中，北方军队攻下了夏洛，可伊利诺伊第三步兵团的普法伊夫
中尉却不见了。于是，他的爱人坐上从芝加哥开往田纳西的火车，想要
亲自搞清楚到底发生了什么事。

她在两万名死伤的军人中寻找，一无所获。她正要放弃努力、转身

回家时，突然看见她丈夫养的狗向她冲过来。这条混血小狗曾和主人并肩作战，此时它又领着普法伊夫太太离开小镇，来到偏远的田野，一直走到一座没有任何标记的墓前，路易斯就埋葬在这里。普法伊夫太太向旁人打听才得知，路易斯中枪时，小狗就在现场，它一直守候在主人身边，直到他去世。接着，它又忠诚地在墓边守护了十二天。最后，小狗和普法伊夫太太坐火车回到了芝加哥。

对狗（也是对人）来说，第一次世界大战比美国内战危险多了。机关枪的发明，毒气的使用，主战坦克的出现，让战场上无数的战犬付出了生命的代价。第一次世界大战中最常见的两种狗就是杜宾犬和德国牧羊犬，尤其是在德国。它们都是德国的本土犬种，也被德意志帝国的陆军在战场上广泛使用。它们相当聪明，也容易接受训练，这些特点让它们成为理想的卫兵。另外，深色的皮毛让它们在夜间穿行时不会引起敌军的警觉。交战双方还以小猎犬作为"捕鼠器"，驱赶战壕里有害的小动物。总体来说，狗做着哨兵、侦察兵和传令兵的工作，当然，也是吉祥物。仅仅是从伦敦的巴特西犬舍，军队就招募了大约两万条狗，并明确表示会将它们用于西部前线的作战。

有一条名叫斯塔比中士的波士顿小猎狗，是为数不多的被美军带着横跨大西洋的战犬之一。斯塔比一开始只是吉祥物，但后来它的地位越来越重要。它原本在康涅狄格州的纽黑文游荡，以吃垃圾为生，后来偶然闯进了耶鲁大学的体育场。当时，第二十六"扬基"师的士兵们正在这里训练，准备前往欧洲战场。步兵约翰·康罗伊收留了它，并以它又短又粗的尾巴为它取名斯塔比 ❶。斯塔比成了部队的吉祥物。当

❶ 即英文 Stubby，意为"短而粗硬的"。

时，狗和喜爱它们的士兵往往最后都会面临分别的结局。但康罗伊太喜欢斯塔比了，他要登船出征时，舍不得丢下斯塔比。于是，他偷偷把斯塔比带上了船。很快，斯塔比就在法国的战壕里奔跑，把鼻子拱进泥地了。

在塞谢普雷战役中，斯塔比被榴霰弹击中，这也是美国军队在战争中流的第一滴血。康复后，它继续战斗，直至战争结束。在众多著名的战役中，如圣米耶勒战役、马恩河战役及蒂耶里堡战役，它都和扬基步兵师肩并肩作战。战争的厄运并没有放过它——它中过毒气，受过两次伤，还抓到过一个在阿戈讷森林里绘制战壕地图的德国间谍。战争结束后，斯塔比受到无数奖赏和嘉奖，其中还有一块人文教育协会颁发给它的金牌。这条争强好斗的小猎狗在回到美国后一举成名：它率领过众多游行的队伍，与三位总统（威尔逊、柯立芝、哈定）会过面，住在五星级的酒店里，还有基督教青年会为它提供终身免费的食物。

1926 年，这条全美最著名的战犬去世时，《纽约时报》认为有必要为它发一则讣告，其中一段是这样写的：

> 1918 年 2 月 5 日，它进入苏瓦松以北的贵妇小径战区前线。在那儿，它连续一个月置身日夜不停的炮火中。轰鸣的炮声和巨大的压力摧毁了它很多战友的意志，但并没有影响到斯塔比的斗志。这并不是因为它对危险一无所知。战事激烈时，它愤怒的咆哮和在战壕中疯狂猛跑的行为，都说明它是能感觉到危险的。但它似乎也明白，它最大的贡献就是为大家带来安慰与快乐。

在史密森博物馆，还有以斯塔比为主题的展览。它将永远活在人们心中。

到第二次世界大战时，犬类立下了汗马功劳。"二战"期间，首先发挥重要作用的是英国搜救犬。伦敦大轰炸后，它们在废墟中搜索，找到并救出了成百上千名遭难者。它们以自己的努力成为国家的英雄。英美军队还训练狗去跳伞，将它们空降到欧洲各地的战区。在苏联，人们把炸药绑在狗身上，再让它们冲到德国坦克的下面。这些狗在炸毁坦克的同时，也牺牲了自己。

狗能担任侦察兵、传令兵和地雷探测兵。在太平洋的岛屿上，在欧洲的山间小路上，它们都能提前察觉到敌军的埋伏。最重要的是，每一条与战士们在战场上并肩作战过的狗，都成为战士最珍视的朋友。人与狗建立起一种只有共浴战火的兄弟才会有的特殊联系。

珍珠港事件发生时，美国军队唯一的工作用犬是雪橇犬。这一情况很快就发生了变化。美军的很多设施，如工厂、弹药库，尤其是海边的重要据点，都暴露在敌军的攻击之下，人们特别需要能担任警戒工作的狗。没过多久，美军启动"战犬计划"，向海外战场送去了成千上万条狗。英国人报告说，在北非的战犬很容易受到大炮袭击和猛烈轰炸的惊吓，会因此搞不清方向。于是，驯犬师的第一项工作就是要让狗适应现代战场上震耳欲聋的噪声。

专业的训练收到了成效，很多战犬在炮火中都做出了英雄之举。奇普斯是一条混血狗（有部分哈士奇的血统，部分苏格兰牧羊犬的血统，还有部分德国牧羊犬的血统），隶属于被美军派到海外去的第一支战犬分队。它最先完成的一项重要任务就是在 1943 年罗斯福总统和丘吉尔首相

在卡萨布兰卡讨论作战策略时，站在他们的房间外戒严。后来，它又从非洲去了意大利，又去了法国和德国，每一站都是战火纷飞。

1943 年，奇普斯在西西里发现了一处敌军碉堡（是一个水泥的地下掩体，士兵们可以从里面向外开火），它从驯犬人的手中挣脱，向碉堡里的机关枪手发起攻击。它控制了其中一人，又迫使另外四人全部投降。

为了表彰它的贡献，战区军方授予它银星勋章和紫心勋章，它所在的部队又私下奖励给它一条绶带。绶带上的箭头代表进攻，八颗星星代表它参加过的八次战役。可惜，并非每个人都被它的勇敢折服。战争结束后，五角大楼认为对狗颁发勋章"有违军队政策"，便又撤销了给奇普斯的勋章。这大概就是奇普斯与艾森豪威尔将军会面时要咬他一口的原因吧。

沃尔夫是一条非常勇敢的杜宾犬。在菲律宾吕宋岛北部的山区，它领着一队步兵巡逻时，敌人的气味突然从它灵敏的鼻子前飘过。它的提醒让战士们在山坡上迅速占据有利位置。在接下来的交火中，沃尔夫被弹片击中，但它依然纹丝不动，没有让日本人发现士兵藏身的地点。后来，士兵撤退时，沃尔夫领路，三次嗅出埋伏的敌军。最终，顺利撤到总部后，沃尔夫才被送去急救。

可惜，它的伤势太重。编号 T121 的美国战犬沃尔夫，牺牲在了手术台上。

有些狗不仅是英勇的，还表现出很多和人类似的特点。最典型的例子就是辛巴达，它是海岸警卫队快艇"坎贝尔"号的吉祥物。它在艇上艇下的种种经历让它名声大噪，以至于《时代》杂志在 1943 年 12 月对它进行了专门的报道。杂志是这样描述它的血统的："它是自由的、古怪的，是中国狮子犬和猎犬的混血儿，带有一点斗牛犬的血统，一点杜宾犬的血统，以及什么都不是的血统。主要还是那什么都不是的血统。"

当时，"坎贝尔"号的任务包括护送在欧洲为盟军运送重要物资的船只，搜索美国东海岸的潜水艇，拯救被鱼雷击沉的船上的船员。这些工作，辛巴达都参与了。当快艇在严寒的北大西洋上乘风破浪时，它一直待在艇上。

辛巴达是勇敢的，也是能干的。在一场与纳粹 U-606 潜水艇持续十二小时的交战中，"坎贝尔"号严重受损。大部分水兵都撤走了，只有几个还坚守在艇上，修补着艇身上的数个大洞。海水从洞口不断涌入，大家只想努力让艇不至于沉没。辛巴达也留了下来，鼓舞着士气。艇长做出承诺："只要辛巴达还在艇上，'坎贝尔'号就不会沉没。"最终，这艘快艇还是回到了港口。

正是这种对职责的坚守让辛巴达在海岸警卫队有了真正的军衔——海军上士。所有必备的入伍表格和正式文件也都一应俱全。它有自己的制服，甚至有自己的床位。只不过它一般都不睡，宁愿挤在其他水兵的床尾。

辛巴达继承了水兵最优秀的传统，它惹过很多麻烦，但在关键时刻，又总能将功补过。"辛巴达是个有趣的水兵，但不是个优秀的水兵，"《海岸警卫队》杂志这样写道，"它永远也得不到金袖章或是行为模范奖。它曾因在港口大吵大闹而被上报数次。有时候，它在外国引起的混乱让美国政府都觉得尴尬。也许，这正是海岸警卫队的人们如此爱它的原因：它和我们中最坏的一样坏，也和我们中最好的一样好。"

和各个时期的水兵们一样，辛巴达也喜欢上岸玩。说真的，它简直

可以算是个酒鬼。它最喜欢凑到吧台边上，讨要威士忌和啤酒，而且，往往还能比它的战友们更先喝到。它很少和军官们待在一起，而是更喜欢普通水兵的陪伴。大家也都很喜欢这条一到晚上就蜷缩在他们的床铺上和他们一起睡觉的小狗。不管辛巴达在晚上出去玩时喝了多少酒，第二天早上，在吃过艇上医生给它的阿司匹林后，它又会照常工作了——当然，其他宿醉的水兵也是如此。

辛巴达粗野的个性让它更受欢迎。美国和欧洲的报纸简直是跟踪报道着它的一举一动。在爱尔兰，每次"坎贝尔"号停泊在任何一个港口时，报纸的社会新闻都会大事宣传。辛巴达的传记《海岸警卫队的辛巴达》登上过畅销书排行榜。辛巴达就是《干杯酒吧》电视剧中那位夜夜买醉的诺姆的翻版——在十几个国家上百个港口无数的海滨酒吧里，它的名字无人不知无人不晓。当它出现在酒吧时，大家都会为它举杯，它也会大叫一声，喝光自己的酒，而且总会有人给它付酒钱。

辛巴达爱好自由的天性在很多场合给它带来过麻烦。有一次在格陵兰，它喝醉后狂追一位农场主的羊群，结果被禁止再度踏足格陵兰。在西西里岛，它由于行为不端，被海岸巡查队"逮捕"。还有一次，它迟迟没有回到艇上，忍无可忍的"坎贝尔"号艇长下令不等它了，直接开艇。辛巴达狂叫着，跳进海水，追在艇后面拼命游泳。水兵们苦苦哀求，艇长才掉转方向，将浑身湿透的辛巴达上士捞起来。很多这样的小插曲过后，它被降低了军衔，但它总有办法重新赢得长官的心。

和辛巴达不同，很多战犬并不像它这般潇洒。第二、第三战犬团成立后，战犬接受了对日作战的特别训练，相比欧洲开阔的低地和白雪覆盖的山间小径，它们在太平洋茂密的丛林里表现得更为可靠。战犬团的训练始于北卡罗来纳州的勒琼基地，一开始仅有七十二条狗和一百一十个人。后来，更进一步的训练则在通往太平洋途中在加利福尼亚州继续进行。

太平洋战争主要是海军陆战队的事，所以战犬团的行动也主要落在海军陆战队的士兵们头上。成为驯犬员的士兵几乎没有自愿的，很多都是在机缘巧合下才加入进来。他们认为参军是来打仗杀敌的，不是来逗狗的。很多人从没养过狗，也没训过狗。有些人甚至害怕那些威风凛凛的杜宾犬。但通过训练和接触，大家都相信，这些狗不仅能在战争中发挥重要的作用，而且还将展示出坚定不移的勇气和忠诚。

在瓜达尔卡纳尔岛，战犬初次尝到了战争的滋味。这个团最初只有十二条侦察犬、十二条传令犬、一条地雷探测犬和二十七个人。实战经验证明，侦察犬发挥的作用最为重要，于是这个比例也发生了变化——十八条侦察犬加六条传令犬，地雷探测犬则一条都没有了（在岛上的珊瑚礁和火山岩上埋藏地雷是很困难的事，狗强大的嗅觉在此没有用武之地）。

战犬最辉煌的时刻大概是 1944 年盟军进攻关岛一役。第二、第三战犬团的几十条杜宾犬在解放关岛的过程中起到了很大的帮助作用。当海军侦察兵先于主力军出发时，当执行搜索歼敌任务的士兵四处搜寻，消灭岛上零星的抵抗力量时，战犬都在与战士并肩工作。它们的工作危险得令人难以置信。在进攻中，共有二十五条杜宾犬牺牲。

"战犬和战士一起待在避弹坑里，"第三战犬团的指挥官威廉·帕特尼说，"我们干掉了三百零一个敌人，但只牺牲了一名巡逻兵。事实是，战犬代替我们去死，并保护我们在夜间不会受到埋伏和突袭，在我的心目中，它们是英雄。"

第一条牺牲的杜宾犬名叫库尔特，它是被日军的手榴弹炸死的。它被埋葬在亚森沙滩的海军陆战队烈士陵园旁边，这里后来成了关岛的战

犬陵园。库尔特之后，又有二十多条战犬陆续牺牲，其中有一条名叫卡皮。它刚刚指示出一处日军藏身的地点，就被一枪打死。它的训导员、海军陆战队一等兵特雷尔冲到它身边，抱起了它鲜血淋漓的身躯。

"有几个摄影记者跑过来，"帕特尼回忆说，"特雷尔泪流满面地看着我。我说，'你们上别处拍照去吧'。"

战争结束后，帕特尼仍然以行动回报着战犬做出的贡献。回到美国后，他的第一个行动就是游说军方，让战犬"退役"，并允许普通家庭来收养它们。可很少有平民百姓愿意把它们带回家，因为当时大家都认为，这些杜宾犬和其他战犬会受到"战场综合征"的困扰，也许会在一点家庭琐事的刺激下就对人发起攻击。帕特尼认为这完全是胡说八道，他努力为战犬争取回归平常生活的权利。他说，战犬和战士一样，在战争过后也需要调整。最后，他成功了，在他的计划中，五百四十九条从战场归来的战犬仅有四条没有成为家庭宠物。

通常，收养战犬的人就是它们的训导员，因为他们早已共同面对生死。如果战犬无人收养，那么它们将会被实施安乐死，这也使训导员不得不有所行动，以拯救它们的性命。

1989 年，帕特尼作为洛杉矶的退役老兵，回到关岛。他发现战犬陵园早已破败不堪，野草丛生。义愤填膺的他联系了美国驻关岛海军基地，基地的军官们同意为陵园另觅新址。帕特尼为新陵园捐献了纪念碑，并请雕塑家雕刻了一尊杜宾犬的青铜雕像立在碑顶，纪念辞题为"永远忠诚"。

其中一段是这样写的：

　　　纪念战犬们的英雄精神，它们是爱与奉献的化身。

有一条名叫甘德的狗，也真正体现了这些美德。它是一条巨大的纽芬兰犬，来自加拿大东部省份纽芬兰 ❶，因为这个犬种最先就是在那儿被驯化的。雄性的纽芬兰犬平均体重约为六十八千克（最重的甚至可达一百二十千克）。甘德是个大个子，也不是好惹的。可实际上，纽芬兰犬是众所周知的好脾气，从不利用自己的大块头吓唬别人或是争强好斗。

甘德最好的朋友是皇家加拿大步枪团的一位小班长，名叫弗雷德·凯利。和朱迪一样，甘德也是它所在部队的吉祥物，也一样融入了士兵们的生活中。甘德是个大块头，凯利是个小个子，他们俩从个头上看是差不多的，有时候还挺难区分，尤其是凯利穿着一身黑衣的时候。而当凯利接到命令，必须穿越整个加拿大，还不能带上他最心爱的狗时，这一点就派上用场了。按规定，军队的先遣部队不允许带狗，但大家下定决心要把这只吉祥物带上。这可是体形堪比小马的大狗啊，伪装起来谈何容易。

一开始，大家壮着胆子，在出发前把甘德的名字加入正式的花名册，就叫"甘德中士"。作为全团一员，甘德将会得到属于它的口粮、制服，甚至是帆布装备袋。最重要的是，它会在开往西部的火车上拥有一席之地。在火车站，点到甘德中士的名时，凯利替它大喊了一声"到"。接着，当凯利和甘德准备登上火车时，另外两名战士假装打斗起来，成功分散了站台上军官们的注意。没有费太多工夫，这一人一狗——一位班长和一位中士便登上火车，朝西边的太平洋进发了。

整整三天，甘德都安静地躺在地板上，并在厕所里（凯利给它划定的范围内）大小便。在前往不列颠哥伦比亚省的全程中，它一直没有奔

---

❶ 2001 年，该省份的名字正式由"纽芬兰"改为"纽芬兰与拉布拉多"。——编注

跑或锻炼的机会，但它成功保持了低调。

1941 年 10 月 28 日，这支加拿大队伍登上运兵船，准备开往遥远的远东。甘德和它所在的营将乘坐的是"罗伯特王子"号护卫舰。当大家朝舷梯走去时，十几个人在甘德周围紧紧围成一个圈，努力把它藏在里面。可在熙熙攘攘的码头上，还是有搬运工人发现了这条纽芬兰犬，他们吹起了口哨。一位团部军官告诫士兵不允许带狗上船，可很快就有人看到他抱着自己的小狗准备登船。两者之间唯一的区别就是狗的大小，又或者应该说，是军衔的高低。冒着被送上军事法庭的危险，凯利和战友们怒吼着提出抗议。最终，军官让步了，甘德中士可以登船了。它和凯利出发前往香港。

这段旅程持续了将近一个月。大部分时间，船上又热又难受，再加上缺少淡水，每个人的用水量都有严格的限定。大家都对甘德爱护备至，它分散了大家的注意力，驱散了每个人心头因即将到来的战争而产生的阴云。船上大多是年轻人，最小的只有十六岁。他们是来自严寒地区的小镇少年，不少人从来没出过省，甚至没出过镇。此时，他们却朝着一个完全陌生的地方进发，还可能在地球的另一边面对死亡的命运。甘德每摇一次尾巴，每卷一次口水淋淋的舌头，都会让他们想起不久前还在享受的宁静生活。

1941 年 11 月 16 日，"罗伯特王子"号抵达香港。在当地语言中，香港是"充满芳香的港口"之意，全营士兵一下船，马上就闻到了空气中弥漫的香味。大批人群出现在九龙口岸，热烈欢迎下船的士兵，而当当地的小孩发现甘德其实并不是一头大熊后，他们疯狂地喜欢上了它。

仅仅三周后，日本人发起了攻击。包括凯利和甘德中士在内的皇家步枪团被船转送至香港岛，准备在这里与从北边来的敌军作战。12 月

18 日，日军在香港岛北部登陆，凯利和他的加拿大战友们很快就发现自己陷入了激烈的战局。大家忙于打退进攻的敌军，无暇顾及甘德。不可思议的是，这条大狗在独自面对日本士兵时，竟抬起前腿，高高地站立起来，狂怒地咆哮。日本士兵手中都有步枪，但匆忙行进中的他们压根儿没朝甘德开枪，而是通通转过身，从这头野兽的面前逃跑了。后来，他们都说那是一个"黑色的魔鬼"。加拿大人把这个出人意料的消息报告给了长官。

随着战斗的进行，加拿大军队离海滩越来越远，进入了岛上腹地。12 月 19 日凌晨，他们被逼到了登陆点旁边的山上。凯利担心甘德的好运气可能要到头了，便找到一处空置的碉堡，让甘德待在里面不要动。接着，他又跑到几百米之外的地方继续战斗。

为了驱赶加拿大军队，日本步兵投来大量的手榴弹。防守兵们只能在手榴弹爆炸前接住它们，再沿着山坡把它们扔回去。这是一个致命的游戏，容不得半点差错。加维上尉率领七人小分队，就在甘德藏身的碉堡旁，执行着这样的任务。他们安全地扔回多枚手榴弹后，一颗"菠萝"突然掉在了队伍的正中央。一瞬间，大家都惊呆了，带着难以置信的表情盯着它。

就在此时，一道黑色的闪电猛冲出来，叼起嗞嗞冒烟的手榴弹。是甘德！之前大家都不知道它就在附近，而此刻，大家都还没有反应过来发生了什么事，它已带着手榴弹跑到了二十米开外的地方。

手榴弹爆炸了。

这条温柔的大狗当场牺牲。当它叼起那枚手榴弹，从士兵身边跑开时，它知道自己在做什么吗？还是它只是凭本能行事？当时，甘德已经在碉堡里躲了一段时间，也许它以为这是个发泄精力的机会。可炮轰已

持续了数小时，它的这一举动应该不是为了好玩——它意识到了危险，只是可能不知道这个圆圆的东西能置人于死地。

它救下的七名加拿大士兵安全撤退并继续战斗。但日军的进攻太猛了，他们不得不把甘德的遗体留下。凯利就在不远的地方，但当时，他对甘德的勇敢行为和悲惨命运一无所知。几个小时后，他才听说了事情的经过。他忙着与敌人殊死搏斗，来不及悲伤。时间渐渐过去，甘德的遗体就躺在对垒的两军之间，所有人都能看到。这条走起路来摇头晃脑的强壮大狗，跨越陆地和海洋都不曾离开过凯利，此刻却成了被乌鸦啄食的尸体。

"我看到它死了，我恨我没办法靠近它。"凯利后来回忆说，"一想到它就这样离开，我心疼不已，我哭了，我一点也没觉得不好意思。我太想我的老伙计了。那条大狗是我们所有人的朋友。"

圣诞节当天，香港沦陷。凯利、加维和成千上万人成为战俘。皇家步枪团的人永远也没有机会为甘德收尸了。

甘德的故事几乎被人遗忘，直到 1996 年，一群老兵说起了约翰·奥斯本中士的英勇事迹。奥斯本在香港保卫战中，纵身盖住一枚手榴弹，以自我牺牲拯救了数名战友的性命，并获得了加拿大在第二次世界大战中的第一枚维多利亚十字勋章。一位老兵大喊："就跟那条狗一样！"这下，甘德的故事才流传开来。四年后，弗雷德·凯利代表甘德接受了迪金勋章，这是为军队服役的动物所能赢得的最高荣誉。

"今天是我这辈子最高兴的一天！"凯利说。

甘德最好的朋友是弗雷德·凯利。而在他们的友谊永远终结前的几个月，当他们还在纽芬兰形影不离时，一位士兵来到亚洲，他注定将成为朱迪最亲密的朋友。

弗兰克

第七章

在新加坡，朱迪认识了两位伙伴。第一位是"草蜢"号上的新兵在岸上买来的一只猴子。朱迪也上过岸，它待在一名海关官员家里。他家的三个小孩在参观"草蜢"号时认识了朱迪，并立刻喜欢上了它。"草蜢"号在新加坡执行任务时，朱迪经常住在当地人家中，最长住过一周。这对它来说，是种不错的改变。它在狮城的英国官员中，可谓家喻户晓。

朱迪回到艇上，它的动物新伙伴迎接了它。大家都停下手头的活，看它们俩的初次见面。这只名叫米基的猴子被链条套在上层甲板上。它第一次见到朱迪时，打招呼的方式是直接跳到朱迪背上，像个驯服良驹的骑师般，想要征服这条指示犬。

朱迪拼命躲闪，它弓起背，试图甩掉猴子。但米基紧紧地抓住它背上的毛，它只得坐下来，绝望地哀嚎。水兵们哄堂大笑。猴子不好意思了，从朱迪背上滑下来，和气地伸出一只胳膊，挽住朱迪的脖子。可朱迪不吃这一套，它发现了米基身上的链条，飞快地冲到甲板下面，米基却被链条套在原地。米基追不上朱迪，只能眼睁睁看着它跳到艇的另一头，消失在打开的舱门里。这次，轮到它仰天哀嚎了。

接下来好几天，朱迪对猴子不理不睬。这时，新来的士官出现在舷梯上。这是他首次登艇，并向甲板上的水兵发出指令。可第一个欢迎他的居然是一只猴子，这猴子从空中飞来，落在他肩上，把他头上戴的帽子一把抢了过去。想象一下他该有多么惊讶吧。幸好乔治·怀特并不是一个会被轻易吓到的人，在以后多年的时间里，他也一而再、再而三地证

明了这一点。这位三十岁出头的已婚军人一把抓住米基，把帽子夺了回来，又把猴子扔回了甲板上。他迅速的反应让周围的水兵停止了笑声。

朱迪也从艇舱的角落里出来了。后来，怀特回忆说："它笑得像是嘴都要掉了。"从那一刻起，怀特成了朱迪在"草蜢"号上最亲密的伙伴，对猴子共同的厌恶将他们紧紧联系在一起。后来，当米基由于不适应汹涌的海浪，无法完成任务而被送下艇时，他们俩都高兴极了。

随后的十八个月，对朱迪、怀特和"草蜢"号上的水兵们来说，都是相对平静的。在此期间，炮艇主要在新加坡和中国香港之间往返，先后有三个人担任艇长。爱德华·内维尔少校在被调走前，当了十四个月的艇长；接着是罗伯特·奥德沃斯少校，他于1940年4月接任艇长一职，但只有几个月便退役了；最后，在1940年9月21日，杰克·霍夫曼少校走马上任。霍夫曼是从"沃博罗"号拖捞船上被调来"草蜢"号的。这对他来说，是一次升职。他职业道路上最大的障碍是他的视力，他是高度近视。除此之外，他是一位相当实在的长官。当战火最终席卷新加坡时，他发挥了关键的作用。

与此同时，1941年夏天，另一个英国人也来到新加坡。他满脸稚嫩，刚刚成为英国空军二等兵。他叫弗兰克·威廉斯。在很多不可思议的机缘巧合下，这位稚气未脱的二十二岁年轻人进入了朱迪的生活。从那以后，他们之间不可分割的亲密关系持续了整整一生。

1919年7月26日，弗兰克·乔治·威廉斯出生于伦敦，他家共有六个子女，他是其中的第二个儿子（他的哥哥是小戴维）。他出生后不久，全家南迁到岛屿城市朴次茅斯。朴次茅斯和怀特岛只隔着窄窄的英吉利海峡。威廉斯和亲戚们共同住在朴次茅斯南端南海社区霍兰路38号一幢朴素的房子里。南海是热门的旅游景点。全英国的度假指南都在号召大家"来阳光灿烂的南海吧"。夏天的几个月，海滩上全是人，直到海浪变得汹涌，气温猛降，游客才肯匆匆回家。

根据税务记录，霍兰路38号的户主是玛丽·安·兰格里什，这就说明威廉斯一家当时是和玛丽·安及她的女儿艾丽斯同住的，也许还有其他人。这种安排在那个年代很常见。1928年9月，弗兰克还只有九岁时，他的父亲戴维·阿瑟·威廉斯去世了，一直崇拜父亲的弗兰克万分悲伤。按当时的习俗，死者的遗体将被清洗干净、穿戴整齐，在家中停放数周，让人们前来哀悼。直到最后，遗体散发的恶臭让活人都无法忍受了才会被埋葬。

当时朴次茅斯人口稠密的程度和伦敦差不多。这个海滨城市生活着与海密不可分的人们：皇家海军的水兵和军官、造船者、码头工人、渔民、摆渡船夫以及海上商人等，他们挤在"牧群""北极星""船与城堡"等当地酒吧里，谈论着各种侥幸脱险的传奇故事以及带着鱼和女人满载而归的传奇人物。据说，霍拉肖·纳尔逊司令率领"胜利"号备战期间就住在朴次茅斯海边的乔治酒店。他要对战的是代表拿破仑的法国和西班牙联合海军。1805年9月14日，他乘坐的船从朴次茅斯起航。五周后，他在特拉法尔加给了敌人沉重一击。但在这个过程中，他也牺牲了自己的生命，成为英国最伟大的海军英雄。人们把"胜利"号的锚摆放在港口广场上，以示对他的纪念。这座城市的氛围充满阳刚之气和英雄主义，让一个没有父亲的男孩深深沉醉。

对弗兰克守寡的母亲，琼·阿格尼丝·威廉斯以及他们一大家人来说，生活是艰难的。他们还没有到赤贫的程度，但也是捉襟见肘了。工作的机会少得可怜，还只有十来岁的孩子可能每天要在码头上工作数个小时谋生。弗兰克坚守着自己的信念。他拼命打零工，省吃俭用，攒了

整整两年的钱，买了一辆自行车。生活培养了他坚韧的毅力，他既有在逆境中坚持的能力，又有克服困难的强烈意志。在以后的日子里，这些优点让他受益匪浅。

当然，生活也不全如狄更斯写的那样残酷冷漠。根据历史记载，当时和弗兰克差不多年纪的小孩会花很长的时间"在泥沙中淘宝"，也就是趁退潮时在港口的海床上寻找宝贝。他们还喜欢去附近的法顿公园看朴次茅斯足球俱乐部比赛。孩子们趴在球场四周的墙上，时不时还会有人被踢飞的球砸中而掉下墙来。每周，南游行码头都会有焰火表演，皇后舞厅有青年舞会，雷克斯电影院定期上映特克斯·里特和弗拉什·戈登的电影。孩子们会利用只有一个工作人员检票的机会，成群结队地从后门溜进去。

在南海，人们用独轮车推着新鲜的贝壳沿街叫卖。有人把瓶装水绑在腰间出售，他们大声招揽着生意："买一瓶路上喝吧！"露丝·威廉斯（跟弗兰克·威廉斯无亲缘关系）在口述朴次茅斯那段时期的历史时回忆说："当时根本就没有超市。每个社区都有自己的集市和肉铺。我妈妈有时也会去艾伯特路（朴次茅斯的主要购物区）逛逛。"

父亲的去世让弗兰克变得内向。这个年轻人羞涩又安静。拥挤的家庭和喧闹的学校生活让他更加沉默寡言，弗兰克的学校以严格的纪律和充满暴力的课间活动而闻名。只有码头让弗兰克如痴如醉。当那些在海上饱经风霜、衰老干瘪的人从码头边的酒吧东倒西歪地走出来，穿着制服在朴次茅斯的街道上骄傲漫步时，弗兰克最喜欢聆听他们所传授的人生经验。父亲不在了，他总能找到替代父亲的角色，哪怕这替代只是暂时的。这些榜样鼓舞了他想在大海上生活的梦想。

大约在这一时期，有人抓拍了一张年幼的弗兰克的照片。他身穿海员制服，头戴海员帽，正微笑着敬礼。这也说明弗兰克从很小开始就对海上生活产生了兴趣。正因如此，1935 年春，十六岁的弗兰克加入了英国商船队。他收拾了一个小包，拥抱了妈妈和兄弟姐妹，然后搭上了前往威尔士的火车。到了威尔士后，他前往加的夫的一处码头报到。他的新家是"哈勃堂"号货运汽船，隶属于伦敦 J&C 哈里森航线。船身差不多有足球场那么长。弗兰克作为学员，得到了正式的身份号码（#163338）以及由当地保险公司承包的海上健康保险。在个人信息卡上，他把自己眼睛和头发的颜色填成棕色，而肤色则很奇怪地写成了"新鲜"。

他登船时，瘦削的身材外面罩着宽大的制服，帽子也没有戴正。他最喜欢长时间骑自行车，这往往带着一种自我惩罚的意味。他表现出对流浪的向往，这种渴求将持续一生。在他看来，宽广的大海和海上历险的诱惑是无法抵挡的。

英国商船队成立于 17 世纪，主要负责在大英帝国的港口间运送货物。它的正式名称是乔治五世国王在第一次世界大战后命名的。弗兰克登上的这艘船也将在全世界各地的港口运送食物和物资，但主要的航线还是从英国横跨大西洋前往美国和加拿大。有不少照片拍下了这段时期"哈勃堂"号在威尔明顿和北卡罗来纳州停靠时的情形。后来，弗兰克说，他特别喜欢中途停泊过的温哥华，以至于后来他举家搬迁到那里。关于这艘船的航行情况和弗兰克在船上生活的史料很少，但在弗兰克的纪念网站❶上，有一段注释表明"哈勃堂"上的生活是相当特别的——只是并不那么浪漫。这段注释是这样写的："这对年轻人来说是一种艰苦的

❶ 弗兰克的家人曾创建网站纪念他，但该网站现已停止运行。——编注

生活，但它有两个突出的好处，再苦再累也值得……一，他将经历很多
激动人心的冒险；二，他将去往世界最遥远的角落。"

弗兰克享受着海上生活，也梦想着飞行——梦想着能在只有飞鸟和
神灵才敢去的云层中起舞。毫无疑问，这个梦想来自于朴次茅斯萌芽中
的航空业的影响。1933 年，空速公司在朴次茅斯建立飞机工厂，市民们
几乎每天都可以看到飞来飞去的短途航班以及试飞的新型飞机。当弗兰
克航行在波涛汹涌的大海上时，他从未忘记飞行的梦想。两次长途航行
后，他离开了商船队，于 1939 年夏天回到英格兰。当时，英德开战的征
兆如同伦敦西区的霓虹灯屏幕一样明显。英国首相内维尔·张伯伦向波兰
承诺捍卫其独立，而阿道夫·希特勒却制订好了入侵波兰的计划。1939
年 6 月 22 日，还差一个月才满二十岁的弗兰克正式入伍，成为英国皇家
空军军士。接受医疗检查后，他有了自己的编号并受到了战友们的欢迎。
仅仅两个多月之后，德军冲破波兰边境，第二次世界大战爆发。

可惜的是，弗兰克个子太高，开不了飞机。

成为飞行员的梦想破灭后，弗兰克接受训练，学习如何追踪别人的
飞机，成了一名雷达兵。他的训练是从英格兰南部奇切斯特附近的坦米
尔空军基地开始的。这个基地在后来的不列颠战役中一举成名，大多数
在英吉利海峡上空对战纳粹德国空军的战斗机都是从坦米尔起飞的。

英国空军战胜了德国空军，这一战绩是相当关键的，也是很多人原
以为不可能的。科学的进步——雷达探测技术发挥了重要作用。从 1935
年开始，英国一直处于这项技术的研发前沿。当时的信号接收站能轻而
易举地收到在十三千米外飞行的海福德双翼轰炸机上的无线电波。这项
技术的好处显而易见：它能在空袭战机还离得很远的时候，就让英国人
探测到它们的到来，并及时将拦截机导航到正确的位置上。英国人对新

技术的刻苦钻研让英国飞行员总能神秘地出现在合适的地点，对德国轰炸机展开反击。雷达系统的情况属于高度机密，其保密程度甚至到了夸张的地步。当媒体询问"猫眼"司令约翰·坎宁安是怎么在伦敦大轰炸的夜间行动中，在英吉利海峡上空击落二十架纳粹德国轰炸机时，他回答说，是因为长期吃胡萝卜。

1940 年，英国在与纳粹的作战中精疲力竭，决定要将新技术秘密传授给美国。9 月下旬，航空科学家亨利·蒂泽德身负使命前往美国，想要将美国的工业力量和英国的新技术结合起来。蒂泽德惊讶地发现，美国空军的研究其实也取得了类似的突破，两国在雷达技术上的进展程度比大家预想的还要接近。而这个分享新技术的决定也成了英美关系史上的一个里程碑，随着战争的继续，这种特殊的关系也将更加亲密。

刚开始接受训练时，弗兰克是三等新兵，后被提升为二等新兵，接着是空军二等兵。在实际工作中，他是雷达技术兵——负责雷达的安装，故障的处理及维修。"雷达技术兵"这个词在英国是 1943 年才出现的（无线电测向又叫 RDF，战争期间它被重新命名为雷达，因为美国人更喜欢使用这个简称）。

弗兰克完成了高强度训练，熟悉了雷达复杂的电子元件以及飞机内部精密的操作界面。训练完成后，他来到新加坡。他乘坐的很可能是 OB340 护航队中的"阿思隆城堡"号，该船在开普敦和孟买中途停留后，于 1941 年 7 月 13 日抵达新加坡（他也有可能乘坐的是另一艘途经南非德班的船，比这稍微提前一点到达）。此时的弗兰克比他在商船队时长胖了一些，这要归功于军队严格的锻炼计划和规律的饮食作息。但他还是很瘦。这一时期照片中的他看起来仍然男孩子气十足，有着苹果般的脸颊，笑起来眼睛亮晶晶的，充满了乐观主义的精神。

他的乐观将很快受到严峻的挑战。

他所在的队伍名叫雷达安装与维护队，设立在新加坡东北偏远地区榜鹅角的一家橡胶种植园里。榜鹅角位于雷达队最初驻扎地点以东五千米，用雷达兵斯坦利·萨丁顿的话来说，这里"与世隔绝，面积狭小，防卫薄弱"，各方面条件都相当原始。仅有的三间小屋全用于工作，大家住在帐篷里，吃饭则是在用装备箱搭成的食堂里。没有电，没有自来水，也没有机械设备——只有几个用于雷达探测的小型发电机。交通极为不便。在任何时候，这里都只有六七名武装卫兵，他们保护着五十多名军官、技术兵和操作人员的安全。

驻守马来亚 ❶ 和新加坡的英国空军还面临着其他的问题：他们几乎没有多余的备用零部件，地面的后援力量不够，机场的位置极易受到攻击，接受过训练的飞行员也严重短缺。另外，弗兰克这批雷达兵所指挥的飞机绝大部分是过时的布鲁斯特水牛战机，它们飞行速度慢，制作粗糙，设备落后，难以对抗更现代化的战斗机。

当朱迪和"草蜢"号上的水兵正努力适应正规海军高度纪律化的生活时，弗兰克在朝另一个方向调整。在英国庞大的研究预算的支持下，他接受了有关先进设备的尖端培训。可培训完之后，他发现自己只能在热带丛林中凑合着使用低端的设备——找到什么就用什么，仅此而已。

虽然弗兰克和他未来最好的朋友都在新加坡，但此时的他们素未谋面。从距离上来讲，他们挨得很近（海军基地和榜鹅角相距不到二十千米）。从所属军种的地位上来讲，他们离得很远。英国空军当时尚处萌芽阶段，英国军方很多大的部门都没有把它当回事儿，他们一直青睐的是

❶ 即当时的英属马来亚，简称马来亚。——编注

海军。下级空军在海军基地根本就没什么权力，甚至可以说是什么分量都没有，也不会受到格外的欢迎。弗兰克的工作属于高度机密，他的熟人也只限于雷达兵的小圈子。

另外，这时的朱迪要么出海，要么待在新加坡岛最北端新建的森巴旺皇家海军基地。这是一个巨大的干船坞，是当时世界上最大的，它还有一个巨大的配套的浮船坞，规模和珍珠岛的浮船坞差不多。从 20 世纪 20 年代早期开始，修建该基地的计划就已启动，但直到日军入侵中国，英国海军部才真正动工。1939 年，基地建成，正好迎接了"草蜢"号以及它的姐妹艇"蜻蜓"号和"蝎子"号的到来，这是它们离开中国后首次停泊在这里。整个基地的建设成本是不可思议的，将近六千万英镑，相当于今天 ❶ 的五十三亿美元。

巨额的账单证明了英国强大的海军力量（正是海军让英国在长达两个世纪的时间里称霸全球海洋，并掌握了大片土地）。船只从基地离开后，将穿过柔佛海峡，狭窄的水面大约只有密西西比河那么宽。海峡将新加坡和马来亚分开，排列在海峡两岸的口径约为三十八厘米的巨型大炮将保护基地不受袭击。森巴旺是英国在太平洋地区作战的重要基石，朱迪据守在祖国军事蓝图的最核心位置。

战火在欧洲蔓延，军事策划者们彻夜难眠，预测着与日本的冲突将会如何进展。1941 年夏去秋来，新加坡酷热潮湿的天气并没有任何明显的改变，西方国家和日本之间的紧张局势却越来越严峻。针对日本侵略中国的举动，旨在孤立日本的经济制裁措施使日本变得越发军国主义化。西方国家停止对日本出口金属废料、橡胶，以及最重要的石油。作为回应，日本把目光投向了资源丰富的东南亚。当时，这里大部分地区都处于殖民统治

❶ 指作者写作时。后文中几处货币换算中出现"今天"，也都以作者写作时的情况为标准。

中。日本宣布建立"大东亚共荣圈"，这一举动可谓意味深长，而西方国家也觉得难以接受。从本质上说，日本是觊觎新加坡、马来亚、荷属东印度（即现在的印度尼西亚），以及处于西方控制下的多个国家丰富的食物、矿物和石油资源，想要将这些地方劫掠一空，任何阻挡它的国家都是敌人。1941 年 7 月，日本占领法属印度支那（当时法国在东南亚的殖民地）南部，证明了自己并不是在吹嘘。战争一触即发。

日军步步逼近，欧洲战火连天，但新加坡仍然决定要做一个享受和平果实的国家。新加坡众多的娱乐中心，例如欢乐世界和大世界，虽然名字普通，但仍在举办各种令人眼花缭乱、应接不暇的活动。剧院、舞厅、咖啡厅、夜总会应有尽有。莱佛士酒店的长廊酒吧是休假军官们在军营之外的总部，他们在那儿与漂亮的女人们翩翩起舞。

众多娱乐活动触手可得，绝大部分在东南亚的西方人都不希望发生战争。实际上，新加坡也没有进入战争的状态——全体英国驻军，包括海军战舰上的水兵按规定都必须在每天下午的一点到三点之间睡个午觉。在这片被温斯顿·丘吉尔首相称为东方直布罗陀的土地上，他们心满意足地沉睡在自以为坚不可摧的城堡中，几乎没人相信日本人胆敢来犯。

另一个简单的事实是，很多在太平洋地区的英国军官和士兵都感觉到了不适应和失落——他们想回到欧洲，与他们所认为的真正的敌人作战。不列颠战役使英国举国震惊，德国的炮弹和丘吉尔的演讲让英国人空前地团结起来。而在距离伦敦将近一万一千千米的地方，被困在太平洋战区的人却没有受到那样的鼓舞。一名美国记者在报道中提到，他在新加坡交谈过的英国人压根儿不关心与日本的战争。他说："他们想要作战，但是，是对纳粹作战。"

最终，大部分人都认为来自日本的威胁是空洞的，不值得过于担忧。大家相信日本人只是在虚张声势，只是想在不挑战西方军事势力的前提下，让西方国家放松对其的经济制裁。英国人注意到，日本陆军是怎么费尽力气抓住衣衫褴褛的华人，并把他们视作重要威胁通通消灭的。可种族优越感导致他们低估了日本，日本人被认为是目光短浅、不善谋划、滥杀无辜的刽子手。很多人相信，一个英国士兵抵得上十个日本士兵。一位战地记者说，曾经有海军军官这样安慰他的战友："那些日本人又不会飞，他们一到晚上就什么都看不见了，而且他们也没接受过什么训练。"

"他们的船是不错，"另一名军官说，"可他们不会射击。"

与此同时，和上海之前的情况一样，新加坡华丽铺张的生活方式仍在继续。一名美国中尉在莱佛士酒店的长廊酒吧看到了这样一幕：潇洒的英国军官梳着一丝不乱的发型，留着"精心打理的小胡子"，与身穿华贵时装的"活泼欢乐的英国姑娘们"共舞。他哼了一声，问道："这里到底有没有战争？"1941年8月，美国记者塞西尔·布朗来到新加坡，对迫在眉睫的战事进行报道。在新加坡加冷机场迎接他的英国海关官员满不在乎地否认了来自日本的威胁。"我们以前是被这些日本人吓到过，"他说，"不过这都是陈年旧事了。"

可丘吉尔仍然决定，稍微展示一下英国的军事实力也无妨。他向新加坡派出了英国舰队中最好的一艘主力舰——"威尔士亲王"号战舰，以及另一艘稍小但战斗力也很强的战列巡洋舰"反击"号。在七个月之前的1941年5月，"威尔士亲王"号在与大名鼎鼎的德国无畏舰"俾斯麦"号的对战中名声大噪，但也严重受损。它的姐妹舰"胡德"号曾经是英国皇家海军的骄傲，在那场战争中"胡德"号被威力巨大的"俾斯麦"号击中，沉入海底。"俾斯麦"号是称霸大西洋的庞然大物，大家认

为，用任何与它面对面交手过的战舰来应付日本人都是绰绰有余的。海军上尉杰弗里·布鲁克回忆，当时"威尔士亲王"号上的整体氛围就是大家都觉得"我们终于可以放松一下了"。这艘战舰于 12 月 2 日抵达新加坡，迎接它的是响亮的喇叭声和昂首挺胸的人群。

英国人确信它足以让日本人闻风丧胆。但大家几乎都没有注意到，本该陪伴"威尔士亲王"号和"反击"号的航空母舰没有出现。它在航行途中受损，被留下维修了。在 12 月这个阳光明媚的星期二，大家也没有意识到，比起主力舰到来时那热烈的欢呼声，航空母舰才是他们更需要的。

第八章

Z舰队

　　朱迪在新加坡两年多的日子是宁静的。它适应了"草蜢"号的新艇长杰克·霍夫曼。它有了新的好朋友乔治·怀特军士，他利索地接过了"水箱"库珀和博尼费斯的工作，负责给朱迪喂食、刷毛，精心照料它。更重要的是，朱迪终于适应了相对安宁的生活，不再有飞机尖叫着从高空俯冲下来，也不再有愤怒的日本士兵对着它挥动武器。

　　可 1941 年 12 月 8 日❶，战争再次进入了它的生活。

　　日军偷袭珍珠港让美日冲突终于全面爆发。继日本在亚洲扩张势力，日军击沉"班乃岛"号，以及罗斯福政府对日实施严格的经济制裁后，珍珠港事件只是两国间矛盾加剧的又一既成事实。珍珠港遇袭的消息在新加坡传开时，已是第二天了。日军的胆大妄为和猛烈轰炸所取得的胜利让英国统帅不寒而栗——这里所说的统帅是指马来亚英军总司令阿瑟·珀西瓦尔将军和新加坡殖民总督申顿·托马斯爵士。他们担心，下一次袭击的目标也许就是马来亚、暹罗，甚至是新加坡。

　　没过多久，他们就知道了答案。1941 年 12 月 8 日清晨，轰炸机出现在新加坡上空，死亡的炮火像雨点般落在沉睡中的城市。"草蜢"号和其他炮艇立即起锚，开向大海，以免坐以待毙。"草蜢"号向过往飞机发射了一轮又一轮的高射炮，但几乎都没有射中目标，甚至都没能让飞行员们改变飞行路线。飞机靠近时，朱迪大声叫喊；可每当机枪响起

❶ 日军偷袭珍珠港发生在珍珠港当地时间 1941 年 12 月 7 日，根据国际日期变更线，此时朱迪所在的新加坡已进入 12 月 8 日。——编注

时，它又会纹丝不动地站在那里，任由刺耳的炮火刺激它敏锐的听觉。这一切它在中国都经历过，只是过去的好几年，它都没有再亲身经历如此激烈的战事了。它在日军进攻中的表现证明，它还是一如既往地镇定自若。

与珍珠港相比，与菲律宾和东南亚其他地区相比，新加坡遭到的破坏并没有那么严重。但袭击对当地人的精神影响是巨大的。之前，无论是军队、政府，还是普通百姓，都对战事毫不担心。现在，大家无忧无虑的心态被击碎了。当日本军队在暹罗登陆的消息传到新加坡时，众人的心情越发沉重。

炮艇的速度和火力都无法阻止日军登陆，但"威尔士亲王"号和"反击"号还是出发了。12月8日，它们开向暹罗，极大地鼓舞了新加坡当地人和英国人的士气。这支小型舰队代号为Z。"威尔士亲王"号上有一位名叫伊恩·福布斯的年轻军官，这位来自苏格兰的上尉后来又加入了"草蜢"号。在此前刚刚结束的大西洋海战中，他所在的护卫舰被德军击沉，他被迫弃舰，跳进了挪威沿海冰冷的海水中。

"反击"号上有一位名叫塞西尔·布朗的美国记者。在前往暹罗两天的旅程中，他逗着舰上的小猫，迫不及待地想要报道前方的战事。战事就在12月10日上午十一点差一会儿时来临了。由于"威尔士亲王"号和"反击"号都没有空中掩护力量，所以它们一直保持着无线电静默的状态，以免暴露位置。航空母舰本可以充当它们的眼睛，并打击空中力量，可它还在大西洋维修。当时，海军几乎都没有意识到，空军将成为海洋战争尤其是太平洋战争的关键武器。一架日本侦察机发现了这两艘军舰，很快，一拨接一拨的三菱 G3M 轰炸机（即内尔战机）以誓将Z舰队炸为碎片的攻势出现了。布朗在后来的报道中写到了这太平洋上第一例飞机打败战舰的对抗。他注意到，那些内尔战机是如何"像飞蛾扑火般冲向我们冒火的大炮"的，在它们丢下炸弹和鱼雷前，它们"靠得那么近，几乎都能看到飞行员眼珠的颜色"。

一枚炸弹击中了"反击"号。布朗当时就站在信号桥楼的甲板上，炸弹掉落在他身后二十米的位置。五十个人当场身亡。

"那些笨蛋炸得还挺准。"一名炮手说。

根据布朗手表的时间，第一波袭击于上午十一点五十一分结束。整整十分钟过后，有人大喊："他们又来啦！"

"威尔士亲王"号被击中数次后，布朗目睹了"反击"号受到的致命一击。当鱼雷向他直冲而来时，他惊呆了，鱼雷击中舰身的位置离他很近。"我感觉军舰好像是冲进了船坞，"他说，"我被掀到甲板上一米开外的地方，但并没有摔倒。整艘军舰马上开始倾斜。"

"反击"号上的水兵们纷纷弃舰逃生。一位名叫彼得·吉利斯的澳大利亚小伙还只有十八岁，是海军军官的候补生，他从防空控制塔的塔顶往海水里跳，这一跳大概有五十米的高度，他成功跳进了汹涌的海水中，游走了。另一名水兵却误判了方向，直接跳到了正在下沉的舰身的侧面，全身上下的每根骨头都摔碎了，他像"一袋水泥落入了海水中"。还有一名水兵，竟然跳进了"反击"号的烟囱里，被当场火化。

混乱中，布朗坐下来，小心地脱下脚上的新鞋，这双鞋是几天前一位华人皮匠刚刚为他做好的，穿起来非常舒服。后来，他这样写道："我小心翼翼地把鞋放下，摆在一起，就像是每天睡觉前把它们摆在床脚一样。"这位从 1939 年战争爆发后就一直进行战事报道的记者，以丰富的经验判断出自己此刻已是死到临头。他感到麻木，找不到任何出路。他的思维无法处理眼前所见的一切——"两艘那么漂亮、那么强大，可又

那么脆弱的战舰就要沉没了"。用他自己的话来说，他发现自己不愿跳进海水中，就好像那会"加速无法避免的结局的到来"。

但最终，布朗还是行动起来。他脖子上挂着相机，跳进了六米下的海面。他并没有落入咸咸的海水里，而是陷进了一片油污里。新闻记者的职业习惯让他看了一眼手表，手表还在走动，时间是十二点三十五分。距离第一枚炸弹划破蓝天击中"反击"号才过去八十分钟。每喝进一口满是石油的海水，布朗都会觉得恶心。他的救生带漏气了，外面全是油污。他把救生带牢牢地系在腰间，把套在脖子上的救生圈往下扯。他觉得自己快要窒息了。他左手戴着一枚戒指，那是他和妻子玛莎在弗洛伦斯度蜜月时妻子送给他的礼物。戒指松动了，他生怕戒指滑进深海，便左手紧紧握拳，只用右手划水。

他回头看了一眼正沉入海底的"反击"号。没过多久，"威尔士亲王"号也紧随其后。在短短两个多小时的时间里，英国海军在太平洋上的主要力量就这样被消灭了。日本失去了四架飞机，英国失去了阻止日本人登陆和抵御海上袭击的能力，他们再也没有船来运送大批士兵和难民了。

丘吉尔在回忆录中，是这样提及 Z 舰队的覆灭的：

> 在所有的战事中，我还从来没有受过如此直接的打击……我在床上翻来覆去、辗转难眠，最终才接受了这个可怕的消息。在印度洋和太平洋上，再也没有英美的战舰了。美军在珍珠港幸存的船只此刻正匆匆赶回加利福尼亚。在庞大的海面上，日军占据了绝对优势，而我们在任何一个地方都是脆弱的、暴露的。

一艘经过的救生艇将布朗从死亡边缘救了回来。身材魁梧的莫里斯·格兰尼满身油污，光着上身，他一把抓住布朗，将他拖上了救生艇。

"我只想在那儿安息。"精神错乱的布朗指着海水，胡言乱语着。

格兰尼扇了他一个耳光，提醒他："快别说胡话了。你就和我一起待在这里吧。"

目光呆滞的布朗眯起眼睛，用模糊的视线看到艇上还有两个死人。其他的幸存者正把尸体推下艇，好为生者腾出地方。

后来，布朗登上救援船时，几乎是全身赤裸，但他牢牢抓住了两样最宝贵的东西——结婚戒指和他的笔记本。上岸后，他向美国（CBS电视网、《科利尔》杂志、《新闻周刊》）发回了关于Z舰队全军覆没的报道。他以令人震撼的精准描述赢得了皮博迪奖和新闻同行的由衷敬意。他一回到新加坡，就穿着借来的拖鞋冲到通讯办公室，写下了报道的初稿。办公室里好管闲事的职员们一开始还不愿将打字机借给他用（布朗自己的打字机已沉入海底），于是，报道的第一段文字是他亲笔写下的；职员们也不愿让他坐下，于是，他站着书写了历史。

当Z舰队从森巴旺骄傲起航时，弗兰克·威廉斯和他的空军战友们在雷达站监测到了代表Z舰队的小圆点。可惜的是，他们没有检测到别的信号。雷达本应带给英国的战略优势在实践中从未实现。相反，英国想在空中对抗日军的过程却总是麻烦不断。雷达网络存在很大的空隙，这就意味着敌军的飞机在给马来亚造成破坏时，会时而消失，时而出现。弗兰克回忆说，雷达设备是在非常匆忙的条件下安装的，"肯定也就无法实现它应有的作用和效率"。尤其是在马来亚，由于当地政府的官僚主义和劳动力等问题，无线电台的建设面临重重困难。该项目高度机密的性

质和英国与新加坡之间的遥远距离，使得雷达站的改装和零部件更换成了几乎不可能完成的任务。而把弗兰克所在部队设在橡胶种植园的决定更是愚蠢之极。在榜鹅角的雷达兵只能利用约九米长的电报杆覆盖方圆几百千米的范围，可标准的电报杆的长度应该超过三十米。用弗兰克的战友，雷达兵斯坦利·萨丁顿的话来说，这些跟橡胶树差不多高的电报杆严重制约了雷达探测的范围，使得"我们的结果相当不准"。雷达站的有效监测范围仅覆盖了最佳范围的百分之三十左右。

雪上加霜的是，日军的进攻是迅速的、凶猛的，英国空军根本无暇改进飞机。很快，日军便赢得了空中的绝对优势。英国空军的水牛机完全不是敌人的对手。更加现代化的飓风机来得太迟，已无法扭转大局。在遭遇严重损失后，英国空军仅存的力量撤退到爪哇岛。一位名叫阿瑟·多纳休的美国飞行员曾加入英国空军，参加了不列颠战役。这次，他又被派往新加坡，亲眼看到了空战后城市的满目疮痍。"在这座原本雄伟壮观的空军基地中，漂亮的机库和航站楼空无一人，玻璃全被震碎，墙壁开裂倒塌……巨大的水泥停机坪上全是炸弹留下的深坑，放眼望去，皆是如此。最让人觉得悲哀的一幕是剩下的数架飓风飞机和布鲁斯特飞机……它们看起来是那么可怜，机身都被砸烂了，扭曲了，几乎被烧毁了，那是炸弹和机枪攻击留下的痕迹。真是令人心碎。"

多纳休写了一本名为《最后飞离新加坡》的回忆录，他提到，有一次他走进房间，正好听到长官在对着电话怒吼。"我再也不想听到什么空袭警报了！"长官大喊，"你们还不如一直开着警报呢！"事实上，英军雷达站接受的命令就是"把一切飞机视为敌机"。这也意味着，雷达监测失败的原因是复杂的——它们往往不能及时追踪到即将来临的空袭，而当它们真的追踪到以后，又没有友军的空中力量能挺身而出赶走敌机。

英国空军趁着还没有全军覆没，将完好无损的飞机都送去了爪哇岛。弗兰克和其他雷达兵则被认为是没有用的一群人，被留在了后面。

如果说海上和空中的形势是严峻的，那么地面的战况简直就是悲惨。英国军队（以及来自澳大利亚、新西兰、印度和马来亚的队伍）节节溃败，令众人震惊。山下奉文中将和他的战友——珍珠港事件的幕后主使山本五十六上将一样，也曾对祖国发动的战争持怀疑态度。可当他被推上岗位时，还是以实际行动证明了自己是一位狡猾但非常有才的地面作战指挥官。山下制订的太平洋作战计划，类似于德国对法国和低地国家 ❶ 的闪电战。他用自行车在茂密的丛林中运送装备和士兵，用轻型坦克彻底打压抵抗力量。山下的二十五军（以及其他三支强大的作战队伍）以少胜多，击溃了骄傲自大的英国守军，在六周的闪电战中，消灭或俘虏了大约五万名英国士兵。

这一战功为山下赢得了"马来亚之虎"的绰号。

日本人的策略是出色的，而英国人的愚昧自负和不善谋略也帮了他们大忙。英联邦国家的士兵对来自日本的危险不以为意，以至于根本没人接受过丛林战的训练。相反，英国的整个防卫体系都是围绕巨型大炮来布置的。这些大炮俯瞰着通往岛上的海路航线，它们巨大的体积占据了整整一个名叫"绝后岛" ❷ 的小岛。后来的事实证明，炮口的方向弄错了。日本人并不是从海上来的，而是从陆地上来的，这超出了任何人的想象。另外，所有的海岸大炮必须配合反舰武器才能使用，而且炮弹在爆炸的过程中并不会裂为小的碎片，所以也无法大批地消灭陆军。当英军最终将炮口掉转后，虽然向敌军不断开火，但并没有发挥什么作用。

❶ 指荷兰、比利时、卢森堡三国。——编注
❷ 现称圣淘沙岛。——编注

　　所谓新加坡坚不可摧的观点只不过是伦敦方面的宣传口号罢了。实际上，新加坡的防备远远称不上大家所吹嘘的"亚洲马其诺防线"。城市本身的防御工事少之又少。据几名"威尔士亲王"号上的水兵回忆，在他们驶向宿命中的败局之前，上岸的第一天，他们就乘坐出租车从岛的一端跑到另一端，一路上没有看到任何防御阵地。与此同时，日军深入彻底的情报工作却渗透到马来亚和新加坡的各个民政和军事机关。他们非常清楚应该在哪里以及该如何发起进攻。山下在制订进攻计划的过程中，甚至拒绝了一个师的参战请求，因为他觉得完全没有必要（事实也确实如此）。

　　和Z舰队的情况一样，英国人在这最后一役中仍没有应对现代化创新战争的能力。等到他们意识到错误时，为时已晚。1941年12月19日，槟榔屿沦陷。1942年1月11日，马来亚首都吉隆坡沦陷。1月底，暹罗和马来亚几乎完全落入日军之手，步步逼近的日本陆军威胁着要将英国人从他们的城堡赶进海里去。战局的逆转令人震惊，一名撤退的步兵简洁地描述道："一个英国士兵确实抵得上十个日本士兵。不幸的是，他们有十一个人。"

　　"威尔士亲王"号和"反击"号沉入海底后，"草蜢"号、"蜻蜓"号和"蝎子"号不得不开始无休止的行动。由于白天航行太过冒险，所以它们的活动一般是在晚上。三艘炮艇上都有了新的成员——沉没的两艘主力舰上的幸存者。这三艘炮艇承担着极其危险的任务，包括攻击日军运输船，炮轰海岸工事等，可惜往往并不成功。"草蜢"号和它的姐妹炮艇战斗力太弱了，除了惹怒日本人之外，并未造成什么重大破坏。另一个更重要也更频繁的任务则是撤离士兵，尤其是在马来亚被进攻的日本陆军堵截的印度第十一步兵师。有一次，"蜻蜓"号和"蝎子"号救下了差点被消灭的整整一个旅两千人，将他们送往新加坡。水兵们几乎是二十四小时无休，吃饭都在自己的岗位上，有空闲时就抓紧时间小睡二十分钟。朱迪也感觉到了局势的紧迫，它所分到的食物减少了，能睡觉的时间大大缩短了。

晚上，朱迪和"草蜢"号的水兵在夜幕掩护下开展救援工作；白天，则成为待宰的羔羊，只能来回穿梭，躲避日军的攻击，寄希望于日军将注意力集中在更大更重要的目标上。炮艇的娇小身材让它们很难被炮弹击中，又很容易被敌人忽略。它们对日军的登陆和船运不构成威胁，所以，日本空军将其归类为"临时目标"。

我们无法确定，朱迪有没有跟着救援队伍一起上岸，将幸存者们安全带回艇上。它预警的本领可以发挥重要的作用，提醒救援人员小心即将到来的巡逻敌军，但大家那么爱它，应该不会舍得让它进入危险的丛林。有一次，"蜻蜓"号上一位名叫莱斯·瑟尔的水兵在马来亚海岸执行救援任务时被子弹射中了腿，朱迪应该不在现场。这位和弗兰克·威廉斯、乔治·怀特一样出生在朴次茅斯的士兵忍住伤痛，帮助一群被切断了联系的坑道工程兵（在前线战斗的工程兵）安然回到艇上。瑟尔在医院住了好多天，朱迪经常去看他。它的出现总是让瑟尔和其他伤病员欢欣鼓舞。瑟尔肯定也听说过"草蜢"号上这只勇敢的吉祥物的故事，肯定也经常在艇上见到它，但当时他并不知道的是，在以后的日子里，他将成为朱迪故事中一个关键的角色。

朱迪的表现是可靠的，它知道什么时候该叫，什么时候不该叫。当"草蜢"号的大炮对准岸上的目标时，它会一动不动地保持安静，从未受过震耳欲聋的炮声的影响。当炮艇沿着海岸线悄悄前行，寻找要救援的

士兵或是搜索可以攻击的目标时，它也从来不会不合时宜地大叫、哀嚎，或是弄响脖子上的铃铛暴露自己的位置。这条指示犬可以说从一出生就面对死亡，它能成为一条出色的战犬也就不足为奇了。

1942年新年前，新加坡被日军包围，全城一片焦土，如同地狱，四处爆炸不断，充满了恐慌与绝望。"我们难道就没有空中力量吗，长官？"年轻的士兵向指挥官小声嘀咕道。"日子一天天过去，年轻小伙的疑问越来越成为所有人口中的指责，"F.E.W.拉默特中尉在写给陆军部的正式报告中这样说道，"日军将整片天空据为己有，不分昼夜地向我们投下如雨点般的炸弹。他们心狠手辣，毫不留情。当他们将炸弹一股脑扔下时，你仿佛能听到他们断断续续的笑声。对他们而言，整个新加坡就是一个军事目标，他们要将这城市撕成碎片。"

实际上，无休无止的炮火和轰炸已将城市夷为废墟。森巴旺海军基地中的人员被疏散。难民如潮水般涌向岛南端的岌马港，希望能在无法避免的沦陷之前，找到逃出新加坡的生路。众所周知，日军在成功入侵后，往往会大肆杀戮，奸淫掳掠。新加坡的人们，包括剩下的英国士兵，都拼了命地想要躲开那命运。

1942年1月底，日军来到柔佛海峡的最远一侧，做好了推进的准备，誓要占领这所谓的无法攻克的堡垒。他们的大炮能射向新加坡的几乎每个角落。与此同时，城市中的平民狙击手还会趁夜色逐个瞄准、击中英国的军官们。逃兵们在海边游荡，用枪指着平民百姓实施抢劫。

莱佛士酒店的乐队还在演奏，但根据澳大利亚记者阿索尔·斯图尔特的描述，已经没人跳舞了，因为"那音乐声也无法掩盖轰隆隆的炮声"。

1月31日，英国切断了连接新加坡和马来亚的新柔长堤。一周多之后，它又被日本工程兵修复了。日本陆军的先头部队通过这里，占领了城市的北部地区。英国军方高层中出现了认定会战败的悲观情绪。丘吉尔从伦敦发出指令，要求大家坚持到最后一刻，并摧毁日军前进途中一切有价值的东西。2月初，"亚洲皇后"号沉没，这艘经过改装的豪华邮轮是用来运送部队的，当时满载着士兵和军需用品。它的沉没，让新加坡失去了全部希望。

通过海路进行大规模撤离是不可能的了——因为没有足够的船。所有可以利用的船加起来也只有三千来个位置，这包括了渔船上可以站人的空间。海军少将 E.J. 斯普纳将一千八百个位置分配给陆军士兵，几百个位置分配给皇家海军和空军地勤人员，其余的分配给了政府成员，即管理殖民地的官僚们。这项分配行动的大部分内容都是保密的，以免引起大规模恐慌和争抢船只的行为。那些获得了一线生机，能从这座被围困的小岛上逃出去的幸运儿们，也没有收到任何提示——他们只是接到无线电通知，要继续向岌马港进发。

这些幸运儿包括了弗兰克和他的雷达兵战友。为什么他们会在新加坡留到这个时候，实在是令人费解。大家早就发现雷达在实战中发挥不了什么优势，而他们的很多空军战友都已经去了爪哇岛。他们的滞留，也许是因为高层军官和托马斯总督一直反对撤离。托马斯最不愿看到的就是混乱撤退的局面，这既丢了自己的面子，也影响了整体的士气。弗兰克本该安全地（至少是暂时安全地）待在爪哇岛，可他并没有，他还在榜鹅角。为避免机密材料落入敌军之手，弗兰克和战友毁掉了设备，带上了一切可以带走的东西，急匆匆向南出发了。一路上，他们还得躲避敌人一轮又一轮的迫击炮攻击。好消息是，他们都知道，自己即将拿到逃离战争的一张船票。

珀西瓦尔将军生怕日军会在新加坡重演在中国的上海和南京犯下的

暴行。尤其是新加坡城中还有大批华裔，那样的情形会给他们带来可怕的结局。他的担忧，再加上敌军已经控制水库的事实，使他完全不顾丘吉尔坚持到底的命令，做出了迟投降不如早投降的决定。

为避免日本陆军醉酒滋事，珀西瓦尔下令销毁全岛所有的库存酒类。2 月 15 日，他做好了正式举白旗的准备（后来他被日军俘虏，和托马斯及其他很多高层军官和文职人员一样，在樟宜战俘营度过了整个战争时期）。

炮艇理应冲在撤退的最前线，尽一切可尽的微弱之力。霍夫曼和其他炮艇的艇长们接到了开往岌马港的命令，将于 2 月 13 日最后离开新加坡。命令还让霍夫曼做好接受难民的准备，这些难民既有军人，也有平民。在这特殊的大逃亡中，这只是整体计划中的一部分。"草蜢"号到港后，霍夫曼和水兵们才发现，人们疯狂地想要挤上或征用一切能找到的船只，渔船、渡船，甚至浮木都可以。很多人带着武器。在充满绝望的黑夜里，朱迪依然站在舷梯上守望，每当有危险人物靠近"草蜢"号或"蜻蜓"号时，它就会愤怒地狂叫。

可并非每个人都急着逃跑。2 月 11 日，《新加坡自由报》出版了一期增刊，全面报道了国内国际形势，并在头版社论中，鼓励读者"保持决心，战斗到底"。另一位尽量留到了最后的记者，也是最后一位离开新加坡的西方记者是 C. 耶茨·麦克丹尼尔。这位勇敢的美联社通讯员曾在中国亲眼看到日军的残忍行径。后来，三十五岁的他又像他在中国的很多同事一样，想方设法来到了新加坡和马来亚，报道这里的战事。他一边躲避着炮火和炸弹的碎片，一边奔跑在新加坡的大街小巷，直至最后关头，从自己的角度见证了战争的残忍和当地百姓的苦难。

他的最后一份报道落款日期为 2 月 12 日，这是一篇节奏紧迫又流露出坚韧意志的经典之作：

今日清晨，当我在这个原本繁华美丽又宁静的城市写下这最后一段话时，新加坡的上空正被数十处巨大火焰腾起的浓烟遮得暗无天日。

连续不断的爆炸和冲击让我的打字机和我的双手都在颤抖，无须官方通报，手上因紧张冒出的汗水就能告诉我，这场始于九个星期前、六百多千米外的战争今天终于来到了这个摇摇欲坠的帝国的边缘。

我敢肯定，在头顶的某个地方，正是热带阳光灿烂。可在我这个窗户众多的房间里，光线已暗淡到必须开灯才能工作的程度了。

远处的低矮楼房后面，战火正猛。我看到一批又一批的日本飞机在空中盘旋，气势汹汹地向士兵俯冲。士兵在没有战机保护的情况下，如身处炼狱，但仍奋力反击。

然而，今天上午，日军在空中并不是毫无对手！我刚刚看到两架"角马"飞机，这种陈旧过时的双翼飞机速度大概只有每小时一百六十千米。它们降低高度，从日军据点飞过，将机上的炸弹悉数抛下，轰隆的声音久久回响。

它们让我万分羞愧。我坐在这里，猛烈的心跳简直比它们老掉牙的马达还快。我心想，这些开着古董飞机的小伙子们有多少生还的概率呢？如果说勇敢的人应该获得永垂不朽的荣耀，那么，在这个悲剧性的清晨，再也没有比

这些飞行员更配得上这种荣誉的人了。

今天，在新加坡还有很多勇敢的人。在离我不远的地方，是露天空地上的防空炮台——应该是的，但它们的周围都已烧空……

请原谅我写得断断续续，一拨炸弹刚刚就落在附近，我不得不冲到墙后面，以躲开强烈的冲击波——幸好，我躲开了。

枪手还在射击，每一次日军飞机靠近时，子弹就会打在我头顶阻燃的天花板上，几乎没有一刻停歇。

解除空袭警报的信号才刚刚响起——这真是个笑话！因为我从窗口又看到日军的飞机正在不到一千米之外超低空飞行。

几分钟前，我听到了一段悲惨的电话通话。马来亚广播公司主任埃里克·戴维斯催促总督申顿·托马斯爵士下令摧毁一座偏远的广播电台。总督表示异议，他说局势还没有那么糟糕，他不愿下令。戴维斯拨通了电台的电话，要求他们继续播报，但做好紧急行动的准备。我们把收音机调到那个电台的波段。他们正用马来语广播，鼓励新加坡人民坚持到底，播到一半时，信号突然消失了。

来自英格兰萨里郡里士满的亨利·斯蒂尔是军队公共关系官，从泰国边境到新加坡，他帮我们渡过了各种难关。他刚刚跟我说，我还有十分钟时间收拾东西，然后离开。

过去的两周，我是新加坡唯一的美国记者。当亨利让我走的时候，我是非走不可了。所以，我在新加坡向大家道别。

最后再说一句，绝对是最后一句——

这以后数日大家都别指望能听到我的消息了。不过，请转告住在爪哇岛万隆市皮恩格大酒店的麦克丹尼尔太太，说我已经离开了这片生死之地。

第九章

逃离

炭马港充满了绝望的气氛，混杂着各色逃亡难民——从前线退下的士兵、泰然忍受痛苦的政府工作人员、恐慌的华裔，以及被吓坏的殖民者家庭。他们熟悉的一切现已成为汹涌潮水前的沙堡。有的人带着全副家当蹒跚而行，有的人除了身上穿的衣服之外什么都没有。

精心打扮去喝下午茶的主妇和几乎一丝不挂的难民走在一起。拿着步枪争抢地盘的壮汉和紧紧抱着哭泣婴儿的母亲排成一列。

所有人的眼睛都盯着同一个目标——要在克利福德码头停靠的船上争得一席之地，那一大拨杂七杂八的船都在等着将他们从猖狂的日军手中救走。难民如潮水般一波波涌向简陋的救援船——当然，是还能浮在水面上的救援船。就在刚刚的突袭中，有几十艘小船被击沉在港口，它们的桅杆从水中露了出来。

这是 1942 年 2 月 12 日。八个多月前，英国军队在与德意志国防军交战后撤退，撤到法国海滩时差点全军覆没，幸好一支临时拼凑的救援船队将三十万将士从敦刻尔克送到了英吉利海峡对岸的英格兰。在新加坡，执行该任务的是一支由一百八十三艘船组成的临时船队，这次行动类似于一次迷你型的敦刻尔克大撤退。不幸的是，结果却截然不同。但无论如何，在接下来的数小时、数天和数周中，人们所表现出的不可思议的勇气与坚强，以及戏剧化的战事发展，都丝毫不逊色于英吉利海峡的那次成功撤离。

救援船中最大的是炮艇——也就是"草蜢"号和它的姐妹艇"蜻蜓"

号与"蝎子"号。朱迪站在"草蜢"号的前甲板上，看着下面的一片混乱。即便这混乱让它觉得格外紧张，它也没有表露分毫。它安静地坐在围栏旁边，偶尔慢慢地走到艇的另一侧，再转身走回来。码头上众人所表现出的强烈情感似乎让它深感震撼。

港口的噪声，尤其是气味应该让它觉得很难受。滚滚黑烟遮住耀眼的太阳。恶心的气味直冲鼻孔。旁边的人们尽管嗅觉远不如朱迪的敏锐，也都纷纷徒劳地捏住了鼻子。海边的空气平常就混杂着腐烂蔬菜、鱼和燃油的气味，此时又加上了未经处理的污水的恶臭——因为整座城市遭到轰炸，地下排污系统全被破坏。另外，烧焦的橡胶、熔化的铁梁、化为灰烬的木材，以及死于日军袭击的受害者们腐烂的尸体，都给人们的感官带来了最严重的冲击。四周的人群无法忍受这恐怖的气味，全在干呕。

与此同时，炸弹还在不断掉落，很多直接掉在了码头上。皇家海军希望登船撤离的过程是有序的，所以等待的时间格外漫长，令人窒息。只有突然出现在头顶的内尔战机，会打破这节奏，让人目不暇接又恐慌不已。炸弹掉落时的尖厉声响与难民们的尖叫声混在一起，爆炸随之而来，只是这爆炸并没有大多数人预料的那般猛烈。很多炸弹严重偏离目标，有的掉在港口，溅起高高的黑色水花；有的掉在难民身后的城市，又增添了一处熊熊燃烧的火焰；但也有些正好掉在码头，新受伤和即将死去的人们的哀号声给这人间地狱又增添了一分凄惨气氛。

整个过程中，朱迪出人意料地保持着冷静。只有当炸弹掉落的尖锐声响划破长空时，它才会偶尔跑到舰桥的钢板下躲起来。朱迪对战争带来的恐怖和痛苦并不陌生。在中国生活的许多年，它亲眼见过无数可怕的场景和疯狂的炮火。是那样的经历让它在今天港口的灾难中保持了冷

静吗？我们无法确切得知，但这是完全有可能的。犬类的脾性和人类的个性一样，千差万别。朱迪早已证明，它能在战火中保持冷静，它对自我的控制已达到军人的水平。所以，它不会被疯狂的情绪影响，也就不足为奇了。

"蝎子"号是第一批离开港口的船之一。实际上，它在2月10日就出发了。在之前的几周，它被日军猛烈攻击，所以选择了早早离开。"蝎子"号上有一名水兵叫查尔斯·古德伊尔，是朱迪的好朋友。在中国，他曾邀请朱迪参加过他的婚礼。"蝎子"号起程时，朱迪前腿搭在栏杆上，冲着古德伊尔亲热地直叫唤，而古德伊尔也向"草蜢"号挥手道别。

这是人们最后一次见到古德伊尔和他的炮艇。"蝎子"号在开往爪哇岛途中，被日军飞机严重炸毁，接着又被其海面战舰击沉。

12日晚，夜幕降临港口，两艘改装后的民用小轮船出发了。伤痕累累的"功夫"号原本是长江上的渡轮。在那段相对和平的时期，朱迪在"小虫"号上时，经常与它擦肩而过，后来它被皇家海军改装为布雷艇。在这次撤离中，它发挥了关键作用。

过去几周，"功夫"号在海军基地受到多次轰炸。艇上只剩下三艘救生艇，就是这三艘救生艇，艇身上也满是炸弹碎片和子弹留下的孔。有些未雨绸缪的人甚至因为这些救生艇的状况而拒绝登艇。

登艇的一百四十人是一群记者，其中包括麦克丹尼尔。他在炮火连天的新加坡城中提交了最后一篇报道后，就立刻飞奔到码头来了。另外还有英国公共关系官员亨利·斯蒂尔、澳大利亚记者阿索尔·斯图尔特，以及一位名叫多丽丝·林的年轻貌美的中国女子。多丽丝是著名新闻摄影师王小亭的助理。王小亭以照片和影片记录了日军对中国的残忍侵略，并因此获得世界性的赞誉。他的照片《中国娃娃》拍下了一个被遗弃的婴儿在火车站被炸毁后的废墟中放声大哭的情形，并作为揭露日军暴行的第一手资料在全世界展出。

为了将更多的照片送到西方国家，王小亭已经离开了这座注定灭亡的城市。多丽丝则因为从小在上海的美国修道院里长大，能说一口流利的英语，留在了新加坡。她留下来运送设备，并继续另一项工作——为英国人打探情报。日军入侵中国期间，她就在中国担任情报人员，后来，她赶在日本人入侵新加坡之前逃到这里。日本人很清楚她是谁，也知道她在做什么。

此时，她又比日本人早一步离开了新加坡。只是这一次，日军更加疯狂地想要阻止她和其他逃离的人群。港口上空，轰炸机不断出现。斯图尔特在报道中记录了这一幕，这篇报道后来在全澳大利亚刊发：

> 我们在码头等了两个小时。俯冲轰炸机和高空轰炸机此刻正向我们飞来。上一个空袭警报刚刚结束，新的警报又如野狗哀嚎一般响起。炸弹掉落在岌马港码头时发出轰隆巨响，还夹杂着防空高射炮断断续续的嗒嗒声。克利福德码头上的人们同时低下头，仿佛在集体祈祷。就算真的身处教堂，他们的祈祷也不可能比此刻的更加虔诚。渎神的言语呈现了他们的真实心境。

码头上的记者还没有从炸弹的轰击中缓过来，身着蓝衬衣和蓝裤子的多丽丝就以镇定自若的态度赢得了大家的钦佩。"（她）像是把整件事当成一次玩笑。"杰弗里·布鲁克回忆说。布鲁克是"威尔士亲王"号上的幸存者，后来加入"功夫"号，成为舰桥成员。Z舰队被击沉后，大约

有两百名幸存者从海中被救起，后在逃生过程中加入了别的船队，他便
是其中之一。

"功夫"号开进大海后，记者也和最底层的水兵一起用铲子将燃煤送
进火炉。他们再一次遭到了轰炸。用斯图尔特的话来说，日本轰炸机的
两枚炸弹留下了"一个绝对是'日本制造'的大洞"。幸好，附近就有一
座小岛，他们匆匆登上小岛后便弃艇了。"功夫"号倾斜严重，但并没有
沉，大家把它停在岸边，便去寻求援助。

另一艘被皇家海军征用的小班轮是"维纳·布鲁克"号。1942年2
月12日，它也悄悄开出了新加坡。自从战争爆发后，它遭遇了多次轰
炸。数周来的紧急行动让船员们，尤其是船长R.E."矮胖"博顿，对躲
避空袭相当熟练了。

"维纳·布鲁克"号的体积介于私人大游艇和小型客运船之间，长
约七十六米，宽约十三米。它最适合的载客量是多少人，报道对此各执
一词，但大家一致认为，当时疯狂的撤退者的人数早已大大超出了船的
承载量。在离开的那个晚上，博顿接纳了每一个走上舷梯的人。总共有
三百三十人登上这艘船，绝大部分是平民妇女和儿童。

这些人中包括最后六十五名留在新加坡的澳大利亚军队护士（澳大
利亚军队称她们"护士姐妹"），也是唯一一批没有和战友乘坐"帝国之
星"号离开的护士。

在护士长奥利芙·普拉施可的率领下，她们勇敢地冒着连天炮火，从
留守的澳大利亚士兵那里收集他们要捎回家的书信。当她们与士兵互道
永别时，大家都尽情地哭了。士兵们像拥抱自己的家人般，紧紧地拥抱
着这些姐妹。每个人都清楚，这是他们之间的最后一面了。

接着，她们还得躲避阿索尔·斯图尔特所说的那些炸弹。一位负责监

督撤离的英国皇家海军官员注意到了护士们在战火中所表现出来的非凡勇气与镇定：

> 空袭给撤离者们带来了严重的伤亡。轰鸣炮火声中，伤者和濒死者的哭声、尖叫声不绝于耳。烧焦的残破尸体躺在四处散落的被炸开的行李箱间。如何安抚并帮助幸存者，是避免全面恐慌的关键。只要有人求助，这些勇敢的护士们总是第一个应答，她们的态度与精神和某些男人形成了鲜明对比。

暮色降临，护士们登上了"维纳·布鲁克"号。一名护士回忆，她对这艘船的第一印象是"一艘看起来很凶险的小灰船"。

这位护士名叫维维安·布尔温科，她逃生的故事相当神奇。维维安（她的朋友们从来不叫她维维，而是叫她布利❶）二十六岁，出生于澳大利亚南部阿德莱德东南八十千米的铜矿小镇卡潘达。从体形上看，她和与她同名的卡通驼鹿没有任何相似之处。她高中时是优秀的运动员，个头高挑，身材苗条，甚至可以算是有点瘦。她有着蓝色的眼睛，短短的直发，在热带潮湿的天气中，头发略微有点卷曲。由于患有扁平足，她没能在澳大利亚皇家空军当上护士，但战地护士队没有这样的限制。

原则上说，她的级别相当于中尉。"她在任何时候都不是一个容易激动的人。"她的同事，同为战俘的贝蒂·杰弗里在回忆录《白人苦力》中这样写道。在接下来的几个小时，维维安的冷静个性让她受益匪浅。

---

❶ "维维"是"维维安"的昵称，"布利"是"布尔温科"的昵称。——编注

　　船长博顿将船开到港口中央，等待夜幕降临后，再找机会逃到海上。船的四周，一小群一小群的人坐在独木舟或小划艇里，拼命划着桨，可怜地哭求着，希望能登上大船。可"维纳·布鲁克"号早已严重超载，所以博顿、船上的马来船员们和澳大利亚的护士们只能充耳不闻，不去理会那令人心碎的惨叫。

　　大约晚上十点十五分，船悄悄驶出港口，它的身后是火光冲天的城市。就在大约一年前，他们所看到的是一个截然不同的新加坡，他们曾非常享受在这座充满活力的国际化大都市中的生活——要知道很多人，比如布尔温科，都是来自澳大利亚的丛林小镇。现在，用杰弗里的话来说，他们都在逃离"这让人永远无法忘怀的悲惨一幕"。一败涂地的队伍离开了废墟中他们曾经深爱的新家。几名护士唱起了《丛林流浪》，才唱了一段，辛酸往事涌上心头，整艘船又沉默了。

　　第二天破晓，岌马港的局势越发危急。朱迪和"草蜢"号上的人醒来时发现，整座城市正处于沦陷的边缘。天刚亮，近处密集的炮火声就响个不停，震耳欲聋的轰隆声响把人和狗都从床上震了下来。日本轰炸机不时在头顶出现，肆无忌惮地在港口上空盘旋，只要看到有人公开聚集在一起，便会以机枪猛烈扫射。逃跑中的英国士兵、澳大利亚士兵，以及日本侵略者和平民狙击手个个都有枪，子弹随意乱飞。码头上，时不时有枪声响起，作为对日军攻势的微弱回应，仿佛宣告着英国对这座城市的控制即将结束。

　　而最令人不安的因素并不是武器，而是人。绝望的难民比前一天还要多，没完没了的爆炸和英国军队的软弱将大家的希望碾得粉碎。此时的朱迪早已习惯了战争的噪声。枪炮与炸弹成了它天性的一部分。

码头上，绝望中的男男女女，尤其是小孩子们一定让它觉得难过。朱迪习惯为周围的人带去笑容，尤其是为孩子们。可这一次，孩子在它的身边哭泣尖叫，它却只能垂着尾巴，无助地看着他们。

上午，命令传来，要求炮艇接纳乘客，做好当晚离开的准备。当第一批难民涌上炮艇时，朱迪一扫沮丧的心情，兴奋地跳了起来。

"草蜢"号的登艇过程混乱无序。一位劫后余生的水兵是这样说的："所谓登艇，就是大家拼了命往艇上爬，已经在艇上的人再把他们拉上去。"最后，炮艇上已到了再多一个人都挤不下的程度。具体的人数无法确定，在场的人给出的估计数字也是大相径庭。有人说大概有五十人，有人说是一百五十人，还有人说是水兵编制人数的三倍，还要加上其他军事人员。真实的数字可能居中，也可能更多。艇上有护士和工程师；有一对来自新西兰的老两口——兰彭·史密斯夫妇，他们的儿子乘坐另一艘船撤离了；还有数个家庭和其他很多人（甚至还有六七名日本囚犯，处于情报官 H.M. 克拉克中尉的严密看守下）——局势的扭转让每个人的精神高度紧张。

仅仅九周前，一切都还安然无恙。大家过着平静的生活，关心的都是家庭、朋友、职业、教育、玩乐这样的琐事。随着日军的入侵，局面以令人措手不及的速度发生了逆转。希望和梦想破灭了，财产和地位丢失了。生存成为唯一重要的东西，可这也是岌岌可危了。在可以预见的将来，形势还将继续如此。

乔治·怀特作为物资储备主管，要想办法喂饱艇上新添的这么多张嘴巴。他一天的绝大部分时间都在竭尽所能，向军方讨要尽可能多的食物和水源。其他船上的情况当然也一样，所以他的收获甚微。唯一可以确定的是，每人每天的口粮将有严格的限定。尽管如此，怀特还是用一杯

茶、一块巧克力迎接了每位登艇的乘客。

朱迪也在尽自己所能安慰登艇的平民。大家时不时看见它走到哭泣的孩子身边，用鼻子去拱他们，希望能让他们感到熟悉和温暖。怀特说："它几乎是亲自迎接了每一个登艇的人。"

克利福德码头不远处，是"草蜢"号从长江上来的伙伴——"蜻蜓"号。"蜻蜓"号上大约搭载了一百五十名英国士兵和七十五名马来船员，共二百二十五人（和"草蜢"号的情况一样，确切的人数无法确定，当时港口混乱的局势也不可能让人统计清楚）。指挥该船的是艾尔弗雷德·斯波特中校和悉尼·艾利上尉。"蜻蜓"号上的军人比"草蜢"号上的多，其中包括东萨里兵团一个连的剩余队伍，他们原本有将近两百人，此时却只剩下十四人。

炮艇接到命令开始接纳乘客的同时，数量庞大的其他小型船也接到了类似指令——它们是英国皇家海军在 Z 舰队覆灭后，草草组织起来的一支舰队。其中两艘皇家海军的辅助巡逻艇被用来撤离士兵和平民，一艘是"天王"号，一艘是"瓜拉"号。它们原本是油轮，后改用于军事用途。在撤退命令刚刚下达时，弗兰克·威廉斯和他的雷达兵战友就已经在路上了，他们准备登上"天王"号逃离。

对弗兰克·威廉斯而言，这场战争到目前为止都没有什么可值得骄傲的地方。他所做的基本上就是为尚不完善的秘密雷达系统进行无休止的故障检修，而他所属的空军也被日本人从天空中赶了出来。目前，敌军压城，他又不得不疯狂撤离。要知道，仅仅在几周前，他和他的同胞还嘲笑过这个敌人。

2 月 13 日上午，雷达兵在莱佛士图书馆等待撤退的指令。十一点，指令下达——即刻向岌马港进发，并准备乘船离开这座战火中的城市。

正式的空军部报告详细阐述了指令内容："必须千万小心，不要被敌军发现，不得携带装备包或铺盖，只允许携带武器和四天的口粮。最后一千米路程必须步行，不得出现十人以上的队伍。"

撤退的皇家空军匆匆赶到混乱中的港口，被引到"天王"号的方向。弗兰克和其他二百六十五名雷达兵排着长长的队伍，准备登艇，和他们排在一起的还有大批军人和少数平民，平民大多是中国银行的华裔职员。这个时候，朱迪就站在"草蜢"号上看着这一切。弗兰克和朱迪近在咫尺，但他并没有看见这条指示犬。"天王"号停在离岸不远的地方，摆渡船整天忙着将人们送到"天王"号的步桥边。

登艇后，大家都注意到了"天王"号的外部结构在战事中遭到的破坏——艇身有多处粗糙的裂缝，钢板上还加装了搭扣。过去几周，"天王"号一直在为别的船担任反潜艇的防卫任务。它携带了数排深水炸弹，艇头还有一架口径约为十厘米的炮。用萨丁顿的话来说，它是"一艘很小的小船"，"只有几百吨位，一个排气烟囱，并且需要重新刷漆了"。

"天王"号艇长是皇家海军 W.G. 布里格斯上尉。"天王"号吨位七百三十一吨，将近六十米长，不到十米宽。对弗兰克和战友们而言，艇上的空间非常狭小。负责指挥他们的队长名叫雷·弗雷泽。还有一名叫王华南（音）的中国人和他们一起撤离，王华南后来回忆说："军人们都穿着软木救生衣或橡胶救生圈，我们背靠背坐在甲板上，非常拥挤。""天王"号上还有七名女医生，她们在新加坡留守到最后一刻，接到命令后才离开。另外，还有几名维修人员和九名日本囚犯。萨丁顿还记得，"天王"号起航时，"艇上的每一个角落里都是人"。

撤退的队伍士气低落。在"天王"号上，人到中年、身材结实的弗

雷泽是管理士兵的队长，他冲着弗兰克和其他空军大吼，说他们所乘坐的是一艘平底河船，乘客任何剧烈的活动都可能导致翻船。他夸张地补充了一句："任何随意走动的人都将吃枪子儿。"一位空军嘟囔着回应："去死吧。"

"天王"号旁边是另一艘由汽船改装而成的巡逻艇"瓜拉"号，它也快要被挤爆了。它的乘客更加多样化，有护士、公共工程局雇员，还有各国平民。根据当时在艇上的马来亚橡胶研究所主任 H.J. 佩奇的计数，其中还包括二十六名欧洲人。

"瓜拉"号比"天王"号大。和"天王"号一样，它上面也挤满了难民和他们能带上船的各种行李。起航时，艇上总共应有五百到六百人。艇长威廉·凯思尼斯上尉是来自阿伯丁的苏格兰人，他身材魁梧，体重一百零二千克。

下午五点十五分左右，有人突然尖叫："快隐蔽！"内尔战机突然出现在头顶，并丢下数枚炸弹，爆炸的地方就挨着两艘艇的登艇处。局面混乱起来。一群等待登上"瓜拉"号的人被炸死了，他们要么死于直接的爆炸冲击，要么死于大火引起的附近汽车的爆炸。幸存者们无暇顾及地上的尸体，很快又开始登艇；又或者，大家对这一切早已麻木。萨丁顿说："有一名空军士兵的钢盔帽檐上被打出了一个洞，他却毫发无伤。我不知道他能否平安回家。等他回家的那天，他一定会把这作为幸运逃生的纪念品，展示给大家看吧。"

"天王"号和"瓜拉"号在这次死亡袭击后的一个小时，大约六点十五分，首先离开港口。它们起锚后，从挤满船和水雷的码头中艰难地挤了出去。

朱迪的"草蜢"号也载满了乘客。它刚开始朝拥挤的码头开去时，又接到了返航的命令，说是有一拨新的难民涌到了码头上。虽然艇上的每一寸地方都挤满了逃亡的人，但水兵们还是在匆忙中重新整理了乱七八糟的行李，又调整了乘客的位置，腾出一些空间。光线渐暗，日本飞机仍在头顶呼啸，加剧了混乱的局面，也使登艇的过程更为紧迫。紧接着，长枪短炮也响了起来。"我们遭遇了来自东边游泳俱乐部方向的机枪扫射，"一位名叫 J.A.C. 罗宾斯的平民后来回忆说，"我们看到了闪光，听到了枪声。接着，附近的海水中还炸了一个炸弹。我们竟然没有被击中——这真是一艘幸运之船。"炮艇上的人数超过了承载量，达到危险的程度后，霍夫曼终于下令："草蜢"号将永远离开港口。不幸被留下的人在艇后面穷追不舍，他们即将面临的是凶残的日军。

"蜻蜓"号的任务是等到最后一刻，因为还有一批撤退的士兵正拼命赶往港口准备登艇。艇上有一位名叫 W.J. 朗的威尔士水兵，大家都叫他"塔夫"，因为他的家乡就在流经加的夫的塔夫河旁。他和其他几名水兵奉命去寻找要登艇的士兵。多年以后，他这样写道："我们领了步枪和刺刀，然后就来到了码头上。

"子弹从仓库的铁皮围栏旁擦过，也不知道是来自友军还是敌军。四处的火焰熊熊燃烧，投下闪耀的光影，那景象真是诡异。刺鼻的浓烟升起，飘向四面八方，让人什么也看不清楚，还以为见到了并不存在的敌人——又或者，真的存在的敌人？"

朗和战友们奇迹般地找到了那些士兵，他们开始向"蜻蜓"号狂奔，他们身后是不断掉落到码头上的迫击炮。枪炮无眼，四处乱飞。"跑到艇边后，每个人都把武器扔过围栏，说着谢天谢地的话，爬上了艇。"朗回忆说。

还没等最后一批长官带着最后一组士兵冲上艇，"蜻蜓"号就拉起了舷梯。爆炸声在四面八方响起。艾利上尉尖叫："不能再等啦！解开前缆绳！解开后缆绳！"可没人能走到后缆绳那儿去，炮艇只能打着转，"嘣"一声巨响，炮艇挣断缆绳的束缚，离开了码头。

"草蜢"号紧随"蜻蜓"号，开出了夜色中的港口。然而，一道无线电指令又让它返回去完成一项棘手的任务。这片区域还零星分布着不少被遗弃的小船，它们大小不一，往往一半都沉在水里。"草蜢"号的新任务是向它们开炮，使它们彻底沉没，不留给敌人。

1942 年 2 月 14 日凌晨零点三十分，终于到了离开的时候。霍夫曼下令炮艇掉头开向大海，加速追上"蜻蜓"号。两艘炮艇形成一支小小的护航队，"蜻蜓"号在前。而在它们的前面，"天王"号和"瓜拉"号正沿着相同方向，走着一条不同的航线。

所有船只，包括其他几十艘从混乱中的新加坡陆续开出的小船，目的地都是巴达维亚，它是荷属东印度群岛首都的旧称。现在，它已改名雅加达，国名也被改为印度尼西亚了。巴达维亚是个浪漫的名字，让人想起从前人们为寻找珍贵香料而经历漫长航海的故事，想起殖民时代一些能勾起人的思乡柔情而非厌恶反感的东西。巴达维亚在爪哇岛上，爪哇岛属于印度尼西亚群岛，位于苏门答腊岛东南方。岛上有强大的西方势力，能确保大家的安全，并有可能找到更大的船逃往印度、锡兰 ❶ 或澳大利亚。苏门答腊岛是不能去的——这个岛屿链中最大的岛离马来亚和新加坡都太近了，日军必定会攻陷它，也许就是几天的事。

❶ 斯里兰卡的旧称。——编注

通常，新加坡和巴达维亚之间的海上交通会沿婆罗洲 ❶ 东海岸的宽阔海峡前行，然后在比较大的丹戎潘丹岛右转，走完通往爪哇岛的最后一段旅程。可此时情况特殊，日军完全控制了这片地区的领空。在公海上，任何一艘比划艇大的船都会很快被日军发现、上报，并击沉。日本人在新加坡利用亲日的本地人，建起了一张巨大的间谍情报网。每一艘离开新加坡的船的详细信息，包括它们的序列号，都尽在日军掌握之中。

所以，"草蜢"号和其他撤离的船必须紧贴新加坡以南海域那些星罗棋布的小岛航行，它们像是从杰克逊·波洛克画笔下滴落的颜料，有成百上千之众。它们都是火山喷发形成的锥形岛，是荷属东印度群岛一万三千多个岛屿中的一部分。它们组成数个小的群岛，包括廖内群岛和林加群岛。岛屿面积很小，有的甚至是微型，且大多无人居住。大部分岛上丛林密布，可在白天遮挡日军侦察机的视线，提供重要的掩护。船队的撤离计划是，在漆黑一片的夜晚，全速在开阔的海面航行；当太阳从地平线上升起后，便从无数的小岛中选择一个靠岸——最好是海滩边有高大树木的小岛。在树下躲避一整天后，等到繁星出现，再度出发，开向下一个小岛。如果运气够好，也许能在被内尔战机发现前赶到巴达维亚。

船只驶向大海时，每艘船上的水兵和乘客都回头看着这东方的直布罗陀。巨大的火焰从海边升腾而起，那是为了不让石油落入敌手而引爆的石油储备点。黑烟笼罩着千疮百孔的城市，探照灯的光亮时不时扫过海岸线，照映出夜空中即将进攻的轰炸机。这是但丁笔下地狱中的场景，这一幕是幸存者们永远不会也不能忘却的。

---

❶ 即加里曼丹岛。——编注

弗兰克记下了身后的惨状。多年以后，他向荷兰作家 H. 诺伊曼和
E. 范维特森复述了当时的情形：

> 港口设备和厂房燃起熊熊大火，城市中到处火光冲天，
> 持续不断的炮火和爆炸的手榴弹照亮了天空中浓密的黑烟，
> 数里之外都能见到这如鬼魅般恐怖的一幕。当我们从毛广
> 岛上被引爆的石油和汽油储备罐旁缓慢经过时，我们看到
> 大量储备油被烧尽，烈火与漆黑的夜空形成鲜明对比，清
> 晰地照亮了艇上的每一个角落。当我们终于离开这地狱，
> 感受到海上吹来的凉风时，大家都深感欣慰。

第十章

毁灭日——1942年2月14日

在夜色掩护下，炮艇全速前进，海风在朱迪耳边呼啸。短短几个小时里，他们安全经过了廖内群岛，其中的宾坦岛是现在的旅游胜地。拂晓第一缕阳光出现在婆罗洲的地平线上时，他们已经看不到陆地了。护航队的处境很微妙——附近没有任何可以隐蔽的小岛，而海面即将出现严密巡逻的日军。

指示犬朱迪本应睡得很死，但船上的噪声、人群和氛围让它什么也做不了，只能短短地打个盹儿。它时不时蜷缩在乔治·怀特身边，也常常去安慰恐慌的平民。炮艇上从头到尾挤满了人。大家又脏又臭，满下巴胡子茬儿，蓬头垢面。每个人都饱受折磨，精疲力竭。他们睡在任何能找到的空隙里。"我找了三个不同的地方睡觉，都没好到哪儿去。"J.A.C.罗宾斯后来这样写道，他是在"草蜢"号离开新加坡前登艇的。狗的状态总能反映环境或是亲近的人的情绪，但这一次，经验丰富的朱迪表现十分得体。它像个镇定自若的军官，为担惊受怕的乘客送去温暖。

"草蜢"号的舰桥上，霍夫曼在与伊恩·福布斯商议。伊恩曾经从两艘沉船上逃出，其中一艘就是"威尔士亲王"号，后来他又加入了"草蜢"号。这两人讨论着最佳的航行路线，并一致认为，目前他们已别无选择，只能全速向爪哇岛进发——如果途中发现了适合掩护的岛屿，再作停留。太阳升起，一同出现的还有艇上众人的恐慌情绪。新的一天又开始了，日军的作战行动即将开启，侦察机也将飞上天空。那些轰炸机

的飞行员们应该正在吃早餐，也许正信心满满地要在这新的一天里造成更大的破坏。艇上的人都意识到，这可能是他们活在世上的最后一天。绝望在船上弥漫，但坚强的人将绝望掩饰起来，继续战斗。在大约两个小时的时间里，行驶非常顺利，他们没有被日军发现。可上午九点刚过几分钟，好运就用光了。

经过半睡半醒的一夜，天亮后的朱迪非常安静，它心满意足地在甲板上走来走去，或在炎热的天气中躺着喘气。突然，它尖厉地叫了一声。水兵们都清楚这意味着什么，大家朝天空望去。果不其然，一架日本的水上飞机很快出现在头顶。这种飞机主要用于侦察搜索，但也会携带两枚炸弹，好让它们的飞行员也有机会炸沉几艘船，拥有和别的战斗机飞行员吹嘘的资本。

水上飞机发起了俯冲进攻，它向"草蜢"号丢了一枚炸弹，但偏得厉害。接着，它掉转方向，又向"蜻蜓"号丢下另一枚炸弹。这一次丢得准多了，炸弹在离炮艇很近的地方爆炸，并给炮艇前端造成了轻微损伤，幸好并不严重。飞机消失了，可炮艇上的人们丝毫不敢放松——现在，日军知道他们在哪儿了。就在他们评估炮艇受损情况时，敌人制订了将炮艇击沉的计划。

"草蜢"号和"蜻蜓"号南边是林加群岛，其中最大的新及岛位于岛屿链底部，离苏门答腊岛东岸仅有约四十千米。北边几十个同类的小岛形成平缓的弓形，可以为炮艇提供一些掩护，躲避即将到来的轰炸机。两艇开足马力，全速向小岛驶去。

途中，他们看到了一艘小型军用艇，是费尔迈尔型炮艇。艇上是戈登高地兵团的苏格兰士兵。这支大名鼎鼎的队伍在法国战斗时有很多士兵被俘房，其中马来籍士兵在战俘营中死去的人数比在战场上阵亡的还要多。这艘小艇跟在两艘炮艇后面，努力想要追上它们。

十一点三十分，他们看到了陆地。此时，两艇离波塞克岛仅三千米。这是一个由熔岩和沙滩形成的小岛，勉强位于海面以上。它不是一个好的隐蔽点——林加群岛的其他任何岛屿都更适合隐藏。可这个时候，他们别无选择，尤其是朱迪又开始了狂叫。

轰炸机列队很快在南边出现。有人大喊："左舷前方有飞机！"有人认出，炮艇上方出现的轰炸机正是在新加坡经常出现的内尔战机，但对飞机机型更为了解的福布斯说，它们实际上是"九七式重轰炸机"，即三菱Ki-21飞机，盟军叫它萨莉战机（后来的机型代号为格温）。最开始，盟军叫它简，但道格拉斯·麦克阿瑟将军坚决反对敌军的飞机和他的妻子同名。无论这款飞机叫什么名字，此时的朱迪和艇上的高射炮一起，都在向它们发泄着满腔的怒火。

飞机来得太多（"蜻蜓"号上的一名水兵数出来有一百二十三架），也来得太快，他们根本无力抵御。飞机飞过炮艇上空后，分散开来，以九架一组的标准队形展开攻击。水兵和平民们对这再熟悉不过了（尤其是福布斯，两个月之前，他就在"威尔士亲王"号上见识过这种精准而凌厉的攻势）。

萨莉战机在海平面以上六百到一千二百米的空中发动了一轮又一轮进攻，每轮攻势间隔五分钟。霍夫曼和艾利开着各自的炮艇，以Z字形路线，拼命开向波塞克岛的方向，希望能环岛一周，找到可以隐蔽的地方。一拨接一拨轰炸机在头顶呼啸，淹没了平民们的尖叫声和朱迪愤怒的狂吠。就在这时，福布斯以不可思议的直觉逃过了一劫。战争过后，他回忆说："不知道为什么，最后一分钟时，我突然改变位置，朝左舷走了几步。"这是偶然又幸运的几步。他刚走开，一枚炮弹便击中了"草

蜢"号，弹片削断舰桥，霍夫曼和福布斯都被擦伤了，而福布斯刚刚站过的地方爆炸了。"我刚刚站的那个地方被炸出了几个大洞。我却只有右前臂有轻微的擦伤。我开始意识到，我的人生真是太奇妙了。"

艾利知道"草蜢"号上有包括妇女和儿童在内的平民，于是他急忙让"蜻蜓"号掉头，离开波塞克岛，朝大海的方向开去。他想将敌人的火力从无辜的平民身上引开。他的这一举动很勇敢，但却是徒劳的——萨莉战机的数量绰绰有余，足以同时追击两艘炮艇。

"草蜢"号躲过了一枚又一枚炸弹，"蜻蜓"号就没那么幸运了。一枚炸弹直接击中艇腹，几乎将整艘艇一分为二。幸存者陆军上尉 R.L. 莱尔说："靠近艇尾的地方浓烟弥漫，只剩下一大堆扭曲变形的金属板，整个艇尾都不见了。"又有两枚炸弹在艇头爆炸，轰隆巨响后，舰桥上全是弹片和废渣。

此时，斯波特中校和艾利上尉可能已经死了，也可能没死——最后见到他们的人没有一个能活下来说出真相。无论他们到底是什么时候死的，是怎么死的，他们反正是牺牲了。四十八岁的斯波特和只有三十岁的艾利，死在了远离家乡的另一个世界。

根据官方记录，在这次将"蜻蜓"号炸裂的袭击中，有四十名水兵牺牲，其中包括马来水兵。也有很多人活了下来，但都陷入了绝望。"蜻蜓"号在迅速下沉，时间不多了。艇头燃起熊熊大火，艇腹四分五裂。几名水兵放下了一艘救生艇和几个圆形救生浮具。不少人紧紧抓住浮具边缘，漂浮在海上，侦察队的一等兵霍拉德是其中一员，他活了下来，并向军方汇报了沉艇经过。很多受伤的人连一句道歉也没听到，就被扔进了海里。

"蜻蜓"号整体侧翻了，用霍拉德的话来说，"像乌龟一样翻了个四脚朝天"。接着，它便沉没了。塔夫·朗从艇上跳进海水，后来，他这样写道："它沉入海面以下，同它一起沉没的还有很多水兵，以及在新加坡上艇的几乎所有的平民乘客。这一切的发生不过是短短十分钟的事。"

海水中到处是挣扎的人，他们成了诱人的目标。萨莉战机两次掉头回来，用机枪扫射浮在水面上的人。朗看到飞机飞来时，便会尽量朝海水深处下潜，以躲避子弹。"上帝可以作证——我听到了子弹射进海水时'嗞嗞'的声音，我看到了子弹向水下穿梭时往上冒出的水泡。我从不祈祷，但在那一刻，我开始祈祷了。"很多人被子弹打中，包括东萨里兵团的金杰尔上尉。他受了伤，但没死。他牢牢抓住救生浮具，最终漂到一个无人小岛。至少有几十人死于这次枪击。

在"蜻蜓"号下沉的过程中，"草蜢"号正忙于躲避相同的命运。它躲过了几十枚炸弹，并与朝着相反方向逃命的姐妹艇渐行渐远。"草蜢"号上的关键人物是福布斯，他相当于霍夫曼的导盲犬。"霍夫曼少校由于严重近视，看不到飞机，"福布斯事后回忆说，"于是，我就告诉他什么时候轰炸机准备丢炸弹了，我们又应该把艇朝哪个方向掉转以躲开炸弹。"萨莉战机不断出现，他们的希望十分渺茫。之前日军在附近刚刚击沉了一艘拖船，此刻拖船上的幸存者都站在小岛上，看着这幕惨剧。在将近两个小时的时间里，炸弹不断落在这艘坚强的炮艇周围，激起的水花瞬间将艇吞没。但每一次，"草蜢"号总能从水中再次冒出来，它的高射炮也从未停止开火。

"我们躲过了十五到二十次进攻。"福布斯说。最后，一枚炸弹终究还是掉在了"草蜢"号上。这一次，蓝绿色的水花被耀眼的橘红色火焰所取代。就在离波塞克岛不到一千米的地方，这枚炸弹击中了"草蜢"

号尾部的住舱甲板，那里正是大批平民聚集的地方。在无数次幸运脱险后，这致命的一击击中了艇上最脆弱的角落，击中了手无寸铁的无助百姓。

几十人当场身亡，他们曾与朱迪一起度过了漫漫长夜。日军开始炸弹袭击时，有人看见朱迪朝甲板下面跑去了。

甲板上蔓延的大火威胁到了旁边的弹药仓库。福布斯赶紧冲到现场，看能不能将海水引入弹药库，以免弹药着火将"草蜢"号炸成碎片。他惊骇地发现，这个办法已经行不通了。能将海水引入的地方由于爆炸的影响，已严重扭曲变形。如果强行将海水灌入，整艘炮艇都将下沉。"草蜢"号处于随时可能爆炸的危急关头。

福布斯迅速跑回驾驶舱，将这一不幸的消息通知霍夫曼。艇长霍夫曼下令放下救生艇，让所有幸存的平民立刻登上救生艇，军官们负责指挥。霍夫曼自己留在舰桥上，将炮艇尽量朝岸边靠拢。"草蜢"号适合浅水航行的构造曾让它在长江上来去自如，但这一次，它没能开到海边。在离岸大约一百米的地方，它被一处沙洲拦住了。霍夫曼立刻下令弃艇，军官们大声喊叫着，让留在艇上的人都跑到艇身一侧，跳进了齐腰深的水中。

海滩边的"草蜢"号被斜斜地卡在水中，艇身很低，大部分火焰都被海水熄灭了，爆炸的危险也降低了。萨莉战机并未放弃，它们仿佛嗅到了海水中的血腥味，继续进攻一动不动的炮艇。两轮袭击接踵而至，炸弹掉落，但没有命中。罗宾斯后来回忆说："连毫无反击能力的静止目标都没有命中，敌军的瞄准水平可真差劲。"在此过程中，炮艇和跳水的乘客们都没有受到伤害，连艇上的日本囚犯也毫发无伤。福布斯说，这些囚犯的表现令人震惊，"看守他们的人都撤走了，可他们仍然冷静高效地四处帮助伤员"。

最后一轮扫射开始了，这一次，机关枪的目标是幸存者。我们没有找到关于死伤人数的历史记录。罗宾斯写道："我们鄙视日军，他们最后这次残忍的攻击针对的是妇女和儿童。"幸好大部分子弹射到了沙滩和树根上。此时，费尔迈尔炮艇也呼啸着赶来，却遭遇了如冰雹般密集的炮火而动弹不得。艇上的苏格兰人纷纷翻下艇，朝海滩上有树林掩护的地方跑去。

终于，萨莉战机消失在云层中。幸存者们抬起头，四处张望。他们意识到自己逃过了一劫，可刚刚放松的心情很快又因为所处的环境变得沉重。他们被困在了小小的孤岛上，没有食物，也没有水。很多人受了伤。他们中间有两个肚子很大的孕妇，还有一位盲人平民，她的女儿一直在照顾她。大家逃过了轰炸，但如何活下去等来救援却是更棘手的事。

一位名叫约翰·杜克的平民在袭击中受伤，他在海里游了很远才逃到波塞克岛。后来，他在写给妻子的一封信中这样描述海滩上的情形：

> 岸边大约有一百来人，杂七杂八地混在一起……海军士兵、海陆空军的军官们，还有六个女的、六个被打下来的日本飞行员……他们看起来很滑稽，头发又直又黑，没有修剪，直直地竖着，像奇形怪状的木偶（当时，罗伯逊牌果酱的标签上就有这样的人像，黑色的皮肤、乱糟糟的卷发。这形象流传甚广，但今天已被认为是类似于杰迈玛大婶的带有种族主义色彩的标志）……我身上一丝不挂，只套着一个救生圈。我们不能点火，因为烟会引来更多的敌

军攻击……对一个不习惯睡硬板床，且年过五十的人来说，
要睡在坚硬的地面上是一种严峻的考验，更何况我还受了
伤。当时的痛苦我相信我永远都不会忘记……后来到了晚
上，有人同情我，给了我一件衬衫。没过多久，我又拿到
了一条死人的短裤。

在一片混乱中，没人发现朱迪并不在海滩上。

与此同时，弗兰克·威廉斯乘坐的"天王"号正在朱迪以北的位置全
速前进。弗兰克没有睡好，时不时惊醒过来。他蜷缩在改装后的"天王"
号艇头附近的栏杆旁，周围是二百五十多名同他一起撤离的皇家空军雷
达兵。另一艘由普通船只改装为海军撤离艇的"瓜拉"号航行在"天王"
号旁边，它的吃水线更深，因为从新加坡出发时，它搭载了更多的难民。

它们在没有月光的温暖夜晚前行，一路基本上是波澜不惊，唯一的
小插曲就是"天王"号的一个引擎坏了。这两艘艇离开芠马港的时间比
炮艇早，但航行速度慢，而且它们也没有走船只密集的海上航线，而是
选择了更东的一条航线开往爪哇岛。在天空刚刚出现第一缕曙光时，它
们还在两艘炮艇以北很远的地方。更重要的是，它们为这些必须昼伏夜
出的难民找到了一个适合隐藏的小岛。

小岛名叫邦邦岛，实际就是一片很小的珊瑚礁，把它称为岛有些
言过其实了。它位于新加坡以南七十多千米，波塞克岛以北大约也是
七十千米。波塞克岛属于林加群岛，是两艘炮艇搁浅的地方。位于邦邦
岛东南的新及岛和林加岛才是岛屿链中最大的岛，像邦邦岛这样的小岛
是不值一提的。

邦邦岛微小的面积正是吸引凯思尼斯和布里格斯的地方。他们是这支小小舰队的艇长。这里虽然不是个适合停靠的天然港湾，但它并不会出现在日本人手中的绝大部分地图上，从空中也很难看到它的存在。

凌晨五点四十五分，"天王"号和"瓜拉"号停靠在一个马蹄形的小海湾里，距离海滩大约还有两三百米。"瓜拉"号要更靠近海滩一些。"天王"号上有几个人主动提出要乘坐救生艇去岸边收集树枝、藤蔓和灌木，将两艘艇伪装起来。萨丁顿认为："这毫无意义。真要把两艘艇隐藏起来，起码得砍上一周的树枝才够用。"

很不幸，两位艇长的计划中有一个很大漏洞——就在他们出发的前一天，经过改装后的布雷艇"功夫"号也从新加坡离开了。艇上搭载着C.耶茨·麦克丹尼尔、多丽丝·林、阿索尔·斯图尔特和多名新闻记者。"功夫"号刚一起航，就遭遇日本战机的轰炸，艇身受损并不严重，但此刻就搁浅在离这里大概四千米的地方。那里的海滩属于另一个小岛——班卡岛。搁浅后，艇上的人都弃艇逃走了。布里格斯和凯思尼斯在夜色中没有看到"功夫"号的存在，否则他们一定会另寻藏身之处。

在日本人眼中，受损的"功夫"号就像裹着糖衣的战利品。十一点，七架飞机径直扑来，誓要将其炸成碎片。艇上逃亡的人们站在荒芜的小岛上，眼睁睁看着自己的艇从世上消失，纷纷摘下帽子表示默哀。斯图尔特后来回忆说："和它一起消失的还有我所拥有的一切。"但他和他的记者同事还是比"天王"号和"瓜拉"号上的乘客要幸运多了。当一艘日本轰炸机向"功夫"号投掷炸弹时，另一艘飞机从低空飞过邦邦岛，发现了隐藏中的"天王"号。

飞行员立马发出无线电呼叫。转眼间，十七架嗅到血腥味的轰炸机出现在头顶。"瓜拉"号首当其冲。炸弹击中了这个静止的目标，直接掉

落在上层甲板的舰桥、锅炉舱（给锅炉添加燃煤的地方）和引擎舱里。整艘艇炸裂起火，火焰从艇头烧到艇尾。几十人当即毙命。

凯思尼斯从艇尾被炸飞，脖子上也中了一块弹片。整个舰桥似乎都要倒塌在他身上了。有那么一瞬间，他感到无比恐惧，以为自己瘫痪了，后来才慢慢缓过劲来，挣扎着从废墟中爬了出来。他旁边还有五名女医生，她们也被吓呆了，但都没有受伤，其中包括琼·莱昂医生和克罗医生（另有两名医生在这次袭击中丧生了）。凯思尼斯带她们走到艇边，用尽全力放下舷梯，花了五分钟时间才将它伸向水中。他把女医生推上舷梯，让她们赶紧游到岸边。

"瓜拉"号的小救生艇被收集树枝的人开到邦邦岛上去了，艇上再没别的救生圈和救生筏。如果她们不会游泳，那就麻烦了——幸运的是，五名医生都成功游到了岸边。一些跑到艇边的幸存者紧随其后，跳进了海里。艇身在燃烧，周围的海面全是疯狂划水的人。

汉考克队长是负责在马来亚管理监狱的官员，他是第一批从艇上逃出的乘客之一。根据凯思尼斯的描述，汉考克沿舷梯跑了下来，可不知道为什么，他突然又转过身，朝损毁严重的"瓜拉"号跑回去，还朝奋力往岸边游泳的平民们大喊，说他要回去灭火。他的妻子当时正躺在艇上，断了气。他也许并不知道，又或者正是因为他知道了，所以才做出这样的举动。此时此刻，拯救"瓜拉"号已是不可能的事了，但这并不重要——从那以后，再也没人见过汉考克。

一名军官开着船，从岛的方向出现了。他竭力将尽可能多的人运送到安全的地方。很多人在爆炸中丧生，但至少还有两百多人需要营救。海上风浪不大，绝大多数从艇上逃生的人都成功到达了岸边——可这才仅仅完成了一半的任务。邦邦岛的这一侧海边几乎没有沙滩，只有岩石，如何攀过岩石安全上岸成了一道难题。

　　天空中的日军注意到了在海里挣扎逃命的人们，将炸弹直接丢向他们的头顶。大约有二十个女人在炸弹首先击中"瓜拉"号时就警觉地跳进了海水，此刻她们正踮着脚尖，沿岩石爬行，想躲到树林中去。一名低空飞行的日本飞行员看到了她们，立刻发起进攻，丢下了一连串炸弹。这些女人像一排被大镰刀割倒的麦子般倒了下去。

　　这个太平洋上的小岛不久前还是一派田园牧歌的景象，此刻却成了血腥的屠杀场，到处都是尸体与残肢。

　　一位名叫斯坦利·朱克斯的美国建筑家幸存下来，他在回忆录中写到了自己拯救无辜者的经历。他开着救生艇看到：

　　　　一位年轻的妈妈在海水中可能已经泡了一个多小时了。她右手紧紧抓着救生索，一个一岁左右的小女孩则躺在她的左手臂弯里，头勉强抬在水面以上。她的背后，一个三岁左右的小男孩紧紧用手箍着她的脖子。他们离布雷艇燃烧的右舷还不到一百五十厘米。湍急的洋流将救生索拉得笔直。当时，我们正划着救生艇，准备绕艇头一圈寻找幸存者后，再回到邦邦岛的树荫下，正好发现了他们。日军飞机还在头顶盘旋，不断丢下更多的炸弹。火焰席卷了艇上大部分区域，存放在艇中部的炸药岌岌可危。过去一个小时，弹药库里的子弹像是中国的鞭炮，噼里啪啦炸个不停。我们估计，猛烈的爆炸随时可能发生。我们克服困难，小心翼翼地将这位母亲和她的孩子们拉上了救生艇高高的舷缘。

而游到岸边的人会发现那里也并非安全的庇护所。一位名叫莫莉·瓦茨－卡特的英国护士想方设法翻过岩石，来到岸边。她看到海滩上已经有一群幸存者了。"我和其他七个人刚翻过陡峭的岩石，来到海滩上，日本人就回来了……炸弹掉落在离我们很近的地方，把我的同伴们都炸死了，我却奇迹地得以逃生。可炸弹的冲击还是让我失去了知觉，大概在十五分钟的时间里，我无法动弹。"

一位名叫奥斯瓦尔德·吉尔摩的政府职员也有类似的经历。"一名士兵拉了我一把，让我爬上了海边陡峭的岩石。接着，我们俩又听到了飞机的声音，便赶紧朝树林冲去……疯狂逃命中，我找到了一块悬空的岩石，躲在下面。我刚躲好……一枚炸弹就掉下来……当我再站起来时，周围的树全被烧焦炸断了，旁边的六七名士兵都被炸死了。"

与此同时，轰炸机将注意力转向了两艘艇中相对较小的"天王"号。布里格斯站在舰桥上大喊："弃艇！"弗雷泽再将这一命令传达给甲板上和甲板下的人们。紧接着，又是一道命令——"下水之前先脱鞋！"

艇上众人仿佛是同时跳进了海里。很多人先往水中扔了一些可能会浮起来的东西。比如，王华南不会游泳，所以他搬起一把扶手椅扔进海水中，希望能借助椅子的浮力游到不远的岸边。

大家才刚开始朝邦邦岛游去，第一拨炸弹就袭来了。艇身没有被击中，但一场灾难还是无法避免。炸弹都在海水中爆炸了，没有在爆炸中化为灰烬的人也都在炸弹形成的冲击波中受了伤。

另一架飞机上的机关枪更是让局面雪上加霜。子弹疯狂地射向拼命游泳的人们，伤亡不计其数。那批日本囚犯都在首轮攻击中丧生。"我记得最清楚的就是女人们的尖叫声，"萨丁顿在回忆录中写道，"当然，男人们也在大喊，但只有女人的声音从海面上传过来。"

多年以后，弗兰克也回忆到这一幕："救生艇被毁，我们不得不跳进海里。我们必须游上三百米的距离，才能游到岸边。我们一边游，一边希望炸弹的爆炸声能吓退周围的鲨鱼。艇身与海滩之间，全是快要淹死的人。这时，第二轮致命攻击又来了。飞机的队伍……绕着千疮百孔的艇侦察了一番，拐了一个大弯，从只有艇上桅杆高的位置，将剩余的炸弹悉数扔向快要淹死的人们的头顶。几十人死于这场可耻的袭击。"

幸好，弗兰克并非其中之一。当时的局面相当混乱，事情发生的具体经过无从得知。弗兰克应该比其他很多人都更接近海滩，这可能是因为他的身体更强壮；也可能是因为他在商船队接受过的训练让他反应更迅速，更快从艇上跳了下来，从而占据了有利位置；也有可能一切就是运气罢了。无论原因是什么，反正他成功躲过了炸弹最猛烈的冲击，摇摇晃晃、毫发无损地走上了邦邦岛。

另一位名叫威廉斯的皇家空军也逃过了一劫——这位约翰·威廉斯在战争结束后写到了这次袭击："我忘了摘下眼镜，但它奇迹般地竟然没有被震碎。我把它放进口袋，朝岸边游去。周围的情形让我震惊。'瓜拉'号上的妇女儿童在海水中挣扎、尖叫，有人肢体残破，有人满身烈火，有人就要被淹死了，有人正努力游到岛屿的岸边。"

有一个人没有听从弃艇跳海的命令。他是马来政府的一名电工兼工程师，名叫查尔斯·贝克。贝克原本是乘坐"瓜拉"号撤离的，但由于"天王"号上的引擎出了故障，水兵们都束手无策，请他去帮忙看一看。于是，他便在天刚亮时划小船来到了"天王"号上。他才走到甲板下面，日军的攻击就开始了。艇长下令弃艇后，他大喊着告诉引擎舱里的水兵，如果想让整艘艇不至于沉没，就必须让引擎保持运转。最终，他们都留下来，修好了引擎。轰炸停止时，贝克长长地舒了一口气。

　　他爬到甲板上，有人对他大叫："看看你的船吧！"此时的"瓜拉"号正被烈火焚烧，处于毁灭的边缘。另一拨轰炸机又呼啸而至，贝克赶紧跳进了大海。炸弹爆炸激起巨大的水花，贝克却奇迹般地没有受伤。他朝火焰中的"瓜拉"号游去，想要拿回随身携带的文件，那可是他几周前从马来亚的岗位上撤离时就一直带在身边的。然而，火势过于猛烈，贝克只能掉头转向邦邦岛。他朝一群在海水中挣扎的妇女游去时，一枚炸弹掉在他旁边，把他的假牙震得飞了出去，"永远沉在了海底"。

　　没有牙齿的他拉着三名妇女的救生圈，把她们拖到岸边。

　　很快，"瓜拉"号在海水中滑走了。炸弹击中了引擎舱，破坏了灭火必备的蒸汽管，没有人能救它了。凯思尼斯和主管航行及枪炮的军官弗雷德里克·乔治上尉在火场中进出数次，彻底搜查后才弃艇离开。让他们倍感欣慰的是，没有还留在艇上的幸存者了。他们弃艇后，整艘艇断裂开来，沉入了海底。

　　不知为何，"天王"号周围的洋流更强劲，也更反复无常。而几百米之外的"瓜拉"号周围，幸存者几乎没有受到洋流的影响。王华南和他的扶手椅错过了流向岸边的洋流，从"漂浮在海面上的无数活人和死人的身体"旁，漂向了大海。椅子很快裂开。后来，王华南在写给朋友乔治·K.C.叶的信中说道："我成功抓住两具没有头的欧洲人的尸体，他们俩都穿着救生背心，而且就在我伸手可及的范围。"王华南把身上用来藏钞票的带钱包的腰带取下来，把自己和两具尸体绑在一起，在"鲨鱼和鳄鱼密布"的海上漂浮了数个小时。

　　另一艘从"瓜拉"号出发，载满三十名平民的筏子也被洋流冲走。它漂过邦邦岛，来到宽阔的大海上。"天王"号上很多幸存的雷达兵也没能游到岸边。有人在海上漂浮数日，最终被冲上另外的小岛，或是被小渔船救起。更多的人没等来救援，死在茫茫大海中。布里格斯上尉和"天王"号上的大部分水兵成功登上邦邦岛，但绝大部分皇家空军就没有这样的好运了。弗兰克是极其幸运的一员。"天王"号上二百六十六名雷达兵中，一百七十九人在袭击中丧生，仅有三十四人最后安全抵达锡兰。另外五十三人，用弗兰克的话来说，将面对截然不同的命运。

"维纳·布鲁克"号在离这场大屠杀以南很远的地方，它比其他船提早一天出发。它的甲板上坐满了澳大利亚的护士们，其中就有维维安·布尔温科。第一天晚上，日军没有发现它。可是，14日上午十一点刚过，一架不知从哪儿冒出来的日本侦察机出现了，它用机枪向"维纳·布鲁克"号的右舷扫射一番后，消失了。此时，在周边海域的其他地方，船只纷纷被击沉，浑身湿透的幸存者瘫倒在岸边，无数尸体在海浪中漂浮。

船长"矮胖"博顿和这片海域的任何一位船长一样，对邦加海峡非常熟悉。他认为他可以利用这里宽阔的空间将船开到安全的地方去。他决定破釜沉舟。就在下午两点之前，博顿在海峡的入口处发现了一个小岛。他没有将船开进邦加岛和苏门答腊岛之间的海面，而是全速向小岛开去。可惜，小岛没能为他们提供庇护，因为一群内尔轰炸机很快就发现了"维纳·布鲁克"号，并猛烈地投下了炸弹。

博顿利用丰富的经验，竭力让船不要被炸沉。他迅速地操纵船走Z字形路线，并认真观察内尔战机列队轮流丢下炸弹的时机。当他看到炸弹从机身掉落时，就会拼命地转动船舵，改变方向。通过这样的策略，"维纳·布鲁克"号成功躲过了二十九枚炸弹。

可惜，第三十枚炸弹击中了船上的烟囱，并在引擎舱里爆炸。从那一刻起，"维纳·布鲁克"号走向了注定灭亡的命运。贝蒂·杰弗里回忆说："嘭一声巨响后，船一动不动。"接着，更多炸弹击中目标，炸死了

船上的很多人，也将等待救援的希望炸得粉碎。博顿下令弃船，护士们行动起来，帮助幸存的平民从受损严重的船舱中撤离。

正当他们准备将幸存者带到还没有被炸坏的救生艇上时，恐慌情绪开始在甲板上蔓延。突然，一个尖厉的女人声音响起，不是澳大利亚护士们的声音，但它盖过了现场的一切喧哗。那声音大吼了一句："大家都不要动！"

声音中流露出的绝对威严让大家停止了一切活动，出现片刻的宁静。紧接着，她又用稍微低沉的语气说道："我丈夫的眼镜掉了。"

大家顾不上迫在眉睫的险境，都因她的胆大妄为而发笑。而当大家来到海面上，脸上的笑容全都消失了。维维安不会游泳，所以她反复检查了身上的救生圈。她知道"维纳·布鲁克"号就要侧翻了。再三检查后，她脱下鞋子，跳进水中，朝最近的一艘救生艇游去。这艘救生艇是反扣着的，一部分在水面以下。维维安死死地抓着一根绳子，旁边的一名护士大声唱起《绿野仙踪》的插曲，大家也都跟着唱起来。"维纳·布鲁克"号沉入水中消失不见时，他们的歌声却飘得很远很远。此时是两点二十五分，离日军开始进攻仅仅过去了十五分钟。

维维安的船和大部分从海里逃生的护士都被冲上了一个叫邦加的岛屿（不要与班卡岛混淆了，班卡岛的面积要小得多。C.耶茨·麦克丹尼、多丽丝·林等"功夫"号的幸存者被冲上的是班卡岛），它位于苏门答腊岛以东，面积相对较大。维维安这群人中有二十四名护士、十二名军人，以及一些平民。他们聚集在名叫拉吉的海滩上，讨论接下来该怎么办。没过多久，日本人就来了。

来的是日本陆军，大约有一个连。他们把这群人中的男人都赶到海滩远处的岩石后面，这个地方不容易被人看到。留在海滩上的只有维维安和另外二十二个女人。除了一位年纪很大的平民外，其余都是护士。

"我最痛恨的两样东西，一是大海，二是日本人，现在两样都齐了。"一个女人发着牢骚。

大家都笑了。就在这时，远处突然响起枪声，正是男人们被带去的方向。护士们面面相觑，大惊失色——大家都清楚刚刚的枪声意味着什么。

是的，士兵和男性的平民都被残忍杀害了——他们被迫撕下自己的衣服，蒙住自己的眼睛。日本人用机关枪对准他们扫射，再用刺刀反复刺杀。有一个人在临死前喃喃说："这儿就是我们背后被捅刀子的地方了。"

"哼，那我偏要搏一搏！"一位名叫欧内斯特·劳埃德的水兵回答。他在船上负责烧煤，曾经从沉没的"威尔士亲王"号上逃生，可他没想到，敌人的炮火又一次将他轰进了海中。

预料之中的屠杀开始后，劳埃德拼命朝大海跑去，躲过了枪林弹雨（他被两颗子弹打中，但都只受了表皮轻伤）。后来，他再游回海滩时，那里已是尸骸遍地。可劳埃德的好运马上就用光了——日本人抓住了他。战争期间，他成为俘虏，但好歹保住了性命。他也是当时海滩上仅有的两名男幸存者之一。

过了几分钟，日军小分队穿过沙滩，朝女人们走来。他们假装友善地在护士面前坐下来，开始清洁步枪和带血的刺刀。他们面无表情，女人们也保持着冷静。除了子弹上膛时咔嗒的金属响声，其他什么声音都没有。她们无处可逃，抵抗毫无意义。这群澳大利亚女人优雅地接受了自己的宿命。"抬起头来，姑娘们。我为你们感到骄傲，我爱你们每一个人！"一名年纪稍大的护士说。

"我们都知道,自己就要死了,"战争结束后,维维安对《堪培拉时报》的记者们说,"我们站着,等着。没有人提出抗议。"一些历史学家认为,有证据表明这些女人遭到了日军的强奸,但维维安从来没有承认过。

至于接下来发生的事,就没有任何疑问了。日军打着手势,让护士们站起来,把她们往海水里推。齐膝深的海浪打过来时,很多护士站都站不稳了。她们身上戴着的红十字绶带湿透了。维维安满脑子想的都是已经去世的父亲。她想,无论父亲此时身在何处,她马上就能见到他了。女人们走到齐腰深的海水中时,日军开枪了,数支步枪和一挺重机关枪同时开火了。

维维安回忆说:"他们就这样来回扫射,女孩子们一个接一个地倒下去。"每个人都是背部中枪,消失在海水中。维维安也中枪了,只中了一枪,而且奇迹般地打中了她左边臀部上方肉最厚的位置。子弹的冲击力让她脸朝下扑进海水中。过去两天的磨难,已让她精疲力竭,咽下的海水让她恶心想吐。而且,她还不会游泳。

可她没有死。

维维安非常清楚,任何动静都会招来更多的子弹。她强迫自己一动不动,随海浪漂浮。她很想吐,但只能拼命屏住呼吸。海浪把她朝岸边推,她多么想蹬着双腿远离那片充满死亡的海滩。但她凭借强大的意志力继续装死,把脸埋在水中,只偶尔偷偷地急吸一口气。

哗啦啦的海浪声中,她听得并不清楚。过了一会儿,她感觉到海滩变得平静了。她鼓起勇气,冒着失去一切的危险,把头抬起来,向四周看了看。

"什么人都没有,"她回忆说,"什么都没有,只有我。"她跌跌撞撞地走到海滩上,伤口由于长时间浸泡在咸咸的海水中,已经止住了血。

她迷迷糊糊地又从海滩走进树林，瘫倒在那里。她说："我也不知道我是昏迷了，还是睡着了。"

天刚蒙蒙亮，维维安醒了。她口渴得不行，但她发现树林外面有动静，日军就在沙滩上。后来，她回忆说："我的心沉到了谷底。"她连滚带爬地躲进灌木丛，保持着绝对安静，直到日本士兵离开。日本士兵们走了以后，她终于在附近的一处泉眼找到了水。就在她贪婪地大口喝水时，一个声音在她背后响起。

"护士，你一直躲在哪儿呀？"

大吃一惊的维维安很快恢复了镇定。这个声音虽然微弱，但口音却是明白无误的。这是一位来自约克郡的英国二等兵，名叫派特里克·金斯利。在其他男人被枪击、被刀刺时，他也身受重伤，但活了下来。

海滩上的这场大屠杀的幸存者仅有三人（包括欧内斯特·劳埃德）。现在，其中两人奇迹般地相遇了。只是，他们的处境远远谈不上安全。邦加岛上到处都是日本士兵和不敢得罪日本人的当地人。维维安和金斯利只得往丛林深处走。一路上，护士忍住伤痛，忍住淤泥、黏土、害虫和大雨给她带来的痛苦，顶着让人窒息的闷热天气，悉心照料着士兵，为他一遍又一遍地包扎，用椰子壳处理伤口，给他喂水和食物。当他昏迷发狂时，还要让他不要大声叫喊。这大概是她迄今为止最英勇的一次表现了吧。

维维安和金斯利在丛林中躲了十二天。随着时间一个小时一个小时地过去，希望也越来越渺茫。他们都饿得受不了了，放弃了等来救援的希望。他们想，也许是时候碰碰运气，主动投降了。他们相信日本人会让他们活下去的，日本人才不会在两个这么可怜的战俘身上浪费子弹呢。金斯利同意投降，但他希望再等一等。

"明天我就三十九岁了,"他轻声说,"我想自由地过完三十九岁生日。"

"没问题。"维维安回答。第二天,他们在丛林中一起庆祝了生日。

走投无路的两人最终向日军投降。维维安被送到苏门答腊岛上的一所女子战俘营。不幸的是,金斯利没过多久就死了,维维安拯救他的一切努力都白费了。

下令进行海滩大屠杀的日本军官在战争后期被调往中国东北前线。在他为自己所犯下的罪行负责之前,他自杀了。

邦加岛上被屠杀的护士和军人只不过是在日军摧毁撤离船队过程中遇难的千万人之一。根据估算,大约有五千人从岌马港撤离,百分之七十五都丢了性命或是被日军俘虏。2月12日和13日,数量庞大的大小船只(官方给出的数字是四十四艘船,但有很多小船并未计算在内)从新加坡疯狂逃离,至少有四十艘被日军的飞机和战舰击沉。不计其数的平民和军人被淹死、烧死,被枪打死,被弹片击中而死,或是遭到残忍的屠杀,连姓名也没有留下。

至于幸运的幸存者们,如朱迪和弗兰克,他们的苦难才刚刚开始。

波塞克岛

第
十
一
章

波塞克岛是位于新及岛南边一连串环状珊瑚岛中的一个。"草蜢"号和"蜻蜓"号的幸存者就聚集在波塞克岛的沙滩上。这片沙滩很小，旁边就是能遮住船只残骸的茂密森林。罗宾斯后来写道："树林非常茂密，树上还垂着缠绕在一起的藤蔓。哪怕再小心，也不可能不被树枝划到。"岛上似乎无人居住。霍夫曼命人划着炮艇上唯一的捕鲸船沿小岛环行一周，以确定岛上是否还有其他人。接着，他又对刚从第三次沉船中逃生的福布斯大喊："去找人来帮忙！"福布斯带上一位马来官员和一位名叫麦克法兰的翻译，步行出发了。

过了几个小时，大家都很清楚了，波塞克岛上不仅无人居住，而且还没有淡水。这就意味着幸存者们面临的选择所剩无几，凶险难料。他们可以在沙滩上等待，直到日军抓住他们，或因为缺水死去。他们还可以让尽可能多的妇女坐上捕鲸船，让男人们游在船的旁边，希望能躲过鲨鱼的攻击，让洋流把他们带到另一座小岛上去——最好是一座有淡水水源的小岛。无论哪个计划，都没什么吸引力。

在日军轰炸中，怀特眼睁睁看着艇上的大部分物资被毁，但"草蜢"号的上层还在海面上，他认为甲板下应该还有些有用的东西。霍夫曼让怀特等捕鲸船回来后，再去艇上检查。怀特摇摇头，他不想耽搁了。他自告奋勇地要马上游到"草蜢"号上去，这打破了他从不自愿做任何事的原则。可眼下，时间太重要了。当他朝大海走去时，他看到沙滩上躺着一头比自己还要长一米的鲨鱼的尸体。无论它是被炸弹炸死的，还

是被更大的鲨鱼咬死的，它的存在让怀特开始紧张，开始对自己的决定感到后悔。最后，他还是下定决心，脱下衬衫，祈祷着自己不会在海水中与这长着尖牙的捕食者相遇。

怀特用个人自由泳的最快速度，游过一百米左右的距离，来到"草蜢"号上。他一路往下，走到军官舱。在齐腰深的水里，他发现周围漂浮着不少有用的东西，比如水壶、锅、刀具等。可唯一能吃的东西只有一瓶尚未打开的威士忌。他打开瓶盖，喝下了一大口象征着荷兰人勇气的烈酒。他悄悄对自己说："我这是为了有益健康才喝的。"

接着，他走到库房所在地——前甲板下面的艇舱。在几乎伸手不见五指的艇舱中，他艰难地涉水前行，思绪也开始飘向未知的远方。血液里的酒精让他感到温暖，但他还是突然间感到特别害怕。

就在此时，他听到了一声呜咽，又像是哀叹，但绝对不是人的声音。威士忌带来的温暖猛地从身体中抽离，他感到毛骨悚然。后来，他说，"即便是炸弹掉落的时候，我也没有那么害怕"。可他有任务在身，他顾不得那骇人的声音，硬着头皮走到库房最里面，他必须完成搜索。他鼓起全部勇气，走进被水淹了一半的大厅，又走向最远处的房间。这时，他又听到了那哀叹声。

这一次，恐惧被狂喜所取代，他听出了那个声音——是朱迪的声音！

在爆炸、沉船、逃命的一片混乱中，没人留意这条狗，就连怀特也把它忘了。日军发动袭击后，朱迪凭直觉躲到了甲板下面，并一直待在这个房间里。这里离它平时睡觉的地方很近。炸弹的冲击让好几个橱柜严重偏离了原来的位置，斜靠在墙上，幸好它们没有完全倒下来，要不然就会砸到朱迪了。此时，朱迪被困在墙边的一处小小空隙里，它利用沉船倾斜的角度，勉强站在水中，但无法脱身。怀特顺着声音的方向，走到斜倚的橱柜旁，把手从柜子后面伸进去。他先摸到了朱迪身上湿透的乱糟糟的毛发，又摸到了一只干的耳朵，接着是它凉凉的鼻子。朱迪舔着怀特的手，它不知道也不在意这双手的主人到底是谁。

怀特用力顶住橱柜，利用身体作杠杆，将它们挪开了一点点。朱迪终于从缝隙中逃出来，跑到了前面开阔的地方，溅起一路水花。怀特温柔地把它抱起来，沿梯子爬上甲板。他想，这可怜的小狗大概受了伤，又怕又累了。沉船的可怕经历让他都差点崩溃，何况是一条狗？

可出乎意料的是，没过多久，朱迪就自己站了起来，它把身上的水用力抖干，跑到怀特面前，亲热地舔着他的脸，又准备和他一起玩耍了。对怀特来说，朱迪给他带来的欣慰是无以言表的。后来，他在回忆时说，朱迪舔他的时候，他都不知道是该笑还是该哭了。

"你这条傻狗，"他对朱迪说，"你怎么不叫呢？叫了我就早点来找你了。"

人和狗回到"草蜢"号的甲板上。怀特大喊着，将这一天的第一个好消息告诉幸存者们。

"嘿，我找到朱迪啦！它还活着！"

海滩上传来欢呼。

怀特用零散的木材做成一只临时筏子，又把在炮艇上找到的所有有用的东西都堆在上面。他跪在筏子上，努力操纵方向，朱迪就站在他身边。可筏子太笨重了，一点也不好掌控。就在怀特努力与洋流较劲时，朱迪突然大叫起来，跳进了海里。

它拼命绕着筏子转圈。怀特也被弄糊涂了，直到他看见一个黑影迅速扫过海床，从筏子下面下经过。他最初以为是日本潜水艇发现了他们，

可他很快意识到，那是一条大鲨鱼，很可能还是凶猛的虎鲨。

朱迪还在狂叫。对鲨鱼来说，它是可口的零食，但这条鲨鱼要么不饿，要么是被炸弹声弄烦了。不管是什么原因，反正它游走了。怀特赶紧朝最近的沙滩划去，飞快地跑上岸，朱迪也在他之前从海里冲了出来。

"我非常确定，朱迪一定是察觉到了危险，做了它能做的一切来保护我。"怀特后来这样写道，"很明显，它无法与鲨鱼抗衡，但出于天性，它还是立刻跳进了水中。"这个小小的插曲和在中国发生过的情况类似。那一次，朱迪的提醒让查尔斯·杰弗里躲过了猎豹的埋伏。

在大海中拯救了怀特的性命后，朱迪来到幸存者中间。它在沙滩上来回地跑，嗅着沙地上的气味，时不时还趁着退潮跑进海水中。过了一会儿，一位正在生火的水兵抬起头，朝怀特大喊。

"喂，头儿，我觉得你的狗是不是发现了一块骨头什么的。"

怀特走到朱迪身边，朱迪正疯狂地挖着沙。他原本以为它只是找到了什么狗才感兴趣的东西，可当一股清流从潮湿的沙地里涌出来时，他震惊了。

"是水！"他大叫，"朱迪帮我们找到了淡水！"

千真万确，是淡水。怀特和朱迪一起挖了起来，一股小小的救命淡水汇成喷泉。怀特和几个人用"草蜢"号上的锅接满水，再分给其他人。多余的水还可以煮可可和晚餐的米饭。有人举起手中的可可，说道："敬朱迪。"朱迪听到自己的名字，摇了摇尾巴作为回应后，又蜷缩到两位幸存者中间，打瞌睡去了。

眼下最大的危机解决了，可接下来该怎么办，仍然没人知道。霍夫曼正在思考之际，一艘小小的捕鲸船来到岸边。开船的是"蜻蜓"号上的水兵莱斯·瑟尔。几周前，他在马来亚执行救援任务时受了伤，在新加坡住院时，他是朱迪最喜欢的病人。此时，朱迪看到瑟尔和"草蜢"号上的军官说话，立刻跑到瑟尔身边，它还记得他。瑟尔的伤完全好了，他这次来就是要寻找附近其他幸存者的，看到朱迪他们还活着，他也是喜出望外。

瑟尔说，"蜻蜓"号已经沉没了，一批幸存者就在离波塞克岛大约五千米的另一个珊瑚岛上。幸存者中没有军官，不少人还受了伤（很多伤者已经死了）。他们也没有能帮忙寻找淡水的朱迪，所以处于快要渴死的边缘。

霍夫曼和怀特组织了一批人，将"蜻蜓"号的幸存者带到波塞克岛，大家一起分享救命的口粮。可这也就意味着霍夫曼要照顾的人更多了，需要吃饭喝水的嘴也更多了。

第一天晚上，大家在寒冷的天气中颤抖着，听着伤员们悲惨的哭喊，度过了一夜。唯一的光线来自仍在燃烧的"草蜢"号，它的火焰一直烧到了清晨。罗宾斯是这样描述的："那火势相当猛烈，越烧越旺，火焰透过树丛，投下阴森的光影。不断有小型武器弹药爆炸的声音，时不时还有弹片飞出来，嗖嗖地飞到很远的地方。我们待的地方离艇太近，大家开始感觉到不安全了。就这样过了一两个小时后，一声巨响，艇上的火药库爆炸了。空中火花四溅，仿佛一场巨大的焰火表演，各种燃烧的东西如雨点般纷纷落在周围的树上。"

如果怀特没有回到"草蜢"号上找到朱迪，那它一定就在这场爆炸中丧生了。

第二天，又有一个人加入了这支队伍——即"蜻蜓"号上的水兵塔夫·朗。他在水中躲过日军的子弹，又在海里漂了一整晚，15 日漂到了

波塞克岛上。因为喝下海水导致呕吐，他的身体非常虚弱，双肩和后背全被救生圈磨破了皮，口渴得快要发疯了——但他毕竟还活着。他跌跌撞撞地朝海滩上衣衫褴褛的幸存者走去。后来，他这样写道："那景象真是惨不忍睹！"

> 到处都躺着伤者。没有任何医疗物品，也没有食物，只有格外珍贵的一点点水，这水还是"草蜢"号的吉祥物指示犬朱迪帮他们找到的……不远处放着六七具尸体，幸存者没有能够用来掩埋尸体的工具，只好决定将尸体扔进大海，希望潮水能将他们带走……我在沙滩上找了个地方，安心过了一夜。

这时，自认为战无不胜的福布斯决定再次挑战他不可思议的好运。在被袭击时，他曾看到附近有一个小岛，此时他想游到那个岛上去寻求帮助，他的计划被批准了。麦克法兰和那位不知名的马来水手将一起陪他去。这是相当冒险的搏命一赌，幸亏老天爷和洋流都帮了他们的忙，他们游到了岛上。刚一爬上海滩，一群原住岛民就出现了。福布斯后来说，岛民们似乎"想置我于死地"。幸好，马来水手说服了当地人（在这些岛屿链上，各个岛上的人所说的语言有成百上千种，他们能听懂马来水手的话也算是个奇迹了）。当地人没有杀死他们，还把他们带到了另一个岛上。在那个岛上，有一个华人拿着啤酒来迎接他们。最后，村里的首领表示同意接纳波塞克岛上的伤员。

福布斯带着一支由木帆船（当地的捕鱼小船）组成的队伍，回到波塞克岛，将伤势最重的伤员送到了首领的村落。福布斯还从首领那里得知了一个重要的消息——有传言说，新及岛正在组织救援行动（新及岛是岛屿链中最大的岛，也是荷属殖民地政府办公室所在地）。福布斯将这一消息报告给霍夫曼，并表示他愿意前去打探情况。霍夫曼批准了他的申请，福布斯便带着村里的祭司和祭司的儿子，起航向新及岛进发了。

这令人振奋的事件过后，其他人除了等待，也没什么可做的。大家都希望不屈不挠的福布斯这一次仍能圆满完成任务。夜幕降临让人倍感压抑，唯一的光线来自天上的繁星，它们在海上闪耀着，仿佛触手可及。波塞克岛上还有剩下的伤员需要照顾，护士们忙不过来，便将怀特临时拉进了护士姐妹的队伍。朱迪也努力鼓舞着士气。就在这时，盲女人的女儿告诉了怀特一个令人不安的消息——两个怀孕的荷兰女人马上就要生产了。她们为什么没有和重伤员一起撤离，原因没人记录下来。可能是因为临近生产，她们不想冒险在海上航行，宁愿留在陆地上吧——哪怕是像波塞克岛这样偏僻的陆地。

众人中碰巧有一位经验丰富的助产士。在西班牙内战中，怀特曾在一艘军舰上帮忙接生过一个小孩，这一次他认为自己也能胜任。护士们都没有空，于是，他只带了盲人的女儿作为助手，就去帮忙了。谢天谢地，大自然发挥了神力，分娩过程一切顺利。产妇们安全生下了两个男孩，并在第二天在海水中为他们完成了洗礼。欢天喜地的母亲们为了感谢怀特的帮助，将新生儿取名为乔治和伦纳德（怀特的中间名）。

幸存者依靠椰子和朱迪找到的淡水，又撑过了四天。朗说："伤员忍受着巨大的痛苦，惨不忍睹。"沙滩上的营地爬满了蚂蚁、虱子和咬人的跳蚤。大家在忍受小虫折磨的同时，还要面对大胆的蜘蛛和偷偷摸摸的蜥蜴，它们会直接跑来抢走剩下的食物。最糟糕的还有无处不在的毒蛇威胁，这个珊瑚岛上有不少种剧毒蛇，包括珊瑚蛇、金环蛇，以及五花

八门的眼镜蛇和响尾蛇。

在与毒蛇的抗争中，朱迪是唯一的哨兵。几乎每个小时，它都会突然跳起来，应对沙滩上或丛林中隐藏的危险。它像野马来回猛冲，以极其矫健的身手躲避可怕的毒牙。通常情况下，那些毒蛇都会溜走，如果它们没有溜走，朱迪就会用爪子或牙齿袭击它们，直到把它们弄死。然后，它会把死蛇叼回来，扔在某个幸存者脚边，把他吓一大跳。不管怎么说，几条蛇就能做出一顿美味的晚餐。朱迪这是在竭尽所能帮助大家。可是，如果救援的队伍还不赶快出现，那这群人要么饿死，要么就不得不分批坐上捕鲸船，向未知的茫茫大海进发了。

终于，救援来了。在"草蜢"号沉没后的第五天，夜幕降临时，有人大喊："船！"一艘很大的木帆船朝岸边开来。上岸后，船上下来一个人解释说，是所向无敌的伊恩·福布斯威逼新及岛上的荷兰统治者，让他们派出这艘船前来救援的，这可是新及岛上可以派出的最大的船了。在夜色掩护下，剩余的幸存者坐船从波塞克岛离开，向新及岛进发。

多亏了众人坚强的意志、如同瞎猫碰到死耗子般的好运，以及朱迪超乎常人的灵敏嗅觉，他们才得以在荒岛上生存数日。然而，他们的苦难才刚刚开始，他们离真正的解脱还相距甚远，日本人随时可能将他们的一切努力化为乌有。

第十二章

邦邦岛

弗兰克·威廉斯在逆境中煎熬。和朱迪一样，他和几十名伤员被困在无人居住的小岛上，其中很多伤员还是平民。落难人数众多，再加上日军还在不断巡逻寻找更多的目标，如何组织救援将是个大问题。"天王"号被炸弹冲击波损坏，但并没有被炸弹直接击中，现在还停靠在海边。白天，日军轰炸机已数次回头，想要彻底消灭它。神奇的是，没有一枚炸弹对它造成致命打击。只是，艇上的很多钢板都松开了，艇身也严重倾斜，处于沉没的边缘。

弗兰克帮忙完成了第一项任务，那就是将伤员抬到树林中的空地去。这块空地大约位于海平面以上三十米，一名女性幸存者后来是这样描述这个地方的："如果是正常时期，这里将会是理想的野餐场所；可现在，这里就像个小型战场。"邦邦岛大约八百米长，一千二百米宽，被岩石组成的高约一百二十米的分水岭一分为二。海边的陆地十分陡峭，高耸的岩石让弃艇逃生的人们上岸、出海都非常困难。岛上只有一片很小的海滩，海滩前面是一个名叫岩石湾的环礁湖。正是在这里，幸存的医生和护士搭起来一座临时医院，照顾在袭击中受伤的人。

其中一位急需救治的病人是"瓜拉"号艇长凯思尼斯。他直到弃艇时，才注意到自己剧烈的腹痛。他把手伸进衬衫里面，等他再把手拿出来时，已是满手鲜血。他身体侧面受伤严重。他倒在舰桥上时努力不去理会的那种麻木感又回来了，他游不了泳，只好想办法从舷梯上滑下来，牢牢抓住艇身侧面的梯子。一位军官划着救生艇过来，抓住了他。但凯思尼斯是身高近一米九的壮汉，大家没能把他拉到艇上，只好拽着他，

保持在水面以上，全速朝邦邦岛划去。刚一上岸，凯思尼斯便瘫倒在地，昏迷了整整三天。

有六百多人分成两大组安全上岛，他们形成了一个巨大的群体，每个人都急需食物和水。几名水兵划了一艘小船，穿过浮满油污的海面，去"天王"号上寻找食物和医疗用品。他们找到了吗啡、阿司匹林和一罐罐的水果汁，还找到了一位名叫奇彭代尔的皇家空军中士。他被吓呆了，缩在艇舱里，但并未受伤。最终，人和物资都被运回岛上。水兵们还检查了"天王"号的情况，并一致认为它在水面上撑不了多久了。在不可避免的结局到来之前，他们凿宽了艇身上的缝隙，让海水涌进来。很快，"天王"号就从海面上消失，沉到了海底。

（多年以后，弗兰克亲口向荷兰作家诺伊曼和范维特森回忆说："'天王'号在第一轮袭击中就被多次击中，艇身中部腹受到严重损坏。整个引擎舱都毁了，舰桥上也是一片混乱。"他的这一描述与其他多位目击者的说法是相互矛盾的，其他目击者的讲述应该更接近事情的真相。弗兰克是在 1970 年才回忆起此事的，鉴于当时混乱的局面，他会记错也是情有可原。从各方面证据来看，爆炸确实给"天王"号带来了严重破坏，但它并没有在第一轮攻击中就被炸弹击中。）

"天王"号上还有很多牛肉罐头和饼干，可除了救生艇上的三小壶水，再没有淡水了。又有一群人去寻找可以喝的水源，并在沙滩附近找到了一个小小的泉眼。弗兰克回忆说："它慢慢地但有规律地滴着可以喝的水。"另一位名叫 H.范德斯塔登的荷兰幸存者说："那水受到了严重污染。"但无论如何，幸存者们靠着这水撑了很多天，而且没有出现任何流行病。

皇家空军中校法韦尔负责管理所有的军人，公共工程局的领导雷金纳德·纳恩被选举出来，负责管理所有的政府雇员。大家都很尊敬纳恩，他的妻子格特鲁德也在邦邦岛上，并赢得了大家的敬重。至于法韦尔，就不那么讨人喜欢了。在袭击中失去假牙的政府电工查尔斯·贝克是这样说他的："在我认识的所有傻瓜中，他是最蠢的。"对"天王"号内部结构了如指掌的贝克还说，若不是法韦尔的一意孤行和犹豫不决，他们本可以拯救"天王"号的。可法韦尔只顾着与纳恩争权夺势——"他咆哮着，大喊着，就是因为他，我们直到十一点半才回到'天王'号上。"那时，一切都太迟了。

"瓜拉"号的总工程师用树枝和藤蔓搭起一个斜顶的凉棚，让伤员躲避烈日的暴晒。来自新加坡医院的女医生和大约三十名护士忙个不停（用贝克的话来说，"她们工作起来就像一帮特洛伊人"。），可岩石湾里的病人们仍在承受巨大的痛苦。凯思尼斯后来说："一个血肉模糊的可怜人请求布里格斯上尉开枪打死自己，布里格斯狠不下心。幸好上帝大发慈悲，只过了几分钟，这个人就去世了。布里格斯说：'感谢上帝！'"

另一名皇家空军士兵就没有这么幸运了。大家只知道他叫布林·B，约翰·威廉斯回忆说："（他的）肚子被炸弹炸开了，肠子全露在外面。他忍受着巨大的伤痛，仍保持清醒，他恳求有人来结束自己的痛苦……一位战友满足了他的请求。"

还有一个男人，哀求旁人把自己的一条腿锯掉。一位准将差点因为手上的伤口死去，他最终失去了三根手指，但还是活了下来。一位名叫霍格的皇家空军军官失去了一条胳膊，他忍住痛苦，平静地说："等我回到家，去酒馆时别人都会请我喝几杯的。"一个年仅十六岁的欧洲女孩死于腹部伤口引发的腹膜炎。新婚不久的霍斯太太被弹片击中坐骨神经，将面临终生残疾。然而，和波塞克岛的情况一样，在这一切的痛苦磨难

7777777777777

77

77

中，仍然还是有一丝光明的：一个新的生命诞生在死尸遍地的海滩，他的母亲是琼斯太太，父亲是在吉隆坡婆罗汽车公司工作的职员。新生男孩的哭声很快被伤员们痛苦的哀号淹没。

弗兰克第一天大部分时间都在岛上和其他人一起完成一项不得不做的任务，那就是将被海浪冲上岸的尸体搬走。岛上的泥土不深，他们常常得走到丛林深处，才能找到适合逝者安息的地方。没办法挖坑时，他们便把尸体放在茂密的灌木丛中。

空军士兵们自成一组，聚集在泉眼旁边。几乎每个人都没有穿鞋，他们的鞋子都在袭击中弄丢了，所以行走也成了困难的事。大家无事可做，只能看蔚蓝的天空中云卷云舒，掰着指头等开饭的时间，即便那口粮只够暂时让他们的肚子不咕咕作响。没有什么东西能将他们的注意力从伤者痛苦的哭喊声和妇女温柔的啜泣声上转移，大家都很清楚，他们有大麻烦了。

食物和水是严格限量的，每个人每天只能分到两杯水。贝克说，这点水只够"灌满半个香烟罐"。牛肉罐头的数量倒是不少，但谁也不知道还要困在岛上多久，所以每顿饭都是十二个人平分一罐牛肉罐头，再搭配一点炼乳和两包饼干。每天两顿，这些分量可以维生了。可很多人吃完饭没多久就匆匆跑到树丛中去，猛拉肚子。

第一天晚上可以说是波澜不惊地过去了。只是，夜晚寒冷的天气让衣衫单薄的幸存者们猝不及防，倍感难熬。和波塞克岛上的情况一样，这里的人们也不敢生火，因为怕引来敌军的飞机。大家紧紧地抱在一起睡觉，相互取暖。士气低落，每个人越来越麻木。奥斯瓦尔德·吉尔摩的一个朋友问他："你觉得我们在跳海自尽前还能坚持多久？"约翰·威廉斯也清楚地记得海滩上恶臭的气味，"那气味特别刺鼻，它来自被冲上海滩的尸体和伤员腐烂的伤口"。

尽管困难重重，领导者们却很乐观：周边岛屿众多，日军的攻击又是那么声势浩大，一定会有人前来救援。2月15日星期天的早晨，邦邦岛上众人的祈祷终于应验了。一名英国水兵划着当地的木帆船来到岸边。来人是"功夫"号上的大副，海军少校安东尼·特里。他的"功夫"号曾吸引了日本空军的注意力，并将轰炸机引向了"天王"号和"瓜拉"号。和伊恩·福布斯以及周围的很多人一样，特里也是两个月前沉没的"威尔士亲王"号的幸存者。和他幸运的前同伴一样，特里也是被人从汹涌的海水中救起的。后来，他得到一身新的制服，来到新的炮艇上服役。只不过现在，和福布斯一样，特里的新炮艇又被炸沉了。在"功夫"号乘客（包括 C.耶茨·麦克丹尼尔、阿索尔·斯图尔特以及多丽丝·林）撤离的过程中，特里划着船，在附近搜索，看还有没有在日军猛攻中幸存的人。他找到了，尽管他的木帆船上空间狭小，但他还是带上了年龄最小和受伤最严重（大部分是烧伤）的六名幸存者，并将他们送到新及岛。

"那情形真是惨不忍睹，"弗兰克回忆说，"看到孩子们伤得那么重，被烧得那么惨，我不禁想，他们以后会怎样呢。"

特里离开后没多久，又有几艘木帆船从周边岛屿陆续抵达。他们为饥肠辘辘的幸存者带来了水果和一点肉，帮他们度过了这一天。

空军指挥官法韦尔于16日星期一清晨和特里一起离开。他要去新及岛安排救援力量，他留下了水兵和纳恩负责岛上事宜。其实，特里还在新及岛上时就已经安排好了后援，16日，援兵就到了——一艘比"瓜拉"号还大一点的轮船出现在海平面上。懂得摩斯密码的萨丁顿打着手势，指挥它开进了满是残骸的海湾。这艘船名叫"丹戎槟榔"号，可搭载两百名乘客。它也是在那个黑色星期五从新加坡逃离的众多船只中的一艘，

但它安全开到了苏门答腊岛。途中，来自新西兰的皇家海军预备役军人、船长巴兹尔·肖看到了邦邦岛上的惨状，他决定卸下自己船上的乘客后再回来帮忙。肖信守了自己的承诺，他回来了。可后来，他还是犯了一个致命的错误。

肖来到海边，与"天王"号的艇长布里格斯商议。布里格斯建议肖先去苏门答腊岛上离他们最近的淡美拉汉港，淡美拉汉离邦邦岛仅有一百六十千米距离。在那里，他可以将妇女儿童和伤员转移到西海岸更大的船上去，进而前往印度或锡兰。肖却坚持先去巴达维亚，说他在那里还有事情要办。他把航海图交给布里格斯，又留下一些治疗疟疾的药物和白兰地，便回到自己的船上。

两百名幸存者登上"丹戎槟榔"号花了四个小时。由于整个登船的过程都是在伸手不见五指的黑夜中进行，这个速度也算是相当快了。仅有的微弱光线来自离海岸几百米之外的船上以及透过树林和陡峭岩石漏出来的几盏灯笼。几乎所有的妇女儿童，包括护士、家庭主妇以及刚出生的婴儿，都被小心地带领着，翻过岩石，来到海边等候的小船上，再被送上"丹戎槟榔"号。

格特鲁德·纳恩在战争爆发前是著名的圣诗合唱团歌手。在即将登船的前一刻，她突然停下脚步，叫来了她的丈夫，她说："雷克斯，如果你不来，那我也不想走了。"雷克斯是她对丈夫雷金纳德·纳恩的昵称。她说服了丈夫同意她留下，于是她成了留在邦邦岛上的唯一女性。凌晨三点，"丹戎槟榔"号向南出发。

只是，它永远也到不了目的地了。第二天晚上，它遭到日军战舰的炮轰，几乎是立刻就沉没了。幸存者寥寥无几，其中有一位名叫莫莉·瓦茨-卡特的英国护士，她在邦邦岛上时就差点被日军的炸弹炸死。当第一束探照灯的灯光照在"丹戎槟榔"号上时，她立刻从船边跳进了海里。其余十位幸存者则包括五个英国女人、三个马来男孩子、一个中国女人和一个英国男人。他们和莫莉坐上一只筏子，漫无目的地在爪哇岛以北的海上漂流了好多天。有几个英国人疯了，从筏子上跳下水，消失在茫茫大海中。到了第四天，一个马来男孩突然抓住那个中国女人，掐死了她，把她扔进了海里。第五天，又有两个人死了。就在死亡的阴影向其他人步步逼近时，他们终于看到了陆地。百折不挠的莫莉跳下水边游边拉筏子，想把它弄上岸，可洋流的方向再次和他们作对，他们很快又回到了开阔的海面上。

在一切希望似乎都破灭了的时候，一缕探照灯的光线穿破了清晨的幽暗。那是一艘日军的巡洋舰。莫莉被日本人从海里拉起来，放到了担架上。"日本人对我挺好的，吃了东西又喝了白兰地之后，奄奄一息的我很快活了过来。"她说。

莫莉是从沉船中逃生的屈指可数的几位幸存者之一（令人惊讶的是，船长肖也逃过了这一劫）。在很长一段时间里，没人知道"丹戎槟榔"号发生了什么。多年以后，一份递交给英国指挥部的秘密报告说："我们只能假定那些被列入失踪名单的人应该都被淹死了，是时候通知他们的家属了。"对船上数百名无辜的人来说，这是一个多么凄惨的结局，他们从一艘沉船上逃生，却只是在几天后，再一次面对相同的命运。

留在邦邦岛上的人（包括唯一的女性格特鲁德·纳恩）对这一悲剧一无所知。到了17日星期二，尽管岛上的人比之前少了很多，但食物短缺的影响还是变得明显。到处都躺着人，大家饥肠辘辘，无精打采。一个留在岛上的人说："任何举动都需要强大的意志力。"约翰·威廉斯回忆："我们似乎注定了要面对两种命运，要么饿死，要么被日本人发现后立

即处决。这和其他人在类似情况下的处境是一样的。我们相当虚弱，基本上只能躺着，也有人在继续观望，在绝望中盼望还会有另一条船来救我们。"

至于银行家王华南，他从"天王"号上逃生，又用带钱包的腰带将自己和两具无头死尸绑在一起，后来他被当地岛民救起，送到了一个村庄。在这个村庄里，还有不少欧洲人，大家都还没有从海上的遭遇中恢复过来。村庄首领不想再帮助更多的西方人了，但王华南告诉他，还有很多当地岛民也在海上拼命地游着泳，想要逃生。"我的苦苦哀求终于打动了他，他派出了数条小船。半夜时分，划船的人精疲力竭地回来了，并带回了二十多名幸存者。"王华南的家人不在其中，但有一名幸存者正是"天王"号上的皇家空军高级军官雷·弗雷泽。他将邦邦岛上的情形告诉王华南。第二天，王华南自己坐上村庄首领的船，来到邦邦岛，才得知他的家人和他许多中国银行的同事都已乘坐"丹戎槟榔"号撤离了。

过了一年多，他才了解到他们悲惨的结局。

王华南将尽可能多的人转移到首领船上，回到了小岛上。大约九十分钟后，一艘小型的日本渔船轰着马达，开到邦邦岛附近。掌舵的是一位名叫比尔·雷诺兹的澳大利亚人。六十岁的雷诺兹刚刚从马来亚的政府部门退休，一个星期前在新加坡偷了这艘渔船，并成功逃往苏门答腊岛，沿途还拖上了其他受损的船。当他得知邦邦岛上的情况后，便自告奋勇要来接他们。他驾驶这艘被他重新命名为"金环蛇"号的渔船，又将七十名能自己走动的伤员从邦邦岛上运了出来，其中就包括凯思尼斯。

看到"金环蛇"号载着第一批撤离者离开，大家重新振作起来。皇家空军按照指令，保持着绝对纪律，仍留在原地不动。可水兵和平民们已经受够了邦邦岛。电工查尔斯·贝克和其他几个人，包括"瓜拉"号上的乔治上尉，决定坐救生艇离开。他们在艇上储存了八听牛肉罐头和一桶水，然后小心地穿过礁石，朝新及岛出发了。过了几个小时，他们停靠在一个很小的小岛上时，看到了几个在海里游泳的人。他们开口要椰子，并且得到了四百个椰子。他们的勇气得到了回报，当天晚上，要来的椰子都还没有吃光，他们就到了新及岛。

当地人给邦邦岛上的幸存者送来食物的同时，也带了一些小船来。这些船并不适合在大海上航行，但很多被困的人没有耐心再等了。可并非每个坐小船逃生的人都像贝克和乔治那样幸运。几位银行家乘坐的小船偏离了航线，在大海上漂流了好几个星期，最终抵达了印度。另外三个人在海上度过了整整五个星期，最后被日本人抓住，送到了苏门答腊岛上的巨港战俘营。

2月20日，当留在邦邦岛上的弗兰克和他的战友们（大部分是皇家空军雷达兵）忍受着饥饿和绝望，什么都不敢再奢想时，救援终于到了。一位皇家海军上尉出现了。他有个令人难忘的名字：塞瓦德·坎宁安 - 布朗，他满头沙滩色的金发，带着自信甚至是有点自傲的气质。他驾驶的船是"虹桥"号，已将不少幸运的逃难者从新加坡送到了苏门答腊岛。他从"丹戎槟榔"号的船长巴兹尔·肖那里得知了邦邦岛上的情况。曾在周边海域航行多年的坎宁安 - 布朗认为，最好的办法是去新及岛，集合一批小船，再前往邦邦岛营救。肖却坚持先去邦邦岛，再去爪哇岛。结果，肖付出了惨重的代价。

事实证明，坎宁安 - 布朗的方法更加有效。他先停靠在班卡岛，接上了"功夫"号的最后一批幸存者，其中包括杰弗里·布鲁克和一位名叫汤马·汤普森的澳大利亚技师。接着，他又率领四艘小船前往邦邦岛，接上了弗兰克和其他空军。他们像北极的旅鼠一样挤在一百二十米长的船

舱中，蹲着度过了一整夜的旅程。

多年后，弗兰克说，他是乘坐"来自（英格兰）索伦特海峡旁利村的海军少校坎宁安－布朗"的小船离开邦邦岛的，要去新及岛"寻找椰子和淡水"。实际上，新及岛可不仅仅是补充食物的临时停靠点，更是重要的目的地。弗兰克回忆起那条小船时曾说："我都不知道我们是怎么操控船的方向的，那简直就是个谜。"的确，要在宽阔的大海上进行绝望的逃生之旅，那样的小船绝对不会是任何人的第一选择。另外，头顶还有画着红日的飞机不断给他们制造威胁。弗兰克说："日军飞机两次从我们头顶经过，但没有理会我们。"但无论如何，弗兰克离开了邦邦岛。很快，他就到了新及岛上重要的港口城市达博。

弗兰克他们能被救出来，不仅仅是坎宁安－布朗的功劳，还有一位名叫唐库·穆罕默德·马西丁的马来人也付出了惊人的努力。唐库原本在"瓜拉"号上，为躲避炸弹袭击，他跳进海水中，被洋流冲走。他紧紧抱住一根木头，漂浮了大概七个小时，才被马来渔民们救起。接着，他迅速在周边岛屿开始组织救援，但由于和一些英国士兵沟通不畅，他误以为邦邦岛上的幸存者都已撤离了。2月16日，他在新及岛遇到了空军指挥官法韦尔，法韦尔告诉他事实并非如此。没过多久，他又遇到了坎宁安－布朗，坎宁安－布朗将自己要组织救援的计划告诉了他。

唐库来到附近的一个马来村庄，安排了四条长舢板船，又找到能划船的人。其间过程充满艰难，包括了各种针锋相对的谈判以及发誓报复的威胁（比如，说要偷走他们的鸦片等）。最终，这些小船将邦邦岛上最后的幸存者们运了出来。

英国官方在此次事件的报告中极力赞扬了唐库："如果没有这位马来人在马来人中坚持不懈的努力，毫无疑问，幸存者们将遭受更大的磨难，他们应该要感谢唐库·穆罕默德·马西丁的主动精神和不懈努力。"新加坡沦陷后，坎宁安－布朗被大家一致认为是大英雄，只不过，他的英勇举动在持续数日后，随着他的被捕而停止了。他被关进了战俘营。在战俘营里，他又认识了很多人，并拯救了他们的性命。

至于朱迪、"草蜢"号的幸存者们、弗兰克和其他很多人，他们在被困孤岛时，面对在身边盘旋的死亡幽灵，从不曾屈服。而此时的他们也远远谈不上高枕无忧。

第十三章

苏门答腊岛

和周边的小珊瑚岛及微型小岛相比，新及岛算是很大的一片陆地，几乎相当于新加坡的面积。对从新加坡沦陷中逃生的人和在附近海域从日本人的屠杀中逃生的人来说，这里是重要的一站。对白人士兵和平民而言，新及岛上的荷兰统治者要比土生土长的岛民更好打交道，因为那些岛民不是充满了敌意，就是对他们的困境幸灾乐祸。日本"大东亚共荣圈"提出的口号是"亚洲人的亚洲"，当地人当然对此并无共鸣，但摆在眼前的事实是，打败白人殖民者的队伍从外貌上看与当地居民更加相像。这种感觉在当地根深蒂固，日本战败后，大部分东南亚国家都摆脱了欧洲殖民统治的枷锁。

新及岛因丰富的锡矿储备受到荷兰人的重视（后来又很快引起了日本人的关注）。岛上锡矿遍布，而后来是另一个因素让新及岛成了对西方世界具有重要意义甚至是绝密重要意义的地点。战争一结束，荷兰就与英美达成秘密协议，允许英美在新及岛上采集钍矿。钍是一种放射性金属元素，全世界仅有很少的地方发现了它的存在，新及岛便是其中之一。钍是制造核武器的重要原料，它令美国的军事实力大大增强。

此为后话。1942年深冬，太平洋上的战争刚刚爆发时，盟军还处于相当不利的地位。对"草蜢"号和"蜻蜓"号的幸存者来说，眼下最重要的是赶紧离开波塞克岛，转移到安全的地方去。在乘坐木帆船朝新及岛出发的过程中，朱迪一直站在船头，伸着鼻子，四下搜寻着敌军的踪迹；又或者，它只是在享受海面吹来的清风罢了。在海上航行数个小时后，木帆船来到一片特别美丽的海滩。乘客们纷纷下船，没走多远，便是重要的港口城市达博，荷兰殖民总督就在这里迎接了众人。他仿佛上帝派来的救星，将伤者安排到了一所相当不错的医院。可由于荷兰的医护人员都已撤离，船上勇敢的护士们将继续承担照顾病人的任务。接着，总督让大家吃上了自一周前离开新加坡后的第一顿饱饭。

他还带来了一个相当具有诱惑力的消息。据说，在苏门答腊岛西海岸的港口城市巴东，英国、美国和澳大利亚的船只都已准备好要将幸存者送往安全的天堂——印度、锡兰，甚至是澳大利亚。

每个人都对新及岛西边的这个大岛（世界第六大岛）充满幻想。苏门答腊岛是荷属西印度群岛中的重要岛屿，横跨赤道，岛上有大片未开发的荒野地带，大部分都是热带雨林；此外还有高耸的山脉，湍急的河流，各种危险的生物和土著居民，当然，也有四处劫掠的日本人。当朱迪还在波塞克岛上寻找水源时，日军就已登陆并入侵苏门答腊岛了。苏门答腊岛一直向北延伸，最北端离暹罗－马来亚边境仅隔一个窄窄的马六甲海峡，岛屿的最南端则几乎延伸到巴达维亚。苏门答腊岛是通往东南亚的西部门户，控制了它，就将直接威胁到印度洋另一侧的印度和锡兰。换句话说，山下和他在丛林中作战的队伍必将很快占领全岛。

对从新加坡逃出的难民而言，苏门答腊岛还是有一定优势的。仅仅是其广大的面积就意味着岛上有很多可以藏身的地方。荷兰人在岛上还建有简单但可靠的运输系统，主要是巴士和短途列车。岛上大部分地区都有河流可以通航。岛以西什么也没有，只有一望无际的海洋和驻扎在锡兰和印度的英国军队。由于苏门答腊岛东边的海域已被日军全面占领，这就意味着，它的西海岸代表了逃亡的唯一希望。

这一可能通往自由的消息让幸存者们胃口大开，朱迪也跟他们一起

大吃特吃起来。无限量供应的炖蔬菜和米饭算不上豪华盛宴，对一条小狗而言，也比不上美味的肉骨头。但在经过了一周的忍饥挨饿后，它们显得那么美味。新及岛上的逃难者们大都睡在露天的室外。军官和妇女被安排在更高档一些的地方，绝大部分是荷兰人的俱乐部。这些原本优雅时髦的场所现在蚊虫遍地，反而让人更愿意找个能吹到凉风的地方，哪怕要睡在地上。

朱迪和波塞克岛上的一群人，弗兰克和邦邦岛上的一群人，以及其他许多从新加坡逃出来的人，此时都零零散散地聚集在新及岛上。很多人还没有从敌军炮火给他们带来的震惊中恢复过来，很多人刚从沉船上逃生，全身还在滴水。2月20日，"瓜拉"号和"天王"号的幸存者也来到新及岛，加入了天亮前就已到达的"草蜢"号和"蜻蜓"号的队伍。朱迪和弗兰克应该是有机会见面的。一开始，大家都认为，在目前的状况下，最好在新及岛藏匿一段时间。毕竟，日本人还有更大的鱼要钓，比如苏门答腊岛和爪哇岛。新及岛太小了，不会引起日军的注意，而且岛上还有食物、淡水和避难的场所。

但实际上，弗兰克并没有见到朱迪。这两支幸存者的大部队在新及岛上似乎并没有交集——只有一个例外。

2月20日，"草蜢"号艇长霍夫曼、"瓜拉"号的幸存者领袖纳恩、在战火中以敏捷的思维和无畏的勇气让纳恩印象深刻的查尔斯·贝克，以及准将阿奇·帕里斯等其他数位高级军官与新及岛上的荷兰统治者会面。帕里斯是驻马来亚的印度第十一步兵师司令，是一位出色的指挥官——没有他的两条爱尔兰塞特犬作陪，他从不出现在司令部——如果古怪能算出色的话。他是公认的丛林作战专家（尽管最近接连战败），英国方面命令他在日军入侵前离开新加坡，不要留下抵抗。他在新及岛上已经待了几天，并乘游艇视察了（当然，他在视察时没有带那两条狗）周边危险重重的水域。

新及岛上的殖民统治者也许是乐于帮助难民的，可当政府官员和军官齐聚在他的办公室时，他却迫不及待地想要摆脱这些英国人。他说，新及岛上的食物所剩无几，不够逃亡者吃，更何况岛上还有"两千名充满敌意的当地岛民"需要填饱肚子。他对霍夫曼说，救援可能会来，也可能不会来。"他非常悲观，"贝克后来这样写道，"说到最后，他要求我们严守纪律，不准抢劫财物。"

听到这样的话，很多逃难者都打定了去苏门答腊岛的主意。这就意味着，很多人刚刚才在几天前乘坐大船，经历了悲惨的沉船事件，现在马上又要向大海出发了。

这些从新加坡逃出来的人到了苏门答腊岛以后该怎么办，这是个未知数。他们脑子里想的只是没有证据的传言，认定了苏门答腊岛的另一侧一定会有救援的力量。可即便他们能安然渡过新及岛和苏门答腊岛之间的危险海域，阻挡在他们和救援力量之间的也还有将近五百千米的荒野丛林（包括苏门答腊岛西侧俯瞰巴东的巴里桑山脉）。最终，幸存者通过三条主要途径，从苏门答腊岛东岸来到了西岸。南边路线是最快的，它途经大的城镇占碑，是横跨全岛从占碑去巴东的直线最短距离。日军在巨港突袭登陆后，一路向北推进，这条路线很快被日军占领。只有最早达到苏门答腊岛的逃难者们成功走完了这条路线。

另一条路线位于占碑以北大约四百六十千米，它穿过一个名叫北干巴鲁的小镇，后来成为朱迪和弗兰克的噩梦。当时，它是通往西部交通的枢纽，从这里通向巴东的道路保养得非常好，且车流量不多。通过这条路线穿越苏门答腊岛的人相对较少，但这条路线位于新及岛以北很远，

他们在日军控制的海域上要航行更远的距离才能到这儿。

绝大部分逃亡者走的是中间路线。这条路线先沿英德拉吉利河到达冷岳,这是一个距离海岸一百二十多千米的中等大小的村庄。到了这儿,就不能再走河路了,只能改坐汽车穿过岛上荒芜的腹地前往沙哇伦多,那里的火车站离巴东仅有一百六十多千米。接下来,通往巴东恩玛港的最后一段路程将由火车完成,列车穿过蜿蜒的山路,下山后一路开到海边。

在巨大的压力下,荷兰人与英国人表现出卓越的组织能力,迅速让中间线路有效运作起来,并在沿途每个大的停靠点都设立了指挥部和医院。由于双方的努力,很多幸存者顺利到达了巴东,并从那里转移到了印度次大陆。

但只有最先登上苏门答腊岛的一批逃难者们从中受益。等到朱迪和弗兰克到达新及岛时,苏门答腊岛上的救援工作进入了收尾阶段。官员们以为绝大部分需要去巴东的幸存者都已穿越了苏门答腊岛。诚然,很多从沉船上逃生的人都是直接来到了苏门答腊岛,但朱迪他们却在波塞克岛上耽误了好几天,弗兰克他们也在邦邦岛上留到了最后一刻。比他们先到新及岛的人都见识过日本军队的威力,他们迫不及待地想要赶紧出发,尽快逃到安全的地方去。

这种恐惧让众多平民以及陆军和空军的士兵们直接奔向了每一艘可以出海的船。很多人从来不曾出过海。一份战后写成的绝密报告中是这样说的:"如果要把士兵们迫切出海的情形完整忠实地记录下来,那很多内容将会非常搞笑。"一名士兵偷来当地人的渔船,他发现船身上插着一块奇形怪状的木头。他完全不知道那是临时当活塞用,防止海水灌入船舱的。他把它拔了出来，结果船差点沉没，幸好他又把木头塞回了原处。另一名士兵则花了好几个小时，做成一支锚，他第一次把锚扔进水中时，忘了把它用绳子系在船上，就这样他失去了那支锚。苏门答腊岛周边的水域布满了日军的水雷，很多临时上阵的人直接把船开上了水中那些奇形怪状的障碍物，因此丢掉了性命。

其他那些有航海背景的人则要幸运得多。查尔斯·贝克和乔治上尉曾用自己的方法离开邦邦岛（并取得了巨大成功）。他们又一次这样尝试了。他们再次开上当地人的小船，顺利到达了巴东，并于3月2日从巴东向锡兰撤离。可惜的是，大约在两个月之后，乔治所在的"特纳多斯"号在科伦坡沿海遭遇炮轰，他不幸遇难。

侥幸从一次冒险中逃生，却又在不久后丧命于另一次行动——这种充满讽刺意味的可怕结局对从新加坡逃出的难民来说司空见惯。霍夫曼独自离开了新及岛，他有重任在身——他要去参加作战了。准将帕里斯和长官纳恩和他分道扬镳（帕里斯在开溜之前，还无耻地告诉"草蜢"号和"蜻蜓"号的幸存者，让他们"团结一致"，实际上却是把他们丢下自生自灭）。帕里斯和纳恩乘坐荷兰总督为他们准备的船，很快到了巴东，迎接他们的是百战百胜的伊恩·福布斯。福布斯冒险穿过波涛汹涌的海域，躲过无处不在的日军威胁，帮助十二名荷兰官员撤离到苏门答腊岛，又通过占碑路线到达巴东。他和霍夫曼乘船前往爪哇岛，并在那里登上另一艘英国皇家海军的战舰——"堡垒"号驱逐舰，再回过头来挑战日军的海上霸权。

数日后，1942年3月2日，"堡垒"号在爪哇战役中沉没，日军入侵巴达维亚及周边地区。霍夫曼牺牲，一同牺牲的还有舰上的很多人，仅有五十人幸存，福布斯又是幸存者之一。在不到两年的时间里，他不

可思议地逃过了四次沉船。这一次，把他从海里拉起来的是敌人。他被关进荷属东印度群岛中另一个岛屿——西里伯斯岛（现在叫苏拉威西岛）上的战俘营，直到战争结束。但他毕竟活了下来，并在战后成为英国驻瑞典海军武官，又以在战争中大无畏的表现，被授予杰出服役十字勋章。

把福布斯称为人类中的朱迪一点也不为过。

留在后面的"草蜢"号和"蜻蜓"号幸存者手中还有一张王牌，又或者说，他们自以为那是一张王牌。霍夫曼临走前做的最后一件事就是与荷兰总督做好安排，将伤员留在新及岛，剩下的人则用小船送到苏门答腊岛，并在船上配备好了华人船员。即便如此，一位名叫尤斯塔斯的会说多国语言的新西兰官员还是费了不少口舌，才说服船长同意出航。21 日，大家登上舢板船，向苏门答腊岛出发了。

此时，朱迪又该跟它的另一位亲密伙伴说再见了。乔治·怀特决定与向苏门答腊岛出发的这群人分道扬镳。后来，他说自己"做出了一个疯狂的选择"。他与其他几个人决定不去苏门答腊岛，而是从新及岛直接向印度次大陆进发。到了那里，英国的殖民统治能为他们提供安全的保护。

"当时，我确信人多不一定意味着安全。日本人终将把所有的难民和逃亡者们一举围堵，"怀特后来这样回忆说，"我决定，当那一天真正到来的时候，我绝不要在场。"

后来，他又说，他的这一想法也与他最喜欢的这条纯种指示犬有关。因为他坚信，前去巴东的这群人一定会以这样或那样的方式死去。他如果去了，很有可能面对的是两种结局，要么死在朱迪之前，要么眼睁睁看着朱迪死。朱迪经历了那么多磨难（其实他是在新加坡才认识朱迪的，朱迪所经受的磨难有一多半他都不知道），他实在不忍心看着它先死。他不知道哪种结局更可怕。于是，他做出横渡印度洋这个蛮干的决定，这样一来，至少他和朱迪就不用面对生离死别的结局了。

"它似乎很清楚即将发生什么，在我转身前，它轻轻地舔了舔我的手。"怀特后来这样写道。

于是，当朱迪出发向西航行前，当它在新及岛上最后一次四处觅食时，怀特悄悄地走了，与他同行的还有另外两个被救起的人，一位是澳大利亚工程师汤马·汤普森，他曾乘坐"功夫"号，后来帮忙将弗兰克从邦邦岛上救出。另一位则是来自利物浦的航海能手坦西·李（怀特从来不叫他们的大名）。和贝克不同，怀特对荷兰总督是相当认可的。他写道："他是个了不起的人。"不过，和其他英国人一样，怀特也没想过要记下他的真正名字（"我们都叫他荷兰佬"是怀特最客气的解释）。这种好感并没有什么用，当怀特他们三人找荷兰佬要一条船时，荷兰佬生气地断然拒绝了，并对他们说，如果他们不和朱迪所在的队伍一起去苏门答腊岛，那就是犯傻。但是，他很快又改变了主意，将怀特送去了北边临近的一个小岛，塞拉亚岛。在那里，另外两名军人，兰波特和菲克斯特也加入了他们的行列。

在塞拉亚岛上，他们接连数周躲在丛林里，躲在沿海的沼泽里，躲在偏僻的海湾里，躲在任何不会有日本人的地方。最后，他们终于来到了临近的皮诺布岛上，并在当地村庄里认识了一位华人绅士（怀特说"他是一位真正的'绅士'"）。他给怀特他们吃了鱼的眼睛，又给了他们一条船，只是这船需要修补半天才能下水。这位华人绅士的儿子十五岁了，曾在新加坡的英语学校就读，他也送给怀特一件重要的礼物，那就是他从学校地图册上撕下来的印度洋详细地图。

这张地图，再加上铅笔和直尺，便成了怀特全部的导航装备。怀特

的计划是先向北航行，穿过马六甲海峡，再向西朝印度进发。"也就是四千三百多千米的距离而已！"怀特向疑虑重重的同伴们大声宣布。

他们出发了。1942年4月11日，他们驾驶七米多长的小船，带着备用的燃料、水、大米、香蕉、一瓶杜松子酒、一支步枪、一条毛毯、一块手表和一支没有子弹的手枪离岸了。靠这些东西能不能回到新加坡都很难说，更别提要航行过相当于美国大陆宽度的一片海洋了。

"天气不错。愿上帝与我们同在。"这是怀特在航海日志中写下的第一句话。

刚一出发，菲克斯特就坚持要下船。他经过认真考虑，认为这场史诗般的远航很可能会以失败告终。怀特恳请他留下，但年轻的士兵不为所动。

"他哭了——我也哭了，"怀特写道，"看到一个大男人哭真让人难受。当时，我们都觉得自己很脆弱——我们都感觉到了，一个错误的决定很可能意味着死亡，他的死亡或是我们的死亡。"

结果，是菲克斯特死了。菲克斯特离开时，其他人把身上剩的钱都给了他。菲克斯特一再拒绝，但大家都说在茫茫印度洋上要钱有什么用。怀特把菲克斯特放在苏门答腊岛沿海一处丛林中的小溪旁，他可以在那里等着加入朱迪的队伍。可怀特最担心的事还是发生了，菲克斯特被日本人抓住，送进了暹罗的战俘营，后死于疾病。

菲克斯特上岸后，剩下的四人继续北行。几天后，船开过苏门答腊岛，左转驶入一望无际的印度洋。"我们的航线是向西北方向，"1945年，怀特在《朴次茅斯晚间新闻》对他的采访中说，"显然，如果我们一直朝这个方向航行，就一定能在印度沿海的某个地方登陆了。"一路上，他们数次与日军擦肩而过；另外，他们还得面对各种接连出现的状况，比如坦西·李身上不断冒出的脓疮、汤马·汤普森持续飙升的体温，以及在海上大小便时的尴尬。"那场面挺恶心的，"怀特回忆说，"但我们别无他法。你的同伴蹲在船尾大小便时，你得紧紧抓住他。我总害怕鲨鱼会以为那是挂在船边的诱饵，突然跳起来把他吃掉！"

"我们有顺利的时候，也有倒霉的时候。"怀特是这样说的。到了海上航行的第十四天，情况越发不妙。最后一罐燃料已经见底。汤普森的疟疾病情日益严重，他时而全身剧烈颤抖，时而发高烧烫得吓人。兰波特竭尽一切所能照顾他，但如果还得不到适当的治疗，这个澳洲小伙一定会死掉的。与此同时，兰波特的身体状况也不容乐观。大家都没怎么睡觉，睡得最少的是怀特。持续不断的降雨似乎要将小船淹没。怀特在简短的日志中记录了（在地图纸上用极小的字体匆匆写下）这接二连三的打击。"整夜瓢泼大雨……只能停船抛锚……解决漏水问题，不知道能不能成功……每隔三小时就要抽水……喝不到任何热的东西……每个小时都要抽水。"

接连数日，除了跳出海面的鲸鱼，他们什么都没看到。怀特担心自己是在带领大家绕着苏门答腊岛转圈，又或者更恐怖的是，他们已经错过了印度。要知道，他用来导航的只不过是一页被海水打湿的学生用的地图，所以这种情况是完全有可能发生的。如果他们真在不知不觉中绕过了印度次大陆，那么在到达非洲海岸之前，他们的面前将什么都没有，而非洲海岸将是他们永远都到达不了的。

"我一边疯狂祈祷，一边大胆预言，我说我们在接下来的二十四个小时里，一定能看到陆地，"怀特回忆说，"我没说是哪片陆地，但这话鼓舞了大家。"

怀特的鼓励起到了作用，又或者说，是他向上天的祈祷得到了回

应。第二天下午，他们真的看见了陆地，怀特在日志中把它简短地记录为"发现陆地"。当然，他们看见的正是印度——具体来说，是印度南边一个名叫布利格德的海滨村庄，村庄灯塔照射出的光线为他们指引了方向。怀特终于不负所望，将他们带到了这个离英国驻马德拉斯空军基地仅三十七千米的地方。在这长达两千五百海里的航程中，汤普森小心地操纵着引擎。此刻，不堪重负的引擎也在离海岸两百米的位置熄火了。当地人把船上精疲力竭的几个人从浪花中拖上海岸。"到了英军驻地后，我大吃了一顿，"怀特回忆说，"有培根，有鸡蛋，有西红柿，想吃什么就有什么。接着，我就大病了一场。"

这是一次不可思议的航行，是现代航海史上最神奇的航行之一，堪比威廉·布莱从"邦蒂"号上被迫乘小艇离开的航程 ❶。然而，他们也付出了伤亡的代价。怀特、李和汤普森幸存下来，兰波特在被送往基地医院后，死于副伤寒。

在此期间，朱迪来到了苏门答腊岛。

它乘坐的小船上有华人船员，水兵们不用自己开船，但他们丝毫不敢放松。在不断巡逻的日军，密布海面的水雷，捉摸不定的洋流面前，灾难随时可能降临。幸好，他们乘坐的小船在当地海域非常常见，而当时的日军也还有更大的目标。

他们的运气很好，在前往苏门答腊岛两天的旅程中，一切波澜不惊。此时的朱迪没有了怀特的陪伴，便又重新找到莱斯·瑟尔，并将他和他

---

❶1789 年，英国军舰"邦蒂"号上的叛乱者将舰长威廉·布莱赶上小艇。布莱身上既没有地图，也没有指南针。仅仅依靠着一支象限仪（测量角度的仪器）和一块怀表，他驾驶着七米多长的小艇，不可思议地完成了三千六百一十八海里的航行。——原注

的朋友认定为自己新的好友。巧合的是，其中有一个也叫威廉斯——莱恩·威廉斯。他原本是"威尔士亲王"号上的军官，后来到"蜻蜓"号服役。这个小圈子里还有一位名叫约翰·乔克·德瓦尼的苏格兰人，他是个大块头，也是位经验丰富的收藏家，瑟尔说"他是我所认识的最勇敢的人"。航行中大部分时间，朱迪都蜷缩在这些水兵们身旁，把鼻子埋在两只前爪之间。这是它第一次累到不想再承担警戒的任务，也无力去鼓舞大家的士气。塔夫·朗和尤斯塔斯少校也在这条船上，还有"蜻蜓"号上一位身受重伤的煤炉工人，法利。他不愿和其他伤员留在新及岛，坚持要和他们一起乘船离开。

船到达苏门答腊岛，通过英德拉吉利河入海口向内陆开进后，船上的每个人都松了一口气。不知道为什么，华人船长并没有把他们送到英德拉吉利河上最大的村庄淡美拉汉，而是转了个弯，在河流无法继续通航的地方把他们放了下来。朱迪和逃亡者们找到了去冷岳的路，从那里横穿苏门答腊岛内陆通向沙哇伦多火车站的陆上交通已运行了将近两周了。

问题的关键在于，朱迪一行找不到任何能帮助他们横穿全岛的汽车，可能他们离开新及岛的时机晚了那么一步，又或者是因为他们没能在淡美拉汉停留。尤斯塔斯少校四处寻找军官和政府官员的踪影，但他们似乎都跳上了最后一辆汽车，向西出发了。这一次，也没有安东尼·特里和比尔·雷诺兹那样的英雄人物愿意折返回来营救他们。朗后来说道："我们抵达时，英德拉吉利河的撤离行动已经收尾，尤斯塔斯找了很久，一个人也没有找到。"不可思议的是，他们在冷岳竟然碰到了从新加坡乘坐"草蜢"号离开的那六名日本囚犯，他们还处于情报人员克拉克的严密监控下。

　　朱迪一行显然没时间去村子里的休息站休息。在那里，他们其实是可以像在新加坡时一样，舒舒服服地洗个澡、睡个觉，再好好吃上一顿的。"功夫"号的幸存者，包括多丽丝·林、阿索尔·斯图尔特和 C. 耶茨·麦克丹尼尔，都比朱迪更先抵达冷岳，他们充分利用了这些便利设施，狼吞虎咽地吃下了米饭和巨大的对虾，还喝了啤酒。斯图尔特后来说："比起酒，我更愿意喝一杯正宗的澳大利亚茶。"

　　朱迪一行遇到了几个当地人，当地人给了他们一些食物，并告诉他们有一条沿河的路线从冷岳穿过苏门答腊岛——但是，他们得在地球上最茂密最可怕的丛林中步行大约一百一十二千米的路程。

　　身后是随时可能出现的日军，包括瑟尔、德瓦尼和朗在内的这十五名空军士兵都想赶快离开，他们决定带上朱迪，立刻从冷岳出发。身负重伤的煤炉工人法利不能再与他们同行了——前路的艰辛是他无法承受的。大家把他交给了还留在驻地站点里的护士（后来他们都被俘了）。其实，如果他们在村里多留一会儿的话，很有可能就会找到西去的车辆。可大家都以为，就算有车，也很可能会是一辆载满日本士兵的卡车。没人敢冒这样的风险。于是，他们离开村庄，走进丛林，被繁茂的绿色吞没了。

　　这片丛林位于朱迪一行和他们所期望的能提供安全庇护的巴东港之间。这里年平均降雨量约一千五百毫米，有各种令人毛骨悚然的、能给人造成伤害的动物。五花八门的蝰蛇、眼镜蛇（包括黑颈眼镜蛇）和金环蛇盘曲在树木和岩石下。而在树上，世界上最长的蛇——网纹蟒蛇则在夜色中等待着猎物，它们会以巨大的力量，缠住猎物，挤爆它们的内脏和骨头。在丛林中的蛛形纲动物中，蝎尾蜘蛛是最残忍的，它们在八条腿的标准身躯后，还拖着一条长长的带刺的附肢。

各种哺乳动物也生活在这片巨大的荒野丛林中。从巨大（且易被激怒）的苏门答腊象，到危险的貘和犀牛；从漂亮的云豹，到它凶残的亲属黑豹，再到世界上唯一的有毒灵长目动物懒猴（当它受到惊吓时，动作是相当敏捷的），无所不有。另外，还有大量的鹿、猿类、灵猫（类似于短尾猫）和小型野生动物，甚至还有熊——马来熊，它生活在热带，是唯一一种不冬眠的熊。苏门答腊岛还是全世界为数不多的红猩猩栖居地之一，这种橘红色毛的灵长目动物和人类在很多方面都极为相似，它的名字在当地语言中就是"丛林人"的意思。

在所有的哺乳动物中，最危险的要算苏门答腊虎，目前它们由于人类的过度捕猎已濒临灭绝。在当时，虽然它们的数量也在不断减少（有很多在战争期间死亡），但仍然出没在丛林深处，朱迪和逃亡者们亲眼见到了它们。

当然了，还有鳄鱼，很多很多的鳄鱼。在丛林中各种自然界的危险中，它们给人和狗带来的威胁是最大的。

丛林中的植物也都是巨大的、奇特的、危险的。那时，人们还没开始在苏门答腊热带雨林的最东边进行砍伐，这片原始森林还基本保持着人类首次来到这个岛时的模样。参天竹林下生长着美丽而罕见的兰花，一名战俘曾经将那些竹子的根形容为"巨大的飞机尾翼"。在靠近地面的地方，还有一种叫猪笼草的食肉植物会捕食不走运的小昆虫。

朱迪一行很快找到了那条河（在丛林的这个位置，它还只是一条小溪），它离村子只有几百米，但随着河面的增宽，文明的痕迹似乎被抹得一干二净。大家向西出发后，朱迪立刻跑到队伍的最前面，对潜在的危险时刻保持着警觉。出发前，有人在它头上戴了一顶海军帽，所以大家

都很容易看到它。

"我们离开冷岳时，狼狈极了，"朗回忆说，"有人没有鞋子，只好穿着又破又脏的短裤，套着当地人的马蹄夹……我们没有钱，没有肥皂，也没有口粮。"

用莱斯·瑟尔的话来说，朱迪仿佛认定了这群人"都属于它"。瑟尔说，朱迪把自己当作是保护队伍安全转移到巴东的唯一负责人。它不知疲倦地在丛林中前后奔跑，疯狂地到处闻着气味，试探地面是否坚固，阴暗处传来的任何动静，都会让它立刻竖起耳朵。

朱迪、瑟尔这群人在乘船来冷岳时，曾见过岸边的密林。此刻，他们置身密林最深处，行走是相当困难的。三十多度的高温，再加上极度的潮湿，让人格外难受。大家的衣服不到几分钟就全湿透了，再也没有干过。巨大的树根和茂密的树枝时不时挡住去路。地面上青葱漂亮的绿色草坪只是伪装，它的下面全是又深又黏的淤泥。淤泥里的蚂蟥会贪婪地吸附在人们裸露在外的皮肤上，只有用火烧才能把它们弄下来。如果强行把它扯下来，不仅会让人感到万分疼痛，而且还会在皮肤上留下伤口。在那样的气候下，伤口会立刻化脓成为热带溃疡。刚一出发，德瓦尼就发现一只蚂蟥在叮自己的腹股沟，他不得不咬紧牙关，将那只吸血虫烧焦，免得旅程结束后自己不再是个男人了。

在寻找能走人的坚固路面的过程中，朱迪起到了关键的作用。它是整支队伍的游骑兵，承担着找出最佳路线的任务。它通过叫声让大家都跟着它走——大家必须紧紧跟上它的步伐，有时候，能走人的地方只有朱迪的身子宽。

行程的第二天，幸存者们首次见识到了丛林的危险。早饭刚过不久，朱迪正和往常一样，跑在队伍的前面。突然，它猛地停了下来，开始大声咆哮。每个人都被吓得一动不动。过了一会，就在朱迪前方大约六米的地方，一只巨大的鳄鱼从路面爬进了水中。

大家还没来得及感谢朱迪的提醒，它又开始狂叫了。它沿着河流去追那只鳄鱼了，也许是为了吓退鳄鱼的袭击，也许只是对自己地盘的一种宣示，无论什么原因，反正它离那只巨大的爬行动物太近了。鳄鱼转过身，露出血盆大口，它被吓得乱了步子，急忙凌空转身，以分毫之差侥幸从利齿边逃生（瑟尔后来说"我还以为它死定了"），但鳄鱼的爪子还是打到了它的肩膀。它惨叫着，拼命向后躲闪。鳄鱼利用这个机会逃走了，并没有步步逼近，如果它选择前来追赶，很有可能把朱迪咬成两半。

乔克·德瓦尼第一个赶到朱迪身边，检查了它的伤势。鳄鱼给它留下了一道十五厘米长的伤口，但幸好伤口并不深。伤口有血，但只是微微渗血，他们随身携带的有限的急救药品足以处理。大家都很清楚，朱迪是此次撤离能否成功的关键。所以，几个小时后，当队伍来到一处荒废的仓库时，大家都同意稍作休息，让朱迪恢复。这条狗在长江上落过水，面对过愤怒的日本士兵，经历过炮艇爆炸沉没，它是绝不会就这样让荒野中的猛兽结束它的生命的。

经过包扎后，朱迪似乎并没有受到影响，仍然精力旺盛。于是，德瓦尼安心地离开它，去寻找食物了。他的收获不小。他找到了一箱马麦酱，这是一种用来涂抹在面包上的棕色黏稠膏状食物。它是咸味的，有人就是喜欢它浓重的口感（它的广告词就是"爱它或恨它"）。对德瓦尼他们来说，它简直和鱼子酱一样美味。它富含钾，可以补充由于大量流汗而损失的体内盐分。

这箱马麦酱缓解了大家的饥肠辘辘之苦。"我们以香蕉、菠萝之类的水果为生，能找到的时候就吃点，找不到的时候就饿肚子。"朗这样写

道，"走到某个当地的村庄时，我们要么指望村民能大发慈悲，给我们一点米饭；要么只能另想办法，自己找点吃的。我们是绝望的、无助的。"

朱迪的伤倒不需要太多的治疗，但很快，其他人纷纷出现了状况，不是这个扭到脚踝，就是那个出现疟疾的症状。大家都疲惫不堪，不得不时不时停下来，用树枝和树根做成简易的担架，抬上生病的人。乘船时高昂的斗志早已烟消云散，彻头彻尾的疲惫感控制了每个人。队伍越拉越长，朱迪只能不断跑回去鼓励掉队的人，为他们引路，这导致它消耗了更多的力气。

每当有人停下时，朱迪就会冲着他大叫，摇着尾巴，舔舔他满是泥的脸庞。它自己满身淤泥，但还是竭尽一切所能帮助大家。它会消失在远方，然后带着一些（大部分）可以吃的小动物来给大家增添口粮，通常是狐蝠。好几次，它发现了潜伏在树丛中的鳄鱼，便冲着它们大叫，直到它们离开（但它再也不敢像之前那样靠近了，这一点它还是心中有数的）。

有一次，在树林深处，瑟尔听到了一声凶猛的咆哮，他从没听过那样恐怖的声音。他以为是朱迪，于是他吹响口哨唤它回来，并朝那声音的方向走去，希望它不会又受了伤。朱迪出现了，但是出现在瑟尔的后面。它实际上是一路狂叫，一路追赶着瑟尔。这下，瑟尔也不知道最初的那咆哮声是什么东西发出来的了，他也不想知道。他开始慢慢后退，突然，左边闪过一道褐色的影子，紧接着是哗啦哗啦的响动。瑟尔迅速跑回队伍，一路上朱迪都狂吠不止。瑟尔不敢确定，但他认为，他应该是与罕见而具有致命危险的苏门答腊虎来了次近距离接触。他还确信，是朱迪的狂叫阻止了那猛兽的袭击。这次的事和查尔斯·杰弗里在中国遇到猎豹，乔治·怀特在波塞克岛海域遇到鲨鱼的情况类似——朱迪以猛烈的进攻之势吸引了猛兽的注意，阻止了一场可能出现的偷袭。

这群海军逃难者走了一条迂回曲折的路。他们主要沿着河走，途中在河边遇到村民时，村民们会给他们纠正路线上的错误。"我们爬上山又爬下来，艰难地穿过沼泽，蹚过小河，终于苦不堪言地走到了铁路站点。"朗这样写道。在热带雨林中，经历了大约三周让人精疲力竭的跋涉后，这支队伍终于零零散散地走到了沙哇伦多。这是一个有着一万五千名居民的小镇，从这里，他们将乘坐火车完成最后八十千米路程，抵达巴东。瑟尔、德瓦尼和队伍中其他人的状况都差不多，大家再也走不动一步路了。如果剩下的路程还要让他们继续走，那他们可能都会死在丛林中。

弗兰克·威廉斯他们比朱迪一行更早到达沙哇伦多，他们的路线没有那样可怕，但也是危险重重。塞瓦德·坎宁安－布朗和驾驶小船的华人船员之前已将"天王"号和"瓜拉"号的幸存者从邦邦岛送到了新及岛，新及岛的救援人员却不肯将他们直接送去苏门答腊岛，可能是因为日军已经在苏门答腊岛登陆了吧。但这些皇家空军相信，一定会有船将他们从新及岛送到苏门答腊岛，他们最终一定能去巴东的。

行动中关键的人物是比尔·雷诺兹，这位上了年纪但不知疲倦的澳大利亚人驾驶"金环蛇"号，不断将幸存者运送到安全的地方。在将伤者从邦邦岛运出后，他又在新及岛和苏门答腊岛之间运送了将近两千人，并把其中绝大部分人一路送到了冷岳。英国陆军部在战后的一份历史资料中记载："在航行的过程中，雷诺兹船长用自己的故事逗乘客们开心，他的睿智和乐观让他成为最理想的救援人选。也许，他的航海技术尚有欠缺，但他用真正的勇气进行了弥补。毫无疑问，他做出了卓越的

贡献。"

运送完幸存者后，雷诺兹又驾驶"金环蛇"号绕过苏门答腊岛东海岸，躲过四处侦察的日军和遍布海面的水雷，来到巴东。在巴东，他将"金环蛇"号绑在一艘巡洋舰旁，并乘坐这艘巡洋舰安全撤离到印度。

如果弗兰克和他的同伴们能乘坐雷诺兹的船去苏门答腊岛，那他们此时应该都安全离开苏门答腊岛了。可弗兰克所在的空军队伍人数太多，完全不在雷诺兹的考虑范围之内。荷兰总督（"荷兰佬"）找到一批当地人，用一支由大大小小的木帆船组成的船队，将他们运过了海峡。华人船长当然不愿意离开能令他舒服待着的新及岛，开进危险的大海，于是他拖延了两天，这是关键的两天。后来，还是在一箱鸦片的帮助下，大家才说服他从新及岛起航。弗兰克和三十多个人坐上一艘摇摇晃晃的大木帆船。船身被漆成海龙的模样，船头两只鲜红的眼睛仿佛在恶狠狠地盯着敌人。

2月20日，他们从达博港出发。这离弗兰克和朱迪逃出新加坡的日子过去了一周时间 ❶，却漫长得仿佛一生一世。船上大部分是滞留的皇家空军，包括斯坦利·萨丁顿和一个名叫C.R.诺尔斯的新西兰人，另外还有其他从新加坡跑出来的逃难者。为了不引起日军船只和飞机的注意，在前往苏门答腊岛这两天的航程中，他们绝大多数时候只能躲在闷热难忍的甲板下面。弗兰克记得，只有"几个打扮成华人船员的（英国）水兵"在夜幕降临后，敢冒险爬上甲板，呼吸几口新鲜的空气。约翰·威廉斯则记得，当他从舷窗向外偷看时，正好看到船长在抽鸦片烟。

他们被送到英德拉吉利河河口。河口隐藏在一片沿海生长的红树林

❶根据前文，弗兰克一行离开新及岛的日期应晚于2月20日，此处的记录疑不准确。——编注

里，很难发现。船长显然早已轻车熟路，他将船转进河道，逆流而上。杰弗里·布鲁克乘坐另一条小船，比弗兰克的船先行抵达，他还记得船逆流缓慢行驶时的情形：

> （整段航程中）船沉重而缓慢地逆流而上，两岸都是各种鹤类大鸟，还有一群群野猪匆匆忙忙地从泥地跑进茂密的丛林。奇形怪状的小鱼在淤泥里跳动，鱼鳍就像是兔子的耳朵。我们还看到了一只鳄鱼。最后，黑压压的树林终于遮住了阳光，我们也对苏门答腊岛上的动物们和其他一切失去了兴趣。

弗兰克在布鲁克之后一两天，也踏上了同样的航程。他们在一个建在桩柱上的小渔村稍作停留。村里一间木屋的墙上，还钉着英国少校下达的具体的行军指令。村长是欧亚混血儿，他曾为布鲁克提供食物，但也告诉他，成千上万来自新加坡的逃难者已在他之前途经了这个村子，村里储备的粮食所剩无几。而在布鲁克之后才来这里的弗兰克不仅没有填饱肚子，还发现剩下的时间已是相当紧迫了。

淡美拉汉是英德拉吉利河上的重要一站，在那里，紧张的氛围无疑更加明显。主管这里的英国军官欧内斯特·戈登上尉问布鲁克一行有多少人。他们回答："六十个人，后面还跟着两三艘船。"戈登听到后非常惊讶，他对布鲁克说："那可就不妙了。我们还以为我们就是最后的一批呢。"他们可不是最后的一批。一两天后，弗兰克乘坐的船出现了，他们狼吞虎咽地以椰子（每个人都因为吃了太多椰子而腹泻不止）、鸡蛋和米饭充饥，睡在仓库里。约翰·威廉斯说，那仓库的"墙上爬满了老鼠"。

这时，又破又旧的木船出现开裂的迹象，戈登安排了一艘登陆艇将它往西逆流拖行了一段距离。

他们的下一站是位于亚逸穆莱克村（又叫穆莱克）的橡胶园。天空降下瓢泼大雨，大家艰难地蹚过泥泞，来到曾是橡胶处理工厂的砖房。在这里，他们喝了汤，好好地睡了一觉。厂房里留下的长长的皱胶片被当作床单和被子，用一位逃难者的话来说，他们"像冬眠的毛毛虫一样睡着了"。

此时，木帆船的状况出现了危机。腐坏的木料被泡得发胀，水从船底冒了进来。弗兰克和其他几人决定换船。他们找到了一艘无主的汽艇，足以坐下所有人。事实证明，这一决定相当明智。因为就在他们在橡胶工厂里睡觉时，那艘木帆船沉到了河底。第二天早上，弗兰克把汽艇推出码头时，还清楚地看到河底木帆船船头那双通红的眼睛正盯着前方。"像一头史前的水下怪兽。"弗兰克回忆说。

队伍继续出发前往冷岳。进村前，船在河上缓缓航行时，发生了一件颇有预兆意味的重要事件。1970 年，弗兰克在给诺伊曼和范维特森写信时，说到了一个非常有趣的细节。他说，他就是在这里第一次见到了后来成为他最好朋友的朱迪。"我当时并不知道它是谁，也不知道它从哪儿来。"他回忆说，"后来才有人告诉我，它是'草蜢'号的幸存者之一。我记得我还在想：'这么漂亮的英国指示犬在这儿干吗呢？连一个照顾它的人都没有……'我还发现，虽然它看起来又瘦小又脆弱，但它是个真正的幸存者。"

他没有再说别的什么了。第一次见到朱迪并没有给他带来什么灵魂的震撼，朱迪不过是一道一闪而过的风景，只不过因为它与同行的英国军人是那么亲密，所以才显得有些不同寻常。但这条活泼的指示犬显然给弗兰克留下了深刻的印象，所以他才会在几十年后回忆起这历史性的一刻。

可弗兰克的说法存在很多疑点。根据幸存者们的事后回忆，朱迪和波塞克岛上的人在逃往巴东的过程中，实际是相当滞后的。他们到达冷岳时，最后一批向西开行的汽车都已出发了，"只剩下他和那条狗"。而且，在弗兰克的讲述中，也没有说到为什么朱迪和波塞克岛上的那群人要步行走进热带雨林，并一路走到沙哇伦多，而弗兰克和邦邦岛上的这群人却不用走路。

解答疑问唯一的线索可能来自布鲁克。他在回忆录中说，他们曾在冷岳焦急地等待了数日，负责的军官们则四处寻找卡车和公共汽车。最后，布鲁克被安排负责驾驶一艘破旧的汽船，并拖上两艘驳船，运走了滞留在冷岳的一帮人。该船以步行的速度缓慢航行，每小时还不到一海里。布鲁克写道："我们勉强能看到河岸在缓缓后退！"第二天，他们绕过河道拐弯处时，曾看见一大片军人的露营地。多辆公共汽车在此集结，滞留冷岳的掉队者都上了车。车上还有足够的空位装下了驳船上的所有人，包括布鲁克。

显然，弗兰克那群人坐上了其中一辆公共汽车。如果弗兰克确实在冷岳见过朱迪，我们也没有理由怀疑他记错了。唯一合理的解释就是在公共汽车被召集来之前，朱迪一行就已经失望，先行走路离开了。而他们一旦走进丛林，再遇到其他人的概率是微乎其微的。

弗兰克抵达冷岳时，仍然是大雨如注。约翰·威廉斯比弗兰克稍微早到一点，他记得有个朋友是这样说的："就算我们现在掉进河里都无所谓了，反正也不可能弄得更湿。"恰巧就在这时，"他把话刚一说完，就失足掉进了河里，大家都乐坏了"。

在冷岳，英国人和荷兰人组织的救援还在运作之中。弗兰克和他的朋友们被安排到一间学校宿舍，根据行动结束后的一份报告所说，那里铺天盖地的蚊子"热烈地欢迎了他们"。救援的工作人员在一间小的海关仓库里，负责登记并安置逃难者，将他们在接下来的行程中分成不同的组，为每组指定好组长。在厨房工作的荷兰人为他们提供了汤和米饭——虽然很难吃饱，但总比什么也没有强。现场还有医院。这条中间线路的主要站点上都有医院，尽管设备简陋，但毕竟能为步行的伤员提供更好的照料。

荷兰的工作人员也在撤离，与此同时，他们也找来了尽可能多的车辆。所有能开动的交通工具——公共汽车、卡车、吉普车、牛车，全都在沙哇伦多集合了。它们当然算不上高档舒适的交通工具。"大部分车辆都破烂得令人难以置信，"英国方面关于撤离情况的一份报告说，"但它们不知疲倦地一趟又一趟运送着满车的乘客。"司机开着车，在狭窄的山路拐弯处大叫，一路狂按喇叭，似乎害怕随时会翻到峡谷中去。途中，有一处河流挡住去路，需要借助带绞车的渡轮才能过河。开渡轮的人用绳子和手轮，艰难而缓慢地将人和车运到了对岸。"我们竟然安然无恙地过了河，"一位名叫约翰·珀维斯的英国炮兵回忆说，"我都不知道我们是怎么过去的。"

在沙哇伦多，每天下午都有一趟火车开往巴东。火车沿着曲折的山路，一直开往群山环绕中的那座海滨小镇。"火车车顶很高，很古老。"布鲁克说，"我们爬上好几级台阶，走进了车厢。"布鲁克坐在舒适的坐垫上，度过了愉快的旅程，可其他很多人只能坐在拥挤的车厢里，敞开的车门和窗户为快要窒息的乘客带来一点点流动的空气。弗兰克就挤上了这样一列火车，并在3月7日或8日离开沙哇伦多，朝最终的目的地巴东出发了。

大约在一周之后，3月15日的中午，朱迪和波塞克岛上的一群人走出丛林，也来到了沙哇伦多。村里流言四起，说日军马上就要来了。没人真正见到一个穿日本陆军或空军制服的人，但大家一致认定，日军出现就是几天，甚至是几个小时的事。

这一群人蓬头垢面的，还带着一条受了伤但仍然大胆勇猛的狗。他们把一个在自家屋前玩耍的小男孩吓了一跳，以为是日本人来了，可当他见到朱迪时，脸上的恐惧变成了微笑。他陪这群人一直走到了火车站。"当我们得知当天下午就能坐火车去巴东时，我们高兴极了。"朗回忆说。

朱迪一行人经历千难万险，走完了苏门答腊岛上的地狱之行，如今终于可以前往那神圣的目的地巴东，他们的欣慰之情可想而知。由于他们到达沙哇伦多的时间已晚，所以大部分逃难者都已离开，但这也意味着列车不会像过去几周那么拥挤。他们终于能舒服一下了，他们终于能坐下了。

自从日军轰炸机炸毁了他们的炮艇后，死亡的阴影就一直笼罩在这些幸存者头上。此时，这阴影被乐观的情绪所取代。他们想象自己坐上又牢固又安全的大船，倚靠在栏杆上，感受着海面吹来的轻风；等到了印度、锡兰或是其他任何能远离残暴日本人和可怕战争的地方，他们便能躺在舒服的大床上。他们并不是懦夫——如果有需要，他们每一个人都会立刻回来战斗，只是他们真的需要休整一下了，而他们也只差那么一丁点就能实现愿望了。

第十四章

巴东

如果说在新加坡作为自由城市沦陷的最后时刻，岌马港的情形是混乱不堪的，那么2月底、3月初的巴东恩玛港也好不到哪儿去。从某些角度来说，巴东的情况更糟。在新加坡时，不断有炸弹掉落在撤离人群的头顶，但英国的军人们，主要是皇家空军们，还是在严守纪律方面做出了表率。相比之下，在恩玛港，人们却在巨大的压力之下做出了各种可怕的举动。

幸存者历尽千辛万苦，从海上和陆地逃生，好不容易看到了等待中的船只。大家都没有耐心去遵守正常的程序，这可以理解。男男女女在人性最原始的需求的驱动下，只想赶紧逃往安全的地方，恐慌的情绪笼罩整个码头。大家最希望的就是远离入侵的日军，争先恐后地想要登上那为数不多的几艘船——包括两艘皇家海军驱逐舰、三艘巡洋舰，以及大小和适航程度各异的民用船。彼时混乱的局面完全不能被称为一次军事行动，只能说是一次各军种狼狈不堪的大撤退。军官派普通士兵去即将出发的船上给自己占座。为了争抢不断减少的卧铺铺位，士兵之间时不时发生激烈的争吵。这些毫无军纪可言的表现，让荷兰官员和当地百姓都目瞪口呆。

战争结束时，英国陆军部对苏门答腊岛撤离的情况进行了总结，并形成秘密报告，毫不客气地描述了巴东当时的种种情形。

> 从高级军官到普通士兵，我们队伍的很多行为是可耻的……大家一致认可，撤离的顺序应该按照每个人达到苏

门答腊岛的顺序来。每个人都认为自己掌握着重要的知识和经验，应该得到和其他人一样的逃生机会。换句话来说，每个人都坚信在撤离的船上会有自己的一席之地，并没有要争先恐后跑上船的意思。然而，当他们看到军官们抢先上船的时候；当他们听到电报发来命令，要求医护人员和公共部门的工作人员率先出发的时候；当他们看到老百姓自己往前走的时候——只有当跟军队同行最快时，老百姓才跟军队同行——他们也抑制不住心中的焦虑了。

在报告的另一部分，这种焦躁骚乱的局面简直可以说是跃然纸上。"在苏门答腊岛，那些能在组织过程中插手的人往往只顾自己的利益，直到一群把个人安危置于最后的人出现，这种局面才得以改善。在巴东，大家经常可以看到，那些'在现场'组织的人总是比其他人更先登船。"

与此同时，一群澳大利亚人开始四处捣乱，让局面进一步恶化——至少英国人和荷兰人是这样认为的。这群澳大利亚人在新加坡遭到抛弃，听到巴东有船可以撤离的消息后，自己想办法到了巴东。一到巴东，他们便无法无天起来。他们偷走士兵和平民的财物，冲进荷兰统治者的家中，寻找可以掠夺的值钱物品，又将武器（绝大部分是偷来的）卖给当地人——这在荷兰人眼中可是重罪。不仅如此，他们在盗抢劫掠之后，还喜欢喝得酩酊大醉，随意开枪，使巴东的大街小巷更加危险。

战后英国的另一份机密报告描述了荷兰人在苏门答腊岛的表现，说他们总体上还是提供了很大的帮助，但"后来，船只准备起航……前往锡兰时……（英联邦士兵）的不光彩行为……让他们很是恼怒，据说他们当时只想尽快摆脱这些人"。

荷兰轮船"鲁斯本"号离开巴东前往印度时，这种自私无耻的行为达到了顶峰。准将阿奇·帕里斯曾获得特批，可以提前离开新加坡。他乘坐一艘私人游艇逃了出来，游艇的所有者是苏格兰少校安格斯·麦克唐纳，船长是上校麦克·布莱克伍德。命运总是偏爱帕里斯，最后，他不仅挤上了"鲁斯本"号，还和迈克唐纳、布莱克伍德以及其他几位高级职员（大多是插队上船的）霸占了船上的整个军官舱。有人大声抗议，尤其是被插队的下层军官们心里都是酸溜溜的。之前提到的那份报告中简要提到，很多人都在心里暗暗发誓，"以后再也不要听从这些人的指挥了"。

其他人则动用各种手段，强行上了船，其中就有公共工程局的领导雷金纳德·纳恩和他的妻子格特鲁德。格特鲁德之前曾放弃乘坐"丹戎槟榔"号逃生的机会，留在了邦邦岛。多丽丝·林也想办法上了船。其他记者都坐船去澳大利亚追踪报道战事了，她却选择起程前往更安全的印度。2月27日，在没能上船的人们的愤怒叫骂声中，"鲁斯本"号出发开往巴达维亚。

离开巴东三天后，3月2日午夜刚过，一枚日本鱼雷击中"鲁斯本"号，将船上五百名乘客中的绝大部分人带入了海底——其中包括雷金纳德·纳恩，他在临死前最后一刻，将自己坚强的妻子推出船舱窗口。"丹戎槟榔"号在将幸存者从邦邦岛接出，向着本该是安全的目的地航行时，突然被击沉。此时的"鲁斯本"号也和它一样，一艘担任救赎任务的船瞬间成了死亡之舟。

帕里斯准将和"鲁斯本"号的船长驾驶一艘七米多长的木头救生艇，超载搭乘了大约八十名幸存者，包括光着脚丫的多丽丝·林和格特鲁德·纳恩。救生艇上没有桨，大家只能任由洋流摆布。几天过去了，几周又过去了，还没有看到陆地。很多幸存者由于口渴和饥饿发了疯，帕里斯也无能为力。几十个人自己跳进海水，结束了无望的痛苦折磨。多丽丝和格特鲁德在炙热的阳光下，不得不脱下上衣遮阳，也顾不得赤裸上身的行为是否妥当了。

救生艇上有一名顽强的苏格兰士兵，名叫沃尔特·吉布森，他参加过马来亚的仕林河战役。在那场战争中，日军利用林间小路，开着坦克，趁夜色向英军发起突袭，一举摧毁了整个师的兵力。吉布森和阿盖尔兵团的一群士兵逃进丛林，想办法到了海边。一路上，无数人死于疾病和饥饿。到了海边后，逃难大军很快挤满了新加坡周边的海域，吉布森又成为其中的先驱者，奇迹般地一路逃到巴东。在这里，他将又一次面对势不可当的日军部队。

在"鲁斯本"号被鱼雷击中后的爆炸中，吉布森被弹片击中，一处锁骨骨折，但他并没有被淹死，还努力游到了救生艇上。他在一望无际的海面漫无目的地漂流了上千千米，再一次眼睁睁看着同伴们一个接一个死去。

帕里斯准将陷入了昏迷，并在沉船后一周死去。迈克·布莱克伍德船长在其后第二天也去世了。安格斯·麦克唐纳少校出现了幻觉，把一壶白兰地当作是水大口喝下后，他发了疯，掉进了海里。一位荷兰船长被一名显然是抑郁了数月的工程师刺死了。

大自然带来的磨难似乎还不够，五名叛变的士兵又造成了更多的伤亡。他们开始有组织有计划地杀害弱者和快要死去的人，再将他们扔进大海，以节省船上有限的口粮。负伤的吉布森率领其他幸存者，组成了十几人的队伍，对抗这五名暴徒。他对其他人说："不是他们死，就是我

们亡。"他们在艇上发起进攻,那五名士兵拿着摔碎的瓶子和从牛肉罐头
上扯下来的尖利盖子,向他们冲来。

"我们抗争着,跌倒了,滚过去又滚过来,在船底与他们搏斗,"吉
布森在回忆录中写道,"我们好像不是把他们一个一个地扔下艇的,而是一
起赶下了艇。"有几名暴徒死命抓住艇的边沿,想要重新回到艇上,吉布
森和他的同伴们用铁锤去捶他们的手指,最后这五名凶徒全都消失在海
浪中。

格特鲁德·纳恩一度以为大家都要去见上帝了,于是她决定举行祈
祷仪式。仿佛是奇迹一般,艇上还真有一本被水浸湿的《圣经》。格特鲁
德的脸被阳光晒得黝黑,她的声音由于干渴和虚弱变得沙哑,但她仍带
领众人念完了主祷文,并唱起了《耶和华是我的牧者》等好几首赞美歌。
吉布森写道:"大家都莫名其妙地被她吸引了。"后来,一名心理医生向
他解释了这种现象:"每个人在身陷险境时,都会出现一种无法抑制的冲
动——一种想要回到母亲温暖子宫里去的冲动。对你们所有人而言,纳
恩太太就象征着母亲。"

第二天,她也去世了。

几天后,吉布森想要自杀,他和另一名士兵跳入海中。刚一跳下去,
他就慌了神,又拼命游回到艇上,可他的同伴再也没有出现了。接下来
的几天,孤立无助的他紧紧偎依在多丽丝·林身边。有一次,他抑制不住
人性最本源的冲动,虚弱不堪的他开始对多丽丝动手动脚,他后来也承
认,他是"被男人的冲动控制了"。

"请让我安静地死去吧。"多丽丝这样回应着他。

在海上漂流了三周多,艇上只剩下包括吉布森在内的两个白人、四
个爪哇人,再加上多丽丝。

接下来，爪哇人把另外那名白人士兵打死，并将他生吃了。

"他们的脸上滴着鲜血，"吉布森写道，"他们一边嚼，一边朝我们露出诡异的笑容。有一个人对着我们大喊，手里还拿着什么东西表示愿意给我们。"那是一大块死人身上的肉。吉布森当然感到恐惧，他害怕自己将会是下一个被吃的人。就在爪哇人把他杀死吃掉之前，艇终于靠岸了。

他们着陆的地方是锡波拉岛，这个小小的珊瑚岛离他们从巴东起航的地方只有一百六十千米。他们漂流了二十六天，一千六百多千米，又回到了日本人的掌控范围。他们很快被俘，吉布森被送回巴东成为战俘。

日本人很清楚多丽丝·林的间谍活动，他们对她进行了严刑拷打（仿佛她最近所受的痛苦折磨还不够似的），但没有要她的性命。她也被送进了战俘营。这个战俘营是一家位于巴东附近的水泥工厂，她在那儿帮着管理一家诊所。经历了种种艰辛后，多丽丝仍然美丽动人，周围的男人都开始追求她。为获得自由，她拒绝了这些人的热情，并最终出于利害考虑，嫁给了一位当地的华裔农民。

1944年末的一天，夫妻俩发生争执，农民拿起刀，不断刺向多丽丝，将她杀死。这位从战争和海难中逃生，在大海上漂流数周，在密林中藏身过的女性，在自以为相对安全的时候，被死神找到了，将她害死的还是与她一起生活的男人，而她的丈夫所受的惩罚只不过是入狱一年。

1942年3月7日，就在弗兰克乘坐的火车到达巴东之前，"佩拉波"号起航了，它搭载五十名军阶高低不同的军人，全速离开恩玛港。弗兰克、杰弗里·布鲁克和差不多同时达到巴东的人们并不知道，这是最后一艘逃离巴东的船。

他们被困在了巴东，只能等待，但至少巴东还是个适合闲逛的地

方。这个小镇有六万名居民，街道平整，商店里货源充足。皇家空军斯坦利·萨丁顿回忆说："巴东拥有一个井然有序、和平宁静的小镇该有的一切。"小镇两侧是高达三千六百多米的青翠高山，给壮观的海景又增添了几分美丽。城郊有众多远离市中心的特色各异的村庄，有人经常去这些村子，用萨丁顿的话来说，"是去找荷兰人家里漂亮（且听话）的女儿的"。军官们住在中心酒店和橙色酒店之类的高级饭店里，由当地的男孩帮忙打点他们的各种需求。普通的士兵凑合着住在旧体育馆里。在经历了港口混乱的撤离和澳大利亚暴徒的趁夜打劫后，小镇重新恢复了秩序，强制执行的宵禁政策让夜晚变得寂静而可怕。学校停课，艺术中心关闭，政府服务全部停止。

此时的巴东相对平静。包括弗兰克在内的空军士兵们达到巴东后的第一件事，就是向驻扎在恩德拉赫特俱乐部临时总部的几名英国军官汇报。负责人是一位名叫艾伦·沃伦的皇家海军陆战队上校，他个头高挑、身材笔挺，留着黑色的小胡须，用布鲁克的话来说，"他有一种强大的个人魅力"。沃伦问，有没有人自愿去帮助荷兰士兵保卫小镇的安全，包括弗兰克在内的几乎所有人报了名，但荷兰指挥官礼貌地拒绝了他们。他解释说，这是因为英国人没有什么丛林作战的经验（当然了，部分人是经历过丛林作战的，只是他们并不想宣扬在马来亚匆忙应战山下率领的日军的经过），再说，目前也没有多余的武器和装备可以配发给他们，而他们刚刚从新加坡逃生的经历也让他们并不适合继续作战。空军士兵们对这些理由没有表示反对。

然而，也有人意识到，荷兰人所谓的抵抗不过如此——他们只是在表演罢了，一场为振奋士气而装出来的表演。新西兰人 C.R. 诺尔斯就是这样认为的，很久以后，他在汇报时说："我们后来才彻底明白，荷兰人从没打算真正抵抗。"日军的话穿过丛林传来——抵抗是无效的，抵抗者将受到严惩，如果这座小城"敞开大门"，那他们就不会对它进行轰炸。荷兰政府同意了日军的要求，所以从巴东上空飞过的飞机只有日军的侦察机——讽刺的是，它们都是美国制造的洛克希德 14 型飞机，现在都落入了日本人之手。

负责管理巴东事务的荷兰人，又或者说，是所有荷属东印度群岛上的荷兰人，都让其他的西方人感到好奇，对他们既充满崇敬，又充满鄙夷。他们殖民统治的技巧让大家为之钦佩，和绝大多数英国官员不同，几乎每位荷兰总督都非常熟悉所在地的语言和风俗。相比在世界其他地方进行殖民统治的英国人、德国人，他们能更容易"融入当地"。

他们也很勇敢。同一份报告还指出，荷兰人对恩玛港发生的事是深恶痛绝的，这与英国人的态度形成了鲜明对比。骄傲的英国人在写下报告中的一些话时，心中一定感到万分刺痛，这些话是这样的："就在日军迅速向北推进时，荷兰人……仍坚守着自己的岗位。这与在马来亚的英国人形成了鲜明对比，英国军官们在危险来临时迅速撤回了新加坡。"

但另一方面，荷兰人也因为态度傲慢、缺乏对敌作战的斗志和在投降时表现得很现实，受到了英联邦国家的士兵的咒骂。在大家情绪都特别低落之时，英国士兵和荷兰士兵之间发生了一次争吵，一位英国上校想将双方拉开时还弄伤了下巴。随着战争的进行，荷兰战俘们也被大家一致认为是日军的同谋，是从不抵抗、从不捣乱的模范战俘。

奇怪的是，在巴东，大部分荷兰人和英国人似乎都接受了命运的安排。大喇叭里的广播在不停地宣传，说整个爪哇岛和苏门答腊岛都已处于日军掌控之下。这并不是真的，但负责管理巴东的人却深信不疑，并早早向那无法避免的结局投了降。从大局来看，投降之举应该是谨慎的，

可它却让众多逃难者在历经千难万险来到巴东后，发现自己再次陷入了令人沮丧的绝境。大家不敢安眠，连睡觉时都穿着靴子，时刻准备着一有风吹草动就立刻逃走。然而，什么风声都没有。

一艘英国巡洋舰围着海边打圈，绕了将近一周，一直在等着允许靠岸的信号。可英国领事由于害怕日军攻陷小镇，竟将信号本都烧掉了，所以他们也无法发出让巡洋舰去别处集合的信号。弗兰克他们得知这一消息后，对无能长官的愤怒又达到了新的顶点。过去几个月，弗兰克忙于修复一处又一处的雷达故障。他和他的空军战友们，在整个新加坡都处于遭人奚落的尴尬处境。新加坡原本应是固若金汤的要塞，在迅速陷落之际，空军部队却连用无线电召来一艘救援船的能力都没有。

最后一批逃离巴东的人是在 3 月 8 日偷偷溜走的。当时，弗兰克在小城中还没摸清楚方向。沃伦上校命令这十八人尽全力逃走，因为他认为他们在别处还能继续战斗，发挥更大的作用，所以不能坐以待毙，任由侵略者处置。这群人中有十六名英国军官，包括布鲁克和克拉克。克拉克就是那位看守日本囚犯的情报人员，在最后关头，沃伦终于下令让他移交了日本囚犯。另外，还有两名"亚洲人"。他们戴上草帽，乔装成当地人，在夜色掩护下，坐上一艘小渔船，把备用的燃料藏在棕榈叶下面。一架从头顶飞过的洛克希德侦察机发现了他们的行踪，并对他们进行了扫射，但神奇的是，他们最终安全抵达了锡兰。

这群人深夜逃走的消息传到了其他人耳中，在目睹了登船撤离过程中的种种不公平现象之后，这一消息越发加重了大家的愤懑情绪。难道那些人的命更值钱吗？为什么他们能逃走，其他人却只能坐以待毙，等待被俘后（他们设想的）死亡或囚禁的命运呢？这些结论正是战争的核心所在，认清了军中现实状况的人泰然接受了自己的命运。弗兰克从来没有以任何形式记录过自己在这件事上的感受。他从来不是个崇尚武力的士兵，他与和他同龄、同军阶的战友们在当时应该是非常愤怒的，只不过他们不是爱抱怨的人。

整个局面充满了超现实主义的色彩，在大家都等待解脱的过程中，一场撼动整座城市的小地震让一切变得更加疯狂。弗兰克和众人争前恐后地逃出了新加坡，离开了邦邦岛，想尽各种办法穿过苏门答腊岛，才终于来到这传说中的绿洲。而现在，他们只能干坐着，绝望地等待另一只鞋什么时候能掉下来。这里将不会发生守城的战斗，相反，荷兰人将精力都用来阻止大家逃跑。和岌马港当时的情况一样，巴东周边水域也散布着不少小型的当地驳船和拖船，但荷兰人严禁它们靠近。"我们非常沮丧地发现，"弗兰克回忆说，"港口官员由于害怕日本人的报复，拒绝将这些船交给我们。他们甚至把船废了。"有几个人利用规定的漏洞，自愿提出要在港口巡逻，以防止船只被盗，结果刚一开始工作，他们就弄来一艘船，直接朝大海出发了。

还有一群人也想办法偷来了一条小船，开向茫茫大海。他们大约有二十五个人，包括从前是股票经纪人、后来当了炮兵的约翰·珀维斯中尉和一位名叫斯特奇诺的澳大利亚中士兼工程师。六周后，他们被一艘埋伏中的荷兰战舰拦截，带回了巴东，荷兰人说是日本人命令他们这样做的。"经历了种种磨难之后，这才是最令人心碎的一刻，"珀维斯后来回忆说，"当我跟他们说，由于荷兰人的背叛，一切都结束了的时候，我的眼泪止不住地流下来。"

指示犬朱迪就是在这样绝望的背景中跳出来的。

当搭载"草蜢"号和"蜻蜓"号幸存者的火车开到一座小山的山顶

时，有人大喊："是大海！"印度洋的海边，那闪闪发亮的小镇正是巴东。"那景色真美！"朗回忆时说，"将近一个月以来，我们终于看到了第一道希望的光芒。"经过一整夜的旅程，火车在 3 月 16 日清晨哐当哐当地进了站。引擎还没熄火，大家就相互搀扶着下了车，向每一个经过的路人发出连珠炮似的提问，问下一班轮船将在什么时候出发。

一位头发花白的当地老头的回答让他们的心都碎了。"最后一艘船已经离开了——你们刚刚错过了。"严格来说，"佩拉波"号早在九天前就已经消失在海岸线之外了，所以他们算不上是"刚刚"错过。但老人的意思再明白不过。这群人经历了千辛万苦，却由于在新及岛和冷岳的耽搁赔上了一切。

这群人向沃伦上校报到时，沃伦也震惊了，他同情他们的遭遇，但他也直截了当地表示，不要想着抗争——投降早已安排好了。不要想着偷当地人的小船离开——那相当于自杀。如果你们想回到丛林中去，那就请便（只是在经历过那般艰难的跋涉后，没人愿意再回到丛林了）。

幸存者们似乎全都膝盖发软了。朗回忆说："沮丧与绝望的情绪笼罩在所有人心头。"瑟尔说，朱迪似乎察觉到了它的人类朋友的压抑。这是狗天然的本能，是让他们在进化过程中能被人驯化的特质之一。人类喜欢在身边拥有另一个物种，来理解自己的种种情感。在这段时期，朱迪不顾自己的疲惫，努力对人类同伴们表现得更加友善关心，它想让他们振作起来，这既是出于天性，也符合它的个性。

这群人仍然抱着一线希望，在码头度过了一夜。他们不停地眺望海面，拼命祈祷着能有救援的船只出现，但一艘船都没有。他们接到命令，要全体转移到荷兰学校去。而包括弗兰克·威廉斯和彼得·哈特利（彼得是一名二十一岁的皇家陆军中士，是在新加坡沦陷之际偷了一艘船逃出来的）在内的其他很多西方人则被转移到了街道另一头的中文学校。

让大家担惊受怕的敌军终于来了，朱迪最先察觉到他们的到来。当时，它正躺在一间小教室的中央，它认定了这里就是自己的地盘的。它把头枕在前腿上，摆着自然的姿势，盯着大门。瑟尔在教室角落里时睡时醒。在丛林漫长的跋涉中，他是一直携带武器的少数几个人之一。后来，上级军官和荷兰人都恳请他交出武器，他拒绝了。另外还有几个人也有步枪。瑟尔曾和同意缴枪的人激烈争论过，而那些人后来都成了束以待毙的俘虏。他原本还打算进攻那些小船上的警卫，以武力夺船，他的当时想法就是："荷兰人都去死吧。"

但高层的军官们决定合作。瑟尔他们才被荷兰政府从新及岛救出来，现在让他们倒戈相向又去对付荷兰人实在是有点困难，哪怕不对抗就意味着马上将被日本人俘虏。若是瑟尔能对自己坦诚，那他也不得不承认，从一开始，他就没指望这一小群早已筋疲力尽的人能拿着手枪抢来一艘船；即便真能抢来一艘船，那他们最有可能的结局不是被抓就是死在茫茫大海上。到了这个地步，瑟尔他们也许在想，要是在有机会的时候，能和乔治·怀特一起离开就好了。他们这样想当然是情有可原的。

挤在荷兰学校里的幸存者等待着无法逃避的命运。当朱迪站起身，面露凶光，嘴唇紧绷，发出无声的咆哮时，每个人都明白时候到了。大家听到了摩托车的声音，朱迪狂叫起来。瑟尔从裤子上撕下一条布带，系在朱迪的项圈上，把它紧紧拉在身旁。

很快，一位日本中校和他的手下耀武扬威地进来了。中校戴着厚厚的眼镜，很有学术气质，他说话的声音是急促而刺耳的。他迅速掌控了局势，他指着朱迪，说了几句没人能听懂的日语。说完，他猛地转过身，

离开了。瑟尔和其他有枪的人都被缴了械。接着，日本人全都走了，他们被留了下来，思考自己的命运。

中校又来到隔壁的中文学校，非常开心地将一幅蒋介石的肖像画撕了个粉碎。然后，他去了巴东岛上的荷兰总督办公室，沃伦上校后来写到了他对这些日本人的印象：

> 他们故意摆出征服者趾高气扬的姿态，大踏步走进来。他们把脚抬得高高的，满是泥泞的靴子重重地砸在地板上，他们走路时，武士刀发出叮当的声响……这些都是优秀的斗士，他们是粗鲁的、凶残的，也是骄傲的、自信的。他们扁平的黄色大脸上留着长长的小胡须，并没有几个是传说中个头矮小的近视眼。

一整夜，和朱迪一起的一群人都在讨论当前的形势。每个人都听说过日军俘虏的悲惨遭遇。当时，神道教精神在日本军队中有着绝对的控制力，它鄙视军人选择投降而非战死的行为，所以日本人对待战俘几乎毫无尊重可言。日本从未认可《日内瓦公约》，还通过外交部向敌对国家表示，在必要的时候，日本可以对公约的条款加以变通。这种开放式的表态让日本人对战俘为所欲为。实际上，很多后来被送上战犯法庭的日本人都说对《日内瓦公约》一无所知，也不清楚自己到底犯了什么罪。

在荷兰学校里的这群人都认为自己将受到残忍的折磨，女人将被强奸，至于朱迪——任何恐怖的结局都有可能发生在它身上。最后，他们当然都会被杀的。那天晚上，荷兰学校里弥漫着恐惧、混乱和绝望的情绪。朱迪紧紧依偎在瑟尔身边，保持着沉默。

弗兰克并没有记录自己被俘时的感受，但有一件事是可以确定的——这是他迄今为止在战争中第一次与日本士兵近距离接触。

3月17日，朱迪、弗兰克和其他滞留巴东的人正式成为日本侵略军的俘虏。在一场逃亡的赛跑中，他们倒在了终点线之前。

第十五章

囚禁

　　第二天，3月18日，日军清点了俘虏。侵略者们对这些"战利品"做的第一件事就是将女人和小孩分开，送进了单独的战俘营。接着，他们将男人分成四个组——英国人一组，澳大利亚人一组，荷兰人一组，各个国家的军官一组，再押着他们齐步走过小镇，来到荷兰军队的主营房。大约有一千人参加了这场令人颜面尽失的游行，这倒是很像士兵们在出征作战时列队出发的场景。

　　大家真切地感受到，所有的目光聚焦在他们身上。他们的失败是彻底的，他们的羞辱是深刻的。他们全身肮脏，衣衫褴褛，面色苍白。士兵都觉得愧对自己身上的戎装。公职人员们都在思考，事情是怎么发展到这个地步的。他们对这场游行深恶痛绝。街面上扬起的灰尘扑面而来，日本守卫时不时还用步枪托戳一戳他们，当地的居民在背后窃笑。荷兰殖民统治者得到了惩罚，而本该是"东南亚安全守护者"的大英帝国第一次被狠狠打了脸。

　　彼得·哈特利是一名年轻的皇家陆军中士，他在回忆录《逃向牢狱》中用极其深情的文字，详细记录了被俘的经历。他说，他感觉到其他人的目光都集中在自己身上，他心中涌起悲愤的羞愧之情，可为了国家民族的尊严，他和他的同伴们不能屈服。"英国人的身份……激励着我们，让我们扬起高昂的头，用卫兵般整齐的步伐大踏步向前走。即便是伤员，也都努力忍受着无法言说的痛苦，没有摇晃一下，绝不愿因日本士兵的辱骂或拳打脚踢而蒙羞。"

　　到了巴东兵营后，战俘们又面对着成百上千名歇斯底里的妇女。这儿是巴东本地军人妻子和儿女的主要避难所,现在她们要被赶出来,将房间让给战败的西方人——这些曾在当地人面前自认为"高人一等"的西方人。日本人扇她们耳光,用脚踢她们,用棍棒打她们,将一个个家庭通通赶了出来。女人们的抗议声,夹杂着小孩子的哭喊声和日本人的尖叫声,混成一片。

朱迪和这些大喊大叫、举止怪异的士兵们打过交道。它很小的时候,就被日本人在肚子上狠狠踢了一脚。它对日本士兵的仇恨在程度上又或者说在气味上都和它的人类朋友们不同。此时的它,看到眼前的惨状,心中的仇恨应该又加深一层了吧。

当地家庭全被赶走后,战俘便住进了兵营。每组二百五十人,一组人住一层楼。整座兵营是长方形的,中间有一块足球场大小的公共庭院。兵营里有健身房、全环绕式阳台、一个有台球桌和台球的旧食堂,甚至还有一张乒乓球桌,可以定期举办比赛。从"草蜢"号上逃生的 J.A.C. 罗宾斯提到,有一次,他还赢得了比赛的第一名,获得了"二十美分的奖金"。

一位名叫安东尼·西蒙兹的战俘用日记记录了在巴东被囚禁的经历。他用极小的斜体字在一本口袋大小的日程计划本上写下每天的活动,简要记录了日程的安排,包括:"五点四十五分响起床号,六点十五分列队,八点四十分早餐,十二点四十分午餐,下午四点三十分再次列队,接着是五点的茶歇,九点三十分熄灯。"天黑以后的吃饭问题要靠自己解决。上午要清洁营房和浴室(浴室的使用频率很高,比如西蒙兹每天都要洗三次澡),下午通常会有午睡。

没人想过大规模越狱——绝大多数人都太疲惫了,丛林里艰苦的条件让他们打消了这样的念头。当然,也有几个孤注一掷的强硬分子,但

没人能活着逃出去。除此之外，兵营里的生活还不算太糟。标准的营房和改造后的宽敞空间让大家都住得很舒服。哈特利甚至有自己的"公寓"，与他同住的是他的伙伴菲尔·多布森。在马来亚时，这位诚实而高尚的军需官和哈特利一起躲过了日军的抓捕。此时，他们住在一间自己发现的小办公室里。两人将污垢和蜈蚣清理干净后，将它变成了一间略显拥挤但私密的房间。多布森比哈特利大，结了婚，有小孩。哈特利则是一名虔诚信教的学生。两人几乎没有什么共同之处，除了一点——他们都来自同一个地方，一个位于伦敦北部数千米外的英国小镇，莱奇沃思。这就足以让两人建立起亲密的友谊了。

弗兰克住在英国人集中的区域，朱迪则总是跟随自己灵敏的鼻子，去有更多食物的地方。它大部分时间和瑟尔那群军官在一起，兵营里人数众多、面积广大，所以它和弗兰克并没有遇见。在四个主营房里，大家对朱迪并不陌生。即便弗兰克在巴东见过朱迪，他也从未在后来的采访中提及。

我们的第一个想法是，在这封闭的兵营中，他们怎么可能从未碰面，但实际上，这并不牵强。和朱迪亲密接触的瑟尔等人在绝大部分时间里都让朱迪保持低调，因为他们害怕日本人会杀了它。弗兰克本身又是个喜欢独处的人，他从没提过和其他战俘（当然是除了朱迪之外）的亲密关系，似乎也没有使用过巴东兵营里的休闲设施。在很多方面，他都还是个男孩，一个只有二十二岁的男孩，他与周围老练的步兵和好色的水兵没什么共同之处，与说话直接的澳大利亚人和居高临下的荷兰人的共同之处就更少了。

弗兰克身边的人都杀过人，要么是从远距离射杀的，要么是在很近的距离杀的，近得能感受到那些人在临死前呼出的最后一口气。多年后，就连弗兰克的雷达兵战友都不怎么记得他了。他有点像个梦想家，一个在战争理念中迷失了自我的年轻人。他很内向，从不吸引别人的注意，哪怕是在无事可做时，也不会与陌生人主动交谈。简而言之，他是一个很需要朋友的人。

　　如果战俘能预知后来的情形，那他们一定会好好享受在巴东兵营的生活。相比之下，这里简直如同天堂一般。兵营后面青翠巍峨的高山为他们静心沉思提供了美丽的背景，他们也不用干后来一直没间断过的繁重体力活。他们上午在阳台上玩桥牌和其他棋牌游戏，在睡梦中度过酷热的下午，每天晚上还有足球比赛。

　　后来，除了基本的生存需要，绝大部分战俘都不再有时间和精力做任何其他事了。但在这段时期，大家都认为，要最大化利用在牢狱中的时间，最关键的就是汲取丰富的精神养料。于是，他们学习各种语言（尤其是荷兰语，希腊语和拉丁语也颇受欢迎），练习数学技能，讨论文学话题。战俘中没几个人接受过高等教育，这次牢狱之灾反而成了他们学习知识的特殊机会。

　　每天都有关于各种主题的讲座，有些主题甚至是很神秘的。这不仅是打发时间的好办法，也让很多在被俘前有各方面丰富经验的战俘发挥了各自所长。罗宾斯提到，有一次他参加了一个非常有趣的"由米勒主讲的关于昆虫的讲座"。西蒙兹把他参加过的几乎每一场特别的研讨会都记在日记中。其中有一篇是这样写的："今天，我们去听了一场关于在最早的电影中加入声音的讲座。"其他的课程还包括锡矿、数学、簿记、商业，以及"公共汽车售票员的艰苦但相当有趣的经历"等。他甚至还参加了一场关于航海的讲座。

　　这段时期巴东战俘营的状况在有记录的日本战俘营历史上是不多见的，战俘们的待遇与在欧洲受到德国人"以礼相待"的盟军战俘的境况类似。这当然不是说战俘营的生活轻松愉快，但基本上还算是比较人道的。这短暂的时期之外，被日军俘虏的战俘往往受到残酷的折磨。实际上，按照斯坦利·萨丁顿的说法，当时日军在巴东是保持低调的。有一次，日军甚至允许他离开营地，去镇上一位"胖胖的德国眼镜师"那里配了一副新的眼镜。J.E.R.珀森斯说："日军只是偶尔表现得盛气凌人，其他时候，我们的待遇远远好过任何人的想象。"西蒙兹写道："我们似乎更像是被扣留的政治犯，而非战争的俘虏。我们甚至能通过秘密的渠道看到BBC新闻。"

　　荷兰人尤其觉得舒服自在，因为这里本就是他们的地盘。日本人入侵时，绝大多数荷兰人就住在巴东，他们的房子就在附近，很多人的家人甚至也住得不远。各种物品开始源源不断地出现，如床垫、家具，当然，还有最重要的——钱。荷兰人用钱从当地的小贩那里购买食物，日本士兵允许小贩在军营里或是大门的栏杆旁定期售卖物品。很多荷兰人甚至晚上翻越围墙，睡在自己家中，这种行为到后来变得越发肆无忌惮，以至于日本人都威胁说如果还有人胆敢逃跑，就要从每四个战俘里挑一个出来枪毙。"现在回想起来，我觉得那样的威胁从来没有兑现，"约翰·威廉斯回忆说，"但考虑到日本人犯下的种种暴行，我们不得不把他们的话当真。"

　　荷兰人的生活过得高高在上，因而也成了其他战俘嘲笑奚落的对象。后来，非荷兰战俘得到的食物越来越少，他们对荷兰人的憎恨也就越发强烈了。让人倍感折磨的除了全副武装的卫兵，便是没完没了的饥饿，这让他们时刻牢记着自己战俘的身份。英联邦国家的逃难者们从新加坡疯狂出逃，又在各自的沉船事故中几乎失去了拥有的一切。他们没有钱，也没有物品可以用来交换。日本人还没有开展战俘的工作计划，所以他们也挣不来任何东西。兵营里兜售食物的小贩的存在对他们而言，简直就是残忍的挑逗。

"在当时的环境下，"哈特利后来这样写道，"荷兰人发现自己在一个新的社群中成了财阀，英国人（和澳大利亚人）则成了备受欺压的劳苦大众。"荷兰人和英国人激烈地争论，究竟谁更应该为他们的悲惨遭遇负责。"至少我们在马来亚努力抗争过，没有让日本人打一通电话就占领了那里。"一名英国水兵的话足以让试图反驳的荷兰人通通闭嘴。

就这样，很多非荷兰战俘每天都被迫四处搜寻残羹剩饭。他们在垃圾堆里翻找，他们站在荷兰人的营房外，希望能有人大发善心施舍一点吃的，他们苦苦哀求小贩能允许他们赊账，他们还尽可能地去偷。

在这种环境中，朱迪可谓如鱼得水，它大部分的时间也是在寻找食物。它是技艺高超的捕食者，它杀死并吃掉它能找到的一切东西和任何东西——老鼠、蛇、蜥蜴、昆虫等。在大家策划的各种"创造性获取食物"的任务中，它成了颇具天赋的同谋。它配合瑟尔、德瓦尼和其他几名共犯，出色完成了"集市抢夺日"计划。日军每周指定一天，允许各路小贩在兵营里摆摊设点（其他时间则允许小贩临时进来售卖）。身无分文的水兵会在食品摊点前随意看看，故意夸张地挑选某样东西。这时，会有另外一个人（通常是热情奔放的瑟尔）大声和小贩讨价还价，分散他们的注意力，德瓦尼和其他人就趁机把东西塞进自己口袋。还有一个招数，就是让一个人去摊点上拿起一大堆食物，假装仔细挑选，然后"不小心"弄掉一些。此时，朱迪再飞奔出来，捡起食物，交给等待中的德瓦尼之类的人，然后迅速消失在人群中。

有一次，有人用香蕉皮将日本指挥官的一头羊（日本人养了不少羊，为他们的军官供应新鲜羊奶）引诱到了英国营房里。另一名水兵一直在窗口观察，他想办法用绳子套住羊的脖子，把它拉进了牢房。战俘们毫不手软地宰了它，吃得精光，接着又花了一整夜时间销毁证据，连一根羊毛都没留下。第二天早上，大发雷霆的指挥官下令对整个兵营进行彻底搜查，结果什么也没搜到。

约翰·威廉斯还记得在与饥饿搏斗的过程中，他们难得地胜利过一次："有一群战俘想出了一个相当有创意的办法来增加食物。他们透过牢房窗户的铁栏杆，看到外面有一群小鸡正在觅食。于是，他们把别针掰弯，系上绳子，再钩上一片面包作为诱饵，等到日本哨兵走开以后，再把诱饵丢出去。他们用这个办法，成功钓到了不少小鸡，都偷偷煮熟吃掉了。"

朱迪还是一样，喜欢去其他营房看看，尤其是澳大利亚人的营房。它和一群澳大利亚人的领头斯特奇诺中士成了好朋友——斯特奇诺曾经计划和约翰·珀维斯一起逃走，结果遭到荷兰战舰的拦截，被送回了巴东。在澳大利亚营房，有一个井盖通向早已被人遗忘的下水道系统，战俘们可以通过这个渠道偷偷溜到牢房外面。斯特奇诺发现了朱迪在盗窃和诈骗方面的天赋，便精心制订了一个入室盗窃的计划，朱迪正是计划的关键。这群澳大利亚人开始偷溜出去，洗劫当地人的家庭，偷来食物、酒和各种生活用品。斯特奇诺每次都带着朱迪，让它一有人来就立刻大叫。

澳大利亚人大肆炫耀偷来的战利品。他们懒洋洋地坐在牢房前的躺椅上，抽着大大的雪茄，喝着威士忌，翻看各种印刷精美的杂志。大家都还不知道发生了什么事。日本人把这些东西没收后，第二天会出现更多。

　　然而，斯特奇诺放纵过了头。有一天，他请一名荷兰战俘帮他翻译一本偷来的书。这名战俘是医生，他发现这本晦涩难懂的医学书正是他自己家里的！医生向日军告了密。短短数周内，斯特奇诺第二次成为荷兰人与日本人勾结的受害者。日本人很快发现了下水井盖的秘密。从那以后，朱迪也离开了这些澳大利亚小偷。

　　可让瑟尔和同伴们惊讶的是，朱迪的夜间活动并未停止。牢房的窗户上有一个小洞，朱迪正好能钻过去，它开始在夜晚飞奔出去搜寻食物。大家都担心日本人或当地人会开枪打死它。瑟尔找到日军负责的军官，说朱迪也是英国皇家海军的正式成员，理应得到保护，可军官只是嘲笑他，把他打发走了。无论瑟尔和同伴们怎么做，都无法阻止饥饿的朱迪。有一次，它带着一只吃了一半的小鸡回来，不小心把它掉在了瑟尔的一个朋友庞奇·庞琼的面前，把正在打呼噜的庞琼吓了个半死，大家这才意识到事情的严重性。从那以后，一到晚上，大家就会把朱迪拴起来。"这不是要惩罚你，"庞琼安慰它说，"只是不想你被日本人吃掉。"

　　在巴东度过三个月的牢狱生活后，牢房里流言四起，大家都在说日军打算将战俘转移到日本、新加坡和爪哇岛。没人知道具体的计划，但太多的闲言碎语之后，必定会发生点什么，而且很快就发生了。他们可以每天下午睡午觉，晚上进行足球比赛的轻松生活即将终结。

　　最终，命令下达了。战俘们分成两批，每批五百人向海边进发——具体来说，是去勿拉港。勿拉港与马来半岛相隔马六甲海峡，它与同在苏门答腊岛上的巴东港相距大约一千四百五十千米。去港口当然就意味着他们要再次在海上航行，一想到这里，大家不免心有余悸。实际上，一两周前，包括斯坦利·萨丁顿在内的一群军官和平民就已经被送到了勿

拉港，又乘船到了缅甸的战俘营。

到了出发的那几天，大家都开始清理东西。荷兰人想把床垫、家具之类的各种生活用品都带上，但日本人规定每人只能带一个包。瑟尔和他的一些朋友，比如庞琼和"蜻蜓"号上的水兵莱恩·威廉斯，则在思考一个更重要的问题——他们该拿朱迪怎么办？

迄今为止，朱迪基本上没有引起日本人过多的注意。偶尔也会有日本士兵踢它一脚或是用步枪托捅它一下，但它绝大部分时间都躲了起来，所以日本人也没怎么管它。现在，想让它从卫兵面前大摇大摆地走过去，还在卡车上占一席之地，就比较困难了。瑟尔他们决定把它藏在装米的麻袋下面，偷偷运上船。半路上卡车只要一停，朱迪就躲到麻袋下面。后来，这样的伎俩还上演过多次，这只是第一次。凭借这个办法，朱迪才能与朋友们一路相伴。

穿越苏门答腊岛的行程是漫长而难熬的，五天时间里，大家满身臭汗，烦闷不安。长长的卡车车队沿山间小路曲折前行，时不时到了陡峭的悬崖边缘。达到赤道线以后，日军命令弗兰克和战俘们下车步行（朱迪仍躲在麻袋下面），走到赤道另一侧以后，才重新上车，继续前进。虽然地处热带，但一到晚上，天气还是很冷。有一辆卡车在陡峭的山路上发生侧滑，车上所有的战俘都被送进了医院。神奇的是，竟然有一位日本将军带着水果和鲜花去探望他们，并向他们保证，一定会严厉地惩罚粗心大意的司机，还以日本陆军的名义向大家客气地道歉。

从很多方面来说，这是一次令人难忘的旅行。沿途风景迷人，车队还经常在当地的集市停下，购买各种美食。安东尼·西蒙兹就提到，他在途中吃到了沙丁鱼和"用十四美分买来的香蕉"。珀维斯多年以后还记得他坐在高山上波光粼粼的多巴湖边，晃着两条腿吃黄油面包卷时的情形。

在那一刻，他觉得自己仿佛摆脱了痛苦的枷锁，只是简单地享受着自由人的快乐。可惜，美好总是转瞬即逝，他很快又回到了卡车上。

终于，车队开下山，来到了海边。用哈特利的话来说，所有的战俘，包括海军都带着"无法形容的恐惧"，看着那"蔚蓝色的茫茫海面"。多少人在从新加坡逃生的过程中丧命大海，他们好不容易才侥幸逃脱，现在又要回到海上，开始一段通往未知的漫长航行，他们当然会感到万分焦虑。

到达勿拉港后，瑟尔和朋友们把米袋从卡车上拿了下来。卸货的过程混乱而嘈杂，当他们确定周围没人注意时，他们让朱迪偷偷溜到码头区躲了起来。码头上到处是各种装备和阴暗的角落，它不会引起别人的注意。与此同时，日本指挥官坂野博晖中校对战俘发表了首次演讲。他站在大箱子上，用完美流利的英语说，他是他们的父亲，他们都是他的孩子，他们必须服从他，要不然，"他就要开枪打死我们，或者把我们的头砍下来"（按照哈特利的记录）。接着，坂野又用轻松的语气补充说，希望战俘在他的营房里能过得开心，他真诚地希望日本赢得战争后，大家都能各回各家。演讲完，战俘们像牲口般被赶进了码头搬运工人的宿舍，这些只有一个房间的水泥小屋里又暗又脏。

弗兰克和所有人一样，只想好好睡一觉。朱迪经过漫长的旅程，也已筋疲力尽，它躲在沉重的麻袋下面，闷热难受。即便他们能忍受尘土飞扬又坚硬无比的水泥地面，却不能无视铺天盖地的蚊子。成千上万的蚊虫让这些战俘无法安宁，空气仿佛都随着它们翅膀的扑扇在微微颤动着。

他们需要应付蚊虫攻击的时间只有几个晚上。紧接着，日本人就宣布又要开始转移战俘了。幸好，这次并没有他们最害怕的海上航行。他

们将被送往距海边十多千米的格鲁骨，它位于苏门答腊岛中部重要城市棉兰的郊外（为什么这些人会留在苏门答腊岛，而萨丁顿一行却被送往海外，这其中具体的原因，由于时间久远，以及日军文件缺失，已成了一个谜）。他们挤在闷热难耐的火车车厢中，其中二十个人只能坐在别人身上。窄窄的一道门缝成了光线和空气的唯一来源。"天哪，那车厢里真是太热了，"西蒙兹在日记中写道，"正午的太阳炙烤着车厢的金属顶板。"在这段旅程中，朱迪应该是被悄悄带上了火车，但具体的情况并没有任何记载。行程很短，大家从火车上下来后，眨巴着眼睛，看着自己的新家。这一天，是 1942 年 6 月 27 日。这个月的月初，太平洋战场上的日军在中途岛海战中被大挫锐气；在北非，埃尔温·隆美尔将军率领的德意志非洲军团攻占了英军的另一处要塞——图卜鲁格；德军继续向苏联纵深推进，直逼斯大林格勒❶和高加索山区的油田；与此同时，1942年 1 月召开的万湖会议上讨论通过的"犹太人问题最终解决方案"在纳粹占领区全面启动；德怀特·艾森豪威尔将军刚刚抵达伦敦，指挥欧洲盟军的抗战力量。

　　只是，战俘对这一切一无所知——目前，他们的世界仅限于通往棉兰大路旁的前哨小镇格鲁骨，仅限于镇上当地人的家庭和华人开的商店。这里也有一处陈旧的荷兰军营，即众所周知的格鲁骨一号战俘营，后来关押了大量战俘。沿同一条路往前走大约一千米，是格鲁骨二号战俘营，它原本是一处精神病院，阴沉而怪异的气氛使它很适合当战俘营，在接下来的两年，它便是弗兰克和朱迪的家了。

---

❶ 今伏尔加格勒。——编注

第
十
六
章

格鲁骨

朱迪发现，格鲁骨的生活更加艰难。这里的环境更恶劣，食物更少，守卫更严厉、更凶狠，它的朋友们身体也更虚弱、更自顾不暇。过去四个半月的种种磨难，包括"草蜢"号沉没，被困荒岛，步行穿越苏门答腊岛的丛林，以及在巴东被俘囚禁等，早已让它筋疲力尽，它的体重迅速减轻，精力也大不如前。日军占领新加坡之前，朱迪的体重有二十七千克，现在它至少瘦了五千克，应该还不止。它的消瘦非常明显，深棕色的皮毛褪去了光泽，对食物的渴求取代了生活中的各种快乐，它温柔的棕色眼睛里透出了艰辛的神色。

一开始，朱迪主要待在瑟尔、庞琼和其他几位它熟悉的朋友身边，就连睡觉也不离开，它就睡在他们的床铺下面或是营房尽头阴暗的角落里。格鲁骨的守卫们看到它的次数越来越多，有些守卫不理睬它，有些守卫就喜欢用脚踢它或是用石头砸它的头。朱迪往往能灵活地躲开攻击。它很快就知道不要出现在这些人面前。饥饿与觅食的需要让它不断跑到外面去，尤其是去营房之间及其周边的空地。它会钻过围栏，跑进小树林，在那里它更容易找到猎物，只是如何躲开巡逻的守卫成了棘手的问题。它将大部分觅食的时间换到晚上，因为晚上它能抓到更多的小动物，也更容易躲开守卫。在巴东时，大家晚上会把它拴起来，不让它跑掉，但在格鲁骨，就不能这样做了。

朱迪也不是一点乐趣都没有。安东尼·西蒙兹在日记中写到了对朱迪的训练："今天晚上，我们和朱迪沿着不到一百米长的营房来回跑步，大家都觉得很开心；我们还用空罐头做成跳栏，让它从上面跳过去。"

朱迪对日本人的痛恨是显而易见的，它一见到他们就激动，这段时间，这种仇恨越发明显了。"它总是盯着守卫，大步慢跑着从他们前面经过，它的嘴巴向上咧着，似乎在发出无声的咆哮，"瑟尔回忆说，"这样明显的仇恨让它随时有挨枪子儿的危险。"

实际上，大部分时候，朱迪是被人遗忘的角色。负责照顾它的战俘们比在巴东时忙碌得多，后来他们都被派出去劳动了，经常一离开就是一整天。待在战俘营里的时间，大家又忙于寻找食物，绝望的情绪越来越浓，都没什么空去照料朱迪了。战俘们安慰自己，朱迪早已无数次用实际行动证明了它是个坚强的幸存者。在敌军的战俘营里，如果他们还能对谁的生存能力完全放心的话，那也只有这条足智多谋的指示犬了。

格鲁骨的战俘们遇到的第一件事就是在牢房里被关整整三周。他们当然会想，以后会不会一直这样。如果是的话，那和巴东相对轻松的生活比起来，就太可怕了。可话说回来，他们其实也没有多怀念在战俘营的空地上走来走去的日子。这里没有健身场地和台球桌之类的设施，只有一小块草地，偶尔举行橄榄球比赛，仅此而已。这里只有长长的营房，营房附带着一片铺着碎石的练兵场，练兵场上种着椰子树。巴东有高山，勿拉港有大海，这里除了炎热的天气和灰尘，什么都没有。

营房里有两条又长又高的平台，中间以水泥过道分开。所谓床铺，就是一块搁在铁杆上的长约一百八十厘米、宽约四十五厘米的木板。铺着瓦片的房顶上鼠患成灾，它们尽情享用着人们够不到的香蕉和其他水果，朱迪倒是时常能抓到老鼠。每间营房只有一侧有窗户，三间营房里关押着荷兰人，一间关押着英国人，还有一间关押着澳大利亚人。所有人都挤在这片比足球场大不了多少的区域中。西蒙兹说："非常拥挤。"

J.E.R. 珀森斯在日记中写道："我们中有一百九十九人被关在一幢房子里，一百二十人被关在另一幢房子里。本该只住八十个苦力的房间住进了一百九十九个欧洲人。"

每个人的床铺就是他的地盘，他在床上睡觉，玩牌，吃饭，看书，招待朋友；或是因身患疟疾而卧床休息。一名战俘的左右两边四十五厘米开外还各睡着一名战俘。隐私这个词对他们没有太多的意义。营房尽头是淋浴和厕所。一位名叫约翰·赫德利的战俘在口头回忆时说："厕所是没有任何遮挡的粪坑，蹲在上面时只能自求多福。"墙壁上的洞通往房子外面的阴沟，将污水排进大海。后来，这些墙上的洞成了战俘和当地小贩以物换物的重要交易点。

1942 年 7 月的大部分时间，这个幽闭的小房间便是他们生存的全部空间。就在战俘们开始以为会被一直锁在牢房里时，坂野出现了。他宣布他们已接受完抵抗日军的惩罚，现在他们将得到应有的战俘待遇。战俘从牢房中走出来，第一次看到外面的景色，尽管那景色也不过如此。

他们首先看到的是一名当地小贩，日军允许他每周两次在围墙内摆摊，售卖食物、水果、烟草、纸牌、纸张、铅笔、肥皂和其他必需品。珀森斯买了好多炒饭，"一直吃到恶心得再也吃不下了才停止"。另一份相关的记录则表明，整个战俘营马上暴发了一大场痢疾。

为赚钱购买食物和其他商品，战俘组成了劳动小组，报酬是用类似荷兰盾的货币（该货币是日军专为这个目的创造的）支付的微薄薪水。军官们的待遇则完全不同，一开始，他们不用参加劳动就可以获得固定的收入。各人的报酬差别很大，哈特利记得，他每天能赚一个六便士硬币（九分），西蒙兹每天的收入则是十五分。一位名叫 A.W. 米尔恩的澳大利亚士兵为修建日本神庙，工作了整整一年，一直到死，他的努力

换来的是每天三十分钱。无论大家各自挣到多少钱，日军都厚颜无耻地要求每个人上交收入的百分之二十作为食物和住宿的开销。

大约有八万名日军士兵占据着苏门答腊岛，将岛上资源榨取得干干净净。各种物资在不断减少，通货膨胀却在迅速加剧。一开始，哈特利一天的报酬还可以买到好几串香蕉，随着食物的减少，到了神庙修建末期，三天的收入才买得起一根香蕉。和巴东的情况一样，在这里，不同军阶之间也存在着严重的不平等。军官的待遇是最好的。其次是荷兰人，他们比普通的英国和澳大利亚战俘更有钱，所以吃得更好，打扮得也更整洁。如果有人生了病，那就没办法工作，就得不到任何报酬，就没办法吃饱——这种恶性循环会让他的病情雪上加霜。

有些缺钱花的战俘迅速适应了环境。有期货交易头脑的人先是买进大量咖啡，再分装成小杯出售。有人制作烟斗和象棋卖给荷兰人。两个澳大利亚的剪羊毛工利用自己的手艺，在战俘营里开了一家理发店。人人都成了专业小偷，尤其是在外出劳动时。各种无意中找到的东西都被派上了用场，锡铁罐头可以做成咖啡杯，一截铁丝扭起来便是杯子把手；木板可以做成凳子；轮毂盖可以做成餐盘。日本人威胁说要毒打在劳动场所偷东西的战俘，但各种各样的战利品还是不断被带回营房。

在一无所有的战俘营，最早增添的一处设施是图书馆，这是文明的胜利。战俘们将随身携带的书本捐献出来，还有更多的书则是由劳动小组的成员们从附近的家庭偷来的。有很多的英语书，包括《莎士比亚作品全集》《丧钟为谁而鸣》《青山翠谷》，以及毫无疑问是瑟尔和其他海军士兵最喜欢的霍恩布洛尔船长系列小说。为锻炼头脑，战俘们还举行猜谜游戏和拼写比赛。海陆空军派出各自代表队，为奖品努力拼搏，而奖品一般都会包括食物。有一次，西蒙兹赢得了一场比赛，他在日记中记下了狂喜的心情："天哪，那水果沙拉真是太好吃了。"

　　和巴东相比，这里锻炼和休闲的机会少之又少，战俘们都在努力适应，并很快迷上了另一项高端的休闲方式——打桥牌，这个游戏迅速流行起来。在休息时间，大家一般都会抽着巨大的雪茄打牌。自从 16 世纪末荷兰人首次来到东印度群岛之后，苏门答腊岛的烟草就一直以丰富的产量和上好的品质成为殖民经济的支柱产业。当时，战俘营里的情形真是难得一见——一群群瘦弱憔悴的男人赤裸上身，在赤道炎热的阳光下，一边抽着巨大的雪茄，一边小心翼翼地下注出牌，他们四周是带刺的铁丝网和虎视眈眈的带枪守卫。

　　日本人对战俘抽烟做出了严格规定。战俘营里没有消防设备，日本人非常害怕一旦起火，火势必将无法控制。营房里到处摆着烟灰缸，大家都随身带着。战俘只能在规定的地点和规定的时间抽烟，违反规定将受到严厉的惩罚——有时，这些惩罚可以说是别出心裁并且残忍。一个荷兰人被抓到在错误的时间里抽了烟，日本人便强迫他不停歇地抽完一大堆烟草，他因此生了重病。

　　除了桥牌和雪茄，格鲁骨战俘营里的生活要比巴东艰辛得多。日本人更加无处不在，也更容易愤怒。守卫们反复无常，他们大都是底层的日本士兵，也有几个被拉进来的当地人。"他们可能没有任何原因地大发雷霆，并把怒火撒在离他们最近的战俘身上，"瑟尔回忆说，"他们真的让人捉摸不透。"

　　每个战俘都会时不时挨打，原因无所不有，从偷懒懈怠到没能恰当地歌颂天皇，都会招致一顿毒打，最惨的往往是各营房或是各劳动小组的领头，也就是日本人所说的"组长"。

　　英国营房的组长是菲尔·多布森，他是彼得·哈特利在巴东时的室友

兼好朋友。营房里每个人的福利和行为，都由多布森负责。由于日本人认为朱迪也属于英国战俘的范畴，所以它也由多布森负责。如果守卫因为什么事（通常它的存在就会惹怒守卫）对朱迪发了火，多布森就得付出相应的代价。

任何时候，门外的守卫都可能大叫一声：

"组长！"

多布森便会不情不愿、脸色苍白地去接受自己的命运。他不知道这一次又是手下的哪个人惹了麻烦，反正他们永远都在偷东西、搞阴谋，要不就是冒犯了日本人。他为与自己完全无关的事，挨了无数次打。多布森早在新加坡时就弄丢了自己的靴子，一直打着赤脚。组长的身份意味着他不用离开战俘营去劳动。在劳动小组中，组长处于更加脆弱无助的地位，任何想象出来的怠慢，都有可能让守卫们勃然大怒。多布森大部分时间都在自己床上看书，冷静地等待日本人的下一次召唤，为其他战俘的行为负责。

一位名叫爱德华·波特的战俘在新加坡时曾是英国炮兵准尉，他亲眼看到的一次意外很好地诠释了这种"军官直接负责制"文化。波特原本负责英军大炮的发射，但在打击入侵日军方面，炮兵毫无用处。他和准将阿奇·帕里斯一样，被认为是战场上的重要人物，可以提前撤离。他乘坐的船也被日军巡洋舰击沉，在历经了救生艇、木帆船和步行的艰难旅程后，他终于来到巴东，只是来得太迟了。

波特经常在劳动小组中担任组长，几乎每天都被日军士兵扇耳光、毒打、猛撞或脚踢。有一天，他们坐了很久的车从劳动地点返回时，发生的一件事多少帮他缓解了一点因自身遭遇而产生的愤怒之情。当时，一名日本军官和一名守卫坐在他乘坐的卡车的前座，一辆可能是载着坂野中校的指挥车从旁边开过。等到他们的卡车到达战俘营后，军官突然用剑鞘把守卫打得不省人事。原来是因为指挥车在经过时，守卫没有喊全体战俘起立。这次事件虽然不能减轻波特遭受毒打的痛苦，但至少让他知道，自己并不是唯一挨打的人。

劳动任务千差万别，有繁重的体力活，有没事找事的乏味活，有时也会有让人颇有成就感的工作。无论具体做的是什么，最重要的是必须完成工作量，这不仅仅是为了微不足道的报酬，更因为没有按时完成工作的人就分不到足量的口粮。如果战俘生病，不能做完全部工作，那他可以在战俘营周边承担一些相对轻松的活儿，至少还可以得到一半口粮。卧病在床的人什么都得不到，这只会导致病情进一步恶化。

有一项工作是在森林中清出空地，为修建隐蔽的军需仓库做准备，这工作还有点乐趣。大家拿着斧头去砍巨大的树木，还要想方设法让大树朝守卫的方向倒下去。"倒啦倒啦"的喊声响彻森林。战俘将满腔郁闷发泄在大树上。弗兰克也经常在森林里挥舞斧头砍树，这份工作至少让他能来到外面，呼吸潮湿但毕竟新鲜的空气。另一项能让大家放松一点的工作则是拆除勿拉港的福特汽车公司旧厂房。战俘们抢着大锤，将巨大的机器拆开，再将原材料运到港口，熔化后用到别处。

另一份仓库的工作给战俘带来了天赐良机。日本人命令他们清理一个军需仓库，仓库里全是制作无线电收音机的各种零部件。驾轻就熟的战俘们偷来尽可能多的零件，秘密为每间牢房都拼出了一台收音机。可惜，能收听到的新闻几乎全是轴心国的宣传广播，他们对此不感兴趣。所以尽管日本人发现了这一情况，也并没有对这一明显是严重违反规定

的行为进行处罚。有一次，几名战俘向坂野手下一名很和蔼的军官高桥上尉抱怨，说他们从当地人那里买来的报纸质量都很差。"你们要报纸干什么？"高桥顽皮地笑着说，"你们不是有收音机吗？"最终，他们还是弄到了一些不错的报纸。西蒙兹提到，他曾经弄到了一叠 1941 年中的《纽约时报》，而当时已经是 1942 年的 11 月了！

其他工作就没有如此令人满意了。战俘们被迫将大量木材从勿拉港的一头扛到另一头，码放得整整齐齐后，再扛回原处。他们还毫无目的地将油桶从田野中滚过。他们解开数千米长的锈迹斑斑的带刺铁丝，清除小路上的野草，将货物从船上卸下，整理废铁，等等。约翰·赫德利在口述历史时说："那些活儿纯粹就是为了不让我们闲着。"

在格鲁骨战俘营，最主要的劳动任务是之前提到过的让米尔恩每天挣三十分钱的神庙修建项目。这座宏伟的建筑是所有被囚禁在此的战俘花了差不多整整两年才完成的。后来，当地人叫它"白人山"。

神庙位于格鲁骨和棉兰之间，离战俘营很近。这里原本有一处已废弃的烟草种植实验园，就快被茂密的丛林吞没了，战俘们花了好几周将它整理干净。大家挥舞弯弯的帕兰刀，利用长柄钩镰之类的小工具，砍掉疯狂生长的树木，接着还要不停地挖地，以清除野草，简直把人的腰都要累断了。每个人的手上都满是水泡，连晚餐的盘子都端不起来。有些战俘由于铲土时扭伤脊柱，一连好几周都直不起腰来。

一开始，是五十个人一组轮流去劳动，可随着时间的推移，工程的进展速度太慢，于是人数大大增多。包括弗兰克在内的几乎每名战俘都要去劳动，朱迪也经常会去。有时，战俘把工具运送到劳动地点时，将它偷偷地藏在手推车里；有时，它自己穿过树林中蜿蜒的小路偷跑过去。

当这片地区的树木都被清除干净以后，平整土地的任务又开始了。

用几台推土机花一两天能干完的活，日军偏偏要用人力。战俘需要将数吨泥土从田野的一侧运到另一侧，每个人将两个桶里装满泥巴，挂在竹竿的两头，再挑到肩膀上。劳作了一个小时接一个小时后，他们的身体开始不听使唤。他们骨瘦如柴的身躯起不到任何缓冲作用，也没有可以穿的衣服来保护皮肤，周围还有不断巡逻的守卫，检查每个桶里是不是都装满了土。

有一次，哈特利只把桶装了一半，被守卫发现了。守卫没有对这个矮小（一米六七左右）瘦弱的英国人大打出手，而是决定要给他做个示范。守卫把桶堆得满满的，再把竹竿抬起来，以展示自己的力大无穷。正在这时，竹竿啪地断成两截，守卫一屁股摔到地上。哈特利想笑却不敢笑。

修建神庙的过程中，不同国籍的战俘在劳动的认真程度上也表现出明显差异。澳大利亚人大多是从农场里被征召入伍的，他们是天生的劳动者。修建神庙时，他们也吃不饱，但仍然非常努力。他们承受繁重劳动的能力让其他战俘和日本人都惊叹不已。

与之相反的是荷兰人，他们都是年龄较大的政府公职人员和殖民地官僚。在炎炎烈日下，手中拿着帕兰刀，他们更擅长的是装模作样，装作在劳动，可实际上什么都没做，大家把这招叫做"吃闲饭"。介于以上两个极端之间的则是英国人。日本人总说，荷兰人是坏工人，英国人是好工人，以此来激励他们。在爱国主义激情的推动下，大英帝国的子民们只得在荷兰人面前表现出加倍的努力，荷兰人却对此无动于衷，反而嘲笑讥讽这些天真的英国人太容易被人玩弄了。

无论战俘各自努力的程度如何，在这荒野中，他们都承受了很多痛苦。除了身体的疲惫酸痛外，蚊虫的攻击也让他们备受困扰，蚂蚁噬咬

着赤裸的双脚和脚踝，蚊子将疟疾传播给几乎所有的人。烈日炙烤下，很多人因为中暑和虚弱而倒下。

毒蛇遍地，一群群日本守卫会专门来工地抓蛇。这些大蛇，尤其是蟒蛇（大部分是血蟒），吃起来相当美味。一旦大家发现了蟒蛇，便会停下手头的工作，战俘和守卫联合起来抓住它，当然最好是抓活的。接着，它会被带回格鲁骨，剥皮后扔进开水锅。日本人还会把用蛇皮做成的礼物寄给他们在国内的亲朋好友。

其他一些毒性更强的大蛇，尤其是红头金环蛇，最令战俘头疼。随着工程的进展，朱迪也越来越频繁地自己跑去工地，它对这种致命的动物一直保持着高度的警惕。另外，这里还经常出没各种眼镜蛇和蝰蛇，以及偶尔爬到内陆的大型海鬣蜥。早在波塞克岛上时，朱迪就以实际行动证明了自己是技艺高超的捕蛇者，但它更热衷的还是寻找老鼠和海龟。

时间慢慢过去，在工地上，一座大大的土丘在泥泞的地面上成形。为获取更多材料，战俘们还挖了一个人工湖，将一堆堆湿软的淤泥从湖里运出来，淤泥在阳光下晒干后，比普通的泥土更结实，更有黏合力。这样的建筑结构类似于森林中随处可见的巨大的白蚁巢穴。这些淤泥也让战俘有了一点点难得的游戏——他们一时兴起，发起泥团大战，相互投掷泥块；他们也喜欢坐在运送淤泥的独轮车里，从土丘上像滑雪橇一样滑下来。

在土丘顶端，木匠用巨大的柚木梁搭建着神庙。这些木材都是战俘在守卫的叫喊催促声中，艰难地拖上来的。巨大的木门和装饰着镀金雕龙的屋顶都已安装到位，盘旋着直通屋顶的楼梯也修好了。终于，到了完工的那一天，一位腰佩宝剑、脚穿尖头鞋的日本祭司举行了神圣的仪式，军官们全都集合起来，祭司用一根小树枝轻轻地碰了碰他们。接着，神庙所有的门将永远关闭，寓意死去的亡灵将得到永恒的安息。

所有的工作都完成了，至少从美学的角度来说，大家付出的努力是值得的。人工堆成的小山顶上，是金光闪闪的神庙，神庙下方是日式传统风格的喷泉、露台、护城河和小桥。整片建筑鲜花簇拥、树木环绕，精心栽种的各种植物恰到好处地起到了烘托的作用又不会喧宾夺主。

和暹罗著名的桂河大桥一样，这里的战俘也创造出了一样有持久价值的东西。"曾为这项工作付出努力的人们，一想到长时间艰辛的劳动总算是有了可以展示的成果，多少都感到欣慰，"哈特利写道，"它在一片废墟中被创造出来，虽然在很多方面并不符合西方人的审美，但如果能抛开偏见去用心欣赏，它还是很美的。"

后来，桂河大桥在盟军进攻中被炸毁，修建它时的血泪故事被世人了解后，它得到了重建。格鲁骨神庙就没有这样的后续故事了，盟军占领苏门答腊岛后，它很快被拆除，这片空地也再度被森林吞没。这个例子也说明，苏门答腊岛的战俘是多么不被历史重视。

时间一个月接一个月地过去，食物的供给大大减少，不仅仅是战俘，日本人自己都不够吃了。有一次，他们竟给五十名战俘每人发了一支步枪和五发子弹，让他们去附近的树林打野猪。这些战俘早已被牢狱生活折磨得心力交瘁，并没有趁此机会发动武装暴乱，然后逃跑。当然，他们也不可能真有逃走的机会。杀死几个守卫、冲出战俘营的感觉一定很好，可接下来他们面对的肯定是饥饿。还很有可能会被日本人重新抓住，经受残忍折磨后再被处决。这样一想，还不如老老实实打几头野猪，吃饱了肚子，安心坐牢。

可惜的是，他们没有找到一头野猪。

战俘们没有逃跑的能力，但日本人还是弄了一个保证不越狱的承诺书，命令他们签字。战俘们捍卫着自己的尊严，立刻拒绝了。日本人使出各种威胁的招数，也没能说服一个人在纸上签字，于是他们将一千名战俘全体关在一间营房里，三天没有给他们食物和足够的水。最终，大家在以行动表明自己的立场后，还是签字了。毕竟，暂时的自尊并不能平息肚子里的咕咕叫声。

与食物短缺同时出现的是疾病的增多。一开始，战俘的身体状况健康得出人意料。当然，这只是相对而言，疟疾、痢疾和营养不良的问题始终存在。在格鲁骨牢狱生活的头八个月里，只有少数几名战俘去世。要知道，当时战俘营里的医疗药品可是极度缺乏的。哈特利说："虽然少数人的死亡在很多天的时间里一直像密布的阴云笼罩在整个营地上方，但大家的士气还是相对高昂。"到了后期，死亡的人数迅速增加，根本无法记录了。不过，总体来看，格鲁骨战俘的死亡人数还是比较少的。

死去的战俘中有一名是朱迪的朋友，他叫卡曾斯，是一名二等兵，在战俘营里的工作是给日本兵制作和修理皮靴。所以，他能接触到皮革。他冒着手脚被砍甚至是失去生命的风险，把皮革偷偷割下来，喂给朱迪吃。这些皮革很硬，也很难消化，当然不算什么美餐，但它能为朱迪提供所需的养分，所以它会很努力地把皮革嚼碎吃掉，嚼得下巴都累了，就把头搁在前腿上休息一会儿。

有一次，孤注一掷的卡曾斯和瑟尔做出了一个大胆之举。卡曾斯在做皮靴的过程中，发现日本军官的宿舍旁有很多袋大米无人看管，他告诉饿得像行尸走肉一样的瑟尔，叫他陪自己一起去偷。他们悄悄来到军官宿舍旁，在平时，这可是大家无论如何都不敢露面的地方。

按瑟尔的说法，偷米的过程"出人意料地容易"，但他忘记了第二天有安排好的例行检查。当守卫们朝他藏着战利品的毯子越走越近时，他慌了神。如果守卫们发现大米，那他一定会挨一顿毒打的，甚至可能是更可怕的结局。

就在这时，朱迪行动了。

"我觉得，在动物体内，有一个天生的雷达系统，它能接收人类不同情绪发射出的信号，如恐惧、快乐、慌张、悲伤等。挨家挨户送信的邮差们都知道。"瑟尔在战后曾这样说。

这种能力很可能与朱迪敏锐的嗅觉和嗅觉对它的影响有关。狗对世界的看法让我们再一次回到"周围世界"这个概念上来。朱迪凭借特殊的嗅觉，感受到人们态度的变化，从而神奇地出现在可能发生冲突的场合。这种能力也许很多犬类都有，可它在出现后的所作所为，才是非同寻常的。

"朱迪肯定感觉到了那个房间中的危险气氛，"瑟尔接着说，"它也知道该怎么办。它和我们都很清楚，日本人非常害怕甚至可以说是恐惧任何与死亡有关的东西，比如骷髅、坟墓等。"

"在那千钧一发的时刻，朱迪突然像发了疯的野兽。它冲进房间，耳朵向后竖着，双眼闪着红光；它露着尖牙，嘴里叼着一个光亮的人头骨！这绝不是巧合。"

不难想象，朱迪应该是发现了，无论哪种形式的死尸总能分散日本人的注意力。它通过视觉和嗅觉辨认出日本人，采取了这样的策略。不管它这样做的原因是什么，反正它绕着房间跑了好几个圈，灵巧地躲过了一切障碍物和阻拦它的日本人。日本人看到头骨，气得都快要疯了。就在一个守卫端起步枪，正要朝朱迪开枪以平息混乱时，它又像冲进来时那样，跑了出去。愤怒的守卫高声叫喊着，也离开了，大家都忘了检

查这回事。朱迪拯救了瑟尔和卡曾斯，使他们免于一场毒打——也拯救
了他们的那袋大米。后来，他们把米吃掉了。

然而，卡曾斯并没有享受多长时间胜利的喜悦。偷米后不久，他患
上了疟疾，很快病死了。他死后，在他工作的小屋旁，在他给朱迪喂皮
革吃的地方，大家还能看到朱迪把头搁在前腿上，四脚伸开地躺在那里。
瑟尔说："它像是在默哀。"

朱迪失去了一位朋友，也失去了获得更多食物的可靠来源。没过
多久，它又找到了一个替代者——一个对它来说远远不只是食物提供者
的人。

弗兰克原本只在冷岳看到过朱迪一眼，到了 8 月初，他见到它的次
数越来越多。朱迪和弗兰克的人生道路有了交集。他们一般在吃饭时间
见面，弗兰克经常会给朱迪喂几粒米饭，有时还会特别加个菜，那就是
战俘们每天饭碗里少不了的蛆。这时的弗兰克对朱迪来说，没什么特别。
因为很多战俘都偷偷给朱迪喂吃的，但他们自己也吃不饱，所以喂的分
量都很少。卡曾斯死后，食物更加短缺，朱迪也越发频繁地来到公开场
合，在战俘们身边左闻闻、右嗅嗅。这种行为是非常危险的，朱迪和守
卫有了更多的近距离接触，他们都是会毫不犹豫地像扔蟒蛇一样把朱迪
扔进开水锅的人。可饥饿让大家都做出了很多连自己都想不到的事。

日本人给战俘配发的米饭和蔬菜只能勉强支撑一个人一天的需要。
早餐，战俘吃的是很稀的米粥，如果不搭配香蕉或其他水果一起吃，那
完全是寡淡无味的；就算搭配着水果一起吃，不到一个小时也会被消耗
殆尽。午餐有面包卷；大约一年后，面粉吃光了，面包卷被米饭取代。
晚餐还是米饭，加上用大麦和树叶煮成的清汤和一种神秘的炖肉——一

名荷兰幸存者形容说，它吃起来很黏稠，什么味道都没有，看起来像"青蛙的卵"。另一位名叫弗雷德·弗里曼的英国战俘回忆说，它像"墙纸胶水"。实际上，在荷兰还真有一种类似的产品是用来把海报贴到墙上的。所有的食物中都爬满了蛆虫，还有沙子和各种不能吃的东西，需要从饭里挑出来。

在狱中的第一年，军官和荷兰人还能用现金从外面买来足够的食物，搭起一间小食堂，补充每日的供给。荷兰厨子通常每天为战俘做一顿像样的饭菜，提供清汤和炖肉之外的补充品。坂野中校甚至允许他们弄了一个菜园，可当菜园里的蔬菜长到能吃了的时候，他却出尔反尔，把菜抢来分给自己的军官。"这一举动使所有的战俘无比愤怒，"珀维斯回忆说，"日本人只得退一步，说他们不会把所有的蔬菜全都抢走，但会相应减少每天分配给我们的口粮。所以，到了最后，我们的状况还是没有任何改善。"

格鲁骨还有一样东西也是严重短缺的，那就是盐。在热带炎热的气候中，人们排出大量的汗，盐的补充是必不可少的。战俘们定期组成队伍，走到最近的海湾，收集海水用来做饭，还会用木炭过滤器尽可能地对海水进行蒸馏过滤，将提炼出来的盐分用于烹饪，淡水用于直接饮用。

尽管大家竭尽全力，饥饿仍如影随形。它让人们变得无精打采，思维涣散，脾气暴躁。每个人的肚子总在咕咕叫唤。营养不良也影响到人的记忆力，一连好几周时间，人们只记得自己在不断地寻找食物。很多人的日记只是简单地写着"和昨天一样"。睡眠本来就很困难了，再加上身体所受的折磨，人们几乎无法入睡。牙龈因为缺钙而出血，皮肤因为缺乏维生素 A 而脱皮，人体的整个免疫系统处于全面崩溃的边缘。

J.E.R. 珀森斯在日记中记录了食物不断减少的过程。短短数月，一开始还只是"最近食物有些短缺，中午的面包卷很小，晚餐很多人都没吃饱，不过我倒是觉得够了"；接着是"我们现在讨论的话题只有两个——食物和复仇"；最后，"我觉得自己虚弱得像只小猫，我不知道要怎么完成一天的工作，不过其他人都在劳动，我应该也能撑过去吧"。

讽刺的是，唯一一种不缺的食物——大米——却影响了他们的健康。长期持续摄入精白米会导致维生素 B1 的缺乏，引起脚气病。战俘们所吃的大米在收获时就进行了去壳处理，这能使大米的保存时间更长，却使维生素流失。脚踝的肿胀是脚气病的最初症状。很快，病人就会因为神经系统的麻痹变得迟钝，心跳也开始不规则，四肢出现痉挛症状。除非他能通过饮食（尤其是鸡蛋和营养强化面包）补充这种关键的维生素，否则，他很有可能死亡。在有些病例中，病人还可能出现阴囊部位的象皮肿。战俘雷蒙德·史密斯描述了这一极其恐怖的情形："大家连短裤都穿不了……腰部以下只能全裸着。睾丸肿得有足球那么大，必须用手'捧着'，不然就会'往下扯得'剧痛。"面粉充足的时候，脚气病（其英文名 beriberi 在锡兰的语言僧伽罗语中，意思是"虚弱"，并有两个重复的音节以示强调）还只是个例；面粉吃完后，营地里所有的人都出现了脚踝肿胀的症状。

朱迪大部分时间都是自己觅食。壁虎在马来语中叫奇咔，是根据它们发出的声音来命名的。它们往往趴在屋梁上捕食昆虫。朱迪会一连好几个小时跟踪它们，就像跟踪无处不在的老鼠和其他害虫一样。在田野中，它狼吞虎咽地吃掉它能找到并杀死的任何东西，从一动不动的昆虫幼虫，到快如闪电的狐蝠。它偶尔也捉青蛙。它不喜欢青蛙的味道，但人很喜欢——大家抓住这些蹦蹦跳跳的小东西，再用它们进行比赛。可这些都只是不定期的美餐，朱迪主要还是靠大家施舍的残羹冷炙为生。

朱迪在人群中觅食的时间越来越多，弗兰克也开始对它有了更浓厚的兴趣。他会花一两天的时间，观察这条孤独无助的指示犬在营地里四处嗅着，寻找一切能吃的东西。他还不知道朱迪刚刚失去了一位定期给它喂食的人类朋友，他只知道这条狗看起来忧心忡忡的，似乎没有人能给它特别的照顾。

弗兰克灵魂深处的某个地方被触动了。他自己也是身处困境，他唯一能做的就是努力活下去。任何时候，他都有可能死掉或是被杀。可当他看到这条日渐消瘦的狗从它所依赖的人类朋友那里得不到帮助时，他再也无法忍受了。人与狗之间成千上万年来形成的亲密关系战胜了弗兰克心中冷漠的现实主义。

在 8 月一个炎热的午后，弗兰克做出了具有决定性意义的举动。在排队领来餐盘中的一摊稀饭后，他坐在战俘们吃饭的空地上。大家都忙着用手把稀饭赶进嘴巴，朱迪像往常一样在人群中来回穿梭，用鼻子搜寻着食物残渣。它认出了弗兰克，它知道这个人经常会给它一点吃的东西，于是它一看到他便摇起了尾巴。它坐到弗兰克面前，像一条训练有素的狗在接到坐好的指令时一样，摆出专心的姿态。

它用水汪汪的棕色大眼睛盯着弗兰克。弗兰克往自己手掌里倒了一点稀饭。

"来吧，朱迪，"他鼓励着它，"这是你的。"

朱迪纹丝不动，只发出了一声轻轻的呜咽。弗兰克凭直觉知道它想要什么——它想要的，不仅仅是食物，还有可以一起分享食物的朋友。他把整碗稀饭放在地上，用另一只手挠了挠朱迪的耳朵，又揉了揉它的脑袋。

"好吧，好吧，"他喃喃地说，"随便吃吧，姑娘。"

朱迪显然放松了，躺在他脚边。一眨眼的工夫，它就风卷残云般把所有的稀饭吃得一粒不剩。

就这样，朱迪与弗兰克·威廉斯相识了。在它的余生中，大部分时间它都没有离开过他的身边。

之前，朱迪和"水箱"库珀、博尼·博尼费斯、乔治·怀特以及莱斯·瑟尔都曾经非常亲密，但它基本上还是很独立的。它与这些人的亲密关系还不如说是它与这些人给它喂的食物的依赖关系。和弗兰克的情况则从一开始就不同。他们之间的关系也起源于共同分享的一顿饭，但这更像是个爱情故事。也许，朱迪感觉到了弗兰克内心深处的呼唤。这个快要饿死的男人是那样渴望爱，以至于让它吃光了他碗里的稀饭，它对他一见钟情、神魂颠倒。

朱迪曾有那么多亲密的伙伴，为什么它单单决定要和弗兰克发展更进一步的关系呢？帮助朱迪做出这个决定的也许不仅仅是它的鼻子和肚子，更重要的还是它的眼睛。在士兵中，弗兰克的长相是相当孩子气的。此时的他二十三岁，经历过不少艰难险阻，他在参战之后、被俘之前的经历让他成熟了很多，但仍保持着青春的气息——即便是老了以后的照片，也能看出他那双亮晶晶、略带稚气的眼睛是多么与众不同。

他只比莱斯·瑟尔小六个月，但看起来年轻多了。虽然在饥饿的影响下，他的脸庞瘦削而沧桑，但青春洋溢的气质仍然吸引了朱迪。

当然，永远也不会有人确切地知道，在朱迪心目中，它和弗兰克之间的关系与它和库珀、怀特、瑟尔以及其他人之间的关系到底有什么不同。对它而言，弗兰克可能只是给它喂食的另一个好心人（至少一开始是这样的），它也只是凭直觉，选择了一个最有可能一直给它喂食并让它活下去的伙伴。此时的它处于最脆弱的阶段。在"小虫"号和"草蜢"号上，它是健康的、有活力的。在波塞克岛上和热带雨林中，它的天赋让它成为团队中不可或缺的成员。在此之前，它属于它所认识的每一个人。而现在，它比任何时候都更需要人类朋友的帮助。它面对的人选少之又少，弗兰克似乎是最为可靠的一个，所以它不再拐弯抹角了；又或者，它厌倦了独自生活。当它还是幼犬时，第一个大胆的举动就是从家里跑出来。接着，它不断陷入一个又一个困境，并奇迹般地一一逃脱。终于，它做好了准备，想要向另一个人完全交出自我了。

弗兰克在回忆牢狱生活和人生经历中的关键转折点时，像往常一样，并没有表现出特别的激动。"我决定永远收养它。"将近三十年后，在弗兰克写给诺伊曼和范维特森的信中，他对这个重要时刻的描述只有这简短的一句。从他后来的言谈和行为看，很明显，在那样极端的环境中，当他看到一个迫切需要帮助和陪伴的小生命时，他心软了，这当然也符合人类心理的基本规律。没有任何记录能表明弗兰克在此之前是喜欢狗或其他动物的，现在，他是了。

无论背后的原因是什么，反正这个人和这条狗在这一刻牢牢把握住了时机；又或者，更准确地说，是时机把握住了他们。他们几乎立刻形成了一种共生的关系，这是很不同寻常的。"我立马与它产生了某种联系，"弗兰克在战后回忆说，"我似乎能明白它的每个想法。更神奇的是，它似乎也能明白我的每个想法。"

弗兰克与朱迪的关系让这位羞涩的雷达兵走出了自己的封闭世界。其他战俘对朱迪的喜爱似乎转移了一部分到弗兰克身上，他仿佛是与一个特别受大家欢迎的姑娘开始约会了。大家都在想："既然朱迪那么喜

他……"弗兰克与周围的战俘有了更多的交流，但最重要的仍然是他与这位犬类新朋友的友谊。

食物在任何时候自然都是他们考虑的头等大事。弗兰克和朱迪在成为好朋友之后，做的第一件事就是制订计划，想办法填饱肚子。在神庙工地上，日本人会在神殿上供奉水果，而不是像西方传统中那样献上鲜花。弗兰克教朱迪躲在灌木丛中，注意聆听他在工作时发出的信号。四下没有守卫时，弗兰克便会打个响指或是低低地吹声口哨。朱迪听到指令后冲进神殿，偷走水果，和弗兰克一起躲到树林深处享用。

朱迪也许是一条永远学不会打猎的指示犬，但在其他很多方面，它学起新东西来非常快。它迅速熟悉了弗兰克的声音、姿态，以及他打出的响指和他吹口哨时从慢到快的节奏。它学习指令的本领是天生的，指示犬本来就比绝大多数猎犬更能分辨出主人的声音，这是朱迪能迅速适应弗兰克的原因。无论它的这位新朋友做出多么细微的动作，它都能保持绝对的专注。从这里也可以看出，这段友谊确实不同于朱迪之前和其他人的关系。

可当一名英国士兵以类似的方式偷窃食物被抓住以后，他们的风险增加了。日本人命令那名英国士兵吃下了十二个木瓜，还让其他战俘列队进来参观。他顺利地吃完头四个之后，表示再也吃不进了。他的傲慢态度让日本人狠狠打他的头，让他继续。他又吃了两个，突然翻身倒地，把稀屎拉得满身都是。日本人还是命令他继续吃。最后，他吃完时，已是神志不清、面如死灰了。波特后来回忆说："日本人照例对我们训完话，命令他回到自己的牢房去了。"那浑身的恶臭一定让他的左邻右舍很难忍受吧。

朱迪和弗兰克亲密合作后，朱迪能躲开守卫去森林中寻找食物的本领为弗兰克带来了不少好处。以前，它经常把猎物带回营地吃掉，或是把吃了一多半的多余食物分给其他人。现在，它只要抓住了老鼠或蛇，都会直接交给弗兰克，在见到弗兰克之前，它绝不松口。弗兰克在拿到这些猎物时，它们往往还在绝望地挣扎。这名雷达兵也许推辞过这些恶心的战利品，但他事后从未提起。更有可能的是，给晚餐加点肉的强烈愿望战胜了人体的呕吐反应。另外，他还与其他人共同分享了这些战利品。

朱迪接受的训练并非都是为了觅食，它还很快学会了各种技巧和游戏。除了常规的坐下、不动、翻滚等动作，弗兰克还教它按照指令躲藏起来。弗兰克一打响指，朱迪就会消失在床铺下面，等到第二个指令发出时，它才会重新出现在营房的另一头。朱迪还会纹丝不动地站着，只等弗兰克的一个手势或声音，便箭一般地全速飞奔出去；当弗兰克再打一个响指，或吹一声不同的口哨，或以不同的姿势点点头时，它又会猛然停下。那些还记得朱迪的战俘们表示，朱迪还会其他很多复杂的技巧，但他们并没有细说。安东尼·西蒙兹所记录的这些练习方式应该一直在继续，只不过后来可能采取了不那么耗费体力的形式。

弗兰克这样做，很大程度上可能是为了对抗牢狱生活的无聊与漫长。他冒着风险，把劳动任务抛到一旁，花时间教朱迪各种新的技能。每当这对搭档学会一项新的动作后，就会表演给其他战俘看。有时候，观众只有三三两两的几个人；有时候，则是整间营房里的所有人。在被剥夺了一切乐趣的战俘营，这便是所谓的娱乐活动。除此之外，就只有圣诞节大家准备的节目了，比如1943年圣诞节的滑稽剧节目《所有这一切与格鲁骨二号！》

弗兰克与朱迪所处的危机四伏的特殊环境显然是他们紧紧相依的一

个重要因素。但这种一见钟情式的亲密关系还表明，这其中有一些更深层次的东西。后来的事实证明，他们之间的原始联系从本质上来说是精神上的。他们从一开始，对彼此而言就像是生命一样重要。所以，弗兰克后来才会冒着生命危险，为了确保朱迪的安全，做出了一个孤注一掷甚至是大胆莽撞的决定。

第十七章

81—A号战俘

很多人认为，这是一次如同圣母玛利亚怀上耶稣般的受孕。有些战俘甚至在那段时间管朱迪叫"玛利亚"。

朱迪以前在"小虫"号上时，曾和一条名叫保罗的指示犬火热地相处了三天，从那以后，就再也没有公狗出现在它的生活中了。这次，在饥饿难忍、危险不断的情况下，朱迪进入了发情期。不知道怎么回事，在它无数次去森林觅食的过程中，它有了浪漫的邂逅。之后没过多久，大家都明显看出，它又怀孕了。

弗兰克和朋友们都惊呆了。大家纷纷下注，看朱迪生出来的到底会是一窝虎崽子还是一窝羊崽子，因为周边很少会有狗的踪影，狗大多被当地人杀掉吃了，或是用于赛狗了。战俘们只见过一条狗在朱迪身边出现过不止一次，那是一条骨瘦如柴、满身癞疮的杂交母狗，经常满身都是虱子，所以他们叫它"虱子"。有一天，朱迪从铁丝网下面钻出去寻找食物，回来时，"虱子"就跟在它后面摇摇晃晃地走着。此后一连数周，"虱子"成了战俘营中的常客。

一个酷热潮湿的傍晚，"虱子"在战俘营里的好日子戛然而止。那天傍晚，弗兰克听到了"虱子"的哭喊声，也许是因为害怕，也许是因为痛苦。弗兰克决定一探究竟。"我离开营房，正好看到围栏外面一名守卫正用步枪托狠狠地打着那毫无防备的小东西。"弗兰克回忆说。

守卫不停地用武器砸向绝望无助的小狗，直到把它的脖子砸断才停手。和朱迪的谨小慎微相比，"虱子"对人更友好，可这给它招来了杀身

之祸。"'虱子'总以为每个人都是它的玩伴。"弗兰克说。

弗兰克来不及考虑后果了,他从铁丝网里挤过去,身上都被划伤了。他把守卫推开,蹲下来,将狗抱进自己怀里。可一切都太迟了。"虱子"死了。

"守卫看到了我的脸,听到了我的声音,他一定以为我要攻击他了。"弗兰克回忆说。实际上,弗兰克确实是一跃而起,满腔怒火地面对这名守卫的。守卫被他的出现吓了一大跳,做好了对抗的准备。弗兰克的个头更大,但由于营养不良,身体很虚弱。另外,守卫的手里还有枪,弗兰克绝不是他的对手。然而让弗兰克万万没有想到的是,守卫居然后退了几步,被地上的树根或是其他什么东西绊倒了。他摔的这一跤导致了两个结果:一、这可能拯救了弗兰克的性命,因为如果他没有摔倒,那他一定会毫不犹豫地把弗兰克杀掉;二、这让冲来增援的士兵都以为是弗兰克把守卫撞倒的,他已经身处铁丝网外,这样做自然是想要逃跑。"虱子"没有生命的身体和弗兰克惊慌失措的表情对他们而言,并不意味着什么。

"我跪在地上,抱着那条狗,它就在我的怀中死去。片刻过后,当我抬起头来时,面前是无数步枪的枪口。"弗兰克说。

与此同时,在战俘的营房里,朱迪听到"虱子"的喊叫声时,也竖起了耳朵。它是否听出了它的朋友正处于危难关头,这一点有待商榷。它接下来的举动是大家意料之中的。它疯狂地用爪子抓门,低声叫着,想要出去看看外面的情况。弗兰克离开后,它更加慌乱了。幸好牢房里的其他战俘非常明智地没有让它出去。他们知道,无论外面发生了什么,都有守卫在场,朱迪冲出去,只会引发他们充满敌意的反应。于是,大家把牢房门从里面堵上了。

朱迪是安全了，可弗兰克却被抓住了，他焦虑不安地坐着——"等着因试图逃跑而受审"。在听到一条狗痛苦的喊声后，他表现出了人性的仁慈，不假思索地采取了行动，却有可能给自己带来被处死的结果。幸好，他并没有被处死，他接受的是"标准处罚"——两名守卫轮流对他进行了大约八个小时的毒打。"他们把我的两只胳膊向后绑在柱子上，一直打到我脸上血肉模糊才停手，"弗兰克后来回忆说，"幸运的是，天刚亮时，新来的守卫长高桥把我放了，他其实连我的罪名是什么都还不知道。"

朱迪被大家拦住了。当其他人得知弗兰克的处罚结果后，几名战俘把朱迪引进了营地最偏僻的一间小屋，并把它锁了起来。它在屋里愤怒地长嚎，也许是在担心它最好的朋友，也许只是因为孤独和害怕。可这一次，大家仍然是为了它好。如果它亲眼看到弗兰克被毒打，它一定会像之前很多次一样，冲上去直面全副武装的日本士兵。它可能会被日本士兵当着弗兰克的面直接杀死，作为对弗兰克的进一步惩罚。"如果日本人看到它，一定会开枪打死它的。"弗兰克说。

"虱子"的死已经够惨了，幸好朱迪没有遭遇那样的结局。至于到底是什么动物让朱迪身怀六甲，仍然是个谜。包括弗兰克在内的众人都不知道该如何处理它发情这件事。朱迪在与孩子的父亲交配前，可能与它有过多次交集，只是战俘们都没有看到。无论对方是谁，它应该都和朱迪一样，又饥饿又绝望，说不定状况更糟，所以它对交配的需求也就更让人无法理解了。

又或者，正是在艰难的环境中，无法抑制的繁衍冲动才取代了正常的行为模式——狗也像人一样，有了紧迫感，"明天可能就死了，所以今朝有酒今朝醉吧"。总而言之，无论小狗的父亲是谁，无论周围的环境如

何，反正朱迪长胖了，并生下了九只小狗。

和所有怀孕的母狗一样，朱迪在生崽前几天，变得特别焦虑不安。它像小鸟一样，用树枝和藤蔓搭了一个"巢"，为小狗们准备舒适的家。当它开始疯狂地舔自己时，弗兰克推测，它可能要分娩了。等它生出小狗以后，它还会不停地给小狗舔毛，这既是为了增进感情，也是为了驱赶害虫，因为它的产房是露天的。

四面高墙中，朱迪生产是重大事件，它提醒所有的人，在一个如同炼狱般的世界中，爱与温情仍然是存在的。西蒙兹在 1942 年 11 月 18 日的日记中写道："朱迪生下了九只小狗！柯克伍德医生和所有的荷兰医护人员准备好了各种物品，随时等候调遣。朱迪和小狗们的情况都好极了！"大家为光荣的母亲送来水果和食物，它则撑着虚弱的身体，尽心尽力地照顾着自己的孩子。

小狗们生下来什么也看不见，完全不能自理，只能靠母亲才能活下去。朱迪和其他产崽的母狗一样，仿佛是突然打开了身上的某个开关，恢复了祖先贪婪而凶狠的本能，把人类朋友们忘得一干二净，只一心一意照料幼崽。在好几周的时间里，就连经常出现在它身旁的弗兰克都被它忽略了。

有五只幼崽存活下来，考虑到朱迪营养不良的身体状况和这些小狗可怕的出生环境，这个比例已经很高了。活下来的小狗表现出和它们母亲一样的勇气和生存意志。尽管食物不足，它们还是长胖了，并度过了头一个月的关键期，这意味着它们再怎么样也不会被饿死了。西蒙兹写道："靠着（牛肉）罐头和炼乳，朱迪的幼崽们在茁壮成长。"——这些罐头和炼乳都是战俘们把自己应急的储备粮凑到一起贡献出来的。"小狗们长得飞快，个头都不小，甚至胖得有点好玩。它们太可爱了。"珀森斯想起了朱迪在炮艇上当吉祥物的日子，他在日记中写道，"（朱迪）大概是拥有海军般的力量吧。"西蒙兹后来说："大家都喜欢和朱迪可爱的小狗崽一起玩耍。"另一名坚持记日记的战俘斯坦利·拉塞尔也有类似的记载。拉塞尔还画了一幅素描，画上这位新妈妈正守在孩子们身边。

更不可思议的是，在这群欢蹦乱跳的可爱小狗中，有一只在朱迪后来的牢狱生涯中充当了关键的角色。在弗兰克非同寻常的策划下，它创造了军事史，也是犬类历史上的奇迹。

陆军中校坂野博晖在负责管理苏门答腊岛的战俘集中营时，已有六十岁。苏门答腊岛上的战俘营隶属于马来亚战俘指挥部第四分部总部，那是距格鲁骨战俘营不远处的一片小房子和小木屋。（驻扎在新加坡和苏门答腊岛科克堡的第二十五军对这片地区的所有战俘有全面指挥权。两处基地的负责人分别是斋藤弥平太中将和田边盛武中将，他们在战后都被判处死刑。）坂野原本已从军队退休，在日本陆军服役期间，他几乎没见过真正的战斗。退休后，他回到家，过上了乡绅式的简单生活。日本入侵中国后，他又回到军队。坂野在中国东北服役多年，后来因为年纪太大不适合指挥作战，才被调到战俘营来。

坂野来自金泽，那是位于本州岛西海岸石川县的一个海滨小镇（基本上是与东京横跨整个国家直接相对）。金泽的气候多雨而阴暗，最出名的就是它杂乱无章且蜿蜒曲折的道路和历史悠久的古建筑。在全国为数不多的仍保留有江户时代建筑的城市里，金泽是其中之一，武士、艺伎和幕府将军们在这儿也是随处可见。

坂野思维缜密、寡言少语、戴着眼镜，和人们印象中时不时怒发冲冠、大叫大嚷的日本军官不同。他满是皱纹的沧桑面容和灰色的小胡须

让他看起来相当与众不同，甚至是有点讨人喜欢。他身形瘦削，比大多数日本士兵都高得多。必要的时候，他也会对战俘施以严酷的惩罚。通常情况下，他对战俘营里花样百出的残忍行径保持漠然的态度。

简单地说，坂野的年纪大了，无暇顾及那些了。而且，他往往也醉得顾不上那些。大家都知道，这个老头哪怕是在工作时间，也会大喝特喝。

当然，他也是残酷的、粗鲁的。他把手下军官召集到吃饭的小屋里，喝着用精美托盘端上来的冰茶，抽着香烟。接着，他会从垫着又软又厚的椅垫的安乐椅上站起来，迈着重重的步伐走进花园，对着玫瑰花丛撒尿。另一种他喜欢的消遣方式则是抡起沉重的双手大刀❶，朝战俘砍去，然后在离他们的脑袋只有几寸的地方突然停住。几乎每个人都会被吓得退缩，对这些退缩的人，他会严厉地批评他们的怯懦。只有一个人没有退缩过，那是一个荷兰人，坂野拍了拍他的背，给他水果和香烟以奖励他的勇敢。

坂野的所作所为中，最让战俘们无法忘记的就是被他关禁闭。他将储存肥料的湿冷地窖改造成关禁闭的牢房，不幸被关进去的人不仅要忍受刺鼻的恶臭，还要熬过黑暗与孤独。白天，战俘在地窖里既不能躺也不能坐。连续数小时、数日，甚至是数周的站立足以压垮每个人。晚上，他们唯一的放松方式就是瘫倒在石板地面上。关禁闭期间，战俘得到的口粮也大大减少，就连日本守卫看到他们的惨状都会于心不忍，偷偷地从铁栏杆里递来一根香蕉或一块巧克力。

不过，和他手下的很多年轻士兵不同，坂野对西方人并没有什么发自内心的仇恨。第一次世界大战中，他曾与西方人并肩作战。那时，日

---

❶ 需用双手握的武士刀。——编注

本是英国、法国和澳大利亚的盟友，坂野曾在一艘驱逐舰上担任过联络官，并在结局悲惨的加里波利战役前夕，护送运兵船，将澳大利亚士兵送往埃及。后来，坂野在战俘营里认识了一些年龄较大的澳大利亚军官，他们都说坂野佩戴的战争绶带和勋章和他们的一样。

随着战争的进行，他成了一个复杂而不幸的角色。1943 年 4 月，在刚刚适应苏门答腊岛的生活时，他突然被调到北方，在紧念关头顶替了一名生病的军官。他的新职责是接管所谓的 F 队伍，这支人数众多的战俘劳动力队伍最主要的任务就是修建一条横跨暹罗与缅甸的铁路。这是第一条，也是最著名的一条"死亡铁路"，正是这些铁路奠定了公众对日本战俘营的印象（经典电影《桂河大桥》便是根据皮埃尔·布勒的自传体小说改编，讲述了他被日军俘房后在丛林中所受的折磨，公众对战俘营的了解很多都来自这部电影）。

1943 年 4 月，F 队伍乘坐十三辆火车，来到暹罗与缅甸交界处的荒野山区。队伍总人数将近七千，几乎全是英国人和澳大利亚人。他们要在暹罗的尼克城和缅甸边境的三塔山口之间修一条铁路。与包括桂河大桥在内的北碧铁路修建工程相比，这里的任务更艰巨，因为这里的地形更复杂，位置更偏僻。

战俘下火车后，被迫行军三百千米，从那以后，局面越发雪上加霜。疾病、饥饿、繁重的劳动和残忍的守卫把这片地区变成了屠杀场。战俘们早上七点开始工作，夜深了还在弧光灯下继续，没有时间休息，也没有时间洗漱。如果工程进展比计划落后了，那坂野手下的人便会用围栅栏的金属丝做成的鞭子毒打战俘。死去的人越来越多，火葬的速度就快要赶不上人死的速度了。哪怕是在瓢泼大雨中，用于火葬的柴堆也燃烧着熊熊大火，而负责四处捡柴的人往往在傍晚也死掉了。

工程完工时，F队伍中有超过三千名战俘死亡，死亡率百分之四十五，远远高于其他地区铁路修建工人平均百分之二十的死亡率。那些侥幸存活下来的人只剩下一副皮包骨，勉强算是活着。

作为F队伍守卫们的指挥官，坂野要为这惨剧负责。1946年秋天，他被送上新加坡战争罪行法庭接受审判（当时在东京也有一系列审判，西方媒体对东京审判的报道要详细得多）。具体来说，坂野的主要罪名是助长了致命的霍乱的大暴发。战俘营里的医生一再恳求坂野将病人隔离起来，不要与其他人接触。可坂野受到来自上层的压力，要完成他在服役期间的最后一项任务，所以仍然迫使战俘按计划工作，还将患病的战俘转移到了另一处战俘营。当然，在新的战俘营里，霍乱病菌如野火般迅速蔓延，让无数人付出了生命的代价。

坂野在审判席上为自己辩护，声称之所以将战俘从霍乱暴发的战俘营撤出，是因为那里已经"非常危险"了。

> 那里面积狭小，周围都是湿地，也没有好的水源，唯一的一条小溪还流着石灰水，那里完全不适合任何人居住……而当雨季来临后，河流一旦涨水，运输也将中断，所有的食物将只能由人力扛进来。如果我们不走，那无数人都将面对极端恶劣的环境和严重的食物短缺。所以，我才认为让战俘们留在原地是不对的。

战俘们纷纷患病死去，活着的人都在忍饥挨饿，坂野和日本士兵却总是不愁吃喝。不过，坂野与他的众多同僚相比，还是比较有人性也比较讲道理的。有一次，十名英国战俘试图穿过丛林逃跑。连续三周，他们蹚水过河，在茂密的灌木丛中砍出小路，爬上陡峭的山崖，又忍受着无休无止的暴雨。最后，有五人丧命，另外五人主动放弃。坂野早就警告过他们，试图穿越丛林逃跑就相当于自杀，现在他们通过亲身经历证明了坂野所言非虚。最后，这五个人是在当地的一个村子里自己投降的，村民们把他送还给日军，领取了赏金。

试图逃跑的战俘本来是要被处死的，但有一名非同寻常的战俘挺身而出，他叫西里尔·怀尔德，他与坂野见了面。怀尔德是英国皇家陆军上尉，在新加坡时，他是站在珀西瓦尔将军身边举起投降白旗的人。现在，他是 F 队伍里的一名战俘。怀尔德能说流利的日语，也非常熟悉日本的文化（后来，在日本无条件投降时，他是蒙巴顿勋爵的正式翻译官）。在丛林中，怀尔德不顾自身安危，介入了战俘和守卫之间的纠纷，代表战俘不懈地展开调解，日本人都叫他"从不睡觉的大高个"。

怀尔德说服坂野取消了对这五人的死刑命令，他说，如果将这么勇敢的人处死，那只会让天皇和日本陆军蒙羞。他的口才让坂野感动得流下了眼泪。出人意料的是，他的恳求成功了。坂野在人性和自大情绪的作用下，并未处死这五人，只是将他们转移到了新加坡。他们受到毒打，被关进监狱，但都活着看到了战争结束。

在苏门答腊岛上，坂野是颇有权威的，日军指挥的层级是清晰明确的。可在暹罗，他受到了官僚主义的束缚。所有的守卫和他们的日常行动都由坂野负责，但 F 队伍中的工程兵并不听从他的指令，这其中的缘由让人无法理解。实际上，工程兵们受控于新加坡的战俘机关，而非现场的指挥官。在铁路沿线的其他战俘营中也一样。身处丛林深处的坂野，被切断了供给和与外界的联系，在向上级长官请示时，往往无法马上得到答复，也很难迅速地解决问题（例如转移患霍乱的战俘一事）。

坂野所在的战俘营里的战俘后来还作证说，坂野其实是很害怕那些狂热的工程兵和守卫的。战争结束后，威望颇高的西里尔·怀尔德为坂野说了不少好话（没过多久，怀尔德在乘坐飞机往返新加坡和东京参与战犯审判时，不幸坠机身亡），他说，坂野是"相当友善"的，还说他"为了改善战俘营的状况，做出过一些努力，尽管这些努力是微不足道的，也是毫无效果的"。其他人就不像怀尔德这般大度了。有一名目击者嘲笑坂野"根本控制不了自己的手下"。其他人的证词也抨击坂野是个"粗心大意、软弱无能、愚蠢荒唐的老头"。有一名幸存者说坂野就是个"走路都哆嗦的老家伙"。

在很大程度上，正是这种软弱救了坂野一命。他在战争罪行法庭上辩称，他"在当时困难的环境中，做了自己能做的一切"来避免战俘的死亡，他只是"没有能力使更高层的权力部门接受自己的观点，但这不能作为他承担战争罪责的依据"。换句话来说，他说这一切并不是他的错。

令人意外的是，法庭真的从他的角度出发，只判处了他三年监禁。在 F 队伍那么多人死去的前提下，这样的处罚是相当轻的。案件审查的正式报告中提到，审判过程考虑到了一些从轻发落的因素。比如，战俘们在离开新加坡之前就已经处于严重的营养不良状态了，而"严峻的气候和地理条件也影响到了物资的供给"。

坂野牢狱生活中的大部分时间是在新加坡度过的，后来，他被转移到东京臭名昭著的巢鸭监狱。日军投降前，政治犯们在这里被关押（并被折磨）。道格拉斯·麦克阿瑟将军对战败后的日本进行宽容管理期间，巢鸭监狱成了关押日本战犯的地方。坂野在那里并没有待多久。1950 年 1 月底，他来到巢鸭监狱，留下了指纹记录，但并未拍照存档。之后不到一个月，在 1950 年 2 月 17 日，他就被释放了。当时，为降低监狱管理成本，还有一群和坂野一样的战犯也被提前释放了。

坂野回到了海边自家的农场，历史的转折曾让他离开这里。毫无疑问，他后悔了。

此为后话。当坂野中校还在格鲁骨战俘营时，除了管理工作，他把大部分时间都用来发展一段忘年恋式的浪漫爱情。在地狱般的环境中，坂野恋爱了，或者说，至少是产生了一种欲望。他的情人是一个比他年轻得多的当地女人。无论他们之间是真的有了感情，还是一位老人在利用战争的机会纵欲，总而言之，坂野在情人面前表现得就像个十来岁的小伙子。他经常去她住的村子看望她，一有机会还把她带到自己的军官室。

弗兰克知道，这个女人很喜欢朱迪。她只要一看到朱迪，总会用结结巴巴的英语逗它："朱迪，来，来。"她还会爱抚它，和它一起玩耍，揉揉它的耳朵。只要坂野不在旁边的时候，朱迪也很喜欢和她亲热。对朱迪而言，坂野和其他日本人都一样，一看到他，朱迪就会立刻进入"退避三舍"的标准模式。

弗兰克还知道，坂野表面上很讨厌朱迪，但其实是做样子的。他每次看到这条指示犬，都喜欢把它惹毛，等到它愤怒咆哮时，再抽出自己的佩剑，装作要刺它的样子。朱迪从不喜欢这样的玩笑，每次都对他报以狂吠。可他似乎从来没有真正生气，也从未真的打算把朱迪变成肉串。

其他守卫可就不是这样了。不知道是因为食物的持续短缺，还是由于轴心国在战争初期的胜利势头被逆转，又或者就是故意刁难，弗兰克发现，守卫们对朱迪的恶意有了明显的增加。按弗兰克的话来说，"守卫对朱迪的态度非常恶劣，很多人甚至威胁要杀了它"。

于是，在 1943 年最初几个月，为了尽一切可能保护自己最好的朋友，弗兰克启动了一个大胆的计划。他通过战俘营里的小道消息，确定了坂野即将在某天下午违规与女友见面。弗兰克给自己安排了一项任务，地点就在战俘营外面，离军官办公室很近。工作途中，他想方设法偷溜出来，躲在坂野宿舍附近的灌木丛里。他一边耐心观察，一边生怕自己的缺席会引起日本人的注意。夜幕降临时，弗兰克透过窗户看到坂野一个人在屋里，应该是与情人偷欢后正在休息，他还为女伴准备了一瓶清酒。弗兰克认为，是时候打出王牌了——他的王牌，就是朱迪生下的小狗中最胖最可爱的一只——摇着尾巴、流着口水、全身毛茸茸的小基什。

基什是朱迪第二窝幼崽中的佼佼者。当然，其他的小狗在战俘营里也很受欢迎，另外那四只存活下来的小狗分别叫洛可可、谢吉、布莱基和庞奇。

在瑟尔看来，谢吉是这窝小狗中可爱程度仅次于基什的。后来，谢吉被送去了女子战俘营。那里离格鲁骨战俘营只有两三千米，但很多人都不知道它的存在。一天，一名卖水果的当地小贩捎来口信，女战俘们很想弄一只小狗过去。弗兰克他们刚一听到这个要求时非常震惊，后来他们同意了，并想办法把谢吉偷运了出去。水果小贩把谢吉藏在篮子里，往上面盖上好多串香蕉，再把篮子顶在头上，走出了战俘营。接着，她又这样走进女子战俘营，把全身散发着香甜气息的谢吉交给了一群感激不已的女人。很多年以后，莱恩·威廉斯还听一个女人说起了关于谢吉的事。那个女人很小的时候就被关进女子战俘营，并在那里失去了她的母亲，但她一直没有忘记被放在头顶上带进战俘营的那只小狗。

至于洛可可，它通过墙壁上的排水洞，也逃出了战俘营。当时，瑞士作为中立国，在棉兰仍保留了一处很小的领事馆。这些瑞士人对战俘的遭遇无能为力，但他们通过秘密渠道传来消息，说很乐意领养一只小狗，为沉闷无聊的机关增添一点乐趣。大家用一点氯仿将洛可可麻醉后，从排水洞里塞出去，交给了在外等候的中间人，中间人再将昏睡中的小狗转交给瑞士人。庞奇和布莱基则一直待在战俘营里，最终活的时间都不长。布莱基是被一名守卫打死的，庞奇则彻底消失了，它的命运没人知道。

基什的影响力就要深远得多了。

弗兰克朝坂野的宿舍走去，这种行为本身就是死罪。靠着手势比画和绝对谦卑的态度，弗兰克通过了守卫的盘查，进入坂野的房间。坂野也许觉得意外，也许觉得生气，但他都没有表现出来，他的注意力被弗兰克手中的酒瓶和可爱的小狗吸引了。弗兰克将这两样东西放在他桌上。基什摇摇摆摆地在桌子边前后踱步，努力寻找平衡，差一点就摔了下去。幸好它及时站稳，并朝坂野走了过去。中校出人意料地哈哈大笑，甚至伸出自己的手让小狗舔。

"当时，他酩酊大醉，似乎忘了与他说话的是一名战俘，"后来，弗兰克回忆说，"我之前就听说过，这个平时颇具攻击性的男人只要喝了酒，心情就会变好，喝得够多了，什么都会同意的。"

现在，是时候验证这一说法了。弗兰克说，他把基什带来不仅仅是为了好玩，也是作为一份礼物，但这份礼物不是要送给坂野的，是要送给他那位邻村的女友的。当然，如果坂野愿意留下小狗也很好。

弗兰克曾担心，提到坂野的女友很可能为自己招来杀身之祸。换成是其他指挥官，只怕当场就会要了弗兰克的脑袋。可弗兰克感觉到，坂野是与众不同的，他把自己的性命压在了他对坂野的了解上（不要忘了，弗兰克可不是精通世故的西里尔·怀尔德，他只是个来自英格兰海边的

二十三岁小孩）。于是，他看似不经意地提出了把基什作为礼物的建议。

　　幸好，坂野并未生气，反而深受感动。他感谢弗兰克想得如此周全。是的，这只小狗将成为绝妙的礼物，大大增加女友对他的好感。

　　就这样，在罕见的友好气氛中，弗兰克又小心翼翼地提起了这只小狗的母亲——朱迪。他说起了守卫、当地人和伪善者们对它的生命构成的威胁；又说到了它是多么勇敢，多么充满爱心；还说它现在在鼓舞士气方面正发挥着重要作用。

　　说了半天，他终于说出了自己的请求。他希望坂野能给朱迪一个正式的战俘身份，这样一来，它就能受到《日内瓦公约》的保护，守卫们在随意朝它开枪之前，就得掂量掂量了。

　　坂野认真考虑了一会儿，弗兰克为他把杯中的清酒斟满。坂野说，我很理解你对朋友的体贴和关心，但我不能这样做。接着，他解释说，日本人和他们的盟友德国人一样，对细节问题有一种狂热的关注，尤其是诸如战俘营里的战俘数量这样的问题。他说，很遗憾他帮不了这个忙，因为他实在无法向上级解释为什么格鲁骨战俘营里会多出来一名俘虏，上级会问他很多问题的。坂野没有明说，但他显然担心这些问题会使这段逾矩的婚外恋曝光，这是绝对不行的。

　　幸好，弗兰克早就预料到中校会这么说。"这个问题很容易解决，"他对坂野说，"只要在我的编号后面加个 A 就行了。"弗兰克在战俘营的编号是 81 号，把朱迪的编号定为 81-A，既不会引起日军总部的怀疑，又能给朱迪一个正式的身份。

　　就在这时，和母亲一样敏锐的基什也感觉到关键的时刻已经到来。它打了个滚，扑通一下翻进坂野的手心；它睁着大大的棕色眼睛，露出极其可爱的表情，这一招显然也是从它的母亲那里继承的。坂野无法拒绝这么可爱的小狗，他开心地把基什在桌子上翻来翻去，竟然真的同意了弗兰克的请求。这样一来，朱迪成了第二次世界大战中第一名也是唯一一名犬类战俘，也是此前和此后人类所有已知战争中唯一的一名。

坂野匆匆签下一份正式的命令。弗兰克朝基什看了一眼，却不由得倒吸一口冷气。基什撒了一大泡尿，那泡尿离指挥官的手肘只有几寸远。弗兰克仿佛看到整个计划就在奇迹般地即将成功之际，因一泡狗尿泡了汤。

幸运的是，他们不可思议的好运还在继续。坂野的衣服并没有被弄湿，而他签发的命令让朱迪从此成了正式的战俘。弗兰克向坂野鞠了一躬，毕恭毕敬地表示感谢，然后就带着命令（和基什）以最快的速度离开了这阎王殿。

第二天拂晓前，朱迪的项圈上多了一个特殊的标志，上面写着"棉兰格鲁骨81-A"。如果说，有人还需要什么证据来证明这条指示犬的与众不同，那现在朱迪的项圈上就有一个了。

计　谋

　　朱迪被正式列入格鲁骨战俘名单后没多久，坂野就离开这里去掌管 F 队伍了。第一个接替他担任苏门答腊岛战俘营最高长官的人是高桥上尉，他态度温厚，还有着奇怪的幽默感。他一上任，马上就废除了扇耳光这项惩罚措施，并告诉被囚禁的军官，他们不再需要向比自己军阶低的日本人鞠躬了。以前，违反这一规定就意味着一顿毒打。"他对我们说，虽然他不那么喜欢我们，但他一定会确保我们得到应该得到的东西，并将在战俘营维持严格的纪律，"约翰·珀维斯回忆说，"这当然对我们很有利，几个月过去了，没有发生任何意外状况。"

　　有时，高桥甚至像是和他们站在同一边。战俘营里，每当头顶有飞机飞过时，战俘们都会用热切的眼神盯着它们，抱着微弱的希望，祈祷那是盟军的轰炸机，高桥也发现了这一点。飞机飞走后，高桥就会说："太遗憾了，希望下次好运喽。"

　　哈特利这样写道："我们一直都不知道他是不是亲英派，是不是比其他同僚更聪明，预先看到了未来的危险信号；又或者他只是更有人情味罢了。"战争结束后，多名战俘在高桥受审时为他作证，说他很善良。一名获救的中尉曾表扬他说（并得到了其他人的认可）："他不是一个坏人。"

　　可这小小的改变并未持续多久，很快，高桥被调往新加坡的大型战俘营——樟宜战俘营。接替他的是目良上尉。目良对高桥的亲善政策嗤之以鼻，认为那是软弱无能的标志。他重新恢复了扇耳光的惩罚措施，并要求战俘每天早上出操时用日语报数。

1944 年 6 月，格鲁骨的指挥官再次换人。新的负责人是西竹上尉。从他接管战俘营的第一刻开始，就明显摆出了"新官上任三把火"的姿态。他沿用了目良重新实施的规定，并进一步强化。他在朱迪和弗兰克的生命中造成了短暂但却非常关键的影响。

西竹上任第一天，便下令所有战俘在营地中央的广场集合——他说的所有人指的是每一名战俘。于是，伤员们都一瘸一拐地走了出来，或是被人用担架抬了出来。患病的人在烈日炙烤下，或相互支撑地站着，或痛苦地瘫倒在地上。濒死的人被摆成一排，其他战俘都不敢靠近，甚至都不敢去看他们。

所有战俘列队完毕后，西竹站在队列的正中央，不耐烦地用手杖敲打脚上锃亮的靴子，他身上浆得笔挺的制服完美得没有一丝褶皱。他面容温和，身材中等，略高于平均身高，但也不是特别高。总而言之，除了严肃的军人气质和顽固的态度，他身上并没有什么与众不同之处。

他看着战俘们集合在一起。他的目光落到了弗兰克身上，接着，又落到了立正站在弗兰克脚边的朱迪身上。他显然很惊讶。在这样艰难的环境中，居然生活着一条狗，而且还是战俘养的狗。这意外的状况让他一时哑口无言，但很快，他从震惊中恢复过来，朝战俘和他的指示犬大步走了过去。

弗兰克的心像在胸腔里跳着伦巴舞一样。他想方设法为朱迪争取来的战俘身份只持续了一年多时间，从西竹此刻的表情来看，如果他还不赶紧想个办法，朱迪受保护的日子只怕马上就要结束了。西竹越走越近，他冷酷的态度与坂野的和蔼、高桥的正派是那样不同，让弗兰克一时也愣住了。至于朱迪，它瘦弱的身躯开始瑟瑟发抖，和往常一样，它朝这

名不断靠近的日本人发出低沉的嘶吼。战俘们都意识到了形势的严峻，变得鸦雀无声。

弗兰克很清楚，如果他还没来得及解释朱迪的特殊身份，西竹就大叫着下令将朱迪杀死或抓住，那一切就都完了。朱迪战俘的身份将不复存在，它的身份和长官树立威严的需要相比，什么也不算。弗兰克赶紧从口袋里摸出一张纸，那张破破烂烂的纸正是坂野中校签发的承认朱迪正式战俘身份的命令。他把它递给满脸诧异的西竹，指着坂野的签名，一遍又一遍地重复着："没事，没事。"

西竹一把抓过那张珍贵的文件，一帮军官也出现了，每个人都认真地看着文件和坂野的签名，试着弄明白为什么中校会签发这样一份命令，而这份命令为什么又会落到弗兰克手中。他们显然很想跟随自己的本性，不顾朱迪战俘的身份，杀了（也许还要吃了）这条狗；可他们又在考虑，如果真这么做了，会有什么后果。他们一边打着手势，一边用日语喊喊喳喳说个不停。弗兰克焦虑不安地等待着，下意识地把朱迪挪到了自己的腿后面，似乎这样就能保护它不受敌人的机枪扫射。

弗兰克和所有战俘都很清楚，所谓的"正式"战俘身份，在战俘营里，在愤怒的日本军官面前，并没有多大用处。一张薄薄的、能证明朱迪战俘身份的文件，其实还比不上纸本身的分量。

可奇迹出现了，这薄薄的一张纸居然达到了弗兰克想要的效果。西竹的一名下属在检查朱迪文件的过程中，还查阅了有关的规章制度，他的意见似乎占了上风，他说服了指挥官不要杀死坂野中校想要保护的人或动物。西竹颇为不满地嘟囔了几句，朝朱迪投去愤恨的目光，又跺着重重的脚步回到了队列中央。

朱迪再一次幸运逃脱了。

那时，很多战俘都在废弃的福特汽车工厂工作了一段时间（上文中提到了这项工作），他们要把所有的设备拆卸下来，运到新加坡，以供日军在战场上重新利用。这项工作工程浩大、进展缓慢，一方面是因为战俘们的身体非常虚弱，另一方面也是因为他们在故意拖延。

西竹上尉接管战俘营还不到几个小时，就下令所有的战俘都前往工厂，并给了他们四十八个小时，完成整座工厂及机械设备的拆除工作。大家不知道为什么他会设定一个这么近的最后期限，但大家都很清楚，他是认真的。因为第一天早上，他就把几个偷懒的人打得只剩下一口气，其他战俘被吓得全力投入了工作。

他们一直工作到接近半夜，累到快要麻木了才终于被卡车送回营房。第二天天一亮，他们又被叫醒，回到了工厂。这可怕的工作节奏让数十人再也没能起床，也让更多人变得越发虚弱。到了第二天傍晚，最后一处设备被拆卸完毕，装上开往勿拉港的卡车，日军的运输船就等在那里。

西竹非常高兴，他对战俘说，作为对辛苦劳动的奖励，他们可以好好睡一个懒觉。可第三天，起床号还是照样在黎明前响起。大家满脸茫然地在广场上集合，西竹宣布了一个出人意料的消息。"根据帝国最高指挥部的决定，"他照着竹筒轴上的纸卷念着，"所有的战俘都将被转移至新加坡。"

原来，这就是西竹让战俘在福特工厂进行高强度工作的原因，他奉命在战俘转移前完成这项任务，他做到了，却让战俘们付出了惨重的代价。

不管怎么说，这个好消息还是让幸存的战俘受到了鼓舞。新加坡也许现在还在日军手中，但毕竟他们对那里更熟悉，而且那里一定比格鲁骨舒服得多。去了新加坡，他们也许能受到红十字会的帮助，能收到家乡寄来的信件，甚至可以假装一切正常；说不定，还能了解关于战争的

最新消息。而在苏门答腊岛的丛林里，他们根本无从得知战争的进展，唯一知道的就是"日本人目前已攻入了伦敦"。在过去几天繁重劳动的压力下，瑟尔的不少朋友都累倒了，躺在担架上，瑟尔对他们说："振作起来，小伙子们，你们很快就能离开这里了。"

战俘们忙着收拾少得可怜的个人物品，做着出发的准备。西竹上尉亲自出现在营房中，弗兰克从他的位置上站起来，把朱迪夹在两腿之间。西竹傲慢地大踏步朝他走去。西竹的英语水平相当有限，但尽管存在语言上的障碍，他喊出来的命令却再清楚不过：弗兰克要去新加坡，朱迪不能去。朱迪将被留在苏门答腊岛，任由它自生自灭。

坂野签发的命令也许让西竹没有立马处死朱迪，可现在，他换了一种方式确保朱迪是活不下去的。很明显，朱迪只靠自己不可能生存很久。弗兰克一时也手足无措了，这个聪明的男人付出了那么多努力，冒了那么大风险，为他的爱犬争取到正式的战俘身份，他绝对不会轻易屈服。他知道，这是需要他去解决的问题，也只能由他去解决。其他的战俘当然也很爱朱迪，但弗兰克不能要求他们冒着生命危险来救一条狗，尤其是现在，他们好不容易才听到这么久以来的第一个好消息。

其实这同样的话，弗兰克也可以用来劝自己。但他无论如何也不能扔下朱迪。哪怕被发现的后果是他和朱迪都得死（这样的结局是一定的），他也要带上朱迪。他太爱它了，在他们共同经历了所有的一切后，弗兰克无法想象要怎么抛弃它。这样的事情，无论是军人，还是爱狗之人都不愿意去想。现在，弗兰克两者皆是。

战俘们将乘坐轮船横渡大海，回到新加坡。弗兰克决定悄悄地把朱迪带上船。他的第一个想法是用一只棕色的手提箱来偷运朱迪，这个箱子是一名荷兰战俘在营地的偏僻角落里找到的。朱迪可以很容易地藏身在里面，可日本人也会立刻怀疑他为什么要拖着这么大一只箱子去新的战俘营。日军士兵一定会在离开之前搜查箱子，那他的计划也就泡汤了。

朱迪早就以实际行动证明了自己相当擅长学习新的技能并重复这些技能。此时的它，对弗兰克的说话声、口哨声、弹舌声和响指声已非常熟悉。于是，弗兰克临时想出了一个更加大胆的计划，这个计划的成功与否取决于他能不能在接下来的几个小时里教会朱迪一项新的技能，而他们只有从熄灯到第二天天亮战俘集合登上火车前的这段短暂时间。

在格鲁骨战俘营，用来装米的麻袋就像苍蝇一样常见，不引人注意。如果朱迪能偷偷躲进麻袋，那就能躲过西竹的检查了。弗兰克利用凌晨的几个小时，教朱迪在听到他打响指的声音时立马跳进或跳出装米的麻袋。他不敢发出很大的声音，如果引起了日军士兵的注意，那他们的努力都将白费。一切只能依靠朱迪敏锐的听觉了。弗兰克还特地把麻袋在肩上扛了一段时间，好让朱迪习惯这种封闭而难受的感觉。然而，谁也无法准确模拟出真实的状况，也无法预知朱迪将要在密不透风的麻袋里被倒挂多久，弗兰克只能祈祷朱迪能按照指示，迅速地躲藏或逃走。至于朱迪，它很快掌握了这门新技能的诀窍。当清晨的第一缕光线穿过战俘营的黑暗时，弗兰克想，朱迪应该准备好了。

拂晓，日军命令战俘集合。受伤和生病的人占了总人数的三分之一，在队伍里排成长长的两排。弗兰克故意夸张地用一根长绳把朱迪绑在小屋的栏杆上，暗地里打了一个松垮的活结，只要一拉就能散开。"那你就留在这儿吧，姑娘。"他故意大声说话，以防有守卫正在看他。

守卫们把战俘数了一遍又一遍，把他们携带的一袋袋的大米和个人

物品也检查了一遍又一遍。在苏门答腊岛被囚禁的这两年四个月中，弗兰克压根儿没什么个人物品，但他的计划需要让守卫看到并知道他带了满满一麻袋东西，所以他往自己的麻袋里塞了一条毯子，把它放在脚边。

守卫对检查结果很满意。接着，西竹亲自走到战俘队伍中，确保一切都已准备妥当。他走到弗兰克面前时，越过弗兰克的肩膀，看到了他身后被绑起来的朱迪，他笑了。在战争中，他没有任何向敌军发起冲锋的机会，也没有参与过任何日本海军的胜利扫荡行动，他从不曾驾驶战机，从不曾发射大炮，也不曾守过滩头阵地，摧毁无助战俘的意志大概是他唯一的战绩。在这个属于他的可怜的战争角落里，他似乎就要取得一次值得回忆的胜利了。

他下令出发。

最初，从巴东长途跋涉来到格鲁骨的战俘有将近一千名，现在只剩下七百多人还活着，他们拖着沉重的脚步，一瘸一拐朝大门走去。和大家想象中的画面不同，这支队伍没有整齐的队列，也没有吹着口哨合唱《波基上校进行曲》，更没有藐视敌人的高昂士气。他们只是呆呆地盯着前方，尽自己所能，一步一步走着。

弗兰克在队伍的末尾磨蹭，尽量远离守卫。他时不时回头偷偷看一眼朱迪，当他看到朱迪也在认真观察他时，他才放下心来。一走出战俘营大门，他便吹了一声口哨，为避免引起别人的注意，又赶紧用咳嗽的声音掩饰过去。接着，他打出了一个小小的手势。

当他终于壮起胆子回头看朱迪时，朱迪已经挣脱了绳结，消失不见了。弗兰克害怕极了，他怕它忘记了该怎么做，怕它没办法穿过众多的守卫靠近火车，还怕它已经被日本人抓住或杀掉。直到马上就要登上火车时，他才看见它的身影。

他听到一声低沉的咕噜，转过身，正好看见两只熟悉的水汪汪的棕色大眼睛和黑色的鼻头从旁边的车厢下露出来。朱迪成功了！

至少，它到目前为止是成功的。现在，最冒险的时刻来临了。弗兰克蹲下来，假装系鞋带。其他几名战俘通过匆忙间低声传递的消息，都知道了应该怎么做，他们在弗兰克周围形成一个松散的保护圈，只留下一道窄窄的空隙。弗兰克把麻袋里的毯子拿出来，打了一个响指。

朱迪从藏身的地方一跃而起，箭一般钻过战俘之间的空隙，直接蹿进了麻袋。在万分紧张的情况下，身体已极度疲惫的弗兰克还是一气呵成地系好麻袋，把这条二十千克重的狗扛到了肩上。另一个人接过他的毛毯。弗兰克站起身，走上火车，没有引来任何注意。

计划第一阶段顺利完成。

到目前为止，一切顺利。火车行驶在铁轨上，朝勿拉港进发，这段旅程大约持续了四十五分钟。到达目的地以后，弗兰克在列车即将停稳前，又把麻袋打开，让朱迪赶紧离开躲起来。可附近并没有能让它藏身的小树林，它只好折返回来，躲在了一个任何人都不会想到的地方——火车车厢下面。

战俘们在火车站集合，再步行很短的一段路程前往码头。在码头，日军对所有的物品再次进行了检查和清点。弗兰克又把毛毯装进米袋。他们即将登上的是一艘灰色的笨重大船，船身高耸。在正午的烈日下，船身周围没有任何可以遮阳之处。战俘们个个汗流浃背，纹丝不动，只有守卫无精打采地在队伍周围巡逻，他们也同样难以忍受这酷热的天气。

除了自己怦怦的心跳声，弗兰克别的什么声音都没听到。他们和火车铁轨之间隔着大约两百米的距离，他要怎么让朱迪穿过这段距离而不

被别人看见呢？它能听见他打响指的声音吗？这是他匆忙制订的计划中最薄弱的一环——因为他在制订计划时不记得火车站和勿拉港码头具体的布局了（两年前，他在这里短暂停留过），他不知道朱迪和战俘的队伍会隔这么远。现在看起来，之前的种种努力都要白费了。

就在这时，队伍中出现了小小的骚动，没有明显的声音，也没有明显的迹象，但一定发生了什么不同寻常的事。很快，就有人压低声音向弗兰克传来消息——朱迪正在朝他们的队伍走来。弗兰克绝望地环顾四周，果然看到他的狗正偷偷朝他爬来。它肚皮贴在地上，匍匐前进，头埋得低低的，一丝声响也没有，像个一点点靠近指定位置的狙击手。它居然没有被日军发现，悄悄来到了战俘队伍的旁边。后来，一名战俘告诉弗兰克，他看到每当有守卫靠近时，朱迪就会立马停止前进，四脚贴到地上，小心翼翼地不让守卫看到。

朱迪继续穿过一排排的战俘，朝弗兰克爬来。没有一个人低头看它，生怕泄露了天机。没有人说话，甚至连低声鼓励都没有。当它终于来到弗兰克面前时，弗兰克确保周围没有人注意后，假装不经意地把麻袋里的毯子抖落出来，让朱迪跳进麻袋，接着又熟练地把麻袋扛到肩上。朱迪终于藏了起来。

这一系列小动作没有引起日军的注意，但考验还没有结束。过了很久，船才开进泊位，舷梯准备就绪，接下来，还有七百个人要登船。命运的安排让弗兰克成了最后一批登船的人。火辣辣的日头下，他肩上扛着麻袋，一直在忍受暴晒，一动不动地站了将近两个小时。终于，他忍不住开始摇摇晃晃，背上的汗珠不断往下流，手脚开始颤抖，视线也变得模糊了。

看到弗兰克经受的这一切磨难，站在他旁边的一个瘦高个的澳大利亚人摘下自己的宽边帽，把它戴在弗兰克头上。由于历史的原因，他的姓名我们无从知晓。

"我要是倒下了，"他咧开嘴悄声说，"会有人把我扶起来。如果你倒下了，那你和你的狗就都完了。"

此时岸上只剩下七十五个人，弗兰克便是其中之一。大家还在继续登船，这是一场时间与弗兰克仅存的体力、精力之间的较量。弗兰克下定了决心，要坚持到底。

就在此时，他看到一名日本守卫朝自己走来。

守卫脸上闪过一丝怀疑的神色。他小心地打量着弗兰克，问："狗没来吗？"

弗兰克装出悲伤欲绝的表情。朱迪的重量把他的肩膀压得酸痛无比，这让他的表情更具有说服力。他低头看着自己的脚，伤心地耸了耸肩。这样的回答似乎让守卫很满意，他走了。

终于，有人叫到了弗兰克的编号，并挥手示意他带上自己的物品开始登船。他的计划不可思议地取得了成功。他和朱迪终于要登船了，他们终于要离开这地狱般的苏门答腊岛，离开西竹上尉残忍的死刑宣判了。

弗兰克调整了一下肩上的重担，扛着他的朋友走上舷梯，走向了一个似乎是光明了一点点的未来。

第十九章

地狱之船

锈桶一只。除此之外，没有其他的话语能形容这艘船。

"韦麻郎"号船身笨重而高大，有一两条锚链，排水量超过三千吨，比战俘们用来从新加坡逃离的任何船只都更庞大，也让"小虫"号和"草蜢"号不免相形见绌。它是灰色的，从船头到船尾都有大片的锈迹。唯一可见的新刷过油漆的地方就是从荷兰语的船名换成了日语的船名。这艘船和战俘们一样，备受蹂躏，脏乱不堪，看起来就像才从海底被捞出来一样，而它确实也是。

荷兰人在巴达维亚北边的丹戎不碌港将它凿沉，希望能延缓日军的进攻速度，可这艘沉船最多也就相当于一个小小的障碍。日军不仅没有受到它的妨碍，还把它从海水里捞出来当货船用。他们给它重新命名为"春菊丸"号，并让它承担了海军史上最恶毒的一项任务。

在战俘承受的各种不人道待遇中，"地狱之船"的经历可能是最悲惨的。日本陆军用破旧的船只，将太平洋战区的战俘们在岛屿之间、战俘营之间来回转移。大家挤在湿热恶臭的货仓里，从菲律宾群岛被运往爪哇、缅甸和中国东北，还在日本的岛屿间进进出出。"韦麻郎"号便是其中典型的一艘船。通常，这些陈旧的大船在被凿沉后，并没有起到什么作用，反而会被日军打捞起来再利用，偶尔里面也会有一艘更现代化的班轮。

不用说，这些船当然不会在船身上画红十字的标记，提醒神出鬼没的盟军战舰它们运送的都是战俘。日本人也不在乎战俘是否会在盟军的进攻中丧生，哪怕丧生的人数有成千上万之多。精确的数字很难算清，威廉·万鲁伊在《第二次世界大战中被日军俘虏的人》中给出了一个比较确定的结果：共有十六艘运送战俘的船只被击沉，超过两万名战俘遇难。万鲁伊乘坐的地狱之船"隼鹰"号在苏门答腊岛附近海域沉没，他在逃生后，以范沃特福德的笔名写了这本书。

除了格鲁骨的七百二十名战俘外，还有四百五十四名战俘也在"韦麻郎"号上，他们来自勿拉港附近的甘榜战俘营。和格鲁骨的战俘一样，他们中也有荷兰人、英国人和澳大利亚人，还有唯一的一个挪威人。

战俘的国籍不同，情绪也各不相同。英国人和澳大利亚人相对乐观，这段旅程至少让他们暂时逃离了无聊且残酷的战俘营生活。与他们形成鲜明对比的则是荷兰人，几乎所有的荷兰人都很郁闷。他们这辈子大部分时间，甚至是全部的时间都生活在包括苏门答腊岛在内的东印度群岛。很多人在苏门答腊岛上结了婚，成了家。对他们而言，这次转移不仅仅是战争进程中一次命运的逆转，更是一段通往未知世界的寒心之旅。

战俘们来到码头后，拥挤着穿过狭窄的舷梯，接着又被赶下陡峭的铁梯，走进了不同的货舱。他们走进越来越深的黑洞中，后面还有更多的人涌进来。

对这一千一百多名战俘而言，"韦麻郎"号的货舱简直就是希腊神话中可怕的冥河地狱。病患和伤员被塞进用竹架搭成的鸽子笼，每张床大约只有一百五十厘米长、四十五厘米宽，密密麻麻如同停尸间。其他人继续往下爬，来到位于海平面以下的阴暗货舱，密闭的空间散发着腐臭的气味，要借助绳网才能爬到底。接着，他们头顶的舱口便被关上钉牢了。甲板上宝贵的空间堆放着更有价值的机械设备和一捆捆的橡胶，人却被赶进了最底层的货舱。

弗兰克小心翼翼地把麻袋递给了下面的战俘，自已再跳到地板上。朱迪终于被放了出来，它大口喘着粗气，似乎并没有因为长时间被困在麻袋里而受伤。他们挤在三号货舱偏远的角落里。朱迪躺在地上，喘着气，舒展着筋骨，看起来和其他战俘一样愁容满面、狼狈不堪。凭借令人难以置信的好运，它还和弗兰克在一起。

不远处的彼得·哈特利惊讶地看着这条指示犬。"我开始对那条狗生出各种想象，"后来，他这样写道，"在它生活的这些年里，都经历了怎样的奇遇啊。"可别忘了，哈特利在写下这句话时，对朱迪在中国度过的日子一无所知，要是他知道了，只怕会更加惊讶吧。

菲尔·多布森和往常一样，躺在哈特利旁边。沃尔特·吉布森、莱恩·威廉斯、莱斯·瑟尔、乔克·德瓦尼和其他英国人、澳大利亚人、新西兰人和荷兰人挤在一起。

此时是 1944 年 6 月 25 日早晨，再过一个月时间，弗兰克就要满二十五岁了（如果他能活到那时的话）。朱迪则早已进入它生命的第八个年头。无论怎么看，它的生活都是那么与众不同，多灾多难到令人痛心。对它和弗兰克来说，未来他们需要面对的事情还有很多。

"韦麻郎"号起锚向马六甲海峡出发了。很快，它就加入了一支护航队的序列。这支护航队包括三艘油轮、两艘反潜艇护卫舰和一艘布雷艇。一艘侦察机在上空盘旋，搜索敌军战舰。

弗兰克知道朱迪是老练的海军犬，但毕竟它已有二十八个月没有坐过船了。他怕朱迪会晕船，担心它会受不了拥挤闷热的货舱，于是弗兰克找了一个能吹到一丝新鲜空气的地方。那是船尾最上角的一处平台，它不仅为这名瘦高个儿的皇家空军士兵提供了一点点头顶上的宽敞空间，而且还有一个舷窗可以通风，这让弗兰克庆幸不已。舷窗大约二十五厘米宽，还不如一个大号的比萨饼大，但弗兰克可以把它推开一点点，让朱迪看到外面宁静的大海。

不知道这条指示犬有没有怀念起它乘坐"小虫"号在长江上航行时无忧无虑的日子，又或者是乘坐"草蜢"号出海远航的经历，就算有，它也没有表露丝毫。几米之外，哈特利和多布森也发现了一处舷窗，他们奋力挤过去，一丝丝新鲜的空气便是对他们努力的奖赏。

陈旧的轮船在苏门答腊岛海域轧轧前进。货舱里为数众多的乘客和疲软无力的引擎让它的速度仅为每小时八海里。守卫们大发慈悲，打开了几个舱口盖，让空气流通到甲板下面，但收效甚微。令人窒息的高温和嗡嗡作响的引擎声让战俘陷入了一种类似被催眠的状态。夜幕降临，朱迪终于对单调的海浪失去了兴趣，它把头枕在弗兰克的双腿上，睡了一整夜。到了晚上，只开出了约五十千米的护航队抛锚停下了。

三名空军战友与弗兰克、朱迪坐在一起。每当有守卫把头伸下来检查货舱情况时，他们就会帮着一起把朱迪遮住。夜晚的时间虽然难熬，但有惊无险地过去了。26 日天一亮，"韦麻郎"号便开始在盟军攻击的威胁下出发了，它走的是 Z 字形路线，始终与苏门答腊岛海岸保持三千米到十六千米的距离。弗兰克能从他所占据的优势位置看到岸边"浓密得没有一丝缝隙的森林"。很多年后，他都清楚地记得那危险又美丽的景色。

　　成熟的椰子被冲到岸边生根发芽，海岸上长满了椰子
树……（数月之前）我们熟悉了这里的海滩，熟悉了那些五
颜六色的怒放鲜花，比如兰花；熟悉了那些鸟儿和翅膀至
少有十五厘米长的蝴蝶。可这一切，只不过是大自然母亲
的伪装。这些红树林是全世界最危险也最无情的丛林，大

自然以艳丽的色彩作为陷阱，掩饰着真实的目的。在这里，人们可能会在转眼间死于鳄鱼和毒蛇之口，也可能慢慢死于蚊虫叮咬引起的疾病。

上午，日军允许战俘到甲板上来舒展筋骨，但每次只能上来几个人，而且只能出来五分钟。这些人还可以到船侧上个厕所。大家踏上小小的跳板，用尽全力抓住栏杆，把屁股伸到海面上去，他们的卫生纸就是用来清洗甲板的高压海水龙头。

船上的钟声敲响，表示已到正午。护航队保持着完整的队列，只是空中掩护的飞机不见了踪影。莱斯·瑟尔被叫到甲板上，他和其他几名战俘的任务是给日本士兵倒马桶。通常没人喜欢这份又臭又脏的工作，但此时的他们只觉得幸运，因为这至少能让他们从可怕的货舱中走出来，到阳光下呼吸呼吸新鲜的空气。

甲板下面，正午的炎热天气让人忍无可忍，每个人的身子下面都是流成河的汗水。弗兰克在想："能不能给我们发几个桶，好接住流下来的汗水，再把它喝掉解解渴。"轮船此时已从勿拉港开出了大约一百六十千米，正位于新加坡西北约四百二十千米处。

中午十二点四十二分，站在船身正中的瑟尔抬起头，他想大喊却喊不出来。他无法用言语来形容眼前的一幕——两枚鱼雷正在海面掀起水花，朝他们的船直冲而来。

发射鱼雷的是英国潜水艇"威猛"号，艇长是罗伯特·L.亚历山大上尉。这艘潜水艇从挪威海退役后，于1943年末被转移到印度洋。在进行第十一次战区深海巡逻时，艇上的士兵发现了"韦麻郎"号护航队冒出的烟，当时是上午十一点半之前。

在接下来的一个多小时里，潜水艇一直跟踪着自己的猎物，最后它把距离缩短到三千五百米之内，发射了鱼雷。当时，友军之间的意外开火是很常见的。比如说，1942 年 11 月，搭载七百五十名意大利战俘的英国运输船"新斯科舍"号在南非海岸被德国潜水艇击沉，纳粹的潜水艇浮上海面，救起了几名幸存者，才最终确定对方是敌是友。当指挥官罗伯特·基塞得知船上的大部分人都是战俘时，他对自己发动的进攻表示抱歉，同时，他更觉得抱歉的是，他接到了不准救人的命令。绝大部分幸存者都在大海中被淹死，或是被鲨鱼吃掉了。

"韦麻郎"号上的人则是幸运的。和非洲海域相比，马六甲海峡的海水要浅得多，气候要温暖得多，海里的鲨鱼也要少得多。只不过"新斯科舍"号上的意大利战俘不像他们这般都挤在船腹深处的货舱里。亚历山大显然也不知道，他追猎的对象上搭载的都是自己国家的战俘。进攻过后，"威猛"号的正式记录上才加上了这么一句简短的话："'春菊丸'号上搭载的是战俘。"在"威猛"号的航海日志中，亚历山大说："这个目标让我想起了'泰坦尼亚'号，因为它也是一艘陈旧的双层甲板客运船，船身也被漆成了浅绿灰色，看起来是艘补给船。"

两枚鱼雷各装有二百五十千克炸药，它们击中了"韦麻郎"号。第一枚鱼雷击中了左舷受热面的背面。货舱中亮起一道伴随着巨大爆炸声的闪光，随后一片漆黑。船上多处起火。"腐蚀性的物质污染了空气，"弗兰克说，"爆炸带来的冲击波让船身向右倾斜，还没恢复过来时，第二枚鱼雷又击中了三号货舱，发出震耳欲聋的巨响。"

第二次的爆炸将"韦麻郎"号炸裂。几十个离爆炸点很近的人当场遇难。一波波海水涌进船身上的大洞，浇灭了货舱里的火焰。被炸毁的引擎室里冒出滚滚浓烟和滚烫的蒸汽，让人窒息。哈特利回忆说："在一

片骚乱中，船上的警报发出可怜的尖叫声。"

从船身裂口吹进的海风慢慢吹散了烟雾，弗兰克终于看清了眼前的场景。"光线从缝隙间照进来，我才看清了货舱受损的情况。到处是扭曲的钢筋和碎裂的木板，一片混乱。唯一能听到的就是蒸汽从破损管道中冒出时的嘶嘶声和海水涌入的声音。在我们下面的人被掩埋在废墟中，应该没有逃生的希望了。"

舱口盖正下方的情况是最惨的，沉重而巨大的金属盖被炸到舱内，直接砸到了躺在下面的战俘的身上。紧接着，船身倾斜，甲板上沉重的箱子挣脱绳索的束缚，也从敞开的舱口滑落下来，砸到战俘头上。

弗兰克盯着眼前的残骸，呆若木鸡。他突然感觉到朱迪潮湿的鼻子正在嗅他的腿，此举将他拉回到现实中。朱迪抬头看着这位朋友，表现得异常平静，一动不动地等他行动。危急关头，它仍然保持着忠诚和保护朋友的本能，即便爆炸声四起，海水涌入货舱，也不改本色。

弗兰克原本想带着朱迪从他站的平台上走下去，穿过混乱的废墟，再从舱口爬出去，可眼下破坏的严重程度让他的计划无法实现。"只瞥了一眼，我就明白，我是不可能带着狗穿过那混乱的区域的。"弗兰克说。

他把目光转向头顶的小舷窗。弗兰克是不可能钻出去的，但朱迪很有可能挤过去。弗兰克来不及细想，用力把舷窗朝外推开并抱起朱迪。"我把它的头和前爪从窗口塞了出去，并命令它'快游'，我大喊：'去吧姑娘！'"

窗口离海面不到五米。"在掉出去前，朱迪带着悲伤的表情回头看我。我突然明白它的意思：它一定是觉得我疯了！它用后爪勾住窗口，拼命扭动。窗口的空隙只有那么一点宽，我最后推了它一下，它就消失了。它落入海水的场景一定很壮观。"

现在，弗兰克要做的就是救自己了。

周围还有几个人，包括哈特利。他眼睁睁看着多布森用和朱迪一样的方法从舷窗挤了出去（哈特利也看到弗兰克把狗推了出去）。弗兰克开始朝舱口下方爬。地面上，扭曲的钢条、木板和尸体混在一起，一片绝望景象。

"好像过了一辈子那么久"，弗兰克和其他人终于来到了敞开的舱口正下方。"那儿有一条绳梯，但周围全是在绝望中惊慌失措的人。"哈特利回忆说。他们爬到堆积如山的破箱子顶上，但最顶端离甲板也还有几米。"现在不走，就永远都走不了了。"哈特利这样记录道。他们同时一跃而起，去抓甲板边缘。

弗兰克记得，他不知道怎么抓住了甲板，并用力爬了上去。在身体那样虚弱的情况下，还能做到这一点，大概是拼死一搏吧。比弗兰克矮几厘米的哈特利却没能成功。他痛苦地用指尖死死抠住甲板边缘。他回忆说："无助的泪水涌出眼眶，模糊了我的视线。"

就在这时，奇迹发生了——一只手从上面伸下来，把他拉上了甲板。实际上，拉他的不止一只手，还有很多只手，那正是在甲板上负责倒马桶的瑟尔一群人。在鱼雷击中船身后，瑟尔找到绳梯，把它放进货舱。接着，他又和其他人一起尽可能地把货舱深处的战俘拉上来，直到最后，汹涌的海浪把他们都卷进了大海。

"我看到海面上漂满残骸，它们被湍急的洋流越卷越远，"弗兰克回忆说，"我知道就在某个地方，朱迪正在奋力游着。"他担心海里的鲨鱼会吃掉朱迪，也担心它们会吃掉自己。对这些称霸海洋的庞然大物来说，朱迪是唾手可得的美食。有人看到了鲨鱼，不过，海面上有很多尸体，鲨鱼吃尸体更加轻松，所以也并未理会这些还活着的人。

更多的爆炸撼动了整片海洋。护航队里另外两艘船也被鱼雷击中了。弗兰克目瞪口呆地看着一枚鱼雷朝目标射去：

> 鱼雷击中了一艘全速前进的油轮的右舷。它瞄准的位置显然很低，因为船身上"普莱索"商标线（船身上的一条线，水没过此线后就不能再装载货物了，以免超重，日本人在运送战俘时也是以此为标准）以上的部分都没有什么明显的损坏。但是，在短短几分钟时间里，船头向下栽去，船很快就沉没了。这让我想起了执行紧急潜水任务的潜水艇……船上的（日本）水兵也和船一起沉入海底，我对他们没有丝毫同情。

另一艘油轮也在"令人目眩的火光"中爆炸了，根据哈特利的说法，"它没有留下任何曾经存在过的痕迹"。海面上出现了一片巨大的浮油。哈特利的脸全是黑的，就连他的朋友，一个叫"马克"的新西兰人都没认出他来。马克把他从海里拉到了人满为患的木筏上。

日军护卫舰走着 Z 字形路线，一边躲避着鱼雷的攻击，一边随意地发射出深水炸弹（反潜艇炸弹），这使局面更加混乱。姗姗来迟的侦察机向"威猛"号投下炸弹，想把它炸出水面，但并未成功。

弗兰克沿着严重倾斜的"韦麻郎"号船身滑了下去，船身外壳上"全是贻贝"。一进入海水，他便拖着疲惫的身躯，开始全力游泳，免得被轮船下沉时的引力吸住。曾在商船队工作的弗兰克在海水中觉得很自在，但他筋疲力尽了。他翻过身，仰面朝天，看着这艘被改了名字的轮船在战争中第二次沉入海水。漫天的烟雾中，日本水兵们还在绝望挣扎。

弗兰克在回忆时说："由于锅炉（蒸汽管）爆炸和蒸汽泄漏，一股巨大的水流如喷泉般腾空而起。"他不由得庆幸自己已经以最快的速度游离了船身。

这里离海滩很近（可以看到马六甲海峡两侧的陆地），海水也相对较浅，根据"威猛"号的日志，只有十七米深。实际上，荷兰历史学家亨克·霍文加说，他在 1983 年参观沉船遗址时，还能看到露出海面的"韦麻郎"号的桅杆。

夕阳渐渐落到了海平面上，护卫舰放下救生艇，但任何想要爬上救生艇的战俘都被靴子踩了手或是被枪托砸了头。他们只救日本人，其他人得等着。

弗兰克在附近游了两个小时，绝望地寻找朱迪的身影，其他人也都紧紧抓着漂浮在海面上的残骸。"它仍然不见踪影，"弗兰克回忆说，"一个抓着一大捆橡胶的荷兰人跟我说，他看见朱迪就在这附近游泳。在那一刻，我就知道它还活着。"

又过了大约三个小时，救援到了，是几艘木帆船和一艘油轮，它们也是"韦麻郎"号护航队的组成部分，只是在鱼雷袭来之际，都匆匆逃走了。弗兰克被人拉上油轮。"我还在想着那艘潜水艇，"弗兰克说，"它会不会仍然潜伏在某个地方，准备再次出击？"又有几个人认出了弗兰克，并告诉他，他们也看见朱迪在海上的废墟中游泳。这当然是个好消息。油轮上的情形惨不忍睹，甲板上躺满了伤员和快要死的人。"他们躺在那儿呻吟，"哈特利这样写道，"基本上没人照顾他们。他们都躺在自己的血泊中。"船上仅有一名医生，医生自己也处于快要晕倒的边缘，但他仍然在没有任何药物的情况下，竭尽全力地照看病人。他恳请日本水兵将他们送到苏门答腊岛或是马来半岛，因为这两个地方都近在咫尺，

可以让伤员立刻得到救治。可对方回答说，他们接到的命令是开赴新加坡，那他们就只能去新加坡，而去新加坡还有两天的航程。

夜幕降临，他们又面临意想不到的痛苦。钢甲板上虽然挤了很多人，但仍在入夜后变得冰凉刺骨，开阔海面上的寒风像鞭子一样，抽打着几乎全身赤裸的战俘。船一开动，风力变得更猛了。

"那夜晚漫长得仿佛没有尽头，"哈特利这样记录道，"庆幸自己活下来的人嘴里不停地咒骂，宁愿自己马上死去的伤员痛苦地呻吟，两者形成了鲜明对比。"

很多人在夜晚悄悄死去。黎明时分，他们被扔过栏杆，抛进了大海。跟在船后的鲨鱼贪婪地撕咬尸体。太阳再次升起后，冷得像冰箱一样的甲板又开始热得像煤炉，让人无法立足。剩下的航程中，油轮一路全速开向新加坡。弗兰克被苦难折磨得几近崩溃，他顾不得满身油污和烟灰，仍在扫视海面，寻找朱迪的踪影。他很想哭，可眼泪流不出来。他是个空壳。哈特利也麻木了："我没有任何感觉，只是抑制不住地想要喝上一杯甜甜的热茶。"他到底还是一个地地道道的英国人。

终于，油轮抵达岌马港。自从登上"天王"号撤离后，弗兰克就再也没回过这个地方。在他离开后，整座城市燃起熊熊大火，而现在的新加坡虽然还有日军入侵时留下的伤痕，但大部分遭到破坏的地方都被重修过了，码头的状况看起来也很好。只是，附近并没有能将伤员送去紧急手术的救护车。

弗兰克迷迷糊糊地拖着脚步下了船，还帮着扶了几个比他受伤更严重的伤员。哈特利提到，当他们出现时，"日本水兵和当地的码头工人瞪目结舌地站在那儿，全都盯着码头"。很多战俘在鱼雷爆炸时被严重灼伤，还有很多被掉落的碎片砸伤。他们穿过停在港口的轮船和渔船时，发现了两艘奇怪的船。它们就像停在垃圾场里的奔驰车，极其显眼。那是两艘才到新加坡的德国潜水艇，刚刚完成了在印度洋上跟踪盟军船只的任务，它们巨大的红白相间的纳粹标志明确地表示它们属于纳粹德国海军。

"在德国潜水艇的指挥塔上，"弗兰克回忆说，"水兵们都看着我们，我们走过时，他们纷纷摇着头，躲着我们的目光。"这进一步确定了弗兰克心中（被误导的）的猜测——他一直觉得是纳粹击沉了他的船，害了他的狗。当他看到这两艘德国潜水艇时，他曾经怀疑是盟军潜水艇击沉"韦麻郎"号的想法被打消了。

片刻过后，一名守卫注意到战俘们都在目瞪口呆地盯着德国潜水艇。潜水艇上的水兵都在甲板上清洁设备，一边晒着太阳，一边听着留声机里播放的德语版《将大桶滚出》。守卫大喊了几句什么，用枪捅了捅战俘。"一瞬间，"弗兰克说，"码头上的一名水兵跳了起来，一耳光把那守卫扇到地上。打完，他一个字也没说，回到了德国潜水艇上。"

看到这一幕，弗兰克感到片刻的激动，但心中不断堆积的苦恼仍无法释怀。到处都没有朱迪的影子，看来它没能游到岸上。那些说看到它在海上游泳的消息只给他带来了虚无的期望。

他最好的朋友走了。

弗兰克麻木地任由人把他赶上卡车，开往市中心。他们的目的地并非莱佛士酒店，而是河谷战俘营。这是另一处情况更悲惨的战俘营，原本是为了在日军突袭期间暂时安置难民而修建的。在这世上，弗兰克已没什么好留恋的了。经过缺衣少食的战俘营生活的折磨，他早已疲惫不堪，失去朱迪的痛苦更是雪上加霜。乔克·德瓦尼说，弗兰克简直像在"走向生命的尽头"。

卡车来到河谷战俘营，弗兰克跳下车，被带到第三战俘营的大门前。这一天是 1944 年 6 月 27 日。在被囚禁了将近两年半后，弗兰克走到了人生的最低谷。

实际上，朱迪再次证明了它的无坚不摧。

弗兰克最后一次看到朱迪是他把它从舷窗推出去的时候，根据多名目击者的讲述，朱迪落入水中，很快浮了上来。它当然有点不知所措，但它毕竟还活着。它高昂着头，开始努力游泳。幸好泡在马六甲海峡的海水中比泡在长江中舒服多了。瑟尔一眼就看到了它，他还看到一个男人为了不沉入水中，用手死死搂住朱迪的肩膀。"你怎么不甩开他啊？你这条疯狗！"瑟尔大喊。这与其说是喊给朱迪听的，倒不如说是喊给自己听的，因为朱迪与他相隔甚远，在沉船后的喧嚣混乱中，它根本不可能听到他的喊声，它肯定会在那个男人的拖累下淹死的。

然而，它并没有淹死。它把那个男人带到了一大块漂浮在水面的残骸旁，让他自己爬了上去。筋疲力尽的他得救了。朱迪继续待在水里，寻找其他需要帮助的人。它也确实帮到了不少人。有人看见朱迪至少救起了四个人，他们后来也都亲口证实了。实际上，获救的人可能还远远不止于此。它救每个人的方法都一样。这些人中，有的不会游泳；有的由于长期被监禁虚弱得游不动；有的还沉浸在沉船带来的震惊中，没力气游泳。他们在水中扑腾，无法自救。这时，朱迪就会突然间凭空冒出来，像一条在海水中救人的圣伯纳犬，只差在脖子上套个救生圈了。

这些人抓住拼命游泳的朱迪，朱迪把他们拖到漂浮的残骸或是陆续出现的救生船上去。每次它靠近这些船时，大家都会伸出手，想把它从海里拉起来。但每次，它都从他们身边游开了，它还要留在海里，还要继续救人。

最后，它周围一个活人的影子都没有了，它这才让大家把它拉上船。"它看上去就像死了，"一个亲眼看见它上船的人说，"它完全把自己奉献给了那些快要淹死的人。"

"韦麻郎"号上的一千一百七十四名战俘中，有一百七十八人死亡。在死亡的人中，有一百一十三名荷兰人，四十八名英国人，十二名澳大利亚人和四名印度尼西亚人。船上唯一的挪威人也死了。亨克·霍文加写道："这些人中有二十二人并没有死在海上，而是后来死在了新加坡。"另外，还有不明数量的日本士兵死亡。

有很多令人震惊的关于生存的故事。一位幸存者说："爱心、同情、真诚和无私随处可见。"英国炮兵军官爱德华·波特离爆炸点很近，爆炸后，他被一根横梁压住双腿，在那可怕的时刻，他完全动弹不得。紧接着，第二枚鱼雷击中船身，与横梁相连的船身外壳被炸开，他才得以逃生。他的双腿严重受伤，只能挪动上半身。他被海浪卷进大海后，漂到一名守卫旁边，正抓着漂浮残骸的守卫向他伸出了援手。

约翰·珀维斯也被不断掉落的残骸砸中，他想方设法爬到了甲板上。"我来到船身被炸开的那一侧，拼命爬上去，往下一看，看到一大片在海水中翻滚的尸体，有些没有脑袋，有些没有手脚。"他跳进海水中后，紧紧抓住一个浮在水面上的鸡笼，他看到船上的母鸡和老鼠们也都在绝望地游着，想要逃命。他还在水中捞到一副扑克牌，并不可思议地认出这副牌正是自己的。最后，他被拉上了救起弗兰克的那艘船。

同样被拉上那艘船的还有"蜻蜓"号上受伤的煤炉工人法利。他曾和朱迪一路同行，从波塞克岛到了格鲁骨。法利伤情严重，另一名战俘

在沉船前把他推入海中，拉着他在海上漂了好几个小时。这位救人者正是塞瓦德·坎宁安－布朗，那个将弗兰克和其他很多人从邦邦岛上运出来的英雄。

有人选择回到苏门答腊岛。几十个荷兰人决定游回去。"那些花数周时间进行训练、横穿英吉利海峡的游泳健将们在这样的壮举前，也不免相形见绌。"吉布森说。这些荷兰人在向岸边游去时，被日本巡逻兵拉了上来，可并不能因此否定他们的壮举。

日军指示当地渔民和其他出海的人将所有还在游泳的战俘从海里拉起来。当然了，日本水兵享有优先获救权，接下来是印度尼西亚人、荷兰人、英国人，最后才是澳大利亚人。至于美国人，就让他们淹死好了。有三名战俘被木帆船救起后，被送回了棉兰。在棉兰，他们因为存活下来而遭到毒打。毒打过后，似乎是为了补偿，日军给了他们食物和钱，并把他们送上卡车，运往另一处战俘营。半路上，守卫拿枪指着他们，抢走了所有的财物。

"韦麻郎"号的沉没是朱迪生命中经受的又一次残酷的折磨。它掉进过长江，被鳄鱼抓伤过，它乘坐的船被飞机轰炸过、击沉过。在战俘营里，它无数次从守卫们致命的威胁中逃脱。此时，它的经历中又加上了被鱼雷攻击过。它的命似乎比传说中猫的九条命还多。

朱迪从海里被拉起来以后也没有休息。它乘坐的木帆船上有几名马来船员、数名被救起的战俘和两名守卫，两名守卫是从海上废墟中被拉上来的，已经死了。其他人把船帆扯下来当成临时裹尸布，遮住尸体。木帆船靠近新加坡时，几艘日本船开出来迎接。幸好一名战俘想起来，日本人应该都以为朱迪还在苏门答腊岛呢。他匆匆忙忙把疲倦不堪的朱迪推进了遮盖尸体的船帆下面，才没有被向船上看的日本人发现。

船抵达港口后，战俘集合列队。幸运者的命运并不会仅仅因为船只沉没而改变——他们的目的地仍是河谷战俘营。朱迪迅速跑进人群中，寻找那一张熟悉的脸庞。它很快找到了莱斯·瑟尔，只是弗兰克仍不见踪影。他已经坐上了开往战俘营的卡车。

瑟尔见到朱迪时喜出望外，他让它紧紧地靠在自己身边。在混乱的局面中，它没有引来任何注意，直到瑟尔把它抱起来准备登上卡车的那一刻。如果朱迪的身体状况好一些，那它就可以躲在卡车下面，等到最后关头再跳上来，可它完全没有力气了，瑟尔不得不冒险把它抱上车。

"站住！"

愤怒的喊声突然传来，喊话的人正是瑟尔和朱迪最不愿意见到的那个人——西竹上尉。他的船很早就到了港口，远远早于运送战俘的船只预计到达的时间。他很有耐心地在码头等候沉船的幸存者慢慢出现，并以冷血而高效的工作态度，精确地勾出了哪些人已成功逃生，哪些人没有。他的任务是确保将格鲁骨的战俘顺利转移至河谷。沉船是他没有预料到的，但他不打算就此收工回家。

就在这时，他看到了他深恶痛绝的那条狗——他明确下令要留在苏门答腊岛的那条狗——它现在竟然出现在这里。它虽然有气无力，但还活生生地活着，而且显然就要去新的战俘营了。只是，它旁边不见了那位同伴的身影。

西竹咆哮着又下了命令，两名守卫端起步枪，把朱迪从瑟尔身边扯了过去，带到西竹面前。他们把它扔在他脚边。西竹竟然还能认出朱迪，大家都觉得惊讶。此时的朱迪骨瘦如柴，从鼻子到尾巴全是油污和淤泥，

它咧着嘴，露出黄黄的牙齿和牙齿后面发干的舌头，通红的眼睛充满仇恨地瞪着西竹。西竹站在它旁边尖声怒骂着。现在他们肯定不会再打算吃掉它了，而是一定会按照规定杀了它。

一声响亮的喊声在这紧要关头传来："西竹！"每个人都朝声音的方向望去。来人竟是坂野中校，他从暹罗回来了，目前正驻扎在新加坡。他听说了沉船事故，来码头看幸存者并检查战俘向河谷转移的进度。哈特利记得，当遍体鳞伤的乘客们到达码头时，他就见到过坂野。"他脸上的微笑变成了让日本人都会觉得害怕的表情。"

看到下属为难朱迪，坂野迅速采取了行动，又一次扮演了救世主的神奇角色。他大吼着训斥西竹，告诉他朱迪是正式的战俘，是他亲自签发了保护它的命令。"西竹难道没有看到吗？""看到了，"西竹张嘴说，"但我已经下令让它留在格鲁骨了。"

下属大胆违抗命令，这让坂野再次火冒三丈。此时，这已经不是一个喜不喜欢朱迪的问题了，而是如何挽回自己颜面的问题。但无论怎样，坂野的插手可谓恰到好处。

瑟尔利用这个机会，一把抱起朱迪，飞快地爬上卡车，用力敲了敲驾驶室的后窗。就在坂野狠狠训斥傲慢的西竹时，卡车轰隆隆地离开了码头。朱迪再次脱险。它即将前往另一处战俘营，但目前它安全了。

重聚

1942 年 2 月中旬，弗兰克和朱迪仓促离开时，新加坡正遭受炸弹轰炸，战火纷飞。后来，日本人占领下的新加坡与英国殖民统治时期相比，有了很大的不同。占领者把它叫做"南方之光"，对大部分地区进行了重建。而这一切，还要归功于战俘劳动力。城中为数众多的华人，至少是那些还活着的华人，被当成了奴隶。成千上万的华人被日本的秘密警察——宪兵队大肆屠杀。一位名叫王来成的女士侥幸逃过了这场浩劫，她称这段时期是"一生无法忘记的恐惧"。日军在新加坡的夜总会里，吹嘘着他们在太平洋战场上取得的军事胜利时，当地人除了吃饭和睡觉，什么也不敢做。王女士回忆说："有时候，我们甚至不敢开灯，生怕会把日本士兵引到家里来。"一次，一名日本士兵闯进她家，用乱棍将她的弟弟打死了。在这段可怕的时间里，王女士因为严重营养不良，流产了四次。

整座城市的时间都被设定为东京时间。"如果（日本人）告诉你现在是半夜，哪怕天空中太阳高挂，那也是半夜。"王女士说。食物的储备基本上就是木薯粉和红薯。猪肉贵得离谱，等候买猪肉的队伍一排就是几个小时。日军对参与黑市交易的惩罚是砍头，但黑市仍相当活跃。日本人系统性地清除着西方学校和西方文化的影响，原本蓬勃发展的当地媒体变成了大日本帝国的宣传喉舌。和在格鲁骨一样，日军利用战俘砍倒了大片原始热带雨林，建起巨大的日本神庙。战后，神庙立刻被拆除。

河谷路战俘营位于改造后的城市中心，是新加坡河西岸一片安静的地带。所谓"河谷"，其实就是穿过战俘营中间的一条窄窄的排水沟。营

地里只有一些破破烂烂的竹架建筑，很多屋子只有屋顶和横梁，连侧墙都没有。不少茅草屋顶被风刮走了，没有任何遮蔽。有些两层的小屋里，睡觉的床铺位于地面以上三米，可上下楼梯的台阶早已破烂不堪，使得这些人像是高高栖息在树上的鸟儿。

即便以战俘营的标准来衡量，河谷的状况也是惨不忍睹的。和格鲁骨永久性的水泥建筑相比，这里的房屋可以说相当破败。处于日本人统治之下的新加坡也很丑陋，完全没有几年前无忧无虑的欢乐气氛。绝望的情绪取代了满不在乎的心态。有一次，哈特利把垃圾桶拿到营地的大门外，还没等日本人把垃圾收走，一群饥肠辘辘的华人就冲过来，在垃圾桶里翻找还能吃的东西。只是他们不知道，这些垃圾早已被战俘翻了个遍了。

战俘们像垃圾一样脏。他们的脸上全是尘土、油污和烟尘。他们的头发乱糟糟的，都是汗水和海水。他们满下巴胡子茬儿，眼窝深陷，瘦骨嶙峋，裸露的身体上伤痕累累。很多人还没有缓过神来，大家都到了忍耐的极限，这几天发生的事把他们逼到了崩溃的边缘。

来到河谷后，朱迪不愿去瑟尔的小屋。它绕着营地走了好多圈，它跑进每一间屋子，每一处围栏，甚至是每一个厕所，寻找着弗兰克。它来回奔跑，搜遍了每一寸角落，可他并不在这儿。它躲在大门后面不显眼的斜坡下，把肚皮贴在地上等待，用悲伤的目光扫视着每个走进大门的人。

开往河谷的途中，弗兰克的卡车在当地的村庄停下来补充供给。所以，虽然他在朱迪到达码头之前就已出发，但抵达营地的时间却比朱迪晚得多。当朱迪看到弗兰克摇摇晃晃地从卡车上下来走进营地时，它的忠诚与耐心得到了回报。

朱迪喜出望外地冲向弗兰克，把他扑倒在地，尽情表达内心的喜悦。"我一走进战俘营，一条脏兮兮的狗就从后面跳到我身上，它的力气那么大，把我一下推倒在地，"弗兰克带着微笑回忆说，"它全身都是油，沧桑而疲惫的眼睛是通红的。"在来自英国人（无意的）和西竹上尉的种种阻挠下，人与狗最终还是重聚了。

弗兰克从被朱迪扑倒的地方站起来时，早已是泪流满面。"拜托，你这老姑娘，快别发疯了。"他带着英国人典型的含蓄语气说。片刻之前，他还处于崩溃的边缘。现在，他最好的朋友奇迹般地回到他身边，他又有了希望，他又有了生活下去的决心。瑟尔说："他的肩膀好像又挺了起来。"

彼得·哈特利和菲尔·多布森也在河谷重聚了。跟弗兰克和朱迪的情况一样，哈特利最后一次看到他这位好友是他在"韦麻郎"号上从舷窗钻出去的时候。哈特利很早就到了河谷战俘营。当一批又一批战俘乘坐卡车进入营地时，他总会紧张地走来走去，期待他的好朋友能在其中。他甚至开始怀疑自己为什么要这么费劲地活下来。"那么多朋友都死了……我为什么不在有机会的时候选择放弃，偏偏努力活下来呢？"

终于，在经过一整夜的焦虑无眠后，第二天下午，一辆卡车运载着三十名战俘来到营地，多布森正是其中之一。"我们看着对方的脸，开心地笑着，紧紧握住彼此的双手。直到这时，我才意识到之前的我是多么失落。"哈特利这样写道，"从现在开始，我们的未来似乎更加光明了，就好像一个暗淡的白银世界突然奇迹般地被擦得锃亮。"

弗兰克和朱迪、彼得和菲尔都是幸运的。但有些在格鲁骨结下的深厚友谊却永远消失了。一部分战俘压根儿就没来到河谷，而"韦麻郎"

号上的重伤员则被送到樟宜战俘营休养。

　　爱德华·波特是一个幸运儿。在沉没的"韦麻郎"号的货舱中，他的双腿被掉落的横梁砸成粉碎性骨折。在樟宜战俘营，他凭借仿冒高档手表和钢笔的技艺出名。他能在普通的手表、钢笔上刻出劳力士和派克的标志，技艺之娴熟让日本人也上了当，他们不仅相信这些东西是真货，还愿意付高价买下（这些品牌对日本人的吸引力太大了，他们甚至不愿意简单地把这些仿冒品没收）。波特将赚来的钱用于从当地人那里购买医疗用品。当地人从日本人那里偷来这些医疗用品，再走私到战俘营中。

　　在樟宜战俘营中，波特还花了不少时间创作歌曲和华尔兹舞曲，大部分反映了他在战俘营中孤独忧伤的心境。一首名为《你永远属于我》的小曲也许最能表达弗兰克在以为朱迪葬身大海后的心情。

　　　　离别多么悲伤，
　　　　心中充满忧愁，
　　　　但谁知道我们再见时的欢喜？
　　　　在孤独的日子里，
　　　　不断回想有你的幸福。
　　　　我伤痛的心在向往，
　　　　向往你温暖的怀抱。
　　　　我们也许相隔天涯海角，
　　　　但你永远在我心中。
　　　　分别让我更加爱你，
　　　　你是永远属于我的。

弗兰克、朱迪和"韦麻郎"号的其他幸存者们到达新加坡时，河谷战俘营里已经关押了一批战俘。他们之前都在爪哇岛，被转移到这里来时，还认为这只是个中转站。

　　爪哇岛的战俘和格鲁骨的战俘一样，大部分是荷兰人和英联邦国家的人，但也有不少美国人，绝大多数美国人属于商船队。其中最出名的便是乔治·达菲。他被关进河谷战俘营时才二十二岁，但过去三年的经历足以让他一辈子难以忘怀。

　　1941年9月末，十九岁的达菲从马萨诸塞州航海学院毕业。他亲切随和的笑容与神采飞扬的眼神弥补了他粗哑的新英格兰口音和粗野的个性的不足。毕业一周后，他在纽约开始了第一份工作，登上了一艘全新的柴油动力轮船。轮船的名字也起得很好，叫"美国领袖"。珍珠港事件发生前几天，达菲和船员们才刚刚从珍珠港经过，后来他们又幸运地避开了日军轰炸美国军队的马尼拉地区。此后，"美国领袖"号作为护航舰，在全世界各地的海洋上运送战争物资，直到1942年9月，它在南非海岸遭遇了德军突袭。

　　"美国领袖"号被鱼雷击沉，达菲跳入水中，并最终爬上了一只木筏。过了一会儿，另一只木筏划到他们旁边，问他们有多少人。当得知木筏上共有二十三人并且没有人受重伤后，一个德国口音的声音回答："很好，我来拖你们吧。"

　　就这样，达菲被纳粹俘虏了。一连数周，他和幸存者都被关押在德国船上，直到到达巴达维亚，德国人才把他们放下来交给日本人。接着，他在爪哇岛被囚禁了将近两年，又乘船来到了河谷战俘营。和格鲁骨的战俘一样，达菲也认为这里并不是他的最终目的地。

　　是不是目的地其实并没什么关系，反正这里比格鲁骨好不到哪儿去。

大家在苏门答腊岛上积攒的所有物品，包括各种餐具，全都丢失了。珀维斯回忆说："（我）想办法找到了一块扁扁的锡铁，把它掰成一个盘子；又找到一个椰子壳，把它一切为二，当杯子用。我的勺子是竹片做成的。"这里收不到信件，也没有红十字会。如果硬要说有什么不同，那就是食物更少了，至少对战俘而言是如此。他们一天全部的口粮只有小小的饭团、一点干鱼和海藻。哈特利说："海藻看起来就像晒干了的绳子，吃起来也像。"大家从树上剥下树叶和树皮，补充微薄的口粮，但它们对咕咕作响的肚子和迅速蔓延的脚气病没有任何帮助。

更残忍的是，烟草出现了严重的短缺，这也在很多战俘的预料之中。烟草在苏门答腊岛上产量丰富，在新加坡却很稀少，对尼古丁早已上瘾的战俘们真切感受到了这一点。日本人也感受到了。后来，他们安排了一名小贩，向烟瘾难忍的战俘出售一点烟草。他们发现，这些人只要一抽了烟，士气就会格外高昂。从那以后，战俘们再也没有缺过烟草了。

还有一个不同之处——在这里，他们能经常见到真正的女人，不过是隔着围栏的。这些新加坡的女人在战俘的视线范围内进行着各种日常活动，并不知道自己已成了观察的对象。达菲回忆说："我们经常可以看到个头高挑、身材苗条的马来女子和华人女子穿着紧身长裙。"在过去两年多的时间里，除了偶尔见到的村妇，这些男人很少能见到女性。也许有人以为，他们会贪婪地盯着这些整洁又时髦的年轻女子，但实际上，苦难早已磨灭了他们的性冲动，至少达菲就是如此。他说："我们太久没吃饱过了，这些女人没有给我们带来任何生理上的影响。"后来，莱斯·瑟尔也说："最起码，我再也不相信性是人的主要冲动，是激励、动力，是推动力了。毫无疑问，食物才是人生的主要目标。"

最让人难受的，可能还是文明的存在对他们的诱惑。从战俘营的窗口，可以看到城市中心的霓虹灯光，甚至可以闻到杜松子酒的香味，听到乐队的演奏。这让战俘们觉得，战争好像不存在，又或者说，日本人在这场战争中赢得很轻松。从更远处看，夜晚的新加坡和它在英国统治时期并没有什么区别。各种娱乐活动离他们很近，这让他们想起了失去的却又不可能再找回的一切。他们与世隔绝，而外面世界的好时光还在继续，这让他们愤愤不平。一名战俘打了个比喻，说这就好像是一个女人在丈夫还没有"确定死去"之前，就改了嫁。

所以，当有流言说大部分人将被送回苏门答腊岛时，大家并不觉得这是个坏消息。据说，在苏门答腊岛上的某个地方，一项特别的任务就要开始了——可能是收割水果和谷物。只有通过了测试，证明自己是可以胜任这项任务的最强壮的战俘才能去。

测试是滑稽可笑的。战俘们列队站在营地的一侧，每组十人，日本人举着刺刀，让他们走到营地的另一侧，只要途中没有倒下的人都可以加入出发的队伍。除了病得最严重的病人，所有人都符合要求。

他们还得通过另一个更加屈辱的测试。一辆大货车载着几名日本医生和日本护士来到战俘营，他们是来做痢疾检查的。每个战俘必须脱掉短裤，弯下腰，让护士把约二十厘米长的玻璃管插进直肠。绝大部分人至少有轻微的痢疾症状，但测试的结果也没有令任何人的资格被取消。

战俘们步行穿越整个新加坡，来到岌马港。就在不到三十个月前，很多人才从这里绝望出逃，此时再度回到这里，绝望的情绪变成了彻头彻尾的麻木。没人在意列队走过城市时所受的羞辱，也没人在意围观人群充满敌意的目光和用步枪推着他们往前走的守卫。几个华人偷偷向他们比出代表胜利的 V 字手势，精明的战俘明白，战争应该没有日本人吹嘘的那般顺利。

再次回到大海上，大家多少有些不安。很多人在面前的这片海域上遭遇过一两次沉船事故。即便是朱迪这样老练的水兵，在经历过最近的海上历险后，也不免有些胆怯。日军选择明轮汽船作为横渡海峡的交通工具，这是明智的。因为这些小型船不太会招来潜水艇的鱼雷攻击，而且它们不像地狱之船，它们的甲板下面没有可以把战俘塞进去的地牢。大家都挤在甲板上，虽然拥挤，但毕竟能呼吸到新鲜的空气。

朱迪再一次被偷偷带上船（它坐的船是"伊丽莎白"号）。这一次，守卫似乎都没什么兴趣要把它找出来。这也许是个危险的信号。在河谷战俘营，朱迪和其他人一样，大部分时间都得自己觅食，它从城里抓来蛇和老鼠，但显然还是吃不饱。它的体重从二十七千克下降到十八千克出头，原本光亮的棕色皮毛变成病恹恹的深褐色，像一条带斑点的帘子挂在身上。它肋骨突出，眼窝肿胀。弗兰克把所有的希望都寄托在这次收割食物的任务上，希望他和朱迪至少能吃饱。

朱迪乘坐的船顺利开过大海，没有被击沉。当船开到夏克河河口，船头却转向东南时，他们才确定，他们不会马上回到格鲁骨了。这一切只不过是日军精心编造的谎言，他们真正的目的地是苏门答腊岛中部的重要城市，北干巴鲁。

7月底，他们靠岸了。一下船，他们就看到还有其他的战俘也在这里。日军逼迫他们步行穿过丛林时他们才意识到，他们的新家、新任务和收割没有任何关系。弗兰克之前没有步行穿越过苏门答腊岛的腹地，可这样的旅程对朱迪、瑟尔、德瓦尼和其他人来说，就是噩梦重演。因为他们早在两年前就有过类似可怕的经历了。

他们先坐了一段短途火车，下了火车后，又继续步行。没过多久，他们遇到了一条五十米宽的山涧，湍急的河水在十八米深的沟里翻滚奔涌。河上没有像样的桥梁，只有日本人用木头搭成的临时便桥。桥上没有像样的木板，只有间距很宽的薄木片。桥的两侧也没有扶手。过桥是可怕的考验，尤其是对于这群饥肠辘辘、身心俱疲，并且还没有鞋的人来说。一个荷兰人坚决不愿上桥，开始歇斯底里地尖叫起来。日本人让他跳下深谷游过去。在这之后，他再也没有出现了。

剩下的人都过了桥，来到对岸。大家花了很长时间，小心翼翼地"过桥"，已经过桥的人则利用这个机会好好休息了一会儿。稍微恢复精神后，他们又走了十多千米的路程，一路唱着《将大桶滚出》和士兵中最流行的抗议歌曲《保佑他们》向新家出发。轻松的心情迅速变成了绝望。高耸入云的树林遮蔽了所有的光线，沼泽地的湿气将他们裹在团团迷雾之中。每个人的舌头都因为干渴而发胀。守卫还在不断催促他们往前走。朱迪小心地跟在弗兰克沉重的脚步旁。

终于，大家看到了远处路边微弱的篝火，走到了偏僻丛林中的一处空地。他们到了自己的新家。漆黑的夜幕掩盖了可怕的现实，但不会掩盖很久。

第二十一章

北干巴鲁

危险的信号已经有了。早在 1943 年 10 月，巴达维
亚电台就报道了日本人在新加坡举行的一次劳工会议。
谈判中，"大东亚共荣圈"的统治者们用各种言辞，大肆
鼓吹要使用奴隶和战俘完成本地区的各种劳动任务："日
方决定采取必要措施，满足马来半岛、苏门答腊岛和婆罗洲等地对劳动
力的需求，并讨论了劳动力的住宿和运输等其他问题。"

第二天，柏林电台也进一步报道了这条新闻："为了利用一切可以
利用的劳动力为战争服务，当局决定在马来半岛、苏门答腊岛和婆罗洲
三地进一步增加战争生产力，以解决这些地方缺乏劳动力的问题。"《墨
尔本守卫报》的头条报道说，"日本人正加速修建苏门答腊岛上的战略
防御公路"，并暗示一项规模更为宏大的工程即将在印度尼西亚群岛
启动。

1944 年的年中，这项工程开始了。日军决定修建一条连接苏门答腊
岛东西海岸的铁路，为抵御盟军进攻提供更大的灵活性。被日军无情牺
牲在这条死亡铁路上的人可能没有在缅甸和暹罗的多，但从残忍程度来
说，苏门答腊岛的情况是同样可怕的，甚至可以说是空忙了一场。约翰
·赫德利在口述历史时说："缅甸—暹罗铁路在修建时，士兵们的身体状
况还是相对健康的。我们却是在被囚禁的最后一年开始修建铁路，当时
我们的身体状况已经不适合做任何事了。"

20 世纪 30 年代，荷兰人就考虑过修建这条铁路，但最终因为多种原
因放弃了——最主要的原因是工程的规模和修建地复杂的地形。一条真

正横跨苏门答腊岛的铁路需要穿过大片沼泽，沼泽里还飞满了传播疟疾病毒的蚊子；需要翻越高达两千七百米的高山，跨越一到雨季就会涨水、水深是人的身高的两倍的河流，还得走进从来无人踏足的茂密森林。

即便是日本人，也没有疯狂到想要连接苏门答腊岛的南北两端。苏门答腊岛北边人烟稀少，自然资源也不如南边丰富，基本上处于无人问津的状态（今天，这个地区最著名的是它的海滨城市班达亚齐，但2004年的海啸使它受到重创）。日本人只是计划将苏门答腊岛上的几个大城市连接起来，包括西部的棉兰、巴东，东南部的巨港，以及几乎位于岛屿正中心的北干巴鲁。战俘们很清楚，巴东和沙哇伦多之间已经有铁路了，因为他们乘坐过那条铁路上的火车。那段铁路继续向东往内陆延伸，终点是一个名叫莫阿罗的小村庄。

日本人计划的第一个阶段是在北干巴鲁和莫阿罗之间修建铁路，将北干巴鲁和巴东连接起来。这需要在茂密而危险的苏门答腊岛荒野铺设长达二百二十五千米（相当于西雅图到温哥华的距离）的铁轨。接下来，如果日军还没有战败，就将这条铁路继续修建至巨港。

1944年春天，日军指挥官当然也意识到了日本的胜利扩张局面已经终结。前面还有很多仗要打，但美国工业发展的强大力量让所有人（除了最虚妄的好战分子）都预料到了战争的结果。

在这样的情况下，日军仍决定使用战俘和超过十万名印度尼西亚和马来奴隶作为劳动力，这似乎有些"孤注一掷"的意味。和纳粹控制下的犹太人不同，这些被俘虏的士兵不会被马上杀死，因为那是在浪费日军无法负担的子弹和人力。这些人将在丛林中劳作至死。在劳动繁重、营养不良和疾病横行的情况下，还能坚持下来的最强壮的人，将增强日军作战的能力。至于其他人，死了就死了吧——反正在日本人的眼中，

他们本来也是要战死沙场的。

一开始，日本人承诺提供良好的伙食和报酬，要求当地人（日本人把这些人叫做"劳务者"）自愿报名，可结果几乎无人报名。成千上万名日军士兵出动，强制奴役了他们。日军士兵包围整间电影院和商场，带走了里面所有的人。最初，大部分劳务者都来自爪哇岛；后来，日军几乎在荷属东印度群岛的每个岛屿上都将当地人从他们自己家中掳走，强迫他们来修建铁路。总共有大约十二万名劳务者被带到北干巴鲁。

只有两万三千人幸存下来。

奴隶们最开始要修建的是一条与铁路平行的辅助公路。这是一项工程量巨大的危险任务，需要炸开山坡、清理碎石。有部分盟军战俘参与了该项工程，但最艰难的工作都是由当地人完成的。炸弹经常会在他们装置火药时就爆炸。有一次，爆炸的瞬间，三十六人被炸死。劳务者经常得在头顶摇摇欲坠的巨石下工作，那些石块只被炸掉了一部分，最终还是会掉落下来，砸死下面所有的人。日军会下令让别的劳务者从碎石堆里挖出尸体，再继续工作。

生病的战俘至少会被日军带走，得到一些勉强可以称之为照顾的待遇。而生病或受伤的劳务者就只能在他们倒下的地方自生自灭。战俘们经常会在工作时不小心踩到腐烂的尸体，或是发现一息尚存但已无药可救的人。

1944年5月19日，第一批大规模的盟军战俘劳动力从巴东来到北干巴鲁。他们接到的指令是修建一处扎营基地（又叫二号营，一号营则是日军总指挥部和铁路工程的主要补给站）和从夏克河附近铁路站点延伸出去的第一段铁轨。他们的起点是荷兰一家石油公司建造的旧工棚，这处工棚离夏克河大约一百米。持续不断的降雨淹没了整片地区，二号营的地基成了一大片齐膝深的淤泥。赤脚工作的战俘给它取了个外号，叫"泥疗胜地"。

二号营离北干巴鲁和周围的几个小村很近。没过多久，这里就陆续住进了一千八百到两千名战俘——大部分都是生病的、快要死的人，或是不适合劳作的人。最先修好的一批建筑中有两间医务室，其中一间后来成了大家熟悉的死亡之屋。

偶尔，军官们可以幸运地从事一些营地内的轻松工作，可他们的旁边就是在医务室里忍受折磨的病人，这不免让他们的轻松心情瞬间被毁灭。除此以外，营地里的长期居民就是一些日本人、十来个急需医疗用品的盟军医生和一群厨子（大部分是荷兰人）。

其余每个人都有劳动的任务。日军的计划是随着铁路线的推进，让两支队伍交替前行，各自在丛林中搭建野外营地，就地砍下树木，将它们做成枕木，铺设在预定的路线上（无论在途中遇到怎样的自然障碍，他们都只能想办法绕过去，或是从上面翻过去，又或是从中间穿过去）。接着，再用钢索钩或铁钉把木板钉在铁梁上，形成像样的铁轨。

北干巴鲁的条件比巴东和格鲁骨要恶劣无数倍。战俘们忍饥挨饿、身体虚弱，繁重的劳动增添了痛苦，更何况他们还得衣不蔽体地暴露在野外环境中。在别处的战俘营，他们都被囚禁在牢房里，此时能在户外工作，也许是个不错的转变。可正如与弗兰克、朱迪并肩工作的乔·菲茨杰拉德所说："我们有了更多活动的自由，可人的尊严所剩无几。"

最终，超过六千名盟军战俘在铁路沿线搭建了至少十几处营地。莱恩·威廉斯说："每一条枕木都是以生命的代价铺就。"

弗兰克和朱迪来到了铁路旁的新家。第一天早上，他们在五号营醒来。该营地靠近地图上一个名叫洛波萨克的小地方，离北干巴鲁

二十三千米，离三号营不到十六千米。三号营关押的是包括瑟尔和德瓦尼在内的大批英国战俘。五号营的一名战俘回忆说："哪怕是最坚强的人，在看这里第一眼时，心情也跌入了谷底。"在最繁忙的时候，大约有一千人在五号营工作，一半荷兰人，一半英国人和澳大利亚人。

营地军阶最高的英国军官是戈登上尉，他的组长是斯帕克斯中尉。两人都听从铁路上的英国高级指挥官、皇家空军中校帕特里克·戴维斯的命令。戴维斯是伦敦人，刚满三十岁。和绝大多数空军小分队的人一样，他也是在新加坡沦陷前，从新加坡撤离到爪哇岛的。他在爪哇岛的战俘营被关押了一段时间，1943 年 5 月被转移到北干巴鲁。在北干巴鲁，他突然发现自己成了一群人的指挥官，而这些人都是要在丛林中工作到死的。和那些对战俘营里的军官们的传奇性描述不同，戴维斯从未尝试过逃跑，也没有机会勇敢地挑战权威以考验自己的意志力。日军指挥官宫崎良平上尉耸着肩膀解释说，戴维斯手下的人遭受的一切磨难都来自上头的命令，他也无能为力。

戴维斯曾给路易斯·蒙巴顿勋爵位于东南亚的指挥总部写过一份正式报告，他在报告中说："管理战俘营实在是太难了，我有我认为适合的措施，日本人却没有给我行动的自由。我指挥的人中三分之二都是荷兰人，他们的英语水平非常有限。"大部分交流都是以马来语进行，但英国人、荷兰人和日本人却没几个能说流利的马来语。戴维斯是最高长官，荷兰人却并没有把他当领导。

尽管面对重重困难，又或者正是因为这些困难的考验，戴维斯最终以在北干巴鲁的勇敢表现，于 1946 年 10 月 1 日被授予骑士身份。对他的嘉奖令是这样说的："这位军官在战时被日军俘虏期间，面对极其艰难的环境，表现出惊人的气节和勇敢。他竭尽所能地劝说日本人改善战俘的生活条件。在被囚禁期间，帕特里克·戴维斯中校是所有人的杰出榜样。"

戴维斯是勇敢直率的，但他的努力并没有带来很大的实际效果，修建铁路的战俘仍备受折磨。唯一让戴维斯和战俘感到欣慰的就是，后来宫崎也和他的长官们一样，被判处了死刑。之所以将这位下级军官也处以极刑，主要是因为他盲目地服从不人道的命令，不惜一切代价也要完成铁路的修建。

"白天，我们无休止地工作，"弗雷德·弗里曼回忆说，"压根儿就没有什么休息日。"炎炎烈日下无休无止的劳作将每个人都逼到了体力的极限，有时候甚至是超出了极限。修建铁路的任务是艰苦的、没有尽头的。和它相比，在格鲁骨修建神庙，在勿拉港拆除汽车工厂就像是在公园散步一样轻松。

从营地到工作地点之间的交通方式通常是火车，有的地方只需要坐几分钟火车，有的地方需要一个多小时，这取决于工程的进展和当地的地形。菲茨杰拉德回忆说："当日本人认为我们'通勤'的时间太长时，就会把营地沿铁路往前推进。"在经过了一天艰辛的劳作后，坐火车返回营地的旅程简直是"太舒服"了，菲茨杰拉德这样写道："可如果下雨，那就纯粹是悲惨了。"这些火车经常脱轨，尤其是在雨后。脱轨后，战俘们还得下车去推车。

弗兰克和五号营的战俘的第一项工作是用沙子堆建起路基，以支撑小路，好让卡车通过。之前的路基在雨季中被冲垮了。在整条铁路沿线，这种情况非常常见，因为日本人选择修建路基的地段都是格外多雨的。一位名叫弗雷德·塞尔吉的荷兰战俘说，一连好几周，他们都忙着往手推

车上装运"黄白色的沙子","有时要推着它们走出两千米远"。另一些人的任务则是拓宽路面，以方便卡车在修建铁路期间通过。很快，工程便开始了。

铺设铁路的过程中，有九个不同的工种。每天，弗兰克都会从事其中的一种。负责拉绳子的人会用彩色绳子标出铁路的路线。负责做记号的人会用系在四脚杆上的铁钩在绳子下面的沙地画出一条线。十二个负责扛铁轨的人会将沉重的铁轨从火车车厢中（每天早上，战俘们都会用火车将铁轨运到工地来）扛到路面上适合的位置。战俘雷蒙德·史密斯为让子孙后代了解那段历史，详细记录了他在北干巴鲁的生活，他这样写道："那是极费体力的工作，一段铁轨的长度是十五米，重五百七十千克。除了铁轨本身的重量，狭窄的道路和松软的泥地让我们的工作难上加难……阳光照射下，铁轨被晒得滚烫，根本无法用手触碰。"弗兰克在肩膀上和脖子上垫的垫子早就被磨破了，临时用来缓解疼痛的布片毫无用处，铁轨深深地压进了他的皮肉之中。他的身高也是个问题——一支队伍中，铁轨的重量总是会更多地落在个头高的人身上。一位名叫肯·罗布森的五号营战俘回忆说："我们让个头差不多高的一队人一起扛，这样就不会让个头高的人承担大部分重量了。"但这方法并非总能实施。经常有人因为没站稳，而压烂了手指和脚趾。

等大家费尽力气把铁轨拖到正确的位置后，负责枕木的人便会把枕木铺设到位，负责钻孔的人用钻孔机在枕木上打出孔，负责撬杠的人再将铁轨运到枕木上。接下来，就轮到敲铁锤的人了，这也是弗兰克经常扮演的角色。"拿撬杠的人牢牢扶住枕木，"史密斯这样描述道，"敲铁锤的人拿着木柄的铁锤，把长钉敲进预先钻好的洞里，直到长钉与铁轨底部牢牢连接在一起。"罗布森说："这个人的眼力必须相当好。"

长钉钉牢后，拿锯子的人会用一把大钢锯把多出来的钢条锯掉，这项工作极耗体力。钢锯的刀片经常断裂，因为"日本的钢锯是向里拉的，而西式的钢锯是向外推的"，史密斯解释说。刀片断裂后，锯锯子的人会遭到守卫的一顿毒打。最后，负责连接的人（也就是拿扳手的人）再以活动扳手把横木用钢栓固定到铁轨上。

"这一切听起来相当井然有序，但其实只是纸上谈兵，"罗布森说，"现实是，每个人都要参与各个工种。"弗兰克主要负责拖运钢轨，并用锤子把它钉进枕木，但也承担其他各项建造任务，包括在树林和沼泽地里砍伐树木，再把它们砍成木料。

守卫们总是在附近转悠，大声催促"快点！快点！"。菲兹杰拉德记得有这样一名守卫：

> 他的朋友们都叫他"黑色乔"。他习惯站在拿扳手的人旁边，大喊加油鼓劲的口号。近距离听他的喊声会让人体会到什么叫"无法忍受的痛苦"。有一枚螺栓没拧好，他就会立马责备拿扳手的人，并用手里一直拿着的鱼尾板扳手狠狠敲他的脑袋。当他发现需要换新的螺栓时，他就用洪亮的声音大喊，让负责来回送材料的人送来替换的螺帽和螺栓。而那个人来的时候，也会被他狠狠敲上一记。

这里的零件设备远远算不上最好的。很多铁轨、螺栓和钢板都是"从爪哇岛偷来的"。菲茨杰拉德回忆说："有些甚至是在这个世纪之前就已经用过的。"其他材料也是如此，比如，沉重的铁轨上还打着"破孔点，澳大利亚"的标记。可如果有什么地方出现了问题，附近的战俘们

都将付出惨重的代价。

有时候，战俘也不工作，而是偷偷搞破坏。游击战式的暗中破坏成了大家对抗日本人的重要手段，这反过来又多少鼓舞了大家的士气。他们把香蕉糊塞进引擎，使其无法运转。他们故意把长钉打进松软的泥土中，使火车头开过时冲进路边的灌木丛。他们要么过于用力地敲打钉子，使它们断裂；要么压根儿不用劲，让它们掉出来。很多长钉都被敲断，只剩下钉子头，他们把钉子头按到泥地上，看起来就像钉好了一样，可一旦火车开过，它就会断开。

战俘被解救时，弗兰克在官方的战俘表格上填写了他曾经采取过的对抗日军的措施：他"拔松汽油桶上的木塞，再把油桶朝相反的方向堆放，以此破坏敌军的汽油供给"，他还"把汽车备用的零部件埋起来"。

他"把沙子和当地出产的红糖加到飞机和车辆用的汽油及润滑油里"，使日本人的运输工具效能降低。

他还在修建铁路时搞破坏，"把长钉钉入枕木的纹理中，这样，当火车或卡车从上面轧过时，枕木就会裂开，甚至会导致火车脱轨。另外，还可以用腐坏的木材做成枕木"。

有时，这些破坏行为相当大胆。有一个名叫斯林格的澳大利亚人，特别疯狂又特别无畏，他花了好几天修理坏掉的蒸汽压路机，引来日本人的拍手称赞，也招来了其他战俘骂他"叛徒"的窃窃私语。但在守卫发动机器的瞬间，它爆炸了，炸死了那名守卫。

尽管工期被延误，但战俘们每天还是得铺好一千两百米长的轨道。在复杂地形的影响下，他们往往很难达到这个标准。随着他们身体状况的急剧恶化，这一标准也降到了每天两百或三百米。可即便是区区数米，也需要战俘们付出巨大的努力。菲茨杰拉德是来自加的夫的威尔士人，日本人叫他"卓别林"，因为他留着和卓别林一样的小胡子，他在回忆北干巴鲁生活的短篇回忆录中描写了这样的一幕：

> 汗水从脸上和身上滚滚滑落，擦汗巾早已湿透，干裂的双唇只能尝到浓烈的咸味……砸进一枚钉子，举起一把榔头，铁路上叮叮当当的声音此起彼伏。一声尖叫从迷雾中传来，你刚把钉子钉好站起身，一记拳头、一块木板、一支枪托或是其他什么东西就狠狠地打在了你脸上。你晕头转向，脑子里一片空白，仿佛死了一样痛苦。你倒下了。你努力挣扎起来，在那片空白中，不知从什么地方射进来一缕光。你刚想看清，那尖叫的声音又响起了，那拳头或是其他什么东西又打到了你另一边脸上，你又倒下了。有人穿着靴子踢你，你第三次倒下了，一个红色的东西，一个无法解释的红色的东西变得清晰……突然，红色的迷雾散开，你发现你又站了起来，那个声音又开始嘶吼。可这一次，喊话的是你自己的长官，他看到了你的苦难，他来帮助你了。很快，这场小小的意外便结束了。加油啊！要不了多长时间了！他们马上就要去吃东西了！把汗擦掉！擦掉！去他的！去他的！去他的！通通去他的！

他们睡觉的地方是多年前由煤矿工人修建的简陋小屋。屋里没有电，用来照明的是自制台灯，点燃的碎布条漂浮在锡罐里的椰子油中。屋顶和墙壁就是用长竿撑着的棕榈叶。战俘们睡在四十五厘米宽的长木板上。小屋的中央是露天的泥地。这是一片被大自然掌控的地方。野草不受任

何限制地从木板缝隙里长出来。罗布森写道："晚上老鼠就在我们的头顶跑来跑去。"蚊虫肆虐，飞进人的耳朵里，爬到人的腿上，咬躺在床上的人。整个小屋弥漫着腐烂蔬菜的恶臭。附近的沼泽地里，牛蛙呱呱叫个不停。

一名英国号手会在东京时间早上七点吹响起床号，这就意味着战俘们得在当地时间四点半起床，这时太阳还没升起。很多人在经历了十二、十四甚至是二十个小时的艰苦劳动后，躺在满是臭虫的竹架上，很难入睡。饥饿也让他们辗转难眠。很多人害怕起床号响得太快，不敢睡觉。"很快，又是新的一天，太快太快了，我们又得重复前一天的劳动。"罗布森哀叹道。

失眠的人整晚都能听到来自荒野的各种呼唤。"你可以听到狮子在跟踪、捕食野猪时，以咆哮的声音相互传递信息。"罗布森说。他和另一位名叫劳斯·沃伊齐的战俘还记得丛林中猴子们没完没了的尖叫声。沃伊齐说："它们不分白天黑夜地尖叫，但你从来看不到它们的影子。"在过了将近七十年后，他仿佛还能清晰地听到那叫声。罗布森还说，战俘们把它们叫做"警报猴"，因为它们的尖叫很像"驱逐舰上的警报声"。菲茨杰拉德回忆说："每天清晨，总会有某个动物唱起《蓝色狂想曲》的开头一段，我们觉得特别有意思。"他还说，这些声音的变化"仿佛带来了一团冰冷又模糊的迷雾，让我们想起了那些在家乡时很讨厌、可现在又很渴望的东西"。很快，战俘们又将开始挥汗如雨了。

他们睡觉时也穿着劳动时的衣服。一般就是一条破破烂烂的短裤，个别幸运儿可能会有一件破衬衫或是几只破袜子什么的。战俘哈里·巴杰还记得："我只有一件衬衫，是留着晚上穿的。我们工作时不穿上衣，下半身最舒服的打扮便是一条遮羞的布条。"这种遮羞布叫裈，也叫兜裆布，今天的读者们可能很难想象。有些人，尤其是包括瑟尔和德瓦尼在内的皇家空军战俘，更愿意用针和线将可能搞到的任何材料做成衣服。"有一次，我们弄到了一些粗帆布，把它做成了衬衫，"巴杰说，"唯一的问题是，它穿在身上太热了，只能在很凉快的晚上穿。"乔治·达菲是铁路上仅有的十几个美国人之一，他有四只都不成对的袜子，一件每天晚餐时穿的外套，还有两条短裤。他这样写道："有一条短裤满是补丁还破破烂烂，再也没法补了。另一条刚打过补丁，看起来挺好。"在他的日记中，他请求蒙巴顿赶快前来营救。"蒙巴顿勋爵最好赶紧行动，要不然我们就只能穿草裙树叶什么的了。"至于脚上穿的，战俘们有两种选择——要么赤脚，要么穿木屐。木屐是一种厚木底的鞋子，鞋面有织物带套住脚趾。荷兰人对这种鞋子很熟悉，但其他人还需要练习才能穿好。菲茨杰拉德回忆说："一旦掌握了窍门，木屐还是挺舒服的，赤脚走路毕竟会带来很多的麻烦和痛苦。"他还说，在太阳把铁轨晒得滚烫之前，大部队也会经常打赤脚走在铁轨上。

战俘集合、列队点名是每天生活中最常见的。起床后要点名，坐火车去工地之前和之后要点名，回到小屋要点名，熄灯之前还要点名。"战俘在被囚禁期间，应该被点过无数次名。"菲茨杰拉德说。点完一个战俘，守卫就会用棍子在他面前的泥地上画一道杠。

从鼓舞士气的角度出发，也是为健康着想，保持最基本的卫生是相当重要的。战俘每天早上起床后，没有办法洗漱。他们直接从小屋被送往工作地点。缺少氟化物导致牙齿腐烂变黑。大量的汗液在皮肤上变干后，浑身腐臭的气味更加难闻。

在每处战俘营里，在每间小屋里，都会有一个人督促其他战俘剪头发、剃胡须。但并不是每个人都愿意接受这样的服务，他们任由脸上长

出蓬松的大胡子，头发也长到了齐肩长。有些人，包括弗兰克，则会经常修剪头发和胡子。作为比较讲究的战俘，哈特利回忆说："我早就知道，自尊自爱、讲究卫生、注重仪表是一个人生存的重要因素。一个人一旦在这方面自暴自弃了，他将加速堕入孤独的坟墓。"

洗澡是相当困难的。战俘需要艰难地步行很长一段路程才能走到离战俘营最近的有淡水水源的地方，其间还得踮着脚尖穿过一片只剩下树桩的丛林。战俘只能在结束一天的工作后去洗澡，可此时绝大部分人都累得不想动了。于是，他们就等待着、祈祷着赶快下雨。当下起瓢泼大雨时，会有成百上千名战俘赤身裸体站在屋檐下，在水流中清洗自己的身体。冰凉的雨水让他们冻得全身发抖、牙齿打战，但至少身体表面的污垢被洗掉了。洗完后，众人聚集在小屋里，房间里充满了雨后清新的味道，这让大家暂时忘却了痛苦。

在巴东、格鲁骨和河谷战俘营，食物短缺一直是一个大问题。在北干巴鲁，它成了极大的威胁。即便是每天躺着不动的人，也无法靠那微薄的口粮维持生存，更何况是还要从事繁重劳作的人。早餐是大家熟悉的木薯粉和稀粥。午饭是一杯米饭（日本人会用棍子把多出来的米饭扒掉，以确保每个人得到的分量都相同）加一杯蔬菜清汤（一满勺奇怪的棕色液体，冷却后会凝固起来）。晚餐和午餐基本一样，有时候会加上战俘在白天工作时找到的各种东西。正如菲茨杰拉德所说："我们总是有机会弄到一点肉……但很少很少，没什么值得激动的。"大家就着绿茶或是煮开后的沼泽水，吞下各种食物。

弗兰克回忆说："我们用各种方法找来各种可以下咽的东西，补充微不足道的口粮，比如，植物的根茎、树叶，蛇和老鼠，有时甚至是猴子肉。"战俘们能抓得到、拔得出的一切都出现在了他们的菜单上。他们抓来鱼、火蛇、昆虫和蜥蜴；捡来坚果、浆果、蘑菇、鲜花和绿叶，甚至把树皮剥下来吃。但弗兰克说，树皮只会让他们腹痛难忍。"我们拿着锡罐，在步行前往工作地点的路上，沿途收集丛林里的蔬菜，"弗兰克补充道，"这其实要冒很大的风险，如果被日本人发现了，那就要遭殃了。"他们会往各种混合在一起的食物中加点辣椒，这样吃起来味道更好。他们的餐具是用小锌片和小锡片临时凑成的。

吃饱是绝对不可能的。哈特利回忆说："我们始终处于痛苦的饥饿状态。"

> 身体的每一个器官似乎都在发出痛苦的信号，要求我们把它喂饱。肚子早已饿瘪，双膝微微发抖。我们带着麻木无助的情绪，从这一顿饭撑到下一顿饭。但我们都很清楚，即便吃了饭，身体的痛苦和渴求也只能得到暂时的、部分的缓解。食物对我们所起的作用，就像是经历长期干旱后的花园终于落下了一场短暂的小雨，打湿了它的地面。

干渴折磨着战俘。水的问题并不是数量上的，而是质量上的——当地的水源中充满了大量传播疾病的微生物。弗里曼回忆说："日本人给我们一个汽油桶用来煮开水，避免喝生水引起伤寒。以前，我们是带着各自的罐子，放在火边来煮开水的。"每天，战俘到达工作地点后的第一件事就是将容量为二百九十升的汽油桶里的水煮开。"水煮开几分钟后，"一位名叫J.D.佩特尼的战俘描述道，"会有人吹哨，表示饮用水已经准备好，我们就会像疯了一样地冲过去。等到水刚刚凉到可以入口的时候，我们就会把它一饮而尽，那水简直是直接就从身上的毛孔流了出来。我们就这样站在那儿，喝着滚烫的开水，汗流成河。"

肠胃问题也在困扰战俘。阿米巴痢疾是最致命的杀手。没洗干净的蔬菜上的蛔虫则影响到了铁路沿线每个人的消化道。肯·罗布森有个朋友叫哈里，他发现自己体内有蛔虫的情况已经到了令人毛骨悚然的程度。"哈里突然在床板边坐起来，"罗布森回忆说，"咳嗽了一声。他把手指伸进嘴巴，拉出了一条长长的虫子，有铅笔那么粗，有二十五厘米长。"

与此同时，给病号减少口粮的政策还在继续，生病的战俘越发得不到康复所需的足够营养。这也导致更多的人不肯承认自己的病情，宁愿一直工作，直到瘫在铁路旁。他们倒下后，全身颤抖，要等一天的工作结束，才由其他战俘把他们抬回营地。日本人说，如果真要按他们的规矩，生病的（因而是可耻的）战俘就应该什么吃的都没有；现在，他们还能得到一半口粮，那是天皇大发慈悲。脚气病和痢疾的流行给战俘带来身体和心理的双重打击，让他们的状况雪上加霜。正如肯·罗布森所说："无法控制自己的身体不仅仅是痛苦的，更让人觉得羞耻……你对一切无能为力只会让你无比嫌弃自己。"

朱迪和战俘们一起承受着这一切。

当弗兰克在铁路上辛苦劳作十二、十四甚至是十六个小时时，朱迪就待在附近的丛林中，它跑来跑去，玩着可能致命的捉迷藏游戏。它原本是一条纯粹的"人的宠物狗"，是炮艇上的吉祥物，大部分时间都在水上度过。尽管天生是指示犬，但在狩猎中它却不能可靠地指示猎物。此时的它，变成了一条能在荒野中顽强生存的野狗，而且这种能力还在不断增强，令人惊叹。"它不再是那条温和而顺从的狗了，"弗兰克说，"它骨瘦如柴，以精明的头脑和本能生存。"

它的鼻子很快适应了新的环境，觅食成了它最主要的任务，它既给自己觅食，也给弗兰克和与弗兰克一起在铁路上工作的朋友们觅食。它抓来蛇和老鼠，大家充满感激地把这些肉类加到微不足道的晚餐口粮中。

当它不去觅食，也不躲避其他动物时，它就躺在树丛中，等待弗兰克的信号。其他营地的地形都较为开阔，只有从五号营延伸出来的铁路周围全是树林和灌木。这样一来，朱迪在等待弗兰克的时候，就完全不会被附近的守卫发现了。"另一个危险来自于当地人。"弗兰克回忆说。不过，他们偏远的工作地点是最大的优势。"铁路附近只有很少的几个村庄，它基本不会与当地居民接触。"

在别的地方，情况就不一样了。别处的狗几乎都快要绝种了。战俘营的守卫们都认为狗肉是美味的菜肴；苏门答腊岛的本地人把狗肉当作珍贵的食材；至于食不果腹的战俘，只要有机会，也会毫不犹豫地吃下狗肉——包括西方人。约翰·珀维斯就是最好的例子。原本他和朱迪被关在一起，后来他被转移到了另一处战俘营，他与朱迪共同的经历及深厚的感情丝毫无法缓解辘辘饥肠。在新的战俘营里，日本军官们养了一条小狗，显然是想在某个合适的庆祝场合把小狗吃掉。

有一天晚上，战俘们把这条小狗偷来吃掉了。珀维斯承认："我也吃了一点。"而且，珀维斯似乎对家养和野生的动物都是一视同仁的。"营地里有一只猫，"他回忆说，"每天晚上都会跑到我的小屋外面喵喵叫，我决定把它捉来吃掉。一连好几个晚上，我都试着抓住它。"珀维斯假装友善地对它咕噜咕噜叫，吸引它的注意，再一跃而起，朝它扑过去，可它总会发了狂似的跑掉。最后，让珀维斯沮丧的是，另一名战俘抓到了它并把它煮熟了。几十年后，珀维斯回忆说："他知道我早就想抓住那只猫了，于是他给我分了一大块肉。"

关于战俘营里西方人吃狗肉的故事很多，尤其是在日军控制的战俘

营，因为那里的狗更多。即便是以爱狗著称的英国人，平时对亚洲人吃狗肉的习惯嗤之以鼻，在当时的情况下，也不得不吃起了他们最钟爱的动物，而且一般都采取煮汤或炖肉的传统烹饪方式。珀尔·巴克写道："饥饿的人是看不到对错的，他只看得到食物。"这也是被日军囚禁的俘虏们的行动原则。

正因如此，朱迪必须躲开众人的视线，它与弗兰克交流时的超常本领发挥了关键作用。"我只需要打个响指或是轻轻吹声口哨，"弗兰克后来说，"这是我们之间的语言，它非常清楚，而且会毫不犹豫地服从。"

"简单的一句'走'就能让朱迪消失。"弗兰克还说，"然后，它就会安静地等我，有时候一等就是好几个小时，直到听到我的信号，才又重新出现。这救了它不止一次，很多次把它从死亡的边缘拉了回来。"

有一位名叫汤姆·斯科特的雷达兵和弗兰克差不多高，他经常和弗兰克在同一支搬运铁轨的队伍中。他是这样描述人和狗之间的关系的：

> 让我觉得不可思议的是，弗兰克和朱迪完全能理解对方的意思，他们真是神奇的组合。任何一个头脑清醒的人都不会把那时的朱迪当成适合家养的宠物。它骨瘦如柴、饥肠辘辘，总是四处游荡觅食，只有当弗兰克抚摸它，跟它说话，或是它抬头看弗兰克时，它的眼神才会变得温柔。而只要发现附近有守卫离得太近，它就会咧开嘴，发出愤怒的咆哮，眼睛似乎都在冒红光。
>
> 有时候，这样的表现会给它带来麻烦。如果守卫威胁说要报复它，弗兰克就会打一下响指，朱迪便消失在附近的树林中。我们看不见它，也听不到它的任何声响。可只

要弗兰克轻轻吹一声口哨，它又会像是凭空冒出来般，出现在他身边。

这样的合作让众人都难以置信，特别是对于那些曾被关在北干巴鲁但从没见过朱迪和弗兰克的人来说，这就更难以置信了。这其中包括大批被关押在铁路沿线不同营地的战俘，乔治·达菲也是其中一位。这位顽固的老水兵晚年住在新罕布什尔州布伦特伍德的养老院里，在九十二岁高龄时，仍然思维敏捷，他不相信一条狗能像自己一样，在那样的炼狱中生存下来。"我觉得这不可能，"他说，"我无法想象任何动物能在那片丛林中活过一天。我之所以能幸存，是因为我身体强壮，而且还很年轻。没有哪条狗能做到。"

可偏偏就是有这样一条狗做到了。朱迪在极端恶劣的条件下还能存活下来，似乎说明了铁路沿线的守卫都是懒散愚蠢之徒，可事实恰恰相反，他们既残忍又精明，这也就使朱迪不断脱险的本领显得更为惊人了。

实际上，在众多见证者的描述前，达菲的质疑反而突出了朱迪生存故事的神奇。乔治·达菲在被俘期间见识过各种难以置信的状况，可朱迪在丛林中、在守卫眼皮下生存的能力还是让他摇着头，连道"不可思议"。

第二十二章

猪脸与金刚

在铁路上担任守卫和工头的人都是满腹怨愤、极易暴怒的人。战争进行到这个阶段，日本人认为，最有能力的士兵是不值得被派到守卫岗位上来的，尤其是来苏门答腊岛这样偏远的地方。绝大部分士兵乘船去了关岛、硫磺岛和冲绳岛，在那里为天皇献出生命。被派到与世隔绝的苏门答腊岛上的人，用英联邦国家的士兵的话来说，就是被困在了"狗屎一样的岗位"上。务实的人意识到，在铁路上牺牲的概率要比在别处和盟军作战牺牲的概率低得多，可即便如此，他们也对现状相当不满。

有些守卫格外残忍。有一名脸色黝黑的守卫，战俘们都叫他"黑杂种"。他从来都是不苟言笑、面带愠色，尤其喜欢毒打组长。他总是用语速过快又含混不清的话发号施令，战俘当然听不清楚他在说什么，一顿毒打也就免不了了。另一名守卫则喜欢把斧头、砍刀等各种工具朝战俘猛扔过去，然后要求战俘把它们捡起来交还给他。

被迫成为战俘营守卫的士兵似乎有无穷无尽的办法，将愤懑之情发泄到太平洋战区的战俘们身上。在缅甸—暹罗铁路上工作的战俘时而害怕这些粗暴残忍的守卫，时而又取笑他们的"愚钝低能"（一名幸存者的原话）。苏门答腊岛铁路修建期间，也来了很多守卫。达菲写道："那些强硬分子才不管我们的死活呢。"

守卫经常大醉酩酊，而且暴虐成性。他们总是扇战俘们耳光，用枪托戳他们，用铲子打他们，这些是每天都会出现的场景，而守卫也只是在催促懒散的战俘或是仅仅在发泄心中郁闷的情绪。当他们真的暴怒时，惩罚的措施比这可怕无数倍。比如说，最典型的手段就是让战俘把树枝或枕木举过头顶，在烈日下站好几个小时，如果他们把手放下，就会遭到一顿毒打。

战俘们只知道守卫的外号：霸王、婴儿脸、花盆、胖嘴、四眼、职业拳击手、肥猪肉、黑豹、鲴鱼、旺达、烂泥、扇耳光的约翰、大象、斗鸡眼、老虎、打得开心、尖叫猴、养蝙蝠的、农夫的儿子、大原、狂野比尔、马脸、木薯吉姆、死路小子、神经质、怒殴者、橡胶脖子、摔跤者、格拉迪斯等。这些幽默的绰号反映了守卫各自的特点，又让战俘可以在背后取笑他们，可并不能让他们的可怕程度减少半分。

"我见过一群守卫毒打一名皇家海军上尉，"战后，一名叫P.M.柯克伍德的澳大利亚医生对《墨尔本时代报》的记者说，"在没有任何冲突的情况下，他们用棍子打他的脸，把他打倒在地，接着又把他拉起来继续打。那是我见过的最残忍、最令人恶心的场面，整个过程中，海军军官一个字都没有说。他就这样站在那儿，默默承受着。"

还有目击者看到守卫把铅笔插进一名战俘的耳朵，一直往里捅，把耳膜都捅破了。守卫对战俘耳朵的剧烈击打也会导致耳聋，这就需要营地医生的急救了。在很多战俘营里，守卫最喜欢强迫战俘对打。如果对打的力气不够，守卫就会自己动手，用拳头将两个人都痛打一番。

守卫不断尝试虐待的方法。雷蒙德·史密斯说，一名叫金尼的守卫曾毒打过他和另一名叫厄普顿的军官。"他强迫我们跪在一起。我把脚上穿的木屐踢到一旁。我们都跪下以后，他把一根竹棍顶在我膝盖后面大小腿之间的空隙。接着，他发出变态的大笑声，开始往下压我的左右肩膀。我的两侧膝盖开始严重抽搐起来。他用同样的方法整了我们俩之后，又拿起我的一只木屐，飞快地敲我的额头。鲜血流进眼睛，我真的以为我

瞎了……金尼走到守卫室的桌子旁，拿起一小瓶蓝色墨水，倒在（厄普顿）头上。厄普顿身患疟疾，本来就脸色蜡黄，再加上墨水的效果，他整张脸变成了鲜绿色！"

通常，越是一天快要结束的时候，砍伐树木和铺设铁轨的任务越是紧迫，战俘们挨打的次数也就越多。腰酸背痛的战俘摇摇晃晃地扛着肩上的重担，还要忍受守卫肆无忌惮的打骂。在没有橡胶树只有柚树的地区，情况更加悲惨。因为柚木是相当重的，一个人根本抬不动，所以必须由一组战俘将它们从树林中抬出来。如果半路不小心掉了，整个工程进展都会被拖慢，这时负责抬树的人和他们的组长就要挨打了。

疾病也加深了战俘的苦难。长期在沼泽地带工作带来的一个常见问题就是皮肤溃疡。溃疡的伤口成为守卫攻击的目标，他们反复刺激那伤口，使得好几名战俘不得不将受伤严重的手或脚截肢。在二号营的医务室里，守卫还用烟头去烫卧病在床的伤员。

有一名块头格外大的守卫，外号金刚。他比普通守卫高出一个头，总是被叫来毒打和他差不多身高的战俘，其中大部分都是瘦高个的荷兰人。他从不讲公平，总是在痛下毒手之前，强迫战俘跪下来。一名战俘由于受伤严重，没法参加为守卫修建足球场的工程，便被他毒打了一顿。还有一名战俘，由于偷偷给劳务者送了几根香蕉，差点被他打死。

可他并非战无不胜。有一次，他和另一名守卫发生冲突，并提出要跟对方打一架。那名守卫虽然个头不高，但显然接受过武术训练。他以灵活漂亮的格斗动作，抓住金刚的脚踝转起圈来。怒不可遏的金刚咆哮着想要反击，可那名守卫让他连靠近都无法靠近。一名荷兰目击者回忆说："大家哄堂大笑。"

还有一名守卫也特别野蛮，战俘叫他猪肉或猪脸。铁路修建工程刚开始时，他在三号营工作，离夏克河的支流坎帕坎南河很近。一天，一名叫扬·纳尼克的荷兰修士来到河边洗漱，意外发现了一件不可思议的好东西———一块肥皂。毫无疑问，应该是某个守卫掉在这里的。纳尼克把这无价之宝塞到自己的屁股缝里，偷偷带回了营地。可就在关键的时刻，肥皂突然掉了出来，偏偏还掉在了猪脸的脚边。

猪脸发出恐怖的怪笑，他现在有理由折磨这位战俘了。一开始，他毒打了纳尼克一顿。但这还远远不够，他又把纳尼克的兜裆布扯下来，让他赤身裸体。接着，猪脸用绳子绑住纳尼克的手腕，把他吊在树上，让他的脚趾够不到地面。

然后，猪脸抓来一堆火蚂蚁，把它们塞进纳尼克身上的各个部位，如嘴巴、鼻子里，更加恐怖的是，还塞进了他的尿道口。猪脸兴高采烈地走了，纳尼克忍受了二十四个小时的恐怖折磨。最后，另一名守卫把绳子剪断，将他放下来时，他已精神错乱，几乎没有意识了。他被送回小屋后，彻底崩溃。这时，猪脸又走到他面前，脸上仍然挂着之前的微笑表情，手里还拿着两串香蕉，像是要致歉。可实际上，他强迫纳尼克把香蕉全部吞掉后才离开。

通常情况下，组长们都是首当其冲被打的。有一次，彼得·哈特利很不情愿地发现自己在一项工作任务当中当上了组长。守卫狠狠地打他的组员时，他抓住守卫的胳膊，让他停手。"之后发生的事，我就不知道了，我也不知道我是怎么回到营地的，"后来他这样写道，"我醒来时，只知道自己头上缠着绷带，那给我留下了一辈子的伤疤。"

大家也许会好奇，朱迪是怎么从残暴的守卫的眼皮下逃生的。守卫有随意杀戮的权力，狗对他们来说，不过是食物而已。在他们眼中，朱迪这个骨瘦如柴、棕白相间的四脚动物的存在是对他们权威的挑战与赤

裸裸的嘲笑。如果可以的话，他们恨不得立马杀之而后快。

然而，各种因素让他们并未得逞。首先，最重要的原因是，朱迪有从他们面前迅速消失的惊人本领。它总能准确察觉到隐藏的危险，在局面无法收拾之前飞快地逃之夭夭。另外，战俘营周边面积广大，有无数可以藏身的地方，守卫往往也不愿意走进阴暗的丛林深处，这些都是对朱迪有利的因素。弗兰克也说过："因为守卫要定时调防，所以朱迪很幸运，那些想要加害它的人从来不会在它身边待很久。"

从守卫的角度来想，他们往往是被迫来到这个远离故土的地方的，相比较他们气候温和的故乡，这里的天气恶劣得多。可怕的捕食动物和贪婪的昆虫才不管这些人手里有没有枪——无论是守卫，还是战俘，都是它们攻击的对象。守卫们被困在一场战争中，一场他们甚至都没有真正上过战场的战争。他们的上司认为这项工程只不过是为了给战俘找点事做，根本算不上是真正的作战。工程看上去也不过是在大自然面前一次不自量力的挑战，绝对不可能产生什么有意义的结果（当然，就算这该死的铁路有完工的一天，守卫也不可能从中获益）。战俘就像没有生命的物件，唯一的作用就是让处于最底层的守卫还有可以欺负的对象。

在这样的情况下，朱迪的存在并没有让守卫们觉得荒谬。他们的人生早已走上一条诡异而扭曲的道路。再说，丛林中还有更危险的动物需要他们操心。位于偏远地带的营地往往会彻夜燃烧熊熊的篝火，以吓退各种可怕的野生动物。老虎和大象的脚印经常出现。大象是铁路修建工人的眼中钉，这并不是因为它们会对人发起攻击或用长长的象牙来刺人，而是因为它们喜欢把铁轨踩得稀烂，像是折断火柴棍一样把枕木扭得乱七八糟。

乔治·达菲有两次在丛林深处发现了巨大的脚印。在五号营附近，他还在松软的泥地上看见了老虎的脚印，"有我的手掌那么大"。1944年末，他发现"大象的脚印有手指尖到手肘那么长，它从树林间走过，压出一长条宽宽的足迹"。

至少有两次，老虎潜入战俘营，偷走了食物。有一次，老虎还叼走了守卫养着准备留到特殊场合吃的几头猪。战俘们一开始还挺高兴，后来他们就得到警告，绝对不要在晚上单独离开小屋，至少要两人结伴。这下，生病的人，尤其是得痢疾的人可就难办了。他们在晚上腹痛难忍，需要去茅厕时，还得叫醒另一个筋疲力尽的同伴陪他一起，树林里任何的风吹草动都会把他们吓个半死。

有时候，战俘把这一劣势转变成优势。一位名叫扬·德奎恩特的荷兰人在保卫苏门答腊岛的战役中中了日军一枪，失去了一侧的肺。他特别擅长模仿狮子的吼叫，这可能与他呼吸道受伤也有一定关系。一天晚上，他用最大的声音模仿出狮子的咆哮。和他预料的一样，守卫们在恐慌中飞快地逃回了各自的小屋。接下来，德奎恩特偷偷溜进守卫的院子，偷走了一只小鸡，这一失窃事件自然也归咎到了"老虎"的头上。

当猪脸在六号营外面被老虎叼走时，战俘们觉得老虎带来的一切恐惧和不便都是值得的。1945年3月，弗兰克、朱迪和五号营的大部分人都搬进了六号营，因为他们要在小河上修一座桥。在猪脸注定灭亡的这一天，他才刚刚毒打了一名叫本·斯尼德斯的战俘，罪名是偷吃芒果。他一遍又一遍狂打斯尼德斯的脸，把他的胫部踢得鲜血淋漓。"他打遍了我身上所有能打的地方，"斯尼德斯对亨克·霍文加回忆说，"我什么都看不见，嘴巴里全是血。我的脸和耳朵全肿了，身上又青又紫。"在旁人的搀扶下，他回到睡觉的地方后就晕倒了。

第二天早上，斯尼德斯听到战俘们兴奋的欢呼声。"昨天晚上一只老虎闯进了营地！"有人说，"它带走了一名守卫。那名守卫叫得像头猪。"但大家都不知道那名守卫是谁。后来，来了一名新的守卫，他个头矮小，年龄尚幼，看上去好像连枪都拿不动。他用守卫们常用的混合语言，传达了一个消息，那就是他将取代猪脸的位置。战俘们问他，那喜欢折磨人的猪脸去了哪儿，新来的小伙子将手指弯成爪子的形状，往前一跳，模仿着老虎的吼叫。"我们马上就明白了，"斯尼德斯说，"那老虎选对了人。"斯尼德斯成了被猪脸毒打的最后一名战俘。

至于朱迪，老虎早已引起了它的警觉，但还不能说是它最担心的事，觅食的需要足以压过本能的恐惧。弗兰克倒是很为它担惊受怕。"在安全方面，我最担心的就是它在丛林里的时候。因为在茂密的树林中，有老虎的存在。苏门答腊虎是体形巨大、悄无声息的杀手。"他说，"虽然朱迪聪明敏捷，但在野生的自然环境中，它完全不是这位丛林霸主的对手。"

大象没有老虎那样强的攻击性，但也很危险。朱迪关于它们最难忘的一次经历就发生在战争即将结束之时。夜幕降临后，弗兰克突然听到朱迪"在灌木丛中低声吼叫"。弗兰克立刻跳起来一探究竟，结果看到了令人震惊的一幕。朱迪正拖着一块"有它自己那么大的"巨大骨头。弗兰克从来没见过那么大的骨头。朱迪抬头见到弗兰克后，把骨头放下，朝他咧开嘴狂笑。接着，它疯狂地在地上扒洞，想把骨头埋起来。那是一根大象的腿骨。在树丛周边几百米的范围内，都散落着这头大象腐烂的遗体。

朱迪很快放弃了挖洞，开始大口咬起了这块有它三倍长的骨头。"好好享用吧，姑娘。"弗兰克喃喃说道。对朱迪来说，在挨了这么久的饿以后，这巨大的骨头一定就像上好的鱼排那般美味。

来自大型哺乳动物的威胁固然让大家晚上噩梦连连，但实际上，更恐怖的还是苏门答腊岛上各种害虫没完没了、无处不在的攻击。雌性蚊子携带的疟疾病毒是直接的杀人武器。在铺天盖地、毫不留情的蚊群面前，大家基本上放弃了与它们的搏斗，只能在睡觉的地方周围挂上一圈蚊帐。肯·罗布森还记得："它们咬起人来又快又狠，没过多久，我们只能甘拜下风。蚊子以永不疲倦、精准凶狠的俯冲式轰炸向我们发起无休止的进攻。哪怕是对烤牛肉、烤羊肉、嫩鸡排的讨论也无法把我们的注意力从蚊虫身上转开。"蚊帐是双刃剑，它们是能阻挡蚊虫，但蚊帐里的空气却格外腐臭闷热。很多战俘宁愿睡在蚊帐外面，充当蚊虫的夜间盛宴。反正几乎所有人都有疟疾，再怎么被蚊虫叮咬也不会造成进一步的伤害。

除了蚊子，还有其他很多害虫在骚扰战俘。各种颜色的毒蚂蚁向他们发起攻击，其中包括切叶蚁，它们从裂开的树皮中成百上千地倾泻而下，肆意噬咬。苍蝇铺天盖地。由于生病或受伤只能从事较轻劳动的战俘经常会被分配到打苍蝇的任务，他们要打死尽可能多的苍蝇，守卫甚至还为每天要打死的苍蝇数目定下了指标。绿头苍蝇会在人四肢溃疡的伤口上产卵，这些人就成了苍蝇幼虫的活体宿主。最恶心的是，幼虫还会在人的身体内孵化。菲茨杰拉德回忆说："'弹簧钢蓝'色的蝎子也是不容小觑的，还有蜈蚣。"它们会躲在小屋的每一个角落和裂缝里。一名叫 A.布鲁吉的荷兰人还记得丛林中大肆蔓延的蟑螂。"任何能抬起来的东西下面都有一大群蟑螂。到了晚上，它们就来吃我们脚底的茧皮。"

更可怕的是，各种小虫也会来噬咬人的皮肤。战俘们睡觉的地方，虱子和臭虫成灾，它们咬人的头皮和脚底。"我们的光头在一定程度上阻

止了虱子的进攻，但它们不会轻易放弃，"史密斯写道，"我不用画图，你们也应该知道它们下一个攻击的目标是哪里吧。"螨虫会传播疥疮，这是一种令人痛苦的皮肤病，不停地抓挠简直要把战俘都逼疯了。朱迪大部分时间也在挠耳朵和肩膀，想要减轻持续不断的瘙痒，但并没有用。

蛆虫不仅出现在战俘的饭碗里（很多人为了多补充一点蛋白质，会把它们吃下去），也出现在每一间茅厕。战俘们上厕所时，屁股底下是成千上万条在粪便中蠕动的蛆虫，令人反胃。在一些情况最悲惨的营地里，就连茅厕里的蛆也被吃光了。它们分泌的恶心黏液通常会被点火烧掉，以消灭里面的虫卵。燃烧冒出的浓烟严重刺激着上厕所的人们的眼睛，让他们止不住地流泪。史密斯回忆说："经常能看到八九个大男人坐在那儿，哭得眼睛都肿了。"

和绝大多数害虫不同的是，蛆虫可以用来治疗热带溃疡。在一块破布上放满蛆虫卵，再把它绑到化脓的伤口上，蛆虫就会吃掉被感染的部位，并清洁伤口，使病情得到明显改善。

在种种天灾人祸中，战俘们发现，苦难反而更能带出人天性中的慈悲。"无论是谁生病了，大家都会对他关照有加，"罗布森写道，"如果生病的人没有东西吃，同伴们就会把自己的食物分给他，反过来也一样。当你看到大家在拼命劝说生病的朋友再吃一点东西时，那种感觉特别温暖。其实每个人在铁路上辛苦工作了一整天，都已是饥肠辘辘。"另一名战俘说："饥饿摧毁了我们的身体，却让人与人之间的关系更加亲密。"

更令人震惊的是，在极端险恶的环境下，人们的团结精神在北干巴鲁也一再表现出来。罗布森写道："信仰是让人们积攒力量的最大动力……大部分人对未来充满了无法解释清楚的信念。"劳斯·沃伊齐还记得，他"坚信战友们一定会来把他救出去，最后，他们确实来了"。

不屈不挠的英国士兵会定期表演歌舞节目，呈上夸张的歌唱和舞蹈表演。守卫们觉得无法理解，他们觉得战俘哪有什么开怀大笑或自己找乐的理由，最后的最后，反正都是要死的。可这些人偏偏不愿坐以待毙。"我们举行篝火音乐会，大家表现出的才华真是让人惊叹不已，"菲茨杰拉德回忆说，"一个名叫温斯坦利的小伙子，有着非常雄厚的男中音，他为我们唱了各种最流行的歌曲，有一首歌叫《失落的军团》，写的是法国外籍军团，但很多人以为唱的就是我们。"

和英国战俘相比，荷兰战俘的年龄和健康状况跨度更大，他们看不起这些吵吵嚷嚷的娱乐活动，但这并不意味着他们是死气沉沉的。二号营的一群荷兰战俘会定期举行"丛林聚会"，会上有小提琴独奏、唱歌，还有由战俘扬·艾格因克表演的幽默犀利的脱口秀。

"我们从不开普通的玩笑，"艾格因克在1997年荷兰播出的一个纪录片节目中回忆说，"所有的玩笑都是要给大家带来精神支持的。"后来，战俘营里举行的葬礼越来越多，艾格因克便停止了常规的表演。直到1944年圣诞节，他才"东山再起"。

"我永远都不会忘记那个圣诞节，"他在纪录片中说道，"日本人是绝对不允许我们唱歌的，可（战俘）J.布拉图突然拿着他的小提琴走了进来。他演奏了很多传统圣诞歌曲，当他奏响《平安夜》时，所有眼神空洞、骨瘦如柴的听众都开始跟着一起哼起来，那声音是那么那么轻……后来，每当我想起当时的场景，总会忍不住热泪盈眶。"

艾格因克还为其他战俘朗诵了诗歌，大部分诗的内容是鼓励大家坚定信念，相信自己最终会回到爱人身边。有一首诗，是他写给自己妻子的：

我在无数个日子想你，亲爱的。

以各种方式等待了多年，

在茫然中等待自由的那一刻，

尽管那一刻还遥不可及。

此时，周围依然漆黑，依然看不见光亮，

我却如此贴近你，

我的爱……

等到上帝把你还给我，

照亮我的生命时，

就把你的烦恼、我的烦恼通通抛下。

我们都将好好的，

你和我，我的爱。

朱迪在各种不利条件下继续生存的神奇本领也激励着大家，令大家团结一心。用现代术语来说，它是战俘们的情感支柱。即便是其他营地的战俘，比如劳斯·沃伊齐，在听到朱迪又一次侥幸逃脱的故事时，也会觉得备受鼓舞。"即便看不到它，我们也都知道它的存在，"沃伊齐回忆说，"知道有人在照顾它，知道它还活着，真是太好了。"

朱迪的存在让这些被逼到极限的人们更加团结了。一位不知名的诗人记下了它带来的影响。在战俘营最艰难的日子里，这位诗人写了一首长诗，里面有四句是这样的：

他们摇摇晃晃走到工作的地方，

似乎马上就会死掉，

浓密的大胡子中传出低语：

"连那条狗都能做到的，我也能做到。"

　　除了铁路上繁重的任务，弗兰克还有一项在任何时候都必须承担的额外任务——照顾朱迪。随着时间进入1945年，朱迪对守卫们的态度也越发具有攻击性。以前，他们抬脚踢它时，它会马上跑开，尽量躲起来。可现在，它却常常与他们公开对峙，哪怕是面对着叫喊、刺刀和步枪，它也要怒吼着、咆哮着坚守阵地。当靴子向它踢来时，它只会退后一两步，露出尖牙，眼露红光。只有弗兰克一声比一声急的口哨，才会让它回到树丛中。

　　它当然是变得越来越狂野了，搏斗的天性慢慢盖过了逃跑的本能。它似乎退化成一匹野狼，变得更加吓人了，这也让它面临更多的危险。

　　有一天，它的态度差点让它付出生命的代价。那天，铁路上的工作进展很快，可一名战俘突然把设备掉进了小山谷。他是故意的，还是因为过于疲劳，原因无从得知。守卫当然怀疑他是故意的，又或者说，守卫根本不在意他真正的动机，他开始用竹板残忍地打这名战俘的头。

　　这样的情形并不少见，可这一次，朱迪又和往常一样，采取行动来保护它的朋友。当这名战俘被打得向后倒去时，它在没有弗兰克召唤的情况下，猛地从树林中冲出来，朝守卫凶狠地狂叫。守卫保持着冷静，两眼紧紧盯着朱迪，非常缓慢地把竹板放到地上，又非常缓慢地拿起了放在脚边的步枪。

　　弗兰克来不及吹口哨了，他慌得大叫一声："快跑！"朱迪看到了端起的步枪和枪口喷出的火光，就在千钧一发之际，它躲开了。事后，弗

兰克被守卫狠狠打了一顿，接着又去工作了。过了很久，弗兰克沿铁路往前走了一段路，又估摸着时间差不多了，才敢叫朱迪出来。它出现时，浑身颤抖着。用弗兰克的话来说，显得"很是窘迫"。

还有一次，战俘们吃完晚餐，回到各自的小屋，一名守卫又开始欺负战俘了。和往常一样，朱迪冲到他们俩中间，甚至撞到了守卫身上。狂怒的守卫开始追赶朱迪。弗兰克尖叫着："快跑！"后来他回忆说："朱迪从我们营房的棕榈叶墙壁上的洞爬了出去，不见了。"朱迪孤身跑进了丛林，弗兰克唯一能做的就是躺在自己的床铺上，屏住呼吸，全心祈祷。

夜幕降临。沉闷的气氛笼罩小屋。

就在这时，弗兰克听到了一声枪响。

"我最害怕的事发生了。"弗兰克偷偷溜出屋外，四处寻找他的朋友。"我穿过小树丛去找朱迪，"他回忆说，"过了几分钟，它出现了。"

弗兰克对它进行全身检查后，发现自己的一只手变红了。那是朱迪肩上的一道血痕。子弹擦破了它的皮肤，但并没有造成更深的伤害，这是一个奇迹。但在这样的环境中，伤口腐烂感染是要特别注意的问题，弗兰克用棕榈叶把伤口盖上。毫不夸张地说，它离重伤甚至是死亡只差了千分之一米、万分之一秒。这就是朱迪，在它将近九年的生命中，它侥幸逃生了太多太多次，躲过一颗子弹只不过是它与死神擦肩而过的又一次经历而已。

在这两次意外中，朱迪的出现使守卫忘记了毒打战俘的事。它的大声吠叫和守卫的端枪射击让这些人免遭进一步毒打，甚至可能是将他们从死亡的边缘救了回来。可以说，在整个战争期间，朱迪救了很多人的命，而且这样的例子还越来越多。

当天晚上，大家聚集在小屋里，讨论应该如何奖励朱迪，可没有讨论出任何结果。他们既没有多余的食物可以喂给它，也没有任何财物能送给它，更没有额外的精力为它做什么特别的事。他们唯一能做的就是希望解放的日子早日来临，好让朱迪活着见到自由。

第二十三章

死亡铁路

1945 年 3 月 23 日，五号营永久关闭了。弗兰克、朱迪连同几百名战俘一开始被转移到六号营，后又被转移到八号营。八号营位于北干巴鲁以南一百一十一千米，五号营以南大约八十八千米，哥打巴鲁村旁的辛金吉河岸。每天，弗兰克和朱迪都要坐火车经历一段恐怖之旅，往返营地和铁路工地之间。这段旅程要穿过河上临时搭建的摇摇晃晃的桥梁，要开过在巨大的峭壁和山谷边急转弯的轨道，路途险恶，只能格外小心。弗兰克每天几乎都要在火车上花四个小时的时间。

"地形变得越来越复杂，"菲茨杰拉德后来也被转移到八号营，和弗兰克、朱迪重逢，他解释道，"需要跨过的小山谷越来越多，铁路铺设的进度严重放缓，这使得折磨我们的那些人脾气更加暴躁了。"八号营的情况是整个北干巴鲁最恶劣的。一名叫 F.J. 波纳尔的战俘是这样描述的："工作最繁重，食物最少，什么都缺。就连生病的人，晚上也要工作。"A. 布鲁奇回忆说，在那里工作简直就是"要人命"："我们站在齐胸深的水里，忍受着水蛭、蚂蚁和其他昆虫的叮咬，把树干砍下来当枕木，还得把木材从森林拖到修桥的工地上。日本人跟在我们后面，将我们逼到崩溃的边缘。"

铁路沿线的战俘处于崩溃的边缘。在北干巴鲁和莫阿罗之间铺设铁轨的目标才完成了一半，工作进程必须加快了。

"日本人都慌了。"乔治·达菲回忆说。

外出工作的时间越来越长，守卫越来越严厉，休息的时间越来越短，或是干脆被取消。口粮也越来越少了，从北干巴鲁送来的米袋很少会装满，一号营的军需官们忙着把米卖给当地人，以中饱私囊，负责管理偏远营地的下士们无处可以申诉。战俘弗雷德·塞尔吉还回忆说，与此同时，"日本人像无赖一样抢走我们的食物"。

来自大本营甚至是新加坡的高层军官陆续抵达，要求下级和战俘必须完成更多的工作。他们照例发出威胁，当然，也给出承诺——如果铁路能按期完工，那战俘将会被送往一个"天堂般的营地"。在那里，不仅有自来水和电灯，而且还不用干活。没人相信这样的地方真的存在，但大家别无选择，只能更卖力地干活。繁重的劳动耗尽了他们所有的力气，营地的死亡人数急剧增加。对战俘而言，在守卫们各种残酷的手段中，最可怕的莫过于日复一日吹响的开工哨。

多少年来，死神一直如影随形，只是到了北干巴鲁后，死神加快了脚步。乔治·达菲在日记中详细记录了他到战俘营后，营地里居高不下的死亡率：

1944 年 7 月 30 日。四十七岁的荷兰士兵詹尼克斯今天早上由于劳累过度引起心脏病，死在营地。我得了疟疾。（此时达菲离来到这个战俘营还不到两周时间。）

8 月 17 日。五十岁的荷兰士兵施伯尔死了。

8 月 18 日。三十三岁的荷兰中士普锐斯和同样三十三岁的荷兰中尉范德斯波克都死了。

8 月 23 日。四十二岁的荷兰副官斯利克死了。

1945 年春天，死亡率还相对增长缓慢。一开始死的大多是年龄较大、

身体较差的荷兰人，很多还不是士兵而是平民。但很快，所有的人都无法幸免于难了。当丛林中的繁重劳动持续了几个月后，死亡如潮水般涌来，无人能够抵挡。

"在1945年的头几个月，死亡成了我们日常生活中最熟悉的部分，"弗兰克后来回忆说，"每一天，都有越来越多的朋友和熟人死去。"弗兰克在保持了相当长一段时间的健康状态后，也开始坚持不住了。他患过几次疟疾和痢疾，幸好病情较轻，反正铁路线上几乎每个人都得过这两种病。可渐渐地，饥饿和劳累造成的伤害开始显现。"我发现我的踝关节越来越痛，越来越肿。"这是他最害怕的脚气病的早期症状。"我意识到，我可能活不过三四个月了。"他回忆说，"每一天，我都感觉到体内的血液流经我的身体，一直往上涌，它越流越高，直到最后连心脏都受不了了。"

营养不良让人和狗都变得像是漫画中的角色。弗兰克说："朱迪成了一副行走的骨架，和以前的模样相比，现在的它像个影子。"此时的他们每天只能分吃一小把米，这仅仅够他们维持生命。疲惫不堪的朱迪再没有力气长时间捕猎了，每次只能去很短的时间。能抓到的猎物也在急剧减少，就连经常出现在小屋的老鼠也大多被抓光、吃光了。弗兰克的体重减到危险的程度。他对诺伊曼和范维特森说，他最轻的时候只有"三十六千克"。

"所有人的身体状况都不适合下床，更不适合每天在铁路上工作十到十二个小时，"汤姆·斯科特回忆说，"朱迪全身的皮毛稀疏而凌乱，骨瘦如柴。弗兰克的体重差不多减轻了一半——我们也都一样。可他们俩仍然保持着强大的意志力和高度的警觉性。他们是坚定的、勇敢的，他们的关系完全是建立在理解和爱护的基础上的。"

这也是让弗兰克和朱迪一直活下去的唯一原因。

北干巴鲁只有十五个美国人，其中八人曾被囚禁在爪哇岛，其他大多来自被德军拦截的商船"美国领袖"号，比如乔治·达菲和他的好朋友伯纳德·希基、帕特·帕里斯，以及斯坦·戈尔斯基等。1944 年 9 月，美国人的数量几乎翻了一倍，有一大帮新战俘来到铁路上，其中有七个美国人，他们来自另一艘地狱之船——"顺阳丸"号。这艘船在巴东西海岸被英国潜水艇击沉，情况和数月前被击沉的"韦麻郎"号类似。

其他战俘对美国人的态度并不友好，遭到嫌恶的达菲将原因简要归结为"嫉妒"。"我们总是和荷兰人发生争执。"他在回忆录中这样写道。他还发现，每当讨论到何时能自由的问题时，荷兰人总要问："美国人什么时候来？"达菲的指挥官，荷兰人 J.S. 罗齐尔尤其喜欢为难达菲，他在多个场合都向日本人抱怨达菲（即便是那些和他一样讨厌美国人的人也觉得他太过分了）。罗齐尔最看不惯的就是达菲的长官身份。

在一些营地中，军官可以不用工作，这让普通士兵很是眼红。但军官也不能躺在那儿晒太阳，他们得挖墓、挖井，或是清理设备。有些军官也得在丛林中的铁路上和士兵并肩劳作。

达菲是长官，商船队的长官，负责管理他所在营地的荷兰军官并不认为他有资格从事较轻的任务。罗齐尔经常就这一点大发牢骚，哪怕是他对达菲偶尔友善的举动也总会附加各种额外的条件。有一次，罗齐尔发现达菲穿的鞋子破烂得不成样子了，于是他把一双崭新的荷兰军靴送给达菲。当然，他的潜台词是达菲应该穿上这双靴子，到铁路上去和士兵一起辛勤劳动，而不要在军官们的地盘上偷懒。

达菲在日记中发泄着烦闷之情："要是能远离这些靠不住的所谓兄弟

军官就好了，荷兰人和英国人都是一丘之貉。真想认识几个强壮有力的美国人，他们要是有话想说，至少会直接当着你的面说。"

罗齐尔和达菲并没有发生过正面冲突，他把达菲和其他几个"不适合工作（主要是生重病的）"的人转移到二号营去了。另一名美国人斯坦·戈尔斯基由于从桥上跌落，肩膀严重脱臼，也和达菲一起去了二号营。希基则由于患了慢性疟疾，被送到医务室。帕里斯后来也来到了医务室。

他们也许远离了喜欢折磨人的荷兰人，可二号营的医务室正是大家口中的死亡之屋。这是一个为死人准备的营地。达菲和彼得·哈特利都在这个营地待了很久。对英国人来说，这是一段与痢疾和疟疾抗争，从死亡之屋进进出出的炼狱般的时间。讽刺的是，一直很想离开丛林的哈特利对战俘营里的伙伴说："就算战俘营里都是死人，我也宁愿做死人堆里的活人，我可不愿待在丛林里，成为活人堆里的死人。"

在二号营，生死之间的界限是模糊的。这里有两间很大的医务室，其中一间收治病情较轻的战俘。另一间重症病房则被一分为二，一侧住着能走动的病人；另一侧住着重伤残废者，中间有六张推床，用来安置濒死的病人。躺在上面的人几乎每天晚上都是不同的。死去的人会被推出去，而当推床回到医务室后，新的人又会躺上来。躺在推床上的人很少能活着离开。

有一个人成功做到了，他就是 J.D. 佩特尼。他一开始来到医务室是因为赤脚从卡车上跳下来时踩到了鹅卵石，骨折了。骨折好了以后，他又在医院里患上了脚气病，并开始出现可怕的肿胀症状。他回忆说："我的样子很奇怪，都肿得不成人形了。"

我就像是那个著名广告里的米其林轮胎小人。我不觉得痛苦，只感到慵懒而舒服，似乎是飘离了战俘营的生活，在漂亮的花园中闲逛，与深爱的人聊天。那幻觉无比真实，还带着 3D 的效果……过了一周，我都没有排尿，身体肿得不成比例。突然，我从床上坐起来……我开始撒尿，过了大约十二个小时，我像个被戳破的气球一样完全瘫了，只剩下一副可怜兮兮的骨架，虚弱到连坐都坐不起来。当时马上就要到 8 月了——我已在生与死的边缘徘徊了将近两个月。

　　"战俘们仰面躺着，盯着头顶的空气，但又什么都看不见。他们的手不停地动着，像是在扯羊毛球上的线头，又像是在摆弄一小块破布，"荷兰医生利奥·海兹布鲁克回忆说（战后，他一直生活在纽约），"大多数情况下，这意味着他们活不过第二天早晨了。这个时候，我们还要特别注意不能让某些人趁火打劫，因为总有人垂涎死人和要死的人身上那点微薄的财物。"

　　战俘营中还有一名叫奥托·德拉特的医生，他将自己的经历写成专著，描写了死亡之屋的诡异。"一方面，"他写道，"我们常常可以在病人去世前的几周、几小时内，仔细观察他们的症状。他们也可能会和我们讨论，以基本上比较理性的态度正确看待自己的病情。有好几次，我们和病人交谈时，他的意识都相当清醒，可没过半个小时，他就死了。另一方面，也有很多病人出现了精神错乱的症状，这就意味着他马上可能陷入昏迷并死去。"

　　在缺少药品和器材的情况下，为数不多的医生像超人一样工作，照

料着病人。他们既要小心不要让自己也染了病，又要克服无法救治病人时的沮丧心情。他们一天中大部分时间都得用来决定应该给谁治疗，又应该让谁自生自灭；应该给谁喂东西吃，又应该让谁就这样死去，好把生的机会留给别人。一枚偷偷送出的鸡蛋是衡量一个人离死亡有多远的标准。"不要把鸡蛋给那个人，"医生会说，"他活不过这一两天了。给这个人吧。我们可能还能救活他。"在守卫坚持要派出更多劳动力时，医生不得不做出艰难的选择，选出"病情最轻"的那个人，好让守卫把他从病床上扯下来，赶去工作。

医生用半个椰子壳去接痢疾病人恶心的排泄物。他们用指甲划破脚气病人身上的脓肿，再用油桶去接流出来的体液，那可怕的黄色液体能把油桶装满。截肢手术当然是没有麻药可用的，医生用凿子锯掉感染严重的手或脚，病人会疼得尖叫直至昏迷。

医生们常常使用安慰剂，这是没办法的办法，他们希望人的意志能够帮助治愈那些医生也治愈不了的疾病。对抗疟疾最需要的是奎宁，没人能弄到奎宁，可他们有唾手可得的自然资源——金鸡纳树。苏门答腊岛上的金鸡纳树很多。荷兰人和英国人在了解金鸡纳树的药用价值后，还曾经将这种南美洲常青树的种子从他们的故乡偷运出来。奎宁就是从金鸡纳树的树皮中提炼出来的。北干巴鲁的医生们都建议战俘一有机会就将这种树皮磨成粉吃掉，哈里·巴杰头一个表示反对，因为它"吃起来就像锯木屑，难以下咽"。可那些把它吞下去的人大多成功抵御了可怕的疟疾病毒，或至少减轻了病情。

战俘的待遇比劳务者好很多，后者完全得不到任何医疗救治。"毕竟，他们都是志愿者嘛。"一名日本军官给出了如此变态的理由。另一名叫阿德里安·杜因豪尔的医生告诉霍文加，曾有一名劳务者向守卫抱怨说肚子疼，"守卫说他有个好办法。接着，他们把他的手腕和脚踝绑到梯子上，剖开他的肚子，扯出了他的肠子"。

除了这些常见的疾病，哈特利还患上了疖疮。唯一的治疗方法就是用硫黄软膏涂抹受感染的部位。没有硫黄软膏，医生们临时凑合，将仅有的一点点硫黄与机油混合。病人们从头到脚都被抹得漆黑，还恶臭熏天。像哈特利这样抽烟成瘾的人越发觉得难熬，因为点燃香烟就可能被活活炸死。

哈特利生病后，整日躺在床上对他来说也是折磨。虱子和臭虫会咬他。他白天躺着一动不动，夜晚根本无法入眠。床铺硌得他全身发青。他唯一能看的就是《圣经》。尽管他是个虔诚的信徒，但过了一段时间后，他也对《圣经》失去了兴趣。北干巴鲁这个地方会让任何人怀疑上帝的存在。

然而，最终还是信仰让哈特利熬过了病情最严重的阶段。他能起床走动后，日子当然也没有好到哪儿去。他遇到了在巴东和格鲁骨认识的一些人，他们都瘦得快要认不出来了。"曾经身强体壮、满怀希望的人现在变得满脸胡须，拄着棍子摇摇晃晃的，虚弱得就连走上洗手池旁边的斜坡，也要人扶着。"有一个倒霉的荷兰人患了严重的疟疾，掉进了茅坑，以让人难以置信的方式淹死在了粪池里（更加不可思议的是，还有一个人跳进了粪池想要救起他，这个人就是威猛无比的塞瓦德·坎宁安-布朗）。在哈特利的记忆中，在二号营度过的五个月比他在其他地方被囚禁的整整三年加起来还要悲惨。

至于达菲，二号营的生活却让他充满希望。准确地说，他在1945年2月到4月之间，四次与疟疾作战。6月，他又出现了高烧、多汗、寒战

等"全套"的严重症状。可在远离铁路和荷兰人的地方,他的长官身份发挥了作用,他被分到"劈柴组"。这个组由二十到三十名军官组成,每天的主要任务是将树木劈开,满足厨房和火车机车烧柴的需要。这份工作远远比不上丛林中的工作残酷。更棒的是,监督他们的只有一名守卫,他们能轻易地与当地人见面,购买食物。"以物易物的交易是非法的,"肯·罗布森说,"不过一直都在进行。有些守卫很严厉,不允许我们与当地人有任何接触,有些守卫则往往睁一只眼闭一只眼,大概是认为这样能让我们高兴,一高兴就能干更多的活了吧。"

达菲在拖运砍倒的树木时,会把粗麻袋垫在肩膀上。这是他把各种东西偷运进来的最好掩护,那些东西包括椰子、辣椒、花生、豆子、椰子油、鸡蛋、咸鱼、新鲜的鱼、香蕉、羊肉、水牛肉和烟草等,都是用布换来的。当地人乐意接受任何布料,无论多破多旧。到了6月,当营地里的五十个人和铁路上的十一个人处于快被饿死的边缘时,达菲和他的美国朋友戈尔斯基、希基却在痛快地饱餐。

成为劈柴组的成员也有不利之处,因为他们还要完成搬运尸体的任务。死去的人被洗干净后,裹在草席里,如果他在营地里有四个朋友,那这些朋友会要求为他举行葬礼。如果他没有朋友,尸体就会被放在营地外面临时的停尸间。劈柴组劈完午餐要用的柴火后,会顺路抬上尸体,交给挖墓人。"然后他们会随便把尸体埋掉。"达菲说。时间一个月一个月过去,要搬运的尸体越来越多。在二号营里,3月死了四十九个人。4月死了一百二十多个人,其中十人死于4月29日——天皇的生日。

与死神不断地擦肩而过让哈特利变得麻木:"最后,就连死亡也无法触动我了。"铁路上,时刻生活在恐惧中的几千名战俘也都是这样的心态。他们不仅身体饱受伤痛，精神也备受摧残。"冷漠摧毁了人的意志，并最终带来死亡。"弗兰克说，"随着时间的推移，成百上千人经历了这一过程。"

弗兰克对抗这冷漠的秘密武器就是一条棕色眼睛、鼻子凉凉、瘦骨嶙峋的狗。很多年以后，汤姆·斯科特还说起了他们之间坚不可摧的友谊："弗兰克和朱迪从来不曾分开。弗兰克去哪儿，朱迪就去哪儿。他们为了彼此而活。我不敢想，万一他们其中一个患了重病，另一个会是什么样。我确定，他们俩都会死的……没有弗兰克，朱迪一定会伤心而死。"

1945年夏天，应该是6月，弗兰克患上了严重的疟疾，他来到丛林后，还从未病得如此严重。他头一次离开工地，被送上床休息。幸运的是，他并没有被送往恐怖的死亡之屋，而是去了离五号营不远的一个小营地。朱迪也偷偷和他一起。他们仍然身处荒野，所以它很容易藏起来，时不时溜进弗兰克的小屋，看望一下躺在床上瑟瑟发抖的弗兰克。据说有一次，日本军官一眼就看到了朱迪，他下令将朱迪杀掉并煮熟，把狗肉分给战俘们吃，并强调要把第一口给弗兰克吃，"因为吃肉是奢侈的享受"。幸好，朱迪以高度的警惕察觉到了危险，消失得无影无踪，军官的命令也就被人忘了。

在弗兰克与死神擦肩而过时，在他康复后重新回到铁路上工作时，有无数个夜晚，他都觉得他与朱迪已经到了无法回头的终点。高烧折磨着他，饥饿使他筋疲力尽，各个关节肿胀得疼痛难忍，他躺在床上，思考该如何终结这痛苦——他自己的痛苦和朱迪的痛苦。

"人会开始思考，努力活下去还有没有意义，"很多年以后，他回忆说，"就算你活下来，未来会是什么样呢？即便还有未来，人又为什么要

活到那个时候呢？就算我们有一天获救了，我们虚弱的身体还会对治疗有反应吗？什么时候才会获救呢？失明或瘫痪会是我们余生的宿命吗？"

铁路上的每个人都在自杀的念头中挣扎。他们想要结束痛苦。他们不想再为同伴裹上尸布。如果营地里少一张吃饭的嘴，那些人原本是有可能活下来的。大家都想带着一点尊严死去。毕竟，对一名士兵而言，成为俘虏是不光彩的事。就拿弗兰克来说，他没有在战场上开过一枪，也没有以任何有意义的方式为哪怕再小的胜利做出贡献。他的战争经历只包括在日军猛攻时忍受了十周的屈辱，接着便是数年的战俘生涯。如果，他能控制自己死亡的方式，至少也就控制了生活的一个小小的方面，那或许就能为自己的悲剧故事加上一抹壮丽的色彩。

每一次，他有了想要永远终结痛苦的冲动时，都会把目光投向朱迪。这时，他就会猛然醒悟，他对朱迪的爱并不卑微啊。他有责任活下去并确保朱迪也能活下去，这份责任就是对未来的期待。尽管面对千难万险，尽管经受着无休止的痛苦，他们俩都还活着，这就是胜利。

这就是他的战场。他现在还不能投降。

朱迪给了弗兰克勇气，让他打消自杀的念头，可当疾病肆虐时，任何人也无能为力。如果弗兰克并没有自杀，而是被疾病带走了，那朱迪又该怎么办呢？

"我看着朱迪，"弗兰克后来说，"它饿得只剩一副骨架了。我问我自己，如果我死了，它会怎么样。我凭直觉感到，我的死大概也就意味着它的死。它也许会饿死在丛林中的某个地方，某个黑暗的角落里。"

这个念头比自己死更让弗兰克觉得痛苦。无数个夜晚，他不由自主地想到了自杀。在更加抑郁、更加悲惨的夜晚，他开始思考，亲手杀死朱迪会不会反而是对它的一种慈悲，尽管这样的念头令人难以想象。可一想到他不在了，他的狗也活不了，他便无法抑制地冒出这个念头："有没有简单的方法杀死它。"如果他真的选择这条路，要杀死朱迪并不难，只要不再给它喂食就行了；又或者，在下次有守卫注意到它时，只要"忘记"吹口哨发出警告也行了。此时的朱迪已经相当虚弱，他甚至可以亲自动手。

"可我有勇气这么做吗？"弗兰克自问道，"我真的能做出这样的决定吗？如果能，那我该怎么办？用刀吗？还是用木板？不管采取哪种方式，我都必须趁自己还有力气时，尽快决定。"一个阴森的夜晚，漆黑的夜幕笼罩森林，弗兰克终于下定了决心。他要杀死朱迪，结束它的痛苦。

可朱迪，这位终极幸存者，是不会接受这样的命运的。

"不知道怎么回事，这条聪明的狗似乎猜透了我的想法。"弗兰克说，"它蜷缩在我脚边，睁开一只布满血丝的眼睛，就是那一瞥，让我打消了所有绝望的念头。"朱迪曾无数次打败死神，逃生成了它的第二天性。它经历重重苦难仍顽强生存的事迹，鼓舞了包括弗兰克在内的很多战俘，令他们坚持下去。可谁才是对它最重要的人，这一点毋庸置疑。弗兰克也曾摇摆过，现在他重生了，他又获得了生存下去的毅力。

"不管未来如何，（朱迪）让我有了坚持下去的力量，"弗兰克在提起那个朱迪再次逃脱死亡命运的重要夜晚时说道，"我们那么多次从危险中脱身，又那么多次与死神对视，我们只能继续坚持，期待奇迹再次出现。"

第二十四章

自由

1945 年 7 月中旬，大家经常能看到飞机从头顶飞过，它们究竟在干什么，还是个谜。对在地面上的人来说，引擎的轰鸣声和机翼上反射的阳光很可能预示着自由即将来临，只是，他们已失望得太久，不敢再让自己做自由的美梦了。

他们会想象飞机上的飞行员的样子。那些人不仅可以从险恶之地一掠而过，触到上帝的脸庞，还可以在着陆后享受舒适的生活。在一个异常炎热的午后，达菲表达了自己的艳羡之情。

> 对（飞行员），我们只有嫉妒……他是自由的。高兴的时候，可以自由地去小卖部买一块肥皂，洗个澡；可以自由地喝一杯干净的水，或是可乐，或是姜味汽水；可以自由地收到一年以内的信件，看看报纸，再听听收音机里当日的新闻。想一想吧，当他回到基地时，会有丰盛的饭菜等着他，说不定还会有一两瓶啤酒。再想象一下，晚上，他睡在没有臭虫的干净床铺上。他大概把这一切当作理所当然，说不定还会对自己的境况满腹怨言。而我们，只能在肮脏的战俘营里，在绝望的气氛中，等待着。

对于身处丛林深处的人来说，等待尤其煎熬。"我们一点都不知道外界发生了什么，我们完全是与世隔绝的，"弗兰克谈起 1945 年那漫长得似乎没有止境的夏天时说，"在茂密的热带丛林中，我们是一群迷失的人。在那里，就算你把一块地上的所有植物通通砍光，过不了几周，它们又会全长出来，看不出一点曾经被清空的痕迹。"

战场上的男人跟爱做缝纫的女人一样喜欢说闲话，战俘也不例外，他们被关在远离冲突的偏远地区，仍免不了饶舌。每当头顶响起飞机的轰鸣声时，日本人表现出来的紧张只能说明盟军已掌握了领空控制权。有传言说，盟军正在太平洋战区各地登陆，并已夺回了菲律宾、新加坡和中国香港地区。听说，有一种可怕的新型炸弹能彻底摧毁整座城市。苏门答腊岛当地人公开向战俘们比画 V 字手势。听说，美国战列舰"密苏里"号也来到了巴东。每个人都希望这意味着痛苦就要结束了。

可斗争还在继续。8 月 9 日，也就是长崎被原子弹轰炸的同一天，战俘营里又死了七个人，其中包括一名在过小桥时跌入深谷的荷兰人。没过多久，一名叫布罗姆利的英国人在吃了橡胶树上没有洗干净的果实后，也死了。布罗姆利死的时候，美国人伯纳德·希基就在他旁边，正处于疟疾折磨中的希基在死人面前坚持了实用主义的原则，他用微弱的声音说："把他的豆子和钱收好。"

到了这个时候，保住性命是最重要的。胜利近在咫尺，此时死去将会是最残忍的事。但就在第一枚原子弹爆炸到日本投降期间，仍然有大约三十人去世。弗兰克和朱迪每天都只有一个目标——那就是让对方活下去。朱迪睡在弗兰克的竹架床下，似乎比平时更加警觉了。这种警惕是必要的，也许它自己还不知道，但它已经正式被判处了死刑。

这是因为八号营里到处都是虱子。自从战俘来到这里后，这种小小的虫子就没有停止过对战俘的攻击。守卫们为什么要选择这个时机在营地开展灭虱行动，谁也不知道。可能是因为空军中校戴维斯或是其他高军阶的战俘向日本人传了话，说哪怕是象征性改善铁路沿线战俘生存环

境的措施也能减轻他们的罪行吧，免得战俘们重获自由后的第一个冲动就是要杀死他们作为报复。

战俘的头发和眉毛都被剃光了，所有的床单和大部分衣服都被烧掉了。接着又传来一道命令，大概是守卫们当场决定的，他们说，要开枪打死那条狗。

在这半官方指令的借口下，杀死朱迪的机会终于来了。守卫们要在营地灭虱消毒，所以——出于卫生考虑——这条狗必须死，管它有没有正式的战俘身份。

可是，他们怎么也找不到它。

得意忘形的守卫犯了一个战术上的错误。他们并没有直接走到朱迪面前，一言不发地对它开上一枪，而是先奚落了弗兰克一番，把要处死他的爱犬的消息一五一十地告诉了他。弗兰克抓住机会大声警告朱迪，让它赶快消失，它飞一般地逃进了丛林中。

朱迪消失了三天。第一天，守卫忙着灭虱，无暇寻找它。第二天，守卫们便开始了迫不及待的寻找。他们分成不同的组，在周边地区仔细搜寻朱迪的下落。拿着步枪的守卫们成群结队，沿铁路两侧，追捕一条狗。战俘们则焦虑不安地等待着。弗兰克紧张得简直快要发疯了。他不敢相信在这最后的关头，他竟然还要失去这位灵魂伴侣，而这一切，用他的话说，仅仅是因为日本人为时已晚的"良心发现"。

时不时就会有一声枪响，弗兰克屏住呼吸，等待着朱迪痛苦的哀嚎。但哀嚎声从未响起。守卫们可能是朝朱迪开了枪，也有可能只是瞄准准备用来当作晚餐的猎物，或者只是一个影子罢了。第二天傍晚，一名守卫突然从树林中飞奔而出，从一群在火车边闲逛的战俘身边经过。他带着巨大的恐惧，一边跑，一边上气不接下气地喊："老虎！"

其他守卫很快也出现了。搜寻朱迪的行动显然进行得并不顺利，也绝对不值得冒着被老虎吃掉的风险再继续了。那天晚上，朱迪仍然没有出现。弗兰克满心焦虑。他确信他再也见不到这位最好的朋友了。他自己，以及所有认识他的人都毫不怀疑：朱迪离去，弗兰克离死也就不远了。

第三天清晨，他听到了一声狗叫。

狗叫声越来越近，越来越响。弗兰克和其他人赶紧跑出小屋，看到朱迪正站在一块空地中央，开心地叫着，绕着圈子蹦蹦跳跳。朱迪通常是很安静的，除非是与日本士兵起了冲突，或是发现了紧急情况。所以，当大家看到它在营地里如此大喊大叫时，都惊呆了。可弗兰克见到它，当然还是喜出望外，其他人也如释重负地欢呼起来。

过了一会儿，大家突然意识到，守卫们都不见了。

视线所及范围内，没有一个穿军装或是拿枪的人。太阳高挂空中，可黎明前的起床号还不曾响起，也没有人大喊"起床"或是"所有人快去工作"。要知道，在过去几年中，每天早上他们都是这样被唤醒的。实际上，他们已经睡过头了，是朱迪的叫声吵醒他们的。弗兰克后来才发现，守卫们"都聚集在一片由铁丝网围起来的区域内"，希望能以此躲过战俘的报复。

一名瘦高个的澳大利亚战俘说："往这边走。"赤身裸体的他尽力维护着尊严，朝越来越近的嘈杂声的方向踱去。朱迪开心地在前面领路，大声叫着。小树林的另一侧传来清晰的马达声。很快，两个身穿军装的男人出现了，他们头上戴着的正是皇家空军空降团独一无二的红色贝雷帽。

这一天，是 1945 年 8 月 15 日。这伟大的日子终于来临——战争结

束了。人和狗都自由了。由于战俘营位置分散，所以八号营之外的战俘都是以不同的方式、在不同的时间得知这一消息的。在丛林深处，一段铁路刚刚接轨，从莫阿罗十二号营向北铺路的战俘与从十一号营向南铺路的战俘碰了头。在这个酷热难当、万里无云的上午，大约十一点半，最后一根"黄金铁钉"被敲定。大家举行了一场并不热烈的小型庆典。守卫们高喊着"日本万岁"，在场的人却没几个相信这一天真的属于日本。整场典礼持续了不到半小时。

不可思议的是，这片地区的战俘等了一个多星期，才得知他们已正式获得了自由。这其中包括康复了的达菲。当他乘坐火车回到北干巴鲁时，他为已完成的浩大工程感到震惊，尽管这一工程让战俘们付出了伤亡累累的惨重代价。

他在日记中写道："要不是亲眼见到这些被砍倒的树木、被填起的沟壑、被架好的桥梁，以及从茂密森林中开出的大道，你一定难以相信，如此宏大的工程竟然全是由人力完成的，而且几乎是赤手空拳完成的。没有卡车和拖拉机，没有推土机和蒸汽挖掘机，也没有打桩机和电锯——只有铲子、锄头、斧头和篮子。"

达菲的自豪中带着痛楚。后来，这条铁路在实际中几乎没法使用。无论是因为战俘的蓄意破坏，还是因为他们极度疲惫的身体状况，总之，工程的质量相当低劣。有的轨道铺设在陡峭的斜坡上，当时低功率引擎的火车根本爬不上去。而且，日本人似乎也没有注意（或是压根儿就不在意）橡胶树木材的耐久问题。这种木材一旦与根部脱离，在短短几个月内就会腐烂。早期在北干巴鲁附近建好的桥梁和路基在战争结束时已经一点也不安全了。战俘乘坐火车从铁轨深处回到二号营时，不得不在途中下车，看着火车缓缓爬过危险的路段。

三号营一直是英国人在铁路上最主要的前哨基地。营地军官阿姆斯特朗上尉和他的翻译雷·史密斯是从一个看似不可能的途径得知战争结束的消息的——是大块头守卫金刚告诉他们的。他把他们带到角落，小声说"和平已经到来了"。当这两名英国人嘲笑他时，他又补充了一句，"两枚很大的炸弹掉到了日本"。他想让阿姆斯特朗和史密斯确保他不会受到报复，说完便消失在树林中。听到消息后的史密斯再也睡不着了，也一时无法厘清这消息的重要性，他叫醒小屋里正在他旁边酣睡的战俘，告诉他这个好消息。"你疯了吗？"这名叫金杰的红头发战俘回答，"别闹了，让我闭眼睡会儿吧。"可让他大吃一惊的是，这个消息是千真万确的。

在二号营，日本人开始焚烧文件，并取消了工作安排，这让战俘隐隐感觉到有什么大事正在发生。每个人分到的口粮都增加了，日军还开始给少数人发放红十字会的医疗包，并将大家召集起来，观看由日本军方巡回乐队表演的音乐会。一开始，他们胡乱弹奏着谁都不知道的民谣。突然，一首大家再熟悉不过的乐曲响起，出乎所有人的意料：

　　天佑吾王，

　　祝他万寿无疆，

　　上帝保佑吾王……

剩下的歌声被战俘的欢呼声淹没。长期以来，不可一世的日本人都是严令禁止唱这首歌的。"歌声越来越响，大家都欢呼着，吵闹着。"哈特利回忆说，"每个人都在说着、喊着，兴奋地尖叫着，热烈地与朋友也与敌人击掌相庆。就连守卫也被胜利的欢笑感染，他们相互拍着后背，

又悄悄地走掉了。这不是属于他们的胜利时刻，但他们无须害怕，因为暂时还没有人想到复仇。这是喜悦的时刻，我们心中充满了从不曾体会也无法控制的喜悦之情。"

太平洋上的这场战争持续了一千三百六十四天五小时十四分。现在，它终于结束了。大家尽情大笑、欢呼。有些人双膝一跪，开始祈祷。很多人像是被钉子扎破的轮胎，立马松懈下来，他们的坚持到头了。很多年后，J.D. 佩特尼还记得当时的情形：

> 我们在战俘营中举行了简单的仪式，英国国旗被升到了旗杆顶端，在此之前，这里飘扬的一直都是日本陆军军旗。当旗帜高高飘扬时，每个人的心中都激动万分，一些可以说是全世界最坚强的人们的脸上，也流下了滚滚热泪……我最初的战友们很多都已牺牲，我还记得他们被俘前是那么年轻，那么朝气蓬勃，那么无忧无虑，哪怕是在最困苦的环境中，也保持着永不放弃的坚强意志。我才二十三岁，却感觉自己已七老八十了。

日本守卫被保护起来。后来，大家才得知，戴维斯中校至少在两天前就已知道战争结束，但他决定在安排好和平移交事宜前，暂不宣布这一消息。

一整天过去了，到了晚上，意外从天而降——这一次，向幸存者们投来的是一箱箱的食物、设备和来自家乡的信件。皇家空军飞机上的炸弹被各种营养品所取代，第一批包裹开始降落时，哈里·巴杰正在树丛中，"我们看到飞机从东边飞过来，由于阳光的原因，我们看不到飞机上的标志。一些小小的黑色的东西开始往下掉，我们慌不择路地冲进树林中，生怕它们又是炸弹"。肯·罗布森写道："它们又飞了回来，飞得特别低，我们能看到机身侧面窗口里的人在向我们挥手。我们像发了疯的傻子一样，也朝他们挥手，激动得差点哭出来。"

飞机投下的不是炸弹，而是多得捡都捡不完的食物——奶酪、肉类、鸡蛋、啤酒、巧克力、黄油、面包、果酱、茶叶、咖啡，还有装在软管里的牛奶。史密斯说大家都不知道那是什么，"很多人以为是牙膏，结果却挤了满嘴的牛奶"。厨房做出丰盛的美餐，这些长期忍饥挨饿的人一时半刻根本无法消化，有人甚至好几周都没有恢复正常的饮食。

"嘿，你知道吗？"弗兰克微笑着对朱迪说，"现在，战争结束了，你可以吃饱饭了，不用再和我分着吃了。"

飞机还投下很多衣服，这正是这些衣不蔽体的战俘们迫切需要的。有汗衫、靴子、军装、帽子，还有干净的床单和便携式马桶。更棒的是，战地厨房和医院也迅速建立起来，大大改善了战俘的生活条件，避免了更多人死亡。据统计，飞机共向丛林中投掷了大约七吨食物和生活用品。

这些都是"獒犬行动"的一部分，也是盟军"战俘与被拘留者拯救计划"的亚洲部分。"獒犬行动"由蒙巴顿勋爵主导，在1945年9月2日日本正式签署投降书前就已启动（投降书的签署地点在美国战列舰"密苏里"号上，只是当时它并没有停泊在巴东，而是在东京湾）。"獒犬计划"的内容远不止提供食品和衣物，还包括对战俘进行定期医疗检查、非正式心理辅导，以及开设课程让他们了解过去三年世界的状况。

和其他地区的战俘营不同，除了偶尔收到的报告和听到的流言，盟军很多指挥官压根儿都不知道苏门答腊岛上的战俘营的存在，这主要是因为在岛上实在很难开展情报工作。"情报工作在苏门答腊岛上几乎没有

成功过。"一份总结亚洲情报工作的战后报告是这样说的。但这只是委婉的说法。战争期间，英国情报机构策划的打入苏门答腊岛的行动至少有六次是失败的。戴维斯中校偶尔提交的报告也全被日本人截获了，从来没有送到过蒙巴顿手中。日本投降前夕，盟军通过一个代号为"钢铁行动"的渗透计划才得知在北干巴鲁的战俘们的惨状。7月初，一名叫奥利弗·洛奇的英军少校乘坐潜水艇，来到苏门答腊岛沿海的沼泽地，率领一小队人马在北干巴鲁以北大约十六千米登陆，想要为盟军初步定于9月中旬攻入苏门答腊岛的计划收集情报。就在洛奇在丛林中秘密潜行时，他从自己的短波收音机上听到了日本投降的消息，他壮起胆子走进最近的一处日军哨所，要求他们投降，并接受了他们的投降。日军士兵告诉他，有一群战俘还在岛上的内陆深处修建铁路。

洛奇的报告让锡兰的盟军总部震惊了。他们赶紧将苏门答腊岛的战俘营加入了代号为"鸟笼"的宣传行动中。这个行动是向日军投放宣传单，警告他们如果还敢继续伤害战俘，那就一定会受到最严厉的报复，同时也向战俘传达一些指示和说明。可惜，由于缺乏战俘营位置的具体信息，再加上铁路延伸范围太广，在他们的目标人群中，几乎没人见到过这些传单。

盟军计划采取大规模支援行动，但皇家海军少校、南非人吉迪恩·弗朗索瓦·雅各布斯已率先空降到苏门答腊岛，几乎是单枪匹马接受了全岛日军的投降，更重要的是，他对岛上战俘的状况进行了评估。他一到北干巴鲁，就与戴维斯见面。种种惨状让他震惊，最触动他的还是死亡之屋里那些症状严重的脚气病人。后来，他在回忆录《季风前奏曲》中写到了自己当时的感受："很多病人的身体肿胀到了怪异的程度，四肢像是装满水的气球。另一些病人消了肿，但随着体液的流失，全身只剩下一副骨架。"

安全迅速撤离战俘的计划并未如期完成，一部分原因在于苏门答腊岛封闭落后的状况。"獒犬行动"的正式报告中写道："内部的通讯系统……压根儿就不存在，整个行动只能由新加坡直接指挥，新加坡方面向苏门答腊岛上的情报人员携带的设备发出无线电信号，每天来投放食品和衣物的飞机再将新的消息带回去。"

战俘们的身体状况也阻碍了撤离工作。他们堪比缅甸—暹罗铁路上情况最糟的那些幸存者，汇报苏门答腊岛情况的每日报告也证实了这一点："简直难以描述……战俘们像是行尸走肉般活着……他们都在忍饥挨饿，失去了对生活的兴趣，存在各种心理问题……仅仅在过去三个月，就有二百四十九人死于疾病和营养不良……日本人从未打算对战俘进行任何医疗救治，所有战俘都遭到非人虐待和拷打。"

调查发现，苏门答腊岛上根本没有任何救治病人和濒死战俘的医疗机构，盟军决定将所有战俘转移至新加坡，并在此期间，用飞机向战俘营投放大量医疗用品。一份报告给出了详细的数字："四百万单位盘尼西林、十万片米帕林（治疗疟疾的药物）、一千条毛毯，还有注射器、针头、剪刀（绷带剪、尖头剪、钝头剪）、二十副担架、十五名卫生员。"与医疗用品一同投放的还有乘降落伞空降的精神科医生布莱尔少校，他着陆后立刻开始对精神受到严重创伤的战俘进行照料。

另一份报告记录了幸存者的"患病情况"：

慢性疟疾　100%

复发性疟疾　70%

脚气病　50%

维生素缺乏 100%

热带溃疡 8%

细菌性痢疾 1%

变形虫性痢疾 0%

最后两种病症的比例相当低，那是因为染上它们的病人基本都已经死了。

9月15日，"圣约翰救伤队护士支队队长"、蒙巴顿勋爵的妻子埃德温娜·蒙巴顿夫人和各战俘营"獒犬行动"的负责人对北干巴鲁进行了为期两天的访问，这是他们在苏门答腊岛长达一周的行程的一部分。着陆后，首先迎接她的是一名战俘——蒙巴顿夫人乘坐的飞机刚一停下，他就兴奋地跑了过去，而这位连兜裆布都没有的战俘正是无处不在的塞瓦德·坎宁安-布朗。当一位穿着整齐的女士从兰卡斯特轰炸机上走下来时，坎宁安-布朗尴尬得羞红了脸："我……我很抱歉。"他小声嘀咕道。女士却打开烟盒，说："你需要的是一支烟！"他们在随从的簇拥下朝战俘营走去时，坎宁安-布朗这才得知，他赤身裸体地抽着烟、与之闲聊的女士正是大名鼎鼎的蒙巴顿夫人。

蒙巴顿夫人在报告中说，她此行"所住的地方紧挨着全副武装的日本军官"。不过，她完全不用担心安全的问题，到了这个时候，日军都温顺得像是小猫咪，唯一期望的就是能躲过审判的命运，回到日本。根据9月15日"獒犬行动"的报告，T.O. 汤普森少将与蒙巴顿夫人一起来到北干巴鲁，在参观了铁路战俘营后，"他们发现，战俘营的情况是如此悲惨，于是，汤普森飞回新加坡，安排了登陆舰和飞机立即对战俘进行撤离"。

蒙巴顿夫人先后来到好几个战俘营，与几乎每名还有意识的战俘见了面。哈利·巴杰说，她是战俘们这么多年来见到的第一位白人女性，战俘们第一次穿上了像样的衣服。肯·罗布森回忆说："突然间，每个人都分到了一条短裤和一件汗衫，衣服是白色的，相当不合身。我们都不知道是为什么。"但他们仍然备受疼痛折磨，身体残缺，高烧不退，看上去仅是他们战前形象的漫画版。很多人，包括最坚强的战俘都当众大哭，要知道，在日本人残忍的毒打和虐待下，他们都不曾皱过眉。有一名战俘由于受罚，曾在一个小笼子里被关了几周，此时的他，死死盯着手里的一块雀巢巧克力，就连蒙巴顿夫人从他身边经过时，他都没有抬头看一眼，这不可思议的奖赏让他欣喜若狂。

劳斯·沃伊齐还记得他和其他战俘站成一个半圆，围绕在蒙巴顿夫人身边，夫人安慰他们："我家老头（她的丈夫）一定会照顾好你们的，不要担心。"J.E.R. 珀森斯在日记中写道："她说得很好，与小伙子们也相处得很好。"J.D. 佩特尼记下了她说过的这样一句话："当我离开新加坡来这儿时，负责战俘营的日本将军简直是胆战心惊，你们听到这个一定很开心吧。"多年以后，罗布森这样写道："她显然是被眼前的一切深深触动了。"

乔治·达菲在日记中提到，蒙巴顿夫人问他是从哪儿来的。

"马萨诸塞州，波士顿。"他回答。

蒙巴顿夫人显然很惊讶战俘营里还有美国人的存在，她急忙说："你在这儿做什么？"

"夫人，目前我正努力想回波士顿去。"

蒙巴顿夫人笑了，她和达菲在一起坐了整整十五分钟，听他讲完了被"小日本"俘虏的过程。听完，她站起来，让戴维斯在撤离战俘的过

程中"把美国人安排在前面"。

第二天，她又去了位置更偏远的战俘营，其中包括丛林深处弗兰克的战俘营，那里的战俘的着装就没有那么整齐了。蒙巴顿夫人身着纯白制服，显得格外庄重美丽，她慢慢走到一群集合好的幸存者面前，紧紧跟随她的护卫离她只有一步之遥。"他们的堂堂仪表和整洁军装与饥肠辘辘、身形瘦削、相互搀扶的战俘形成了鲜明对比。"弗兰克回忆说。蒙巴顿夫人和一些战俘握了手，又朝另一些战俘点头致意。接着，她来到站在队伍末尾的弗兰克面前。朱迪和往常一样，紧紧挨着弗兰克的腿。蒙巴顿夫人看了弗兰克一眼，又把目光转向他的狗。当她看到朱迪标志性的笑容时，不由得也露出了灿烂的微笑。

蒙巴顿夫人在离开前感叹，他们差一点又要在苏门答腊岛上失去成千上万条生命了。雷蒙德·史密斯也说："我们必须在盟军登陆前，甚至是海军靠近海岸前，就开始撤离战俘……幸好，我们的计划成功了。如果战争再多持续几个星期，那毫无疑问，这里的战俘将一个都不剩。后来，从沉船上打捞出来的日本陆军的命令证实……如果盟军部队开始登陆，日本人将消灭所有的战俘和劳务者。"他的这些话佐证了蒙巴顿夫人的感叹，但在目前我们可以收集到的史料中，并没有发现这样的命令。

考虑到战俘当时所受的非人虐待，这样的可能性也不是没有。根据战俘被解救时官方的统计数据，当时北干巴鲁共有战俘四千七百七十二名。大约有六千名战俘（不包括劳务者）曾经在铁路上担任苦力，但没有人被转移走——离开那儿唯一的途径就是死亡。估计死亡的人数有六百七十七人，其中有四百三十一名荷兰人、二百零四名英国人、三十八名澳大利亚人、三名美国人和一名挪威人。至于死去的劳务者，那就不计其数了，保守估计至少有十万人。在盟军幸存者中，有三千一百八十五名荷兰人、七百二十二名英国人（包括弗兰克，但不包括朱迪）、一百七十名澳大利亚人、二百一十三名印度尼西亚人，以及唯一的一名丹麦人和一名挪威人。另外还有包括乔治·达菲在内的十来名美国人。达菲担心，随着蒙巴顿夫人的离开，让美国人优先撤离的命令也会被人抛诸脑后。的确，蒙巴顿夫人登上达科塔飞机离开后的几天，什么事都没有发生。达菲干脆自己离开了战俘营，朝机场走去。机场一个人都没有，但毕竟比战俘营强，他在那儿睡了一晚。第二天，另一架达科塔飞机降落了，把他带去了新加坡。这是达菲生平第一次坐飞机。到达新加坡后，达菲在莱佛士酒店睡了一晚，接着开始了一段令人眼花缭乱的环球之旅——西贡、加尔各答、阿格拉、卡拉奇、巴林、开罗、的黎波里、卡萨布兰卡、亚速尔群岛、新斯科舍。终于，他的飞机于10月5日在纽约米切尔机场降落了。

"在短短十七天的时间里，"后来，他这样写道，"我从一个令人不敢相信的夺命战俘营来到了一片神奇的土地。到处都是五颜六色！人山人海！车水马龙！哎呀！"

其实，达菲的焦急是多余的。不到一周时间，所有的非荷兰籍战俘都已撤离到了新加坡（因为很多荷兰人就住在当地，所以他们并没有离开苏门答腊岛）。病情严重的病人是乘坐飞机离开的，慢性疟疾患者和康复中的脚气病患者，包括弗兰克，则是乘坐汤普森少将指挥的登陆舰离开的。朱迪当然是跟弗兰克一起。这一次，他再也不需要偷偷把它带上船了。他们终于可以在海上自由地航行，不用再担心从水中射来的鱼雷，或是从头顶掷下的炸弹了。他们出发前往新加坡时，朱迪的笑容就像马六甲海峡一样宽广。

彼得·哈特利的离开则很突然。一天下午，他正待在北干巴鲁，迫不

及待地等着离开这地狱般的小岛。他一口气吃下了六个鸡蛋和一大盘米饭，这是他自从被关进格鲁骨战俘营后就一直拥有的梦想。现在，实现梦想的机会来了。营地里还有很多的食物，但来吃的人已经很少了。他装了满满一盘梦想中的美餐，坐下来开始狼吞虎咽。

就在这时，有人传话："嗨，中士，你坐下一趟飞机走，他们都在卡车上等着你呢。快点，要不然就赶不上了。"哈特利抓起鸡蛋，赶紧走了。当他乘坐卡车来到机场，准备登上飞往新加坡的飞机时，他的脸上还淌着蛋黄。

一群澳大利亚战俘降落在新加坡机场，迎接他们的是数名记者，其中就有阿索尔·斯图尔特。他在早年历经千难万险逃出新加坡后，现在又回到了自己的岗位。他看见形容枯槁、未老先衰的战俘们被人抬出飞机。

"担架被抬出来以后，"他报道说，"战俘们在强烈的阳光下眨巴着眼睛，用毯子蒙上头。他们苍白的脸色近乎透明，一看就是长期生活在阴暗中且营养不良。有些人简直是皮包骨。他们无精打采、呆若木鸡，唯一的动静就是在护士照料他们时转一转眼睛。"

另一名记者，《悉尼先驱晨报》的 G.E.W. 哈里奥特的报道则可能会让正在吃饭的读者们觉得反胃。

> 昨天，我看到了第一批乘飞机离开（苏门答腊岛）北干巴鲁丛林地狱的战俘们。他们备受蹂躏的状态活生生再现了德国贝尔森集中营的恐怖照片。那可怕的场景实在难以描述。
>
> 我看到可怜的伤员被抬出来时，抬担架的印度人也不禁泪流满面。空军和陆军士兵们聚集在一起，看着从飞机

中被抬出来的这些人，我听到他们愤愤不平的咒骂声和谴责声。

我如实记录我所见到的一切，也许有人会怀疑我在夸大其词。但应该有人把这个故事讲出来，并让每一个澳大利亚人了解，这样，他们才能知道日本人到底是什么样的人。

昨天，大约有一百名亲身经历过非人虐待的幸存者坐飞机离开了。在三年半之前，他们还是身强体壮的战士。今天，他们只剩下一堆不成人形的皮包骨。他们的脸惊人的相似——都带着无比的凄惨和虚弱，绝望和伤痛。

乘坐救援飞机去北干巴鲁的澳大利亚空军护士玛戈·斯科特对我说："这些是伤员中病情最轻的了，重病患者根本无法乘坐飞机，每天都有很多人死去。"

她又补充了一句，这是她见过的最可怕的战俘营。

我帮着把他们抬下飞机。他们是那么轻，我简直可以一手抱起一个。他们的身体上全是溃烂的疮疤和可怕的脓肿，飞机上的护士给他们精心包扎好了。他们的穿着又脏又破，衣不蔽体。他们满脸胡须，光着头，光着脚。有人穿着破破烂烂的衬衫和兜裆布，有人身上只挂着烂得无法形容的破布条。

很多人在飞机上时就躺在担架上，也是被人用担架抬下飞机的。其他人则挤坐在飞机的地板上，降落后，他们慢慢爬到或是蹒跚走到舷梯前，等待其他人的搀扶和帮助，如果他们途中跌坐在地或是摔倒了，那就爬不起来了。

两名躺在担架上的澳大利亚人用低沉的声音小声讲述各自的恐怖经历。其中一位讲到了他和狱友们在痛苦中想出来的一个笑话,他可怕而又尖厉的笑声让我都不忍心听下去。

有一名战俘说得最好:"日本人榨干了我们身上的最后一滴血。"

不需要进行紧急医疗救治的战俘被送往豪华的莱佛士酒店——那里和他们在北干巴鲁的环境形成了鲜明的对比。来自苏门答腊岛其他地区的战俘,包括来自巴东水泥工厂和棉兰、巨港女子战俘营的幸存者们也住在这里。这么多年来,他们第一次躺在真正的被子里。

弗兰克和朱迪直接来到了为战俘设立的医疗区。他们在那里住了一个月,弗兰克的疟疾才痊愈,他们慢慢恢复了体重和力气。

很多病人被送上运输飞机,迅速转移回国。弗兰克的病情处于临界线上。他的疟疾病情极易复发,但他也很清楚,乘坐飞机离开就意味着与朱迪分别。他必须不惜一切代价坐船走,他不得不"发挥自己的口才,让大家相信我的身体状况不适合乘坐飞机"——他的计划成功了。

一天下午,弗兰克正和朱迪在院子里玩接球游戏,一名传令兵找到了他。此时的朱迪和弗兰克都比在苏门答腊岛丛林里时胖了不少。传令兵带来弗兰克的登船文件,文件上写着:"乘坐军队运输船'安特诺尔'号出发前往英格兰。"这简直是弗兰克听到过的最动听的一句话。接着,他看到了文件最下方的说明:"不得携带犬类、鸟类和其他任何种类宠物登船。严格执行。"

难以置信,命运再一次与弗兰克和他最好的朋友作对,可他们毕竟一起经历了太多艰难险阻,弗兰克绝不会在此时把朱迪扔下。看来,是时候策划最后一次秘密行动了。

离开当天，弗兰克找来四位朋友，帮他把朱迪偷运上船。第一步，朱迪必须躲开在码头巡逻的军警，这对它来说简直轻而易举。登船舷梯的旁边有一堆帆布袋，它在袋子间找到藏身处，只把鼻子露在外面。

弗兰克登上船，一直等待合适的时机。码头上逐渐安静下来以后，他朝四位同谋者打了个手势。四个人一起走上舷梯，将登船的文件交给两名检查人员过目，并与他们大聊特聊起来，还时不时回头指着城市的方向说着什么。他们成功地让检查人员从舷梯上离开了片刻。他们没有朝弗兰克看一眼，弗兰克就站在甲板旁暗中观察，并趁此机会向聪明的指示犬再次吹响口哨。朱迪从藏身的地方跑出来，爬上舷梯，像一道棕色和白色相间的闪电，冲进了弗兰克手中早已准备好的麻袋。弗兰克以驾轻就熟的动作把袋口扎起，扛到肩上。

他径直走到甲板下面，把朱迪藏在他的个人财物下。

与把朱迪偷运上"韦麻郎"号的过程相比，这次的经历出人意料地顺利。就这样，在亚洲度过了九年时光后，朱迪第一次踏上了去往英格兰的旅程。

第二十五章

英雄

　　"安特诺尔"号用了六周时间才开到英格兰，对于
弗兰克和其他战俘来说，这是最悠闲最放松的一个半月。
船在科伦坡中途停留时，约翰·珀维斯的姐夫还登船给了
他一个惊喜。劳斯·沃伊齐在将近七十年后，仍然记得这段美好的旅程。
年轻人都在努力适应一种新的生活，一种没有繁重劳动，没有伤痛折磨，
不用忍饥挨饿，也不用担心随时可能死去的新生活。

　　海上航行的缓慢旅程对弗兰克尤其有利。此时的他与朱迪的关系
好得令人难以置信，但他与其他人打交道还是很不自在，之前艰难的环
境让他变得越发内向。没有朱迪，他也不可能活下来。现在，他终于
可以享受胜利的果实，终于可以以成年人（二十六岁的他在过去十年
中的大部分时间里，不是在军中服役，就是在海上航行，要不就是被
囚禁在战俘营中）的身份体会与同龄人交流的快乐。他很高兴有这样一
个慢慢恢复的机会。船在英国靠岸时，他基本完全康复了（至少是身体
上）。朱迪的康复过程则要慢一些，不过，它绝对是被"安特诺尔"号
上的厨子给喂胖了。厨子是唯一一个从登船第一天开始就知道它存在
的人。

　　随着船离利物浦越来越近，弗兰克很清楚，是时候向船上的长官坦
白朱迪的事了。一路上，战俘都在帮弗兰克保守秘密，船上有些下级军
官要么听说过关于朱迪的故事，要么意外撞见过它，但船长一直被蒙在
鼓里，直到船离英格兰只有三天航程时，弗兰克终于满怀歉意地向他进
行了汇报。

朱迪在甲板上的第一次公开亮相将船上的沉闷无聊一扫而空。"当它在我前面散步时，一名看到我们的船员惊呆了，"弗兰克说，"他双眼死死盯着前方问：'是我眼睛花了吗？你刚刚有看见一条狗从这里经过吗？是真的吗？它是怎么上船的啊？'"

一开始，船长当然很生气，但弗兰克详细讲述了他与朱迪一起经历过的种种磨难后，他改变了态度，甚至可以说，他成了朱迪的拥护者。尽管有不允许携带犬类的规定，但他还是提前与岸上通话，强烈要求允许朱迪登陆。

朱迪悄悄溜上船时，帮助弗兰克分散检查人员注意的有四个人，其中一位也是皇家空军战俘，名叫布赖恩·康弗德。他的父亲是伦敦颇有影响力的律师，在他的父亲坚持不懈地打电话求情后，朱迪前方道路上的障碍终于被扫清。朱迪得到了上岸许可。

然而，还有一个程序是免不了的。所有在英国境内上岸的动物，无一例外都必须接受为期六个月的检疫隔离，避免将狂犬病毒传播到英国国内。即便是欧洲战区的最高指挥官德怀特·戴维·艾森豪威尔在来英格兰为盟军攻入法国做准备时，也不得不将他最喜爱的苏格兰小猎犬泰莱克送去隔离了六个月。

1945 年 10 月 29 日，船终于在利物浦靠岸。对弗兰克来说，本该是欣喜若狂的胜利时刻却变成悲喜交加的分别之时。他走下舷梯，萨塞克斯的朱迪被绳子拴着，走在他前面。在朱迪长达九年的生命历程中，它第一次踏上英国国土，等待他们的是农业部的一名官员。

弗兰克犹豫了。他用了好几天的时间来接受即将与朱迪分别的现实，可当分开的一刻真正来临时，他还是无法接受。一起熬过丛林中艰难的牢狱生活，一起从被鱼雷击沉的"韦麻郎"号上逃生，在新加坡重

逢，又一起度过无数个日日夜夜后，他该如何向朱迪解释他此刻要抛下它呢？他无法解释，他觉得眼泪就要夺眶而出了，他飞快地摸了摸朱迪的耳朵，让它先走。他把绳子交给了那名政府官员。

"它在舷梯上停下来了，"弗兰克回忆说，"像是没有明白我的意思。它充满疑惑的眼神和不停摇动的尾巴像是在等待我把它召唤回来。最后，它还是像往常一样，听从了我的指挥，朝码头走去，跳上了检疫部门的卡车。"

朱迪再一次成为囚徒。只是这一次，它只能独自承受。

位于萨里的哈克布里奇犬类检疫所离伦敦仅有二十分钟的火车车程（在哈克布里奇车站下车的乘客一下车就能听到旁边犬舍的狗叫声），这里的生活比朱迪在集中营甚至是炮艇上的生活都要舒适得多。一到这里，工作人员就对它进行了全面检查，并为它清洁和梳理皮毛。这是它自从太平洋战争爆发以来，甚至可能是从出生以来都不曾享受的待遇。弗兰克经常来看它，犬舍的七十名工作人员在听说了它的故事后，也都不遗余力地精心照料它。

哈克布里奇犬舍修建于第一次世界大战之后，主要接收来自欧洲大陆的被救出或是被收养的狗。它最多可以同时容纳六百条狗，但与朱迪同时生活在这里的狗的数量远远没有这么多。为了确保隔离效果，狗与狗之间是绝对不能接触的，甚至都不能一起进行锻炼。所以，犬舍为每条狗准备了充足的空间。犬舍位于萨里郊外茂盛的草原和树篱旁，这让朱迪有了很多探索大自然的机会。战后的食物限量政策并没有影响到犬舍对狗粮饼干的供应，而且，他们还有数量丰富的其他多种选择，比如新鲜蔬菜等。对朱迪而言，每天都有源源不断的食物直接送到面前，应该算是一种难以想象的奢侈待遇吧。1938年，《伦敦新闻画报》上一篇配图文章中说，当时的犬舍对狗（应该还有猫）每天进行两次"阳光疗法"，好让他们适应英国冬天寒冷的天气，可为什么他们选择用冷水喷头而不是温暖的阳光，文章中并没有给出解释。

《摇尾者》杂志上的一篇报道介绍，每天上午八点刚过，工作人员就会打扫朱迪的犬舍。这时，它可以在自己独立的大院子里尽情奔跑，这一过程一般持续半小时。上午十一点，工作人员会给它喂一天中最主要的一顿饭，报道说："对狗来说，那可真是色香味俱全的美食。"那些狗粮要么是干的，要么"浇满了美味的肉汁"。下午的活动包括午睡和更多的跑步锻炼，有时，也会有人来探望朱迪，挠一挠它的耳朵。接着，它会吃一点饼干作为零食，最后再出去溜达一圈，晚上七点熄灯睡觉。总而言之，它确确实实过上了一条狗的生活。

然而，一切并没有那样轻松。在丛林中的生活艰难到了极点，但至少朱迪是相当自由的。在这里，它能享受宠爱，能尽情奔跑，却失去了自由。要知道，当它还是只从上海犬舍偷偷钻地道溜出去的小狗时，就表现出了对自由独立的向往。在这里，弗兰克经常来看它，还有从苏门答腊岛回来的一批批战俘、海军队伍里的老朋友和好奇的爱狗人士们，也都来看它，帮助它度过隔离的日子，但被限制的滋味还是不好受。

朱迪的情况相当特殊，但这并不意味着它可以免费接受隔离。弗兰克得为它的食宿付账，金额大约是十二英镑，也就是将近五十美元（相当于今天的六百多美元）。弗兰克在皇家空军服役和被俘期间的补发薪水有限，为了帮助他，1945 年 12 月，"摇尾者俱乐部"在其官方杂志上刊登了一则启事，宣布"筹建一个小型的基金会，以帮助支付朱迪隔离期间的各种费用，并会将剩余款项交给朱迪的主人，作为它未来生活的开支"。

读者们纷纷响应。俱乐部在接下来的一期杂志中详细公布了捐款情

况：捐款总额为十八英镑十八先令八便士（这是过去英国货币的面额，相当于今天的一千多美元），来自六十一位捐赠者。接下来的几个月，捐款还在源源不断地汇入，甚至有一名住在不列颠哥伦比亚的外籍雇员也寄来了两加元。最后的总数大大超过了需要，竟有三十五英镑。

对主人和宠物来说，这是漫长的六个月。1946 年 4 月 29 日，朱迪终于自由了，它回到了弗兰克的怀抱。身着皇家空军制服的弗兰克看起来也更加精神抖擞了。那天早上，为了盛大的团聚，工作人员还特地给朱迪洗了很久的泡泡浴，它全身的毛发光亮而整齐。可以想象，他们的见面充满了欢乐。弗兰克回忆说："它跳个不停，舔个不停。"分离的日子并不好过，但对朱迪是有利的。健康的饮食、规律的休息和在田野中尽情玩耍让它恢复得相当好。

朱迪离开犬舍时，有一个小小的仪式，很多新闻记者都参加了。英国养犬俱乐部的主席阿瑟·克罗克斯顿·史密斯将该俱乐部的"英勇奖章"授予朱迪，并给了弗兰克一张二十二英镑一先令四便士的支票（相当于今天的一千一百多美元），是摇尾者俱乐部筹款的剩余部分。一本杂志登出了这样一句话："威廉斯先生请我们向所有为朱迪慷慨解囊的人表示感谢。"狗粮生产商斯普拉特专利有限公司的代表还为朱迪赠送了一个新的项圈，和它标志战俘身份的 81-A 项圈戴在一起，这条项圈上写的是"斯普拉特公司赠曾被日军俘虏的战俘朱迪"。

朱迪待在哈克布里奇期间，弗兰克也没有闲着。在交出朱迪后没多久，他就登上了一列从利物浦开往什罗普郡科斯福德皇家空军基地的火车。从该基地到其北边的米德兰兹郡大约九十分钟车程。科斯福德是"106 号战俘接待中心"，是欧洲战场上的战俘重新归队时办理手续的地方，当英国归国空军具体人数被统计出来时，它迅速开始处理远东战场上的战俘的相关事宜。

英国人民对英军与德作战的每个细节都非常清楚，也牢记在心。可将士们在太平洋上所经历的痛苦更像是一件"眼不见心不烦"的事。很多人刚刚知道战俘在日军手中所遭受的恐怖折磨。

"该部门的作用和目的就是接收战俘，为他们提供衣物及装备，进行医疗检查并准备相关文件，"由英国陆军部拟定的战俘接待中心委任令是这样写的，"在完成了这一系列程序后，战俘们可以继续享受四十二天的休假，休假结束后，再回到中心接受医疗委员会的全面检查。"

根据科斯福德工作日志的记录，29 日共有两批战俘乘火车抵达。第一批三百四十人，于一点五十分到达。第二批三百四十一人，于三点十分到达。弗兰克回答了工作人员提出的问题，得到了崭新的皇家空军制服，拿到了补发的薪酬，包括战斗和特殊服役薪酬，并接受了医生的检查。经过海上航行后，弗兰克的身体状况有了很大好转，他通过了基本检查，进行了汇报，便离开了。从 10 月开始到 11 月，他还有六周假期，可以回到朴次茅斯与家人一起度过。

弗兰克回到了自己出生的地方，这里已非他年轻时住过的那个繁忙的港口城市。纳粹的炸弹彻底摧毁了整座城市，且绝大部分的破坏都是在 1940 年 8 月到 1941 年 3 月之间三次主要的空袭造成的。弗兰克位于霍兰路 38 号的家在 1941 年 1 月 10 日到 11 日的闪电战空袭期间也遭到了袭击，神奇的是，房屋受损并不严重。像这样幸运的例子是极其罕见的。在那次袭击中，大约有九百三十人死亡，一千二百一十六人受伤。和全国其他地方相比，这样的伤亡还算是轻的，但整座城市的建筑几乎全部被毁。"我们主要的购物中心都没了，"1941 年的《朴次茅斯晚

报》这样写道，"城市的每个角落都留下了丑陋的伤疤，有些地方被夷
为平地。"三十间教堂、八所学校、四个电影院被毁。历史上，纳尔逊
将军在出海前曾住过的乔治酒店和全城最高的中心酒店，也都成了残砖
断瓦。

对弗兰克而言，最糟糕的还是他接连不断听到的噩耗。1944 年 6 月
6 日，就在他被囚禁于格鲁骨，把朱迪偷偷带上"韦麻郎"号之前不久，
他的哥哥——汉普郡军团二等兵戴维，在诺曼底登陆日光荣牺牲了。过
了十八个月，弗兰克才得知这一消息。他又失去了生命中另一位男性家
人。他从未在公开场合表达过自己的悲伤，但这一打击显然影响到了他
和朱迪归家的快乐心情。

在家期间，弗兰克收到一封来自乔治国王的信，欢迎他归国。信写
在白金汉宫的专用信纸上，落款日期是 1945 年 9 月，那时弗兰克还在亚
洲，这说明信的内容只不过是照搬模板，但国王所表达的感情是真挚的。

> 我与王后热烈欢迎您的归来。
>
> 您遭遇了种种困难与日军的折磨，我们始终记挂着您
> 与您的战友们。我们已从报道中得知您所受的深重苦难，
> 也很清楚，您以最无畏的勇气承受了一切。
>
> 对于您众多勇敢的同伴的牺牲，我们与您一样深深地
> 感到悲痛。
>
> 我们全心全意地希望，您的归来能让您和您的家人从
> 此开心幸福，长长久久。

1945 年 12 月中旬，弗兰克在朴次茅斯休假结束，回到科斯福德空

军基地，接受全面医疗评估。没有任何记录显示他接受了进一步的治疗，所以，他显然是符合了重新归队的标准。其他很多战俘就不是这样了。科斯福德的一份情况汇报指出，很多人在离开日本战俘营后都表现出各种各样的问题："对远东战场上的战俘的医疗检查表明，他们的问题比欧洲战场上的战俘的问题更多、更复杂，他们患有疟疾、痢疾、眼部疾病，或体内有寄生虫，日军没有为战俘提供任何医疗救治。"

弗雷德·弗里曼自从在苏门答腊岛的丛林中患上疟疾后，就一直备受困扰。他回到他在战争爆发前居住的布赖顿老家后，病情仍无好转，他没有办法工作，只能申请医疗抚恤金。他在申请表格中写道："我头疼不止，从头一天晚上直到第二天上午，头一直在疼。好多次，老板都把我请病假的日子算成休息日，以避免损失。"

圣诞节马上就要到了，弗兰克不想继续留在科斯福德。医生们也希望尽快让更多人回家，好让他们在战俘营里度过了那么多个圣诞节后，能与家人共度这回家后的第一个圣诞节。"回家过圣诞节，"基地的一名医生这样写道，"对这些不幸的人来说意义深远，他们在追求自由的过程中承受了太多苦难。"有一部分人（根据战俘接待中心的记录，共有八十四人）没有及时通过检查，还得在 1946 年 1 月回来。但弗兰克应该不是其中之一。

1946 年伊始，弗兰克来到新的岗位——位于伦敦郊外、阿斯科特附近的森宁希尔公园战俘康复中心。在为期三周的时间里，来到这里的人会了解军队发展的最新情况，学习如何在被囚多年后重新融入平民生活。他们还与商界和政界的重要人物见面，听他们励志的演讲；参观各种各样的公司，熟悉一个正常的而非战时灭绝人性的社会是怎样运作的。"战

俘们应该有更多的时间去休息、锻炼和娱乐，比如从事园艺劳动，听音乐，看戏剧，做农活，等等。"空军部在对中心的一份正式报告中如是补充。于是，中心邀请了当地的交响乐团进行访问演出，在中心电影院放映电影，为军官和士兵提供大量的自行车和充足的柑橘类水果（因为很多战俘回来时都严重缺乏维生素 C）。中心还开设了历史方面的课程，总结和反思刚刚结束的这场战争。只是开课时弗兰克和其他很多战俘仍在苏门答腊岛的丛林中，所以错过了。

劳斯·沃伊齐也在中心。在他看来，弗兰克是个很温和的人，"很善良、很安静的一个小伙子，说真的，也很普通"。对劳斯来说，康复中心起到了作用。后来，他在诺里奇附近的政府部门找到工作，并担任了三十二年的公务员。

弗兰克回家时的真实心情是一个谜——他没有在任何采访中提起过这段时间的事，也没有人知道他再次回到故土时到底是怎样的感受，他一定也有些无所适从吧。大约六十八年后，劳斯给出了一个解释："政府（具体来说就是陆军部）让我们不要谈论自己的经历。我们只能自己承受。没人想为了我们的事小题大做。"当旁人继续追问劳斯，战俘们为了国家，承受了令人难以置信的痛苦和折磨，政府为什么没有大力宣传他们的事迹，反而让他们缄口不言时，劳斯只是笑了笑，说："政客们做的事，谁知道理由呢？"

曾和弗兰克一起被困在邦邦岛的约翰·威廉斯在战后写了一本短篇回忆录，我们也许可以从中大致了解战俘保持沉默的另一个原因。多年后，他再次修改回忆录时，发现写得很不完善。于是，他写了一篇注释，附在回忆录之前，其中是这样写的："与情况更悲惨的贝尔森集中营和其他纳粹集中营相比，大肆宣扬我们亲眼见证和亲身经历的暴行在当时似乎不太合适。"

英国军方在一定程度上也预料到了战俘们的情况。"我们预计战俘们可能出现的症状包括:"科斯福德的医护人员的一份报告指出,"对一切感到陌生,害羞,沉默,不喜欢人多的环境,难以集中注意力,想法多变,强烈地讨厌一切约束,等等。"所有这些症状,都多多少少体现在弗兰克身上。

在朴次茅斯海边的酒吧喝酒时,他的嘴唇始终紧绷。在漫长的战俘生涯中,他曾被守卫打成一摊烂泥,被疟疾和脚气病折磨到卧床不起,还曾想过结束自己和朱迪的生命。这些经历都是他不愿再回想的。

有一件事劳斯·沃伊齐非常确定——弗兰克深深爱着朱迪。他记得,除了这位最好的朋友,弗兰克很少会说起别的事。"在康复中心,他向我们兜售朱迪的照片,"沃伊齐回忆说,"每张照片背后都写着朱迪的历险故事,还有朱迪的爪印。我买了两张,每张一两英镑,价格不低。不过弗兰克把这些钱都用于慈善,捐献给了迪金协会(英国人民兽医药房)的人。"

离开康复中心后,弗兰克被安排到一个新的皇家空军基地。无论他经历了什么,他毕竟还是一名正在服役的空军士兵(这也是他不愿谈及战俘经历的另一个原因)。他被分配到利物浦附近西科比空军基地的四号流动雷达部队。他只跟基地指挥官说了一声,朱迪就在未出场的情况下被正式安排进了基地。和很多回归的空军战俘一样,弗兰克也经常受到基地附近居民的邀请,到他们家里吃饭喝茶。

弗兰克和朱迪在西科比待的时间并不长。他们还有更重要的目的地,第一站便是伦敦。在伦敦,朱迪在战争期间的英勇事迹终于被大家充分知晓。

在隔离的六个月里，朱迪不可思议的经历和它对生存的强烈意志让它成了全国的英雄。报纸上全是它在炮艇上、在苏门答腊岛的丛林中的神奇故事，以及它对日军不屈不挠的反抗。媒体称它为"炮艇上的朱迪""神奇的指示犬"。1946 年 5 月 3 日，在伦敦西区的卡多根广场（相当于纽约帕克大街的高档社区），英国人民兽医药房为朱迪举行了一场庆典仪式。劳斯·沃伊齐曾提到，当时，弗兰克正为药房筹集善款。这个成立于 1917 年的组织在当时是（现在也是）英国重要的动物慈善组织，旨在照顾穷人和受苦受难者的人的宠物，创立者是著名的动物保护先驱玛丽亚·迪金。

1943 年，为表彰在战场上做出重要贡献的动物们，玛丽亚·迪金设立了"迪金勋章"，这是英国国内授予动物的最高荣誉，相当于人类的"维多利亚十字勋章"。在朱迪之前，已有三十五只动物赢得了这一奖赏，其中包括十一条狗和众多信鸽。这些信鸽中有温克、白眼和泰克（亦称乔治），它们"在极其困难的条件下成功送出情报，拯救了一支空军队伍"。

此刻，七十六岁高龄、备受英国国王尊敬的迪金看着罗德里克·麦肯齐少校——他同时也是第四代克罗玛蒂伯爵、塔巴特子爵、英国归国战俘协会主席——走上前，授予朱迪这一光荣奖章。在前战俘和爱狗人士的围绕中，这条指示犬悠闲地坐着，让少校把奖章别到自己的项圈上。

嘉奖令如下：

> 谨以此表彰朱迪，它在日本战俘营中所表现的非凡勇气和持久耐力鼓舞了其他战俘的斗志，又以聪明才智和高度警惕拯救了众多生命。

还是在这场庆典上，英国人民兽医药房授予弗兰克圣贾尔斯白十字勋章，以表彰他为朱迪所做的特殊贡献，这也是该组织授予人的最高荣誉。麦肯齐少校将勋章别到弗兰克的外套上。弗兰克和朱迪都露出灿烂的笑容，在场的众多摄影记者拍下了这一历史性的时刻。

　　接下来的几周，各种荣誉接踵而至。英国终于真正开始庆祝打败轴心国的胜利。根据英国战时最高长官、陆军元帅伯纳德·蒙哥马利的命令，朱迪享受着英雄的待遇。在之前的慷慨捐赠后，摇尾者俱乐部又给了弗兰克一张大大的（具体金额未知）支票，确保朱迪以后都将衣食无忧。在伦敦的英国归国战俘协会，朱迪受到盛宴款待，麦肯齐少校将它收为协会正式会员——无须多说，它也是会员名单上唯一的一条狗。

　　紧跟着，便是1946年6月8日胜利日的庆典活动。这场盛大的庆典包括游行、焰火、鸣炮等各种内容，整个伦敦都在举办舞会，交响乐团为人们伴奏，就连国王都亲自出席。《伦敦每日镜报》说："这是属于你们的日子——尽情享受吧。"BBC备受欢迎的广播栏目《今夜城市》推出一期特别节目，弗兰克和朱迪受邀参加，一同参加的还有来自各大战区的军人。当主持人罗伊·里奇让朱迪给千家万户的听众们说点什么时，朱迪立刻响亮地叫了起来。"快乐的叫声回荡在全世界无数人的家中，"全程参加了各种庆典和仪式的弗兰克说，"即便是远在新加坡的人们，也能听到这条狗在'说话'。"后来，他们又出现在BBC的另一个栏目，即下午和晚间播出的《图片页》中（传奇作曲家欧文·伯林认为，朱迪在两个节目中都叫得非常开心）。

　　朱迪参加过的最声势浩大的一次活动是在著名的温布利体育场举行的"闪电战及前线之星"典礼。还有三条战犬和朱迪一同出场，现场近八万两千名观众向他们表示热烈的欢迎。

战犬中有一条犬叫罗布，用弗兰克的话来描述，是"一条坚强的杂交柯利犬"。罗布是经过训练的空降兵，在多次任务中，它与最精英的空军突击队员一起空降到敌方阵线。罗布和朱迪在多次"英雄战犬"的活动中见面，并成为好朋友。和动作片里的好哥们儿一样，它们的关系也在一次打斗中更加亲密了。那是另一场庆典，朱迪和罗布正在舞台侧面等待上台，四条高大的波尔瑞犬大摇大摆地走过来，它们属于俄罗斯猎狼犬的一种，与灵缇亲缘关系很近，所以也和灵缇一样，相当容易兴奋。

当波尔瑞犬和英国指示犬在后台相遇时，波尔瑞犬咬了朱迪。"在那一瞬间，"弗兰克回忆说，"后台变成了斗狗场。"罗布一跃而起，捍卫朱迪的尊严，四条波尔瑞犬群起而攻之。二对四的打斗在幕布后面如火如荼地进行，而幕布前的节目还在上演。朱迪和罗布英勇地保卫自己的领地。"棕色的毛球漫天飞舞。"弗兰克回忆说。终于，大家把它们分开，波尔瑞犬被判打败，它们的节目被取消了。

朱迪成为各种筹款活动的常客，从英国人民兽医药房到其他动物权利组织，从英国少年总会到战后复苏债券俱乐部，在各种组织的活动中，都能见到朱迪的身影。它还参加了一场看似无止境的游行，游行的队伍从最北边的苏格兰一直走到了最南端的布赖顿。它出现在无数名犬展上，比如，在巴斯举办的一场大型犬展。根据《巴斯新闻》报道，那场展览吸引了"三百一十一条狗和大约一千五百人"，巴斯市的市长也亲自出席。"十一岁的英国指示犬朱迪的出现……让观众们都离开自己的座位，跑到舞台边。它的主人 L.A.C. 威廉斯向它的崇拜者们作了介绍。"在每一场演出中，弗兰克都陪伴在它的身边，而当观众们都挤上来看一看或是摸一摸这条英雄战犬时，朱迪也从来没有远离过弗兰克。

一路走来，它认识了不少舞台上的明星，也不断在荧幕上出现，大家无一例外地都喜欢上了它。根据报道，戴维·尼文说它是他见过的最可爱的狗。弗兰克、莱斯·瑟尔、乔治·怀特、"水箱"库珀以及其他很多在亚洲与朱迪成为好朋友的军人们也都完全认同这一说法。

在儿童医院，在归国战俘们的家中，在没能回来的战俘们的家中，它发挥的作用最大。对生病的孩子和悲痛中的家属们来说，它无疑是一剂良药。尽管它有海军的背景，但它是以皇家空军正式成员的身份参加这些活动的，穿着绣有皇家空军徽章的衣服，配合弗兰克的军装。在所有这些场合，弗兰克也一定会给它戴上各种荣誉勋章。

对长期被日军或德军俘虏的士兵而言，朱迪是一剂强心针。这些陆军、海军和空军士兵们被囚禁多年后，很难适应自由的平民生活。虽然他们是人，而朱迪是狗，但朱迪在战后生活中迅速调整自己，为他们树立了积极的榜样。在丛林中，它以顽强的生存能力鼓舞大家。现在，它以乐观的生活态度再次成为模范。

弗兰克和朱迪还完成了另一项更艰巨的任务。当时，无数战俘的家庭都接到陆军部发给他们的电报，告知他们，他们深爱的家人已在战场上失踪或牺牲。很多家属向这条大名鼎鼎的指示犬求助，他们通过皇家空军或陆军部给它寄信。有时候，信封上连地址都没有，只写了"朱迪"的名字。绝大部分信件最后送到了弗兰克手中。这些人想要的只不过是更多一点关于自己亲人的情况，他们的丈夫、儿子、兄弟或父亲都是上了战场就再也没有回来了。

"朱迪和我走遍英格兰，告诉这些悲伤的家属，他们的亲人并没有在苏门答腊岛的丛林中腐烂。"弗兰克说，"我们要向他们解释，战友们是在怎样残酷的环境中死去的，这项任务太残忍了。"

实际上，绝大多数死去的战俘并没有和弗兰克、朱迪关在一起。这

不是重点。弗兰克和朱迪活了下来，回到了家。悲痛欲绝的家属们只想和这一对打败了命运之神的幸运儿待一会儿。正如弗兰克所言："朱迪的出现似乎在某种程度上缓解了这些场合的悲伤气氛，让很多家庭得以宽慰。要知道，数月甚至数年以来，他们一直都生活在提心吊胆中。"

对弗兰克和朱迪而言，这是极为繁忙的几个月，直到军队缩编，和平时期到来——更不用说，战后经济的衰退已在英国全面呈现——整个国家不得不开始向前看。1946 年 7 月 22 日，弗兰克和朱迪复员了。在利物浦附近的迪河岸边，英国皇家空军技术训练中心举行了一场退伍仪式。朱迪把各种勋章都戴到项圈上，立正站好。整个过程持续了几分钟。仪式结束后，他们俩走出大门，尽情呼吸着海边的空气。他们的军旅生涯从此结束，他们现在是普通百姓了。

弗兰克把朱迪带回了他的家乡朴次茅斯，这个南方的海滨小镇是许多船只的起航之处（包括"小虫"号和"草蜢"号），弗兰克在这里度过了少年时光。此时，他要想的是该如何度过余生，但无论怎么过，有一点是可以确定的，那就是，朱迪将是他生命中的一部分，他们一起经历了太多太多，这才是最重要的。

第
二
十
六
章

非洲

　　朴次茅斯的生活宁静而沉闷，这是一段很适合弗兰克和朱迪的时期。弗兰克有没有搬回他位于霍兰路 38 号的家（还是一大家合住），我们并不确定。然而，根据投票记录显示，1947 年，弗兰克的母亲阿格尼丝以及他的姐妹芭芭拉和琼都是从这个地址投的票，但弗兰克不是。有一个名叫弗兰克·威廉斯的人的投票地址在城市的北区。这不难想象，弗兰克应该是想给自己和朱迪找一个单住的地方吧。家里的房子太拥挤，而且无疑会让他回忆起去世的哥哥。弗兰克在战后的回忆也佐证了这一说法。他说，他当时经常把朱迪带到家附近的斯塔姆肖酒吧，这家酒吧位于朴次茅斯北边，离南城很远。在酒吧，弗兰克会往朱迪喝水的盘子里倒一点啤酒，作为对它辛勤工作了一整天的"犒赏"，这大概也会让朱迪想起在长江炮艇上饮酒作乐的日子吧。在酒吧里，朱迪经常是众人关注的焦点和主要话题，它不可避免地闻名全城。"看，它就是那条赫赫有名的战犬。"大家总会这么说。可过了一段时间，它也无声无息地融入了城市的日常生活。

　　过去几年，弗兰克和朱迪一直过着惊险刺激、为生存而战的日子，目前这样的生活是无法让他们满足的。在弗兰克家族的纪念网站上，弗兰克的子女们说："有了战俘营的经历之后，英国社会的精细考究在他看来似乎有些肤浅，甚至是荒唐。"这样的心理在归国战俘中并不罕见。

　　另外，还有一些因素也让弗兰克不满。研究战俘的历史学家莉齐·奥利弗（她的外祖父斯坦利·拉塞尔曾在苏门答腊岛为朱迪画过素描画）说，在那段时期，"战俘的家人要么过分地溺爱他们，要么走向另一个极

端，对他们的经历绝口不提。两种其实都不太好"。约翰·赫德利说："我的家人总认为，我们克服了那么多难关，一定非比寻常，而且他们对我们的态度也是如此——我们被捧在手心里。我很难适应。所以，不到六个月，我又回到了马来亚的旧岗位上……应该说，我希望得到别人的理解，希望能感觉到自己是个正常人。"弗兰克几乎从未谈及他在战俘营里的经历，只是总是乐意向大家讲述关于朱迪的神奇故事。

很多归国战俘在热带作战后回到英国，用奥利弗的话来说，他们发现英国"太阴冷了，太压抑了"。讽刺的是，尽管他们在亚洲备受折磨，但很多人还是怀念那里蔚蓝的天空、翠绿的雨林和碧蓝的大海。奥利弗说："英国灰暗的冬天与之形成了鲜明对比，很多人不禁想：'难道以后就这样了吗？'"再加上 1946 年末到 1947 年初的冬天，英国天气格外寒冷，全国各地连续数周都出现紧急断电的情况，工厂关闭，数百万人失去工作。1947 年 1 月到 2 月，全国人民基本都是靠着烛光生活的。

朴次茅斯战后重建的进程相当缓慢，这让整体的局势雪上加霜。原材料和人力的短缺，再加上全国经济萎靡不振，使得整座城市到了 20 世纪 50 年代还是废墟遍地。1952 年，商业街上才有重新开张的第一家商店。战争结束多年，当地还有一名警察灰心丧气地说："战争过了这么多年，你还能看到'它位于某某路上被炸毁的地点'这样的报道。"曾让朴次茅斯和南海城独一无二的历史建筑都消失了，取而代之的是千篇一律、毫无特色的"政府公寓"，它们带给人们的更多的是反感而不是美感。

就这样，弗兰克开始焦虑了，他把一切藏在心底，生活在小城冰冷的外壳中，而衰败中的祖国还紧紧抓着失落帝国的幻想。除了回顾往事，他没有什么可以期盼的目标。他所从事的只是一份工作罢了，并非事业。

我们不确定弗兰克是否出现了创伤后压力心理障碍症或其他类似疾

病，对他来说，要把可怕的战争经历抛诸脑后，若无其事地回归"正常"并非易事。很少人能像劳斯·沃伊齐那样处理自己的遭遇——可以说，他是完全不去理会自己在战俘营的经历的。"也许是大自然将它从我的脑海中抹去了，"他这样说，"我把最恐怖的记忆清除了。当然，我也会时不时做噩梦，但我基本上接受了发生在自己身上的一切。我想，我应该是在战俘营里学会这一点的——学会如何将一些事情排除在外。这很有必要，否则你没法坚持下来。"

弗兰克和朱迪在努力适应着疯狂过后慢下来的生活（实际上，弗兰克的不满情绪在此之前就出现了）。朱迪的情况怎么样呢？从外表来看，它长胖了，长到了有史以来最胖的三十千克，它也很开心。一名叫约翰·霍莱的水兵曾在"小虫"号和"草蜢"号上服役，1948年，他与弗兰克、朱迪偶然相遇。他有很多年没见过这条老炮艇上的吉祥物了。他立马就认出了朱迪，他也发现，"朱迪比我在炮艇上看到它时胖多了"。它原本深棕色的鼻子随着年龄的增长开始发白，除此之外，它显然是一条健康且可爱的狗。

劫后余生的它在适应新生活时可能也遇到过一些问题。可就连弗兰克这些人都没有被诊断出创伤后压力心理障碍症，那犬类的心理创伤就更无人理会了。其实，后来的科学研究证实，狗也是会患上某种形式的创伤后压力心理障碍症的。据估计，在伊拉克和阿富汗参战的近七百条战犬中，有百分之五到百分之十的比例出现了这一症状。在从未听到过一声枪响的家养宠物中，也有可能出现这种病例。朱迪年幼时，就曾迷失在上海街头，挨饿受冻，历尽艰险；后来，它又经受了种种磨难。如果在这样的情况下，它还没有出现任何心理障碍，那就真的是太了不起了。近年来，医生会给表现出创伤后压力心理障碍症的狗开一些类似人

吃的抗抑郁药物，并配合中国草药进行治疗。可当时的朱迪并不能进行
这样的选择，没人能为它做什么，甚至没人注意到它的问题——当然，
弗兰克除外。

朱迪和弗兰克都在承受长期被俘的严重后果，弗兰克显然也在寻找
出路，他自从十来岁开始就有的一种冲动驱使着他，这种冲动也是他最
初加入商船队和皇家空军的原因。1948 年，一个机会仿佛从天而降。相
比家乡单调乏味的工作，这个机会能让他出国旅行，并投身到一项更有
意义的事业中去，他欣然接受了。

"落花生计划"是一个在坦噶尼喀❶大面积种植坚果（主要是落花
生，也包括生长在树上的其他坚果），以缓解英国国内食物短缺问题的方
案。种植的地点是仍受大英帝国控制的区域，大家希望这能给困境中的
英国带来大量便宜且有营养的食物，该计划的主要负责方是海外食品公
司，弗兰克成功申请到了在东非的一个职位。

不幸的是，落花生的种植需要大量的水来灌溉，计划中被选定的区
域却都是干旱成灾的。经过数年失败后，"落花生计划"彻底破产，并成
为英国战后衰败的一个标志。1960 年，伊恩·弗莱明在他的 007 系列小
说《量子危机》中，还借用书中人物之口，提到了一个悲剧性的角色，
说他"一辈子的努力都在落花生计划中付诸东流"。

弗兰克显然并不这样认为。他很享受在非洲的时光。一开始，这份
工作差点又要将他和他最好的朋友分开。要知道，之前无论是日本人，
还是汪洋大海，或是茂密的丛林，都没能将他们分开。弗兰克竭尽所能，
仍然没能拿到让朱迪同行的许可。1948 年 3 月 20 日的《标准晚报》报

---

❶ 第二次世界大战后英国的"托管地"。1961 年宣告独立，次年成立坦噶尼喀共和国，1964
年与桑给巴尔人民共和国合并，成立坦桑尼亚联合共和国。——编注

道了这次危机，报道中说，除了隔离检疫的那段时间，"这个人和这条狗形影不离地度过了六年"，"今天，年轻的弗兰克·威廉斯本该是高兴的……可他害怕再也见不到他的朱迪了"。

他向英国人民兽医药房的高层领导求助，有人给落花生计划的幕后决策者利华休姆勋爵打了电话，勋爵的利华兄弟公司是整项计划的承包方。大老板一听说著名的萨塞克斯的朱迪竟然不能参与到自己的计划中，不由得大发雷霆。接下来，各种阻挡朱迪的官僚主义障碍便通通消失了。

从伦敦到达累斯萨拉姆的漫长旅途是朱迪第一次坐飞机出行，全程平安无事，只发生了一个小小的意外。飞机在加油时，一名海关职员带着灌满杀菌剂的喷雾枪登上飞机，开始在机舱内部到处喷洒。朱迪开始还在过道上沉睡，但拿喷雾枪的男人的靠近，让它猛然惊醒，并恢复到战时的警戒状态。它露出尖牙，愤怒地低吼，把那个大惊失色的海关职员赶出飞机，并一路追过停机坪，直到把他逼进机场大楼的大门才罢休。这名海关职员拼尽全力，才赶在这条发了疯一样的狗前面把门嘭地关上并锁好。

朱迪从容不迫地走回飞机，弗兰克说，"它像一只柴郡猫，露出牙齿粲然一笑"。他猜，朱迪这样做大概只是为了活跃气氛吧。它对环境总是有很好的感知能力。

来到坦噶尼喀的土地上后，弗兰克被派去孔瓜城接受培训。他将负责在数块大面积的土地上播种并收获落花生，这些地块都分散在以坦噶尼喀东南部的纳钦圭阿为中心的周边地区。

在那儿，朱迪和弗兰克总是开一辆路虎汽车出行。弗兰克每天都要花费数小时往返于种植地和周围的村庄。有时候，这辆加大的越野车上

会挤进十来位乘客，但大家总会为朱迪留一个位置。

重新适应丛林间的生活并不难。再说了，对朱迪而言，蟒蛇、猴子、大象比出租车、有轨电车和修剪整齐的草坪更有意思。"在未被破坏的大自然中穿行，它达到了最佳的状态，"弗兰克回忆说，"它通过追逐各种野生动物，锻炼着狩猎的天性。"不可思议的是，当它看到一群大象从草原上轰隆隆地跑过时，它的第一反应是摆出了指示犬最擅长也最经典的指示姿势。哎！要是"小虫"号上的水兵们能看到就好了！它举起爪子，头和尾巴连成一道完美的直线，像一把直尺指向大象的方位。

"别炫耀了，朱迪，我看见它们了。"弗兰克嘀咕着说。

对非洲各种体形巨大的动物，朱迪是相当警觉的，但它并不怕它们。有一天深夜，在弗兰克的小屋外，它以实际行动证明了这一点。当时，弗兰克的随从阿卜杜勒把洗澡盆拿到小屋外面，准备第二天早上再把水倒掉。大约半夜两点，所有人和朱迪都被屋外的声音惊醒，那声音就像是一台巨大的吸尘器正在工作。朱迪冲到门口，开始狂叫。弗兰克往外一看，一头巨大的雄象正用长长的鼻子喝着洗澡盆里的水。天上，一轮大大的满月照亮了整个场景。

朱迪前前后后跑个不停，在大象的鼻子边、尾巴旁叫着跳着，像是不确定要把攻击的火力集中到哪里。大象被这脚边的小东西弄烦了，迈着笨重的脚步走开了，没有继续惹是生非。但这条指示犬大概觉得还没有获胜，它用牙齿咬住洗澡盆，把它拖进小屋。接着，它向夜空发出最后一声低沉的警告，才终于肯躺下来。它今天晚上的工作完成了。

不过，朱迪在追逐草原上经常出现的狒狒时，就没有这么幸运了。从在新加坡"草蜢"号上与猴子米基的邂逅开始，朱迪与灵长类动物的相处一直就不甚愉快。狒狒们全体出动，成群结队地追赶它，绕着朱迪跳来跳去，一会把它赶到这边，一会把它赶到那边，还时不时消失在树林中，让它彻底晕头转向。在这个游戏中，朱迪从来没有赢过。朱迪会和它们玩一阵子，当它们开始向它扔玉米棒和棍子时，它就不玩了。

有一次，弗兰克带朱迪坐飞机去达累斯萨拉姆处理一些事务。之前，朱迪坐飞机来非洲时，还可以在过道里随意游荡；这一次，它只能全程待在小小的狗笼里，这是朱迪第一次如此，弗兰克很担心。结果，整个旅程中，朱迪都非常安静。弗兰克去接它时，才发现个中缘由。原来，狗笼的上方有一个圆洞，朱迪能把头伸出来，而就在离它嘴边不远的地方，有一大块新鲜的牛肉。

朱迪差不多把那块牛肉吃光了，只剩下一小圈它够不着的地方。从上海到苏门答腊岛，朱迪在恶劣的环境中学会了永远都不要放过饱餐一顿的机会——无论可以吃到的是什么，也无论一次能吃下多少。这巨大的一块牛肉让它的肚子明显鼓了起来，像是吞下了一头山羊的巨蟒。趁着牛肉的主人还没有发现，弗兰克赶紧把它抱起来，跑下飞机，跳上了自己的吉普车。他本想严厉地批评朱迪，但实在忍不住，又笑了起来。

朱迪在非洲生活期间，还有一个惊喜从天而降。它第三次怀孕了。小狗父亲的身份是个谜，不过和在格鲁骨时的情况不同，在这里，它显然有更多可以选择的对象。1949 年，它生下七只小狗崽。这样一来，在长达十一年的时间里，朱迪在两个洲上的三个国家，总共生下了二十九只小狗。在炮艇上，在战俘营里，在丛林农场里，它都当上了光荣的母亲。它的幼崽给长江两岸和非洲村落里的孩子和大人们带去了数不尽的欢乐，也给苏门答腊岛上的战俘和军官情人带去了惊喜。时间更迭，空间变换，朱迪的后代已无从查证，但值得庆幸的是，它非同寻常的遗传基因得到了广泛的传播。

只是希望它的孩子们不用像它一样，以那般艰难的方式来证明自己的顽强。

1950 年 1 月 26 日，弗兰克把朱迪带上自己的路虎车，从家中向丛林方向行驶了大约二十千米。弗兰克要去检查花生种植地沿线的一个小工程。到了这个时候，落花生计划的负责人们已经开始意识到，自己的努力可能是徒劳的了。弗兰克说，朱迪在周围逛了一小会儿后，就像往常一样，"自己去捕猎了"。

现在的朱迪十四岁了，棕白相间的皮毛变得越来越灰暗，面容和姿势也开始呈现老态。但在大自然中四处奔跑时，它仍然是最快乐的。在苏门答腊岛丛林中多年的艰苦经历并没有让它失去对自由的向往，在内心深处，它仍然是野狼的后代，它呼唤着自由。但它也是被驯化的宠物，到了回家的时候，总是会回到弗兰克的吉普车旁。

然而，这一天，弗兰克的口哨声没有得到回应。到处都看不见朱迪的身影，用弗兰克的话来说，"它没有从游猎中归来"。他一次又一次地吹响口哨，可那条指示犬始终没有从丛林中飞奔而出。

"大约下午四点，我和还留在矿区的几名工人一起去找它。"弗兰克回忆说，"很不幸，没有任何结果。傍晚时，我们不得不停止搜寻。我们尽量把朱迪失踪的消息散播出去，并许诺会重赏找到它的人。"

后来，大家又沿着它跑过的路线进行了仔细的搜索，中途出现的猎豹足迹让大家不免忧心忡忡，但在周边，他们既没有看到朱迪，也没有看到活的豹子。弗兰克和阿卜杜勒彻底找寻了整个区域，仍一无所获。他对村民说，谁能发现这条任性的狗，他就奖励谁五百先令。日子一天天过去，除了弗兰克，所有人都放弃了希望。

终于，一群当地部落的人出现在弗兰克门口。他们围绕在阿卜杜勒身边，急切地打着手势。兴奋不已的阿卜杜勒弄明白了他们的意思。

"他们见到朱迪了！"他大叫。

有人在离此处几小时车程外的昌巴瓦拉村附近见到朱迪了。此时，太阳已落山，漆黑的夜幕即将降临在非洲平原，唯一理智的做法是等到天亮再去找它，可弗兰克心急如焚，他跳上吉普车，立马出发了。

他在夜色中疯狂地开着车，在简陋的公路上，这样快的速度是很危险的。他穿过奔腾的河流，有一条河上的桥被冲走了，他浪费了几个小时才过河。一过河，他又继续加速前行，终于赶在黎明之前，到达了村庄。

至于接下来发生的事，弗兰克给出了不止一个版本。每个版本都是在事件发生后很久才给出的，而且相互之间隔了很多年。20世纪60年代，他说的是，他到了村庄以后，见到村长，村长把他带到一间低矮的茅草屋中，朱迪就躺在屋里，情况相当不妙。它见到弗兰克，兴奋地站起身，但又很快呜咽着倒了下去。

十年之后，弗兰克对诺伊曼和范维特森说的是："在与村长和村子里年纪最大的老人交谈后，他们同意组织一支搜救队伍。这一次，我们终于成功了。第二天，他们就找到了朱迪，并一直守着它，直到我去接它。由于营养不良，它的情况看起来很糟糕，筋疲力尽的样子。"无论是哪个版本，总而言之，朱迪和弗兰克重逢了。

朱迪在最茂密、最阴暗、最危险的丛林中都能成功穿行，没有出过一次意外，为什么这次它会突然迷路并陷入困境是一个谜，很有可能是猎豹或其他什么捕猎的动物追赶它，把它吓到了。它以前精准无误的方向感和敏锐的嗅觉也失灵了。它年纪大了，没办法迅速恢复活力

了。当它跌跌撞撞走进村子时，显然是快要支持不住了，但它拒绝别人来照顾它，大概是还想努力嗅到一丝熟悉的气味，好回到弗兰克的身边吧。

弗兰克花了几个小时给它洗澡，把贴在它身上的无数牛蜱清理干净，给它喂了一顿有营养的饱餐，鸡肉和牛奶让它的身体重新储备了蛋白质。这时的它太老了，动作缓慢，没法狩猎，也没法玩接球的游戏了。为了寻找它的朋友，它大概已花光了所有的力气。

在狼吞虎咽地吃下晚餐后，它翻了个身，睡了整整十二个小时。弗兰克说："过了几天，它似乎完全恢复了。"它确实恢复了一些活力。

可在 2 月 16 日晚上，它突然醒来，开始哭叫。弗兰克陪着它，想哄它重新睡着，可它一直醒着，呜咽了至少一个小时。它显然处于极度的痛苦之中，连路也走不了。天一亮，弗兰克便带它去了纳钦圭阿的兽医院，朱迪躺在他怀中，一路都在哭叫。在残酷的现实面前，弗兰克没有心思回应一路上众人的欢迎和祝福。当医院的外科主任詹金斯来接待他们时，弗兰克差点连话都说不出来了。

经过检查，朱迪的痛苦来自乳腺的肿瘤。"我们必须让它尽快强壮起来，这样它才受得住切除肿瘤的手术，这是一场与时间的赛跑。"弗兰克回忆说。条件刚一成熟，詹金斯医生就为朱迪动了手术，切除了恶性的肿瘤。

手术刚刚结束时，一切似乎都很顺利，但很快，朱迪出现了破伤风感染的症状，它越发痛苦了。它全身控制不住地颤抖，又变回了在苏门答腊岛上皮包骨的模样。医院条件有限，也没法减轻它的痛苦。

弗兰克在等候室的小沙发上彻夜未眠，詹金斯医生来看他。从弗兰克和朱迪来到非洲的那一天开始，这名医生就是他们的好朋友。他怀着无比沉痛的心情告诉弗兰克，朱迪非同寻常的一生已经到了最终的时刻，尽管他很伤心，弗兰克也很伤心，但他们必须坚强。

"就让我结束吧，弗兰克。"他说。

弗兰克只能点点头，他转过身，眼泪在恣意流淌。他一言不发地跟着詹金斯医生走到朱迪休息的小房间，眼睁睁看着医生准备好注射器。这一针下去，他与朱迪之间跨越三个大洲、克服无数艰难困苦的亲密关系，就将永远被切断了。

1950年2月17日，当地时间下午五点，朱迪接受了安乐死注射。它还差一点就满十四岁了，相当于人类的九十八岁。

它穿着皇家空军的夹克，被葬在弗兰克的小屋旁。下葬时，它还戴着各种各样的徽章——太平洋之星战争勋章、1939—1945之星勋章，以及向"二战"所有参战者颁发的卫国勋章。它的墓地上放满了石块，以避免鬣狗破坏。接着，弗兰克开始为他深爱的狗做最后一件事。

一天又一天，一个小时又一个小时，每当弗兰克完成落花生计划一整天辛劳的工作后，他还会冒险走到丛林中，寻找白色的大理石。他搜索着大片的区域，眼睛都不曾从地上抬起来一下，一心寻找那反射着阳光的白色亮点。他找到的大理石往往都是大块的，他又会耗时费力地用锤子把它们砸开，一干就干到凌晨。他将大理石块和水泥混合，浇在朱迪的墓上，又花了好多周的时间，将大理石板凿出轮廓。他的目标是要为朱迪立一座纪念碑，他认为，只有这样才配得上它的博爱和杰出的贡献。用弗兰克的话来说，"它将是一座很有价值的纪念碑，它纪念的是一条无比英勇的狗。在任何情况下，哪怕是在最艰苦的环境中，它也一直是友谊、勇气和无畏的化身，对无数丧失勇气的人来说，它的存在意义深远"。

后来，弗兰克在纪念碑的旁边又钉了一块金属牌，上面刻着以下文字：

谨以此纪念英国指示犬朱迪

1936 年 2 月，出生于上海。

1950 年 2 月，去世。

1942 年 2 月 14 日受伤。

1942 年 2 月 14 日，所在皇家炮艇"草蜢"号在林加群岛被炸弹击中沉没。

1944 年 6 月 26 日，所在运输船"韦麻郎"号在马六甲海峡被鱼雷击中。

1942 年 3 月—1945 年 8 月，被日军俘虏并关押。

它的足迹遍布中国、锡兰、爪哇岛、英格兰、埃及、缅甸、新加坡、马来亚、苏门答腊岛、东非等国家和地区。

它是一条非比寻常的狗……一位英勇无畏的姑娘。

摇着尾巴的它，带给人类的友情与陪伴远比人类给它的多得多……

在它短短的一生中，它以勇气、希望和顽强的生存意志鼓舞众人。

如果不是它的榜样力量和坚韧毅力，很多人在艰难的时候可能就放弃了。

这样一个非凡的生命，这样一段精彩的生活，是不会随着肉体死亡而消失的。半个多世纪后，朱迪的勇敢和忠诚仍然赢得了无数人的称赞，并鼓舞着大家。1973年，曾在长江炮艇上服役的几个人决定挖出关于它的回忆，写成了《朱迪的故事》一书，它的事迹再度受到关注。从那以后，朱迪总会定期出现在英国的各种出版物中。2006年，伦敦的帝国战争博物馆组织了一场回顾展，纪念在战争中表现英勇的各种动物，朱迪的事迹被摆在展览的最前面、最中间，受到了极大的关注。

对这条神奇的指示犬最隆重的一次纪念活动应该是在1972年2月27日，全英国各个沿海城镇，包括朴次茅斯，在举行教堂礼拜纪念亡者时，都大声念出了朱迪的名字，洪亮的教堂钟声为它响起。《伦敦时报》在报道中称："朱迪是最邋遢、最机智的老水兵，会永远在年迈的战友的梦中嚎叫。"这句话让这条棕白相间、友好和善的指示犬听起来更像是个海怪而非吉祥物。报道还引用了"小虫"号上的水兵威廉·威尔逊的话，几十年前，身为卫生员的威尔逊曾照顾过醉酒后的朱迪，并把它当作自己的好友。

"它在大海上表现出的无畏勇气是值得我们牢记的，它是鼓舞所有水兵的榜样。"

威尔逊这句话唯一的错误在于把朱迪的榜样作用仅仅局限在了水兵的范围。

尾声

在将朱迪埋葬后没多久，弗兰克·威廉斯差点也一命呜呼了。当时，他结束了落花生计划的工作，登上飞机离开坦噶尼喀，这是他返回英国漫长旅途的第一程。飞机意外坠落在乞力马扎罗山的山坡上。可身经百战的弗兰克不会就这样死去，他毫发无伤地从坠机中走出来，并安全回到了家。

这个时候，支撑弗兰克活下去的理由还有很多。他再次找到了一位亲密伴侣，这次的伴侣是一个人，一个生活在坦噶尼喀的英国女人。她听说了一位同胞四处寻找大理石，想为他死去的狗建一座漂亮纪念碑的故事。在好奇心的驱使下，她找到了这个伤心的男人，并请他带着自己在他住处周围的郊野逛了很多次。她满头深褐色卷发，妩媚动人，个头和弗兰克差不多高。在相伴漫步的过程中，他们之间迸发出了火花。

大约一年后，他们俩回到英国，弗兰克与她结婚，她成了新婚的多丽丝·威廉斯太太。从此，两人开始了四处游历的新生活，并生下一个儿子，也就是 1954 年出生在约克郡的弗兰克·艾伦·威廉斯。可家庭生活的压力再一次让弗兰克逃离了英格兰。在弗兰克去世后的讣告中，他的大儿子（也就是艾伦）说："战后英国沉闷的气氛和做作的礼仪并不适合弗兰克。"弗兰克想起了他在商船队服役时曾停靠过的加拿大西海岸港口温哥华，那里的美丽曾让他震惊。他说服多丽丝，于 1955 年移居温哥华。可惜，在不列颠哥伦比亚，工作也不是那么好找的。后来，弗兰克为落花生计划工作时的上司想起了弗兰克在非洲时出色的表现，给他提供了一个去巴基斯坦工作的机会。威廉斯一家又再度收拾行装出发了。

弗兰克和多丽丝在南亚又生下一个儿子，戴维。三年后的 1958 年，全家人回到了加拿大。1959 年，他们的第三个孩子安妮出生，这也是他们的最后一个孩子。这一次，他们再没有离开不列颠哥伦比亚了。弗兰克接受训练，成为机械工程师，先后供职于多家大型建筑公司，包括莱恩建筑公司和凯密迪国际公司等。他参加了数个海外工程的修建，满足了旅行的欲望，也为无数国内项目做出了贡献，例如温哥华大型商场太平洋中心和闹市区的四季酒店。他最了不起的成就是他在伯纳比郊区的家，这幢房子是他从零开始亲手打造的，他在这个家里生活了四十年。家里人把它叫做"威廉斯城堡"，它展现了他最好的手艺，也体现了他的人生箴言："如果一项工作值得去做，那就把它做到最好。"

弗兰克不仅继续保持着对动物的喜爱，也总能和它们建立亲密的关系。2004 年，他的女儿安妮写到了父亲与大自然的接触。"他与动物打交道的方式是我在其他人身上从没见过的。动物们总是能理解他，总是特别喜欢他。如果有动物受伤了或是正在承受痛苦，不知道为什么，它们总会相信他，一听到他的声音或是感受到他充满关怀的抚摸，它们就能放松下来。"安妮小时候养过马，那些小马无一例外地总喜欢跟着弗兰克在田野里转悠，或是在他修理栅栏时围在他身边。有一次，弗兰克发现了一只迷路的臭鼬，把它当宠物养了起来，还经常带它散步，一散就是半天。安妮还对《温哥华太阳报》的记者说："我们小的时候，他经常因为发现了一个什么很酷的东西，在半夜把我们叫起来看。"有一次，他给孩子们看的是他在后院找到的一只巨大的癞蛤蟆。

在孩子们的记忆中，有两个弗兰克——一个是轻松愉快、喜欢讲故事的，另一个是现实保守的，"有时简直是冥顽不灵"。尽管他在皇家空军服役期间并不愉快，但他对飞行的热爱一直没有改变。尽管他抓住了

每一个离开英国的机会，但他一直对英国人的身份感到自豪。

家人对他与朱迪的关系当然是了如指掌。"他并不是要想方设法地宣传，"艾伦在《伯纳比即时报》上刊登弗兰克的讣告时是这样说的，"只是，他真的很喜欢讲朱迪的事。如果你让他尽情地讲，他会讲个不停。但和他一起工作过的同事都知道，他绝不会刻意跟别人说：'你知道我以前养的狗是战争英雄吗？'"

"我个人认为，他与朱迪之间的亲密关系拯救了他的性命，"艾伦在讣告中继续说，"我认为，朱迪为他的生活增添了新的内容，让他有了更多活下来的理由。朱迪照顾他，他也照顾朱迪。"

1992年，七十三岁的弗兰克接受了一次小手术，在术后恢复的过程中，他从病床上摔下来，引发了严重后果。他的下半身失去知觉，又住了一年医院。等他终于可以出院回家时，他已经截瘫了，只能被禁锢在轮椅上。他的纪念网站上写着："他一直是一个灵活敏捷、积极向上、自力更生的男人。失去自由和独立大概是让他最难接受的事。"可这件就连日本人都没能做到的事却在一次小小的坠床事故中成了现实。

这次事故后，弗兰克又坚持了十年。这十年中，他有快乐，也有烦恼。在护士和朋友们身边，他保持着幽默与积极的态度，但不难想象，在夜深人静的时候，他也会深感惆怅吧。感染、伤痛还有活动能力的丧失，一定会让他重新想起苏门答腊岛的丛林，想起那痛苦不堪的皮肤溃疡和脚气病吧。

2003年2月16日，弗兰克与世长辞。此时，他的八十四岁生日刚刚过去一个月。他的葬礼在伯纳比森林草坪教堂举行，葬礼上展示的照片是弗兰克与朱迪的合照。他的二儿子戴维在弗兰克的纪念网站上写下了这样一段感人至深的悼词："唯一能让我战胜悲伤的想法，就是我知道，此刻的你正在天堂般美丽的海边，悠闲地漫步于温暖的沙滩上……你对朱迪笑，而朱迪在即将涌来的又一波潮水前，勇敢地捍卫着它脚下的海岸线。"

朱迪死后，弗兰克活了五十三年。他再也没有养过狗。

致谢

　　2013 年夏季的一天，我正在进行自小最喜
爱的一项休闲活动——翻阅《人民年鉴》，这本
由戴维·瓦勒钦斯基和欧文·华莱士编纂的大部头中，有各种
各样的表格、报道和秘闻。我粗略浏览着《大侦探与大案》
的报道和诸如斯波克舰长之类的虚构人物的传记时，一则只
有一两段简短文字的消息吸引了我的目光，它介绍了一条在
第二次世界大战期间成为战俘的狗。

　　从那具有决定性意义的一天开始，朱迪和弗兰克·威廉
斯的历险故事就占据了我的思维和精力。几十年后，想穿透
朱迪故事之外的历史迷雾，找出事实的真相并非易事。在这
个过程中，我得到了很多人的帮助，在此一并深表感谢。我
的研究员凯文·琼斯博士特别擅长寻找档案资料，他帮我找到
了大大小小的很多线索。没有他，这本书的内容丰富程度将
大打折扣（作为《夺宝奇兵》的超级粉丝，我有借口称呼别
人琼斯博士了）。

　　还有不少人让我了解到战俘在苏门答腊岛那段几乎无人
知晓的经历。亨克·霍文加不仅写了一本关于这方面的书，还
相当热心地回答了我无数的后续提问。英国历史学家莉齐·奥
利弗不仅与我会面，还给我看了她祖父在被俘期间为朱迪画
的素描画。另外，我还想感谢罗宾·罗兰、梅根·帕克斯、基
恩·安德鲁斯、诺埃尔·塔尼、凯米拉·什切潘斯卡、阿伦·塞

斯、加万·道斯、伯纳丁·费迪莫和杰奎琳·福德等。

我非常幸运地得到了不少优秀研究人员的帮助，尤其是帝国战争博物馆、英国国家档案馆、朴次茅斯城市档案馆、南安普敦政府档案馆、格林尼治海事博物馆和休斯敦大学图书馆的研究团队。BBC 文字档案中心的杰夫·沃尔登也给了我很大的帮助。唐纳德·德格安帮我完成了一些从荷兰语到英语的重要翻译。戴维·兰伯特绘制的地图帮助我弄清了书中所述各地的地理位置。

约翰·罗森格伦和马克·斯特曼一如既往，阅读了初稿并提出宝贵意见。我的好朋友本·沃尔夫和他的家人，以及我的弟弟马克·温特劳布和他的家人都给了我物质和精神上的极大支持。我还要感谢特里西娅和埃米·伯内特、德鲁和卡伦·弗奇、罗布·斯皮尔斯、贝丝·拜尔特、耶尔·谢尔曼、巴里·斯泰格、贾森·库尔顿，以及罗伯特·贝克。如果没有迈克尔·麦金利和贾森·布拉德利的慷慨相助和热情支持，我前往英格兰的研究之旅不会那样顺利，不仅如此，他们还让我无偿借住在他们位于伦敦南部的公寓，那套公寓如果放在 Airbnb 上出租，每天晚上的租金肯定至少是好几百英镑。

我非常荣幸地得到与乔治·达菲和劳斯·沃伊齐两位老人面谈的机会，他们是北干巴鲁战俘营的幸存者，在我写成这本书时，他们都还精力充沛地生活着。达菲住在美国的新罕布什尔州，沃伊齐住在英国的诺里奇。我要向他们致敬，我希望这本书真实反映了他们的经历。

我还非常幸运地有坚毅的约翰·帕斯利来帮我编辑我的

三本书，他的生花妙笔让它们增色不少，尤其是这一本。我的经纪人法利·蔡斯和往常一样，不仅帮我谈成了合约，还帮我确定了全书的叙述风格和故事主线。我还要感谢利特尔 & 布朗出版公司新设办公室的里根·阿瑟、卡伦·兰德里、香农·拉冈、希瑟·费恩、萨布里纳·卡拉汉和马林·冯奥伊勒－霍根，他们都给了我很多帮助。

　　最重要的，我想感谢我的家人，尤其是我的妻子洛里·伯内特，感谢他们的耐心和温暖怀抱。

京权图字：01-2018-0989

Copyright © 2015 by Robert Weintraub
Published by arrangement with Chase Literary Agency, through The Grayhawk Agency.

图书在版编目 (CIP) 数据

二战忠犬录／（美）罗伯特·温特劳布（Robert Weintraub）著；王一凡译. －－ 北京：外语教学与研究出版社，2018.8
　　书名原文：No Better Friend
　　ISBN 978-7-5213-0350-6

　　Ⅰ. ①二… Ⅱ. ①罗… ②王… Ⅲ. ①纪实文学－美国－现代
Ⅳ. ①I712.55

中国版本图书馆 CIP 数据核字 (2018) 第 186793 号

出 版 人　徐建忠
项目统筹　张　颖
项目编辑　徐晓雨
责任编辑　陈　宇
责任校对　郑树敏
装帧设计　李思安
出版发行　外语教学与研究出版社
社　　址　北京市西三环北路 19 号（100089）
网　　址　http://www.fltrp.com
印　　刷　三河市北燕印装有限公司
开　　本　889×1194　1/32
印　　张　12
版　　次　2018 年 9 月第 1 版　2018 年 9 月第 1 次印刷
书　　号　ISBN 978-7-5213-0350-6
定　　价　49.00 元

购书咨询：（010）88819926　电子邮箱：club@fltrp.com
外研书店：https://waiyants.tmall.com
凡印刷、装订质量问题，请联系我社印制部
联系电话：（010）61207896　电子邮箱：zhijian@fltrp.com
凡侵权、盗版书籍线索，请联系我社法律事务部
举报电话：（010）88817519　电子邮箱：banquan@fltrp.com
法律顾问：立方律师事务所　刘旭东律师
　　　　　中咨律师事务所　殷　斌律师

物料号：303500001

No
Better Friend